Amie Kaufman und *Meagan Spooner* sind langjährige Freundinnen und Teilzeit-Mitbewohnerinnen, die die Welt bereist haben, aber noch nicht die Galaxie. Sie sind sich jedoch sicher: Auch das ist nur noch eine Frage der Zeit. Meagan lebt zurzeit in Asheville, North Carolina, Amie in Melbourne, Australien. Obwohl sie so weit voneinander entfernt wohnen, eint sie ihre Liebe zu Roadtrips, leckeren Zwischenmahlzeiten und Space Operas.

Weitere Informationen zum Kinder- und Jugendbuchprogramm der S. Fischer Verlage finden Sie unter www.fischerverlage.de

Meagan Spooner/Amie Kaufman

UNDYING

Wir werden euch finden

Aus dem Amerikanischen
von Karin Will

FISCHER Taschenbuch

Aus Verantwortung für die Umwelt hat sich der Fischer Kinder- und Jugendbuch Verlag zu einer nachhaltigen Buchproduktion verpflichtet. Der bewusste Umgang mit unseren Ressourcen, der Schutz unseres Klimas und der Natur gehören zu unseren obersten Unternehmenszielen.

Gemeinsam mit unseren Partnern und Lieferanten setzen wir uns für eine klimaneutrale Buchproduktion ein, die den Erwerb von Klimazertifikaten zur Kompensation des CO_2-Ausstoßes einschließt.

Weitere Informationen finden Sie unter: www.klimaneutralerverlag.de

FSC www.fsc.org
MIX
Papier aus verantwortungsvollen Quellen
FSC® C019821

Erschienen bei FISCHER Kinder- und Jugendtaschenbuch
Frankfurt am Main, Juli 2022

Die englische Originalausgabe erschien 2019
bei Disney Hyperion, New York.

Hedderichstr. 114, D-60596 Frankfurt am Main
Lektorat: Michaela Kolodziejcok
Satz: Dörlemann Satz, Lemförde
Druck und Bindung: Druckerei C. H. Beck, Nördlingen
Printed in Germany
ISBN 978-3-7335-0539-4

Wir lieben es, Geschichten zu erzählen.
Wir sind so dankbar für die Menschen, die sie lesen.
*Deshalb, liebe Leser*innen, ist dieses Buch euch gewidmet.*

Liebe Leserinnen, liebe Leser,

wisst ihr, was wir an Fortsetzungen so mögen? Das Wiedersehen mit Lieblingsfiguren, die Erforschung neuer Gegenden in einer weithin bereisten Welt, zu erleben, wie all die kleinen Hinweise sich am Ende zu einem Bild fügen. Wisst ihr, was wir an Fortsetzungen nicht mögen?

Die Grübelei darüber, was zur Hölle (oder was zu Gaia!) im ersten Band passiert ist.

Deswegen haben wir beschlossen, euch eine ganz kurze Zusammenfassung von »Unearthed. Weiter, wenn ihr euch traut« *zu liefern, denn wir haben diese Bücher geschrieben, um Spaß zu haben und damit andere Spaß daran haben, und einen halben Roman lang im Nebel umherzuirren macht gar keinen Spaß. (Außerdem fanden wir, dass wir es euch nach dem* Cliffhanger am Ende des ersten Bands schuldig sind.)

Wer das Buch noch nicht kennt: Der folgende Text enthält Spoiler für »Unearthed. Weiter, wenn ihr euch traut«!

Wir begegnen unseren beiden Helden auf einem Planeten namens Gaia, in einem fernen Sonnensystem, das entdeckt wurde, nachdem die Menschheit von einer vor langer Zeit ausgestorbenen Spezies namens Die Unsterblichen *Anweisungen zum Bau eines Portals erhalten hatte. Die Erde braucht dringend Hilfe, und nachdem ein gewaltiges Kolonialisierungsprojekt – die Centauri-Mission – gescheitert ist, besitzen die Unsterblichen nach Auffassung der Wissenschaftler als Einzige den Schlüssel, um unseren Planeten und uns selbst zu retten.*
Jules ist der privilegierte Sohn des Oxford-Professors Dr. Addison, der als Erster die Botschaft der Außerirdischen entschlüsselt und die Welt eindringlich auf deren Inhalt hingewiesen hat. Doch als Dr. Addison dann seinen Standpunkt änderte, nachdem er auf Hinweise gestoßen war, denen zufolge die Unsterblichen doch nicht die harmlosen Wohltäter waren, für die alle sie hielten, wandte die Welt sich von ihm ab. Daraufhin brach Jules nach Gaia auf, um Beweise zu finden, dass sein Vater recht hat.
Amelia Radcliffe, genannt Mia, ist eine Plünderin, die sich seit ihrer Kindheit um ihre jüngere Schwester Evie kümmert, deren Existenz gegen die Ein-Kind-Gesetze verstößt. Als Evie sich bei einem zweifelhaften Nachtclub verschuldet, muss Mia das Geld aufbringen, um sie aus ihrem Vertrag freizukaufen. Aus diesem Grund heuert sie bei der zwielichtigen Mink an und lässt sich auf Gaia einschleusen, um dort so viel wertvolle Technik zusammenzuraffen wie nur möglich.
Eine Plünderin und ein Akademiker also. Natürlich müssen die beiden sich schon bald notgedrungen zusammentun. Trotz der drastischen Unterschiede in ihrer Herkunft lernen sie, einander

zu respektieren. Und während sie eine Reihe tödlicher Fallen bezwingen, die sie zu einem weiteren Portal tief im Herzen des gaianischen Tempels führen, verlieben sie sich ineinander.
Durch das Portal gelangen sie zu Gaias Südpol, wo sie ein riesiges Raumschiff entdecken, das im Eis feststeckt. Militärische Streitkräfte der Internationalen Allianz, einem globalen Bündnis der irdischen Regierungen, sind ihnen hier bereits zuvorgekommen, und Jules und Mia erleben einen Schock: Die Frau, die Mia angeworben hat – Mink –, ist auch Jules' Auftraggeberin, und sie hat sie beide hinsichtlich ihrer wahren Identität belogen. Jules' Mission war lediglich ein Vorwand, um Mink und ihre Truppe zum Schatz im Herzen des Eislabyrinths zu führen: zum Schiff der Unsterblichen.
Während Mink unsere Helden zwingt, das Schiff zu aktivieren und es Richtung Erde zu schicken, versuchen Mia und Jules, sie aufzuhalten, da sie befürchten, dass Jules' Vater von Anfang an recht hatte und die Technologie der Unsterblichen tatsächlich eine Gefahr darstellt. Sie scheitern jedoch und bleiben an Bord des Raumschiffs, um zu versuchen, es noch irgendwie zu stoppen, bevor es die Erde erreicht.
Eine Serie von Energieschüben auf dem Schiff versetzt Mia und Jules in Alarmbereitschaft, und sie entdecken gerade noch rechtzeitig einen Korridor voller Portale, die alle aktiviert werden, um eine Invasionsstreitmacht der Unsterblichen hindurch und an Bord zu lassen.
Man kann sich das Ganze als Trojanisches Pferd vorstellen, nur dass es statt einem Dutzend antiker, gewitzter Griechen eine Armee von Außerirdischen enthält.

Oder doch nicht? Denn auf den letzten Seiten des Buches erleben Jules und Mia einen Schock, der sogar noch den Schrecken übersteigt, dass die Unsterblichen gar nicht ausgestorben sind und es auf die Erde abgesehen haben. Sie beobachten, wie einer der Unsterblichen-Soldaten seinen Helm abnimmt und darunter ein menschliches Gesicht zum Vorschein kommt.

Tada!

Und nun schicken wir euch ohne weitere Umschweife auf ein uraltes kristallines Raumschiff, das sich in der Erdumlaufbahn befindet. Die Kamera zoomt auf ein bestimmtes Deck, einen ganz bestimmten Gang und einen engen, dunklen Zwischenraum darunter. Hier verlassen wir euch und wünschen euch viel Spaß beim Lesen! Wir hoffen, dass euch das Buch genauso viel Freude macht, wie wir sie beim Schreiben hatten.

Amie & Meagan

JULES

Die Dunkelheit ist undurchdringlich und vollkommen. Mia kauert neben mir – ich kann die Wärme ihres Körpers spüren. In der Stille ist unser schneller Atem so laut wie das Heulen einer Sirene. Und dann bricht Mia das schwere, unheimliche Schweigen: »Scheiß drauf, ich kann das nicht im Dunkeln. Jules, mach deine Uhr an, ja?«

Trotz der Furcht, die mich erfüllt, unterdrücke ich ein Lächeln, während ich an meinem Handgelenk nach der LED taste. Nach einer Woche des Versteckspiels auf einem Außerirdischen-Raumschiff ist Mia das Einzige, das sich immer vertraut anfühlt. Sicher. Wie ein Zuhause.

Ohne jedes Sonnenlicht, um sich wieder aufzuladen, sind fast alle unsere Geräte tot, aber mein Armband lädt kinetisch – etwas, was mich von Tag zu Tag mit mehr Dankbarkeit erfüllt. Die Vorstellung, in dieser völligen Finsternis zu existieren, ist zu fürchterlich, um lange darüber nachzudenken.

Das blassblaue Licht strahlt vom Uhrendisplay ab. Wie ein Geist erscheint Mia in der Dunkelheit – das von ihrem wilden, schwarz-pink-blauen Haar umrahmte Gesicht, ihre unter den Sommersprossen weiße Haut. Sie hat ihr Multitool in der Hand. Mit einem kleinen Lächeln in meine Richtung macht sie sich an die Arbeit und hebelt an der Abdeckung herum, welche die Öffnung des schmalen Gangs verschließt, in dem wir uns befinden. Das Glitzern des kristallinen Gesteins, das sich durch den Schacht zieht, spielt meiner Wahrnehmung einen Streich, denn in der Finsternis sieht es so aus, als würden dort Augen funkeln.

Das Scharnier der Abdeckung ächzt protestierend, als sie schließlich Erfolg hat. Mia drückt den Deckel beiseite, so dass er nur noch an einem Scharnier herunterhängt – und zum Vorschein kommt, wonach wir händeringend gesucht haben: eine Möglichkeit, den außerirdischen Unsterblichen zuvorzukommen, die eine Woche zuvor massenweise durch das Portal auf dieses Schiff gelangt sind.

***

Der Gang, in dem wir uns befinden, ist eigentlich ein Hohlraum *zwischen* den Wänden des Schiffes. Wir sind auf diese verborgenen Nischen gestoßen, als wir in das Lüftungssystem gekrochen waren, um uns zu verstecken, in jenen ersten, panischen Minuten, als das Schiff startete und die Unsterblichen aus den Portalen in den langen Korridor strömten, den wir entdeckt hatten. Auf Knien und Ellbogen quetschten wir uns durch die Lüftungsschächte, bis wir die Luken fanden, die zwischen den Wänden nach unten führen.

Entlang der Gänge befinden sich in regelmäßigen Abständen

dicke Stahltüren, die jederzeit schließen und die betreffende Sektion abriegeln können, falls der Schiffsrumpf ein Leck hat. Die Lüftungsschächte verfügen über eindrucksvolle Verschlussmechanismen, die beim ersten Anzeichen eines Druckabfalls sofort reagieren. Wie Mia sich ausdrückte, als wir die ersten automatisch schließenden Türen entdeckten: Die Unsterblichen sind *echte* Raumfahrer. Neben ihrem Schiff wirken die, die uns nach Gaia gebracht haben, wie Spielzeugraketen.

Die Unsterblichen begannen sofort, das Schiff systematisch zu durchsuchen – mehrere hundert Stiefelpaare, die durch die Gänge stampften, Stimmen, die durcheinanderriefen, so dass die Worte unmöglich zu verstehen waren. Sie wussten, dass Menschen das Schiff gestartet hatten – schließlich hatten alle ihre Fallen dafür sorgen sollen, dass genau das passierte.

Doch sie wussten nicht, dass immer noch zwei von uns an Bord waren.

In einem der Gänge fanden sie Hansens Leiche, wo wir ihn zurücklassen mussten, nachdem einer der Soldaten der Internationalen Allianz ihn erschossen hatte. Als sie ihn wegschafften, klebte noch Blut an Mias Händen – von ihrem vergeblichen Versuch, seine Wunde zu stillen.

Was sie wohl von ihm dachten? Von uns allen, die wir uns inmitten einer unglaublichen Entdeckung wie dieser gegenseitig umbrachten?

Zuerst versteckten Mia und ich uns also in den Lüftungsschächten, dann, nachdem wir sie gefunden hatten, in den Hohlräumen zwischen den Wänden, und jetzt, nach einer Woche auf der Flucht, kennen wir uns hier blind aus. Wir haben sogar eine Art Heimatbasis. Wir nennen sie die *Kreuzung* – eine etwas breitere Stelle, wo sechs verschiedene Wände sternförmig zusammentreffen und wo man, wenn man sich zusammenkauert, einigermaßen gut sitzen kann. Wir haben dort nur an einer Seite Nachbarn – zwei Unsterbliche, die einander Atlanta und Dex nennen. Wenn wir uns ganz still verhalten und die beiden an der richtigen Stelle stehen, können wir ihre Gespräche belauschen und durch den Lüftungsschlitz einen Blick auf sie erhaschen. Wenn sie Dienst haben und nicht im Zimmer sind, können wir uns außerdem selbst leise unterhalten, ohne zu riskieren, dass man uns hört.

Aber wir sind die ganze Zeit viel zu sehr mit Überleben beschäftigt, um etwas zu *tun* – nach Antworten zu suchen oder aktiv zu werden. Wir haben noch nicht herausgefunden, wie – oder warum – sie es geschafft haben, so menschlich auszusehen. Wir wissen nur, dass sie keine Menschen sind und die Ähnlichkeit unterhalb der Haut endet. Wir konnten noch nicht einmal in Erfahrung bringen, was sie mit der Erde vorhaben – nur dass sie sie uns wegnehmen wollen.

Und was auch immer das bedeutet, keiner von uns kann sich damit anfreunden.

Alles, was wir brauchen, ist eine Gelegenheit, Kontakt mit der Erde aufzunehmen. Wir mögen zwar nicht wissen, weshalb sie hier sind, aber wenn wir die Menschheit warnen können, dass das riesige Schiff in der Umlaufbahn keineswegs so leer ist, wie alle glauben, dann besteht die Chance, dass Rettung eintrifft, bevor die Unsterblichen uns entdecken.

Natürlich kann es ebenso gut sein, dass die Internationale

Allianz das Schiff einfach abschießt, wie Mia festgestellt hat. Aber ich ziehe es vor, optimistisch zu bleiben. Und vertraue darauf, dass sie nicht ihre letzte Chance auf eine Technologie zerstören wird, die den raschen Niedergang der Erde und das Dahinschwinden sämtlicher Rohstoffe verhindern könnte.

Hinter der Abdeckung, die Mia unter Mühen geöffnet hat, liegt ein kleiner Raum, der von einem einzelnen Unsterblichen bewohnt wird, den wir seit zwei Tagen beschatten. Unseren Beobachtungen nach hält dieser Unsterblichen-Faulpelz es für nötig, mindestens zweimal pro Stunde eine Pause zu machen. In jeder Gruppe gibt es einen Drückeberger, und wir verlassen uns heute auf unseren. Durch die Wand hindurch haben wir genug einseitige Gespräche belauscht, um zu wissen, dass er mit einem dieser Headsets ausgerüstet ist, die fast alle Unsterblichen auf dem Schiff tragen. Es besteht aus einem kleinen Metallteil, das übers Ohr gestülpt wird, und einem schmalen Glasstück, das man sich vors rechte Auge schiebt.

Wenn diese Headsets für die Unsterblichen so etwas wie Telefone sind, dann werden wir vielleicht – ganz vielleicht – einen Weg finden, eines davon zu nutzen, um einen Anruf nach zu Hause abzusetzen.

Ohne einen Augenblick seiner Pause zu vergeuden, lassen wir uns in den kleinen Raum hinunter, in dem unsere Zielperson arbeitet, inständig hoffend, dass der Faulpelz wieder mal etwas länger wegbleibt. Ich fange Mia auf, als sie sich, mit den Füßen voran, zu mir herunterfallen lässt. Sie verharrt kurz in meinen Armen, fast Nase an Nase mit mir, und unsere Blicke treffen sich. Mein Herzschlag beschleunigt sich, obwohl ich mich selbst ermahne, dass das jetzt wohl kaum der richtige Zeitpunkt ist.

Seit wir uns kennen, hat sie mich zweimal geküsst.

Einmal, damit ich ihr durch das Portal im Inneren des Tempels folgte. Das zweite Mal, als wir dachten, wir müssten sterben.

Seither waren wir nie länger als eine halbe Stunde voneinander getrennt gewesen. Wir haben uns zum Schlafen zusammengekuschelt, wir haben in den schmalen Gängen dicht aneinandergedrängt die Unsterblichen belauscht, aber keiner von uns hat Anstalten zu einem weiteren Kuss gemacht. Ich nicht, weil ich so verdammt ahnungslos bin und nicht weiß, ob ihr das außerhalb einer Notsituation recht wäre – es geht doch nichts über ein Szenario, bei dem dir jemand höflich eine Abfuhr erteilt, während dein Leben am seidenen Faden hängt – und sie nicht, weil … tja, wenn ich das wüsste, wäre es leichter. Vielleicht kommen ihr solche Gedanken ja nur, wenn es um Leben und Tod geht.

Andererseits könnte man mit einer gewissen Berechtigung behaupten, dass wir dem Tode gerade ziemlich nah sind und dass jeder Augenblick an Bord dieses Schiffes eine Notsituation ist. Ob ich sie damit überzeugen könnte?

Ich setze sie auf dem Boden ab, und sie marschiert sofort zur Tür hinüber, um Schmiere zu stehen und mich im Notfall zu warnen. Ich wende mich dem Arbeitspult zu, das dankenswerterweise nicht automatisch in die Wand zurückgefahren ist, als sein Bediener den Raum verlassen hat – doch dann bleibt mein Blick am Fenster hängen.

Zum ersten Mal seit ich fortgegangen bin, sehe ich die Erde. Ich kann die größtenteils goldbraunen Umrisse von Nord- und Südamerika erkennen, um die sich weiße Wolkenfetzen winden. Irgendwo dort unten ist Mias kleine Schwester Evie, inmitten der gewaltigen Formation der zwei Kontinente. In der Ausbuchtung im Süden ist noch ein bisschen Grün übrig, doch die Wüstenstreifen an den beiden gegenüberliegenden Küsten im Norden kriechen langsam aufeinander zu.

Es ist ein blasserer Braunton als Gaias Rostrot. In der kurzen Zeit, in der ich dort war, habe ich mich an die unwirtliche Schönheit des fremden Planeten gewöhnt. Ich hatte geglaubt, dass ich dort sterben würde, in den Händen der Plünderer oder zerquetscht von einer Tempelfalle, weil mein Scharfsinn mich im Stich ließ oder einfach weil mein Atemgerät leer war. Oder, während der letzten Tage, durch die Hand der IA – durch die Hand von Charlotte oder Mink oder wie auch immer unsere doppelzüngige Strippenzieherin wirklich heißt.

Und als das vorbei war, dachte ich, ich würde bei der Sabotage dieses Schiffs sterben, und, falls uns die Aktion nicht gelänge, in dem Moment, wenn das Schiff das Portal passiert und sich beim Angriff auf die Erde selbst zerstört. Und jetzt sitzen wir fest. Verglichen mit dem Gestrandetsein auf Gaia sind wir unserer Heimat so nahe, als stünden wir vor der Haustür. Doch ohne die Möglichkeit, zur Erde zu gelangen, könnten wir uns ebenso gut noch auf der anderen Seite der Galaxis befinden. Und müssen jeden Tag damit rechnen, erwischt und höchstwahrscheinlich getötet zu werden.

Mehercule, kein Wunder, dass ich müde bin.

Auch mein Cousin Neal ist dort unten, in England, dem grünen Tautropfen, der sich hinter der Krümmung des Globus verbirgt. Vielleicht auch mein Vater, irgendwo im Herzen von Prag.

Ein lauter, dumpfer Knall veranlasst mich beinahe, mich in die zweifelhafte Sicherheit des Lüftungsschachts zu flüchten. Mia weicht ein paar Schritte von der Tür zurück. Ein leises Prasseln und ein zweites, leiseres Scheppern, dann sehe ich, wie etwas Glitzerndes, Metallisches am Fenster vorbeitreibt – das Geräusch kam von draußen, nicht aus dem Schiff.

Unser Versteck an der Kreuzung liegt zu tief im Bauch des Schiffes, als dass wir so etwas mitbekommen können, doch hier, an der Außenseite, hört man es, wenn die irdischen Satelliten vom Schiffsrumpf abprallen, um anschließend für alle Zeiten als Trümmerwolke durch das Weltall zu treiben oder aber in einer feurigen Bahn als Sternschnuppen heimzukehren.

Während ich innerlich um Fassung ringe, schnappe ich mir das Headset, hänge mir das Metallstück übers Ohr und platziere die Glaslinse über dem rechten Auge. Ich kann noch immer den Raum sehen, aber nach einem Augenblick taucht eine leuchtende Textzeile auf, die vor mich hinprojiziert wird und mein Sichtfeld überlagert.

BEFEHL / EINGABE?

»Funktioniert es?«, flüstert Mia.

»Es funktioniert«, murmele ich und bemühe mich dabei um einen ruhigen Tonfall. »Und Mia – es ist Englisch.«

Sie sieht mich an, ihr Gesicht in meinem Blickfeld wird von dem Text des Headsets überlappt. Ihre Augen sind groß, verwirrt, verängstigt – aber ich habe keine Möglichkeit, sie zu beruhigen, und keine Antworten, die ich ihr geben könnte.

Plötzlich versteift sie sich und blickt an mir vorbei Richtung Tür. »Schnell, er kommt zurück!«

Mein Herz macht einen Satz, und ich reiße mir das Headset vom Kopf. Doch als ich es wieder auf das Arbeitspult legen will, weigern meine Finger sich auf einmal, mir zu gehorchen.

»Was machst du denn?«, zischt Mia.

»Wir brauchen es.« Ich kann mich nicht rühren, umso weniger, als ich jetzt das wahrnehme, was Mia eine Sekunde zuvor gehört hat: Schritte, die durch den Korridor näher kommen. »Wir können es nicht einfach hierlassen.«

»Wenn wir es stehlen, wissen sie, dass es uns gibt.« Mias Finger schließen sich um mein Handgelenk, drücken zu, und meine Hand entspannt sich.

»Perfututi«, murmele ich und lasse das Ding los.

Gerade will ich herumwirbeln und zu dem Lüftungsschacht in der Wand zurückrennen, als ich sehe, wie das Headset ins Rutschen kommt. Mein Magen verkrampft sich. In meiner Hast habe ich es zu nah an die Kante des Pults gelegt. Während Mia und ich gleichzeitig darauf zuhechten, segelt es herunter und fällt zu Boden.

Ein Klappern und Knirschen ertönt, in unseren Ohren klingt es so laut wie eine berstende Scheibe. Vor Schreck halten wir gleichzeitig den Atem an.

Dann hören wir wieder die Schritte im Gang, sie kommen näher. Und werden immer lauter.

AMELIA

Vor dem Lüftungsschacht prallen Jules und ich kurz zusammen, und ich brauche zwei lange, kostbare Herzschläge, bis ich begreife, dass jeder von uns den anderen dazu bringen will, zuerst in den Schacht zu steigen. Ich gebe nach und klettere an Jules hoch wie an einem Baum, dann drücke ich mich gegen die Innenwand, damit Jules sich an mir vorbeiquetschen kann.

Seine langen Arme und Beine passen hier kaum rein, und mit jeder Bewegung macht er so viel Lärm, dass es sich anhört, als würde der Drummer einer Band in der Wand wohnen, aber bis jetzt hat uns noch niemand bemerkt.

Als er drin ist, beuge ich mich vor, obwohl ich kaum Platz habe, mich zu rühren, und ziehe die Klappe hinter uns zu. Ich packe Jules' Knöchel und drücke ihn warnend, damit er sich nicht bewegt. Während ich mich selbst daran erinnere, nicht die Luft anzuhalten, beobachte ich, wie der Arbeiter auf halbem Weg zum Bedienpult stehen bleibt und sich bückt, um das Headset aufzuheben. Ich warte, mit hämmerndem Herzen und gespitzten Ohren.

Es folgt ein tiefer Seufzer, dann ein gemurmeltes Wort, das ich zwar nicht kenne, dessen Bedeutung ich jedoch unschwer erraten kann. Ich höre Finger über die Knöpfe fliegen, dann eine Stimme: »Beantrage Reparatur der Sichtlinse, shifte es jetzt zum Recyc.«

Wieder hört man den Arbeiter herumgehen, doch dann erstarren wir, als eine knackende, blecherne Stimme den kleinen Raum erfüllt. Bisher hat er sich mit den anderen immer über das Headset verständigt – jetzt hören wir sie zum ersten Mal ein Com-System benutzen.

»Ernsthaft?« Die Stimme klingt ziemlich genervt. »Damit hast du schon zwei gelixot, seit wir geshiftet sind.«

»Mach kein Gefrett, es ist nur das Glas«, protestiert Schluffi und bleibt nur einen Meter vor der Klappe stehen, die ich immer noch festhalte. Ganz kurz durchzuckt mich der panische Gedanke, dass »Recyc« der Lüftungsschacht sein könnte, in dem wir uns verstecken, doch dann zieht er einen schubladenähnlichen Behälter aus der Wand und legt das Headset hinein. »Es funktioniert noch, hat nur einen Sprung.«

»Halt die Schickung noch zurück, da benutzt gerade einer den Transit.«

Schluffi seufzt und kehrt wieder an das Bedienpult zurück. »Kaputtes Mistding von einem Lixo-Schiff«, murmelt er.

Wenn ich den Hals recke, kann ich die Schublade gerade noch sehen. Das Schiff verfügt über ein integriertes Transportsystem, ganz ähnlich den alten Röhren, wie sie auf der Erde früher in Banken und Postämtern benutzt wurden. So sind wir an unser Essen gekommen – soweit man die faden, gummiartigen Würfel aus Protein Essen nennen kann –, indem wir die Lieferungen zu einzelnen Räumen und Stationen abgefangen haben.

Mit einem Mal wird mir klar, dass er sein Headset auf diese Weise wegschicken will. Uns bleiben nur noch wenige, kostbare Sekunden, bis er auf den Knopf drückt und es entschwindet.

»Nicht bewegen«, flüstere ich und behalte Schluffis Stiefel im Blick, während ich vorwärtskrieche, die Klappe mit einer Hand umklammernd.

Ich spüre, wie Jules erstarrt und sich einen Protest verkneift. Ich drücke sein Bein, um ihn zu besänftigen, wobei mir nur allzu bewusst ist, dass er nichts tun kann, um mich aufzuhalten, ohne dass man uns beide erwischt. Wir haben eine Woche verschwendet und gehofft, auf der Erde würde jemandem auffallen, dass das Schiff in der Umlaufbahn gar nicht unbemannt ist – das ist unsere erste Gelegenheit zu handeln, anstatt auf Rettung zu warten. Ich werde sie nicht ungenutzt verstreichen lassen, nur weil ich Angst habe.

Ich lasse mich aus dem Schacht herausgleiten und auf den Boden hinab, wobei ich vorsichtig erst den einen, dann den anderen Fuß aufsetze, ohne den Unsterblichen aus den Augen zu lassen.

Einen Moment lang stehe ich nur wenige Zentimeter von ihm entfernt, während er auf das Bedienpult hinunterschaut und auf grünes Licht wartet. Keiner von uns ist den Unsterblichen je so nah gekommen. Sein Gesicht sehe ich nicht, aber von hinten wirkt er wie ein ganz normaler Erdenjunge, einschließlich des ungeduldigen Fingertrommelns. Seine Haut ist von einem tiefen, dunklen Braun, und sein Haar, das ihm in zerzausten Locken auf die Schultern fällt, erinnert mich an das von Evie. Ich schaudere bei dem Gedanken, dass diese uralte, außerirdische Bedrohung sich eine derart vertraute Gestalt gibt.

Man vergisst so leicht, dass sie keine Menschen sind. Nicht wie wir. Während ich dieses Ding ansehe, muss ich unwillkürlich an die ersten panischen Momente denken, nachdem die Unsterblichen-Portale aktiv wurden. Entsetzt über die klobig aussehenden Köpfe und die pechschwarzen Anzüge, versteckten Jules und ich uns und erlebten den Schock unseres Lebens, als einer von ihnen den Helm abnahm und darunter ein Menschengesicht zum Vorschein kam.

Nachdem wir sie vom Lüftungsschacht aus ein paar Stunden lang beobachtet hatten, flüsterte Jules: »Es sind Menschen – sie mögen zwar anders sein, aber vielleicht könnten wir ja mit ihnen reden? Herausfinden, wie sie hierhergekommen sind und warum, und uns vorstellen?«

Bei seinem Vorschlag sträubten sich mir sämtliche Nackenhaare, doch er drückte meine Hand und sah mich mit seinen großen, braunen, umwerfenden Jules-Augen an, und für einen Augenblick war ich drauf und dran, unser Versteck zu verlassen und uns der Gnade dieser uralten Wesen auszuliefern. Doch dann rutschte einer von ihnen in einer Schneepfütze auf dem Schiffslandeplatz auf Gaia aus und prallte gegen einen Vorsprung an der Steinwand.

Mit einem Aufschrei ließ er sich zu Boden fallen und umklammerte sein Bein – während hellblaues Blut an die Wand gegenüber spritzte. Jules erstarrte, und seine Hand, die meine hielt, fühlte sich plötzlich eiskalt an.

Was auch immer diese Dinger sind, sie sind nicht menschlich. Sie sind nicht wie wir. Und wenn sie uns erwischen, werden sie keine Gnade walten lassen.

Jetzt einen von ihnen zu beobachten, wie er sorglos an seinem Arbeitspult steht, ist irgendwie sogar schlimmer, als wenn sie ein Mysterium mit Kürbisköpfen geblieben wären.

Trotzdem sind meine Hände ganz ruhig, als ich die Schublade aufziehe und vorsichtig das Headset herausnehme. Eine Sekunde später verschwindet die Lade lautlos automatisch wieder in der Wand.

Langsam bewege ich mich mit meiner Beute Richtung Luke zurück, als aus dem Lautsprecher erneut ein Knacken dringt und die Stimme grünes Licht zum Versenden des Headsets gibt. Um das Ding loszuschicken, muss Schluffi sich halb umdrehen, und dann wird er mich sehen. In meiner Eile gerate ich beinahe ins Stolpern, greife nach dem Rand des Lüftungsschachts und krieche rückwärts in die Enge, wie ein Einsiedlerkrebs, der sich in seinen Panzer zurückzieht. Schluffi dreht sich zur Seite und drückt den Knopf, und ich rücke die Abdeckung an Ort und Stelle, mit einem leisen Klappern, das sich mit dem im selben Moment einsetzenden Luftrauschen über uns in der Wand vermischt.

Keiner von uns beiden rührt sich, ein paar lange, quälende Sekunden lang. Schluffi setzt sich hin und beugt sich seufzend über sein Pult.

Wir lassen noch ein paar Minuten verstreichen, wobei Jules

vor Panik immer noch ganz starr ist. Dann kriechen wir so leise wie möglich zwischen die Wände zurück.

***

»Von sämtlichen bescheuerten, impulsiven, riskanten Aktionen …«, flüstert Jules fuchsteufelswild, als wir bei der Kreuzung ankommen.

»Halt den Mund!«, erwidere ich finster. »Es hat doch geklappt, oder?« Genau das hatten wir gebraucht: eine Chance, diesen außerirdischen Wesen endlich mal eine Nasenlänge voraus zu sein und vielleicht sogar einen Weg nach Hause zu finden. Und das alles, ohne dass sie je merken, dass wir etwas gestohlen haben, denn soweit sie wissen, ist das Headset im Recycling.

»Mehercule, immer wenn ich glaube, ich weiß, wie stur und leichtsinnig du bist, ziehst du so eine Nummer ab …«

»Ich will hier oben nicht sterben, Jules!« Nach Luft ringend, bemühe ich mich, das Zittern in meiner Stimme zu unterdrücken. »Und wenn doch, dann will ich wenigstens kämpfen und nicht wie eine Maus in der Wand zur Strecke gebracht werden.«

Jules reibt sich das Gesicht, in dem blassblauen Licht des Armbands ist sein Gesicht schweißnass. »Zeig mir das Headset«, sagt er resigniert.

Es ist ein Friedensangebot, und ich reagiere darauf, indem ich ihm das gestohlene Headset aushändige. »Du wolltest es dir genauer ansehen können, um herauszufinden, ob sich damit die Erde kontaktieren lässt. Sag jetzt nicht, ich würde dir nie etwas Nettes schenken.«

Jules presst die Lippen zusammen, während er das Headset eingehend betrachtet. »Schenk mir bloß nie was zum Geburtstag«, murmelt er. Dann schaut er zu mir hoch, und sein Mund verzieht sich zu einem kleinen Lächeln.

Ich grinse ihn an und quetsche mich in die äußerste Ecke der Kreuzung, damit er mehr Platz hat. Mein Herz rast immer noch, und jedes kleine Geräusch – nicht so ungewöhnlich in den Wänden eines uralten Raumschiffes – lässt mich zusammenschrecken. Das war so knapp, dass selbst ich aus der Fassung bin, doch für Jules zwinge ich mich, zumindest ruhig zu *wirken*.

Ein rascher Blick auf sein Handgelenk verrät mir, dass uns noch etwas weniger als eine Stunde bleibt, bevor unsere Nachbarn Atlanta und Dex Dienstschluss haben und in ihre Kabine zurückkehren. Eine Stunde Zeit zum Reden.

Jules beendet seine Inspektion und setzt sich das Headset auf, wodurch es zu neuem Leben erwacht. »Das Linsendisplay hat einen Sprung«, bemerkt er. Sein noch sichtbares Auge blickt starr ins Leere, während das andere auf das Glas fokussiert ist. »Aber größtenteils sehe ich trotzdem noch, was drauf ist.«

Triumphierend taste ich in der Dunkelheit neben dem Rohr herum, durch das das Wasser für das Schiff fließt. Meine Finger erfühlen die Reste unseres Frühstücks, ein Block aus schwammigen, etwa handtellergroßen Würfeln. Ich breche ihn auseinander, beiße in einen der Würfel und lege den Rest für Jules beiseite. Er ist größer als ich und isst mehr, und immer wenn er eine seiner Forschersessions macht, hat er danach einen Bärenhunger. Und ist jedes Mal überrascht darüber.

»Was steht da?«, frage ich rasch. Ich kenne das schon: Sobald er erst mal in die Sphären seines Geistes abgetaucht ist, vergisst er alles andere um sich herum, mich eingeschlossen.

Jules schüttelt den Kopf. »Das … lässt sich schwer sagen. Es ist, als würde es irgendwie mit meinen Hirnwellen interagieren, meine Gedanken lesen … es versucht, jeden noch so kleinen Gedanken von mir zu erfassen und darauf zu reagieren.«

»Vielleicht ist es deswegen Englisch statt Schriftzeichen.« Ich beuge mich zu ihm hin, doch um etwas auf dem Glas zu erkennen, müsste ich so dicht an ihn heran, dass wir Wange an Wange wären, also lasse ich es bleiben. »Es liest deine Gedanken und übersetzt in die Sprache, die du am besten sprichst.«

»Möglich.« Jules' Stimme klingt zweifelnd, aber offenbar hat er auch keine bessere Erklärung. »Ich finde nichts darüber heraus, wie man kommunizieren kann, außer mit anderen Headsets. Wie man Kontakt zu einem Planeten in der Nähe aufnimmt, erfährt man nicht.«

»Und wie sieht's mit einem Lageplan des Schiffs aus?«, schlage ich kauend vor und bemühe mich, mir meine Enttäuschung nicht anhören zu lassen. Wir haben Zeit – vielleicht bekommt Jules ja noch heraus, wie man mit dem Headset ein Signal zur Erde sendet, damit sie uns holen kommen. *Und, na ja, die Unsterblichen aufhalten, aber vorher sollten sie uns vielleicht erst noch retten.*

»Ein Lageplan verrät uns auch nicht, was sie hier machen und was sie mit der Erde wollen.«

»Aber vielleicht verrät er uns, ob es irgendwo einen Kommunikationshub gibt, von dem aus wir zur Erde funken können. Oder zeigt uns, wo man sich am besten noch weiterhin unbemerkt versteckt kann.« Ich weiß zwar, dass Jules genauso dringend nach Hause will wie ich – und *er* weiß, dass eine Funkbotschaft dafür unerlässlich ist –, aber trotzdem verfällt er ständig in seinen alten Forschermodus. Ständig grübelt er, was die Unsterblichen vorhaben, und versucht, sie wie eine seiner wissenschaftlichen Problemstellungen zu betrachten.

Ich muss ihn daran erinnern, dass es *egal* ist, was die Unsterblichen hier machen, denn selbst wenn wir es wüssten, könnten wir nichts dagegen tun, solange wir nicht zur Erde funken können.

Jules seufzt. »Ich gucke mal, ob ich einen Plan finde.«

Und schon ist er wieder abgetaucht. Ich lasse ihn in Ruhe und lehne mich an die Wand, deren geriffelte Oberfläche unangenehm in meine Schultern drückt. Aber das kenne ich inzwischen schon, und ich ignoriere die Schmerzen. Im Moment trage ich Jules' Armband, und in dessen Schein sehe ich mich unter den Gegenständen um, die in unserem Versteck herumliegen.

In den Augen von so ziemlich jedem würde unsere Ausrüstung kläglich wirken. Eine selbstgemachte Schale, geformt aus Alufolie, die von der Verpackung der Nahrungswürfel stammt, und umwickelt mit einem Stück wasserdichtem Stoff von einem ihrer entsorgten Overalls, fängt das Wasser aus dem winzigen Loch auf, das wir in das Rohr geschnitten haben. Aus dem Rest der Uniform haben wir eine Decke gemacht. Mein Multitool ist unser einziges Werkzeug, um Sachen zu zerteilen, zurechtzuschneiden und herzustellen, was wir so brauchen.

Nicht gerade viel, wenn man bedenkt, dass dieses bisschen Schrott alles ist, um uns gegen eine zweifellos feindliche Armee zu verteidigen. Doch jeder Gegenstand steht für einen Sieg, errungen durch irgendein Wagnis oder irgendeinen cleveren Schachzug. Und davon gab es nun mal nicht viele.

Es sei denn, man bezeichnet es als Sieg, so lange zu überleben – und dabei unentdeckt zu bleiben.

Und genau das tue ich, verdammt nochmal!

Unser einziger Vorteil ist, dass die Unsterblichen nicht wissen, dass wir an Bord ihres Schiffes sind. Sie sind zwar nicht regelrecht unvorsichtig, haben aber auch nicht überall Wachen postiert, wie sie es vielleicht tun würden, wenn sie den Verdacht hätten, dass etwas nicht in Ordnung sei. Aber trotzdem ist auf dem Schiff von Tag zu Tag mehr los, denn am laufenden Band kommen neue Unsterbliche durch die Portale.

Die Portale sind uns ein Rätsel: Wir wissen, dass es Durchgänge sind, die von einem Ort zum anderen führen, dass die Unsterblichen diese Orte aussuchen und Portale von unterschiedlicher Größe bauen können, mal so groß wie ein Raumschiff, mal so groß wie eine gewöhnliche Tür … aber *wie* sie das alles machen, das wissen wir nicht. Zweimal haben wir versucht, uns in den Korridor mit den Portalen zu schleichen, um herauszufinden, ob man sie irgendwie für die Heimkehr nutzen könnte, aber beide Male war zu viel los. Keine Chance, sie unbemerkt zu erreichen.

Jules' Körper fühlt sich warm an. Die Luft auf dem Schiff

liegt mehrere Grad unterhalb angenehmer Zimmertemperatur, doch das scheint die Unsterblichen nicht zu stören. Wegen der Kälte und des Platzmangels in unserem Schlupfwinkel müssen wir dicht nebeneinander sitzen. Aber sosehr ich mich auch danach sehne, mich zu recken, die Arme so weit auszubreiten, wie es nur irgend geht, und tief Luft zu holen, bin ich doch dankbar für diese Enge.

Denn ich weiß nicht, ob ich den Mut hätte, mich an Jules anzukuscheln, wenn wir mehr Platz hätten.

Er ist derart vertieft in das Headset, dass ich ihn ungeniert betrachten kann. Er sieht übel aus, seine Kleider sind dreckig und verschwitzt, mit einem unverkennbaren Geruch, von dem ich wünschte, ich könnte ihn als »männlich« bezeichnen anstatt als »absolut widerlich« –, aber schließlich bin ich genauso schmuddelig und ungewaschen. Blinde Passagiere haben eben keine Duschmöglichkeit.

Er sieht müde aus, und der zuckende Muskel an seinem Unterkiefer verrät mir seine Anspannung. Ob er es wohl merken würde, wenn ich ihn berühren würde – also, *mehr* berühren würde, meine ich? In den letzten Tagen hat er mich kaum angesehen.

Was völlig in Ordnung ist. Vermutlich werden wir sterben, ich glaube, das haben wir beide – jeder auf seine eigene Weise – inzwischen akzeptiert. Aber wenn es eine Möglichkeit gibt, zur Erde zu funken, dann sind wir unseren Familien zu Hause einen Versuch schuldig. Ich bin es Evie schuldig. Selbst wenn sie in den Fängen des Clubs bleibt und für den Rest ihres Lebens dort schuften muss, ist das mit Sicherheit besser als das, was diese Außerirdischen für sie vorgesehen haben. Was auch immer die Unsterblichen planen – dass sie sich so viel Mühe gegeben haben, um die Menschheit zu täuschen, lässt vermuten, dass es für unsere Lieben kein Zuckerschlecken wird.

Und angesichts dieser Verantwortung sollten wir beide zuallerletzt an …

Ein schepperndes Geräusch schreckt uns auf, und das Herz schlägt mir bis zum Hals. Durch die Wand dringen Stimmen, die auf die Quelle des Lärms hindeuten, und als erneut ein Scheppern ertönt, erkenne ich, dass es sich um die zugleitende Schiebetür in dem Raum neben unserem Luftschacht handelt.

Hastig verberge ich das blaue Licht des Armbands an meinem Bein, bis ich es endlich ausschalten kann, und Jules stopft ein Stück Kautschuk von meinen Sohlen in das Loch in dem Rohr. Wir wissen nicht, wie viel man drüben hört, aber ein Wartungsteam, das hier raufkommt, um nach einem tropfenden Rohr zu fahnden, können wir ganz und gar nicht gebrauchen.

Das Headset klappert leise, als Jules es abnimmt. Ich sehe das Glitzern in seinen Augen, als er in der Dunkelheit meinen Blick sucht, und ich weiß, dass er beunruhigt ist. Seit ihrer Ankunft waren die Unsterblichen immer so pünktlich wie ein Uhrwerk. Nicht ein einziges Mal hat einer seinen Arbeitsbeginn versäumt oder ist zu spät gekommen.

Heute sind Atlanta und Dex früh dran.

JULES

»Ach komm schon, Pfirsich, mach mir kein Gefrett«, sagt die Stimme von Dex, während wir hören, wie zwei Leute die Kabine hinter der Wand betreten.

»Was zum lixo ist *Pfirsich?*« Das ist Atlanta, sie klingt völlig unbeeindruckt.

Mia und ich wechseln wortlos einen Blick, dann legen wir uns beide wieder so hin, dass wir durch den knapp über dem Boden eingelassenen Lüftungsschlitz sehen können – wir sind in der Dunkelheit unsichtbar, doch aus der richtigen Perspektive haben wir den ordentlichen kleinen Raum mit den zwei Kojen und dem winzigen Schrank perfekt im Blick.

»Ein Pfirsich ist etwas zu essen«, sagt Dex und schält sich aus dem Oberteil seines Overalls, unter dem sein Unterhemd zum Vorschein kommt. Ich erhasche einen Blick auf sein Tattoo, als er die Ärmel über dem Bauch verknotet. Er sieht nicht älter aus als wir, genau wie Atlanta. Sie wirken wie Teenies – aber bei ihrem Anblick sehe ich vor meinem inneren Auge immer das blaue Blut spritzen, und womöglich sind sie mehrere hundert Jahre älter als wir.

Wieder schaue ich zu Mia hinüber, und ihrem Stirnrunzeln nach zu urteilen, hat sie das Tattoo ebenfalls bemerkt. Dass diese Aliens offenbar etwas mit sich gemacht haben – eine OP oder irgendetwas, das visuelle Halluzinationen hervorruft –, um menschlich zu wirken, ist das eine. Aber dass sie Tattoos tragen, zeugt von einer Detailbesessenheit, bei der es mir eiskalt den Rücken herunterläuft.

Das Unsterblichenpärchen unterhält sich immer noch. »Ich hab's nachgeschlagen«, protestiert Dex. »Du bist nach Atlanta benannt, wo man früher Pfirsiche angebaut hat. In Proto-Sprache klingt Pfirsich liebevoll.«

»Habe ich irgendwas getan, um dich liebevoll zu stimmen?«, fragt sie spitz und unterstreicht ihre Worte, indem sie sich polternd aufs Bett fallen lässt.

»In diesem Zyklus nicht«, räumt er ein und lässt sich auf die Koje gegenüber sinken. Von unserem Lüftungsschlitz aus sind nur seine Schienbeine und seine Füße zu sehen. »Aber ich gebe die Hoffnung nicht auf. Können wir jetzt reden?«

»Es gibt nichts zu reden«, faucht sie. Die beiden necken sich immer wie Geschwister, sie sticheln einander und tauschen kleine Gemeinheiten aus und auch gutmütige Witzeleien, aber bisher haben sie sich noch nie richtig gestritten. Dex ist unbekümmerter, Atlanta eher steif, aber man merkt ihnen an, dass sie sich schon lange kennen. Vielleicht sind sie zusammen aufgewachsen. Wo auch immer sie aufgewachsen sind. *Falls* sie überhaupt aufgewachsen sind – vorauszusetzen, dass sie so etwas wie eine menschliche Kindheit hatten, wäre gleichbedeutend mit der Fehlannahme, dass sie sind wie wir.

Beide sind hochgewachsen, etwa so groß wie ich, und von schlankem Körperbau, aber eher kräftig und drahtig als zierlich. Beide haben den gleichen goldenen Teint und das gleiche schwarze Haar, nur dass ihres glatt und glänzend ist, während er dichte Locken hat. Beide haben die Haare zu ordentlichen Zöpfen nach hinten geflochten, die ihre Gesichter freihalten.

»Ganz ruhig, Pfirsich.« Seine Stimme klingt beschwichtigend. »Ich versprech, ich habe nur gemeint, wir sollten uns überlegen, vielleicht ein anderes Destin zu beantragen. Wir können uns eines aussuchen.«

Destin, wiederholt mein Gehirn und arbeitet fieberhaft. So wie in *destiny*? Wider alle Wahrscheinlichkeit hoffe ich auf einen Hinweis darauf, was sie hier machen und was sie mit der Erde vorhaben.

»Wir nehmen Alpha eins, okay? Ich habe uns nicht in den besten Einsatzplan eingeschleust, um dann irgendein lixo Wissenssucher-Destin zu nehmen.« Sie seufzt. »Hast du dir mal angesehen, wie die Welt da unten aussieht? Da ist mehr Wüste und Smog als Grün und Blau, das Ganze wird bald zum Lixo gehen ... wir müssen nach unten shiften, Dex. Je eher wir die da unten loswerden, desto besser.«

»Ich compren.« Dex klingt ganz ruhig. »Und wir werden auch shiften. Ich weiß nur nicht ...«

»Was ist los mit dir, Dex?« Atlantas Tonfall wird schärfer. »Hast du Angst? Bis jetzt hast du noch nie Angst gehabt.«

»Nein, und ich hab auch jetzt keine Angst«, erwidert er gelassen. »Und ich will dir hier kein Gefrett machen. Ich meine nur, es gibt eine Menge, was wir noch nicht compren. Du und ich, wir müssen abwarten, die ersten Kundschafterteams auf der Erde werden uns beno Daten schicken. Warte ab, vielleicht stellt sich ja raus, dass Alpha eins gar nicht so beno ist, wie wir denken. Vielleicht gibt es noch ein bedeutsameres Destin, und dann schlagen wir zu.«

Ich spüre Mias flache Atemzüge an meinem Körper. Ihr Kopf schmiegt sich unter mein Kinn, während wir beide dicht nebeneinander auf der Seite liegen, um gemeinsam durch den Lüftungsschlitz spähen zu können.

Atlanta schnaubt, sie scheint nicht überzeugt. »Bei dir klingt immer alles beno.«

Dex lacht. »Deswegen schauen die Jungs auch alle michzu«, meint er.

Atlanta stößt einen tiefen Seufzer aus und verschränkt die Hände hinter dem Kopf. »Ich will jetzt shiften, Dex. Wozu das ganze Training, wenn wir hier oben nur rumsitzen und ihre Geschichten im Fernsehen anschauen und ihr Internet lesen?«

»Bald geht's rund«, sagt er. »Ich versprech, wenn wir so weit sind, geht's bei jedem einzelnen Paar an Bord dieses Schiffes rund, und bei jedem einzelnen da unten auch.«

»Fang nicht wieder mit den Protos an«, stöhnt sie und wirft halbherzig ein Wäschestück nach ihm.

Er steht auf, und seine Schritte nähern sich ihrem Bett. »Komm, wir holen uns was zu essen«, schlägt er vor.

Ihre Antwort klingt mürrisch. »Wenn wir schon geshiftet wären, könnten wir *unten* essen.« Doch trotz ihres Gemaules schwingt sie ihre Beine vom Bett und lässt sich von ihm hochziehen.

»Normales Essen wird uns wie lixo vorkommen, wenn wir erst mal unten auf der Erde gegessen haben«, entgegnet er gutgelaunt. »Also sollten wir besser alles aufessen, bevor wir die beno Sachen kennenlernen.« Er knotet die um seine Hüfte geschlungenen Ärmel seines Overalls auf. »Und hinterher schauen wir auf der Brücke vorbei, was es so Neues gibt«, schlägt er vor, als sie den Raum verlassen. »Wir werden klarmachen, dass wir es wirklich wollen, okay? Ob wir nun nach Alpha eins gehen oder nicht – es wird ein beno Auftrag sein.«

Sie bleibt in der Tür stehen und sieht ihn forschend an. »Und du willst tatsächlich ein beno Destin?«, fragt sie ruhig.

»Ich versprech«, sagt er und schiebt sie hinaus in den Gang. »Wir machen das schon. Die hatten ihre Chance mit diesem Planeten.«

Mit einem metallischen Klicken schließt sich die Tür hinter ihnen.

Eine halbe Minute bleiben Mia und ich schweigend liegen, lassen das Gehörte sacken und warten, bis sie wirklich fort sind. Dann wird Mia unruhig, also setze ich mich auf, damit sie mehr Platz hat.

»Heilige Scheiße.« Sie schaltet das Armband ein, in seinem Schein wirkt ihr Gesicht blass. »Jules, hast du …«

»Ja. *Destin* – wie Destination? Eine Mission oder so? *Lixo* ist Portugiesisch, und im Portugiesischen heißt es *Destino*. Ganz zu schweigen von Französisch, Italienisch und Spanisch, wo das Wort ganz ähnlich …«

»Jules!« Mias scharfer Tonfall bringt mich zum Thema zurück.

»Schon gut.« Als der akademische Nebel um meinen Geist sich lichtet, erfasst mich das gleiche Entsetzen wie Mia. Ein Entsetzen, das mein Herz zum Hämmern bringt. »Sie schicken Unsterblichentrupps zur Erkundung auf die Erde – so spionieren sie uns aus. Sie sind schon dort, *jetzt gerade,* unerkannt.«

»Deswegen haben sie sich ein menschliches Aussehen gegeben.« Mias Stimme zittert.

»Und deswegen sprechen sie Englisch und andere irdische Sprachen.« Mir fällt etwas ein, das mir eine Gänsehaut beschert. »Vor ein paar hundert Jahren haben die Regierungen speziell ausgebildete Spione ins Ausland geschickt, wo sie sich unter die Bevölkerung mischten. Sie durften von klein auf immer nur die Sprache das Feindes sprechen. Deshalb sprechen die Unsterblichen mittlerweile wie wir.«

»Glaubst du, sie wissen Bescheid?« Mias Stimme zittert immer noch. »Die Menschen auf der Erde – dass Aliens unter ihnen sind, Wesen, die aussehen wie Menschen, aber keine sind? Wissen sie von der Invasion?«

»Wenn sie es wüssten«, erwidere ich finster, »dann hätten sie inzwischen einen Weg gefunden, das Schiff anzugreifen.«

»Aber die Unsterblichen sehen ganz genauso aus wie wir, also wird niemand versuchen, sie aufzuhalten. Womöglich legen sie Bomben oder unterwandern Regierungen oder nehmen Geiseln, oder … oder …«

Ich weiß, dass sie an Evie denkt, ihre Schwester. Ich weiß das, weil mein erster Gedanke meinem Vater galt, und zum allerersten Mal bin ich tatsächlich erleichtert, dass er in der IA-Zentrale in Prag einsitzt. Vielleicht ist er dort ja sicher. Aber andere Menschen, die mir wichtig sind, haben diesen Schutz nicht. Meine Freunde, der Rest meiner Familie.

Ich taste nach Mias Hand, und, ohne zu zögern, verschränkt sie ihre Finger mit meinen und drückt sie. Inzwischen berühren wir uns so oft, dass es nicht mehr viele Augenblicke wie diesen gibt, in denen wir es absichtlich tun. Eigentlich sollte es ganz normal sein, nichts Besonderes. Doch zumindest ich bin wie elektrisiert.

Dann lässt ihr Händedruck nach, und als ich den Kopf hebe, sehe ich, wie sie an ihrer Unterlippe knabbert und ihre Furcht etwas anderem weicht. Während ich sie so anschaue, blitzt in ihren Augen dieses Leuchten auf, das ich zu bewundern und fürchten gelernt habe und das mir verrät, dass sie gleich etwas Verrücktes vorschlagen wird. »Moment mal … Jules. Wenn sie Unsterblichentrupps aussenden, die sich unten auf der Erde unter die Menschen mischen, dann bedeutet das, dass sie irgendwie vom Schiff dorthin und wieder zurück kommen können.«

Und plötzlich begreife ich, was ihr soeben klargeworden ist. »Sie haben Shuttles.« Ich richte mich so rasch auf, dass ich mit dem Kopf gegen die schräg geneigte Wand knalle. Doch es kümmert mich nicht, denn zum allerersten Mal gibt es Hoffnung. »Wenn wir herausfinden können, wo sie sind …«

»Dann kommen wir auch von diesem Schiff runter.« Mia greift nach dem Headset und drückt es mir in die Hände.

Ich zögere, während meine Finger den Bügel umfassen. »Aber Mia, wenn wir ein Shuttle stehlen, dann sehen sie uns –

und wir wissen nicht mal, wie man es fliegt. Wir sind beide keine Piloten, und selbst wenn wir welche wären – das sind Alien-Raumschiffe, und …«

Mia seufzt genervt. »Das findet sich dann schon, Jules, war doch immer so! Wir lösen die Probleme, wenn sie sich ergeben.«

Ich starre sie an, sie und dieses beängstigende Leuchten in ihren Augen, und weiß, dass sie nach diesem ersten Schritt mit mir losrennen wird, bis wir Hals über Kopf von der Klippe stürzen, ohne dass ich noch irgendwas dagegen tun kann.

»Setz das Headset auf, Oxford.«

Die Hand auf meinem Arm fühlt sich warm und vertraut an und spendet mir Zuversicht.

Ich setze das Headset auf.

AMELIA

Jules murmelt Unverständliches, in seiner Stimme liegt eine Gereiztheit, die nicht einmal unsere zunehmend häufigeren Begegnungen mit dem Tod bei ihm hervorrufen. Angestrengt versucht er neben mir, das Headset-System der Unsterblichen zu bedienen. Er ist schon seit Stunden damit beschäftigt, aber mein behutsamer Vorschlag, eine Pause zu machen, blieb ungehört. Einmal habe ich darauf bestanden, es selbst zu versuchen, aber ich hatte das Ding kaum aufgesetzt, als auf dem Linsendisplay gleißend heller Text aufleuchtete, der mir durchdringende Kopfschmerzen einbrachte.

»Es ist so was wie eine Art hochentwickeltes künstliches Bein, das von neuronalen Impulsen gesteuert wird, nur eben für das Gehirn.« Jules' Erklärung klang beinahe entschuldigend, als er mir das Headset wieder abnahm. »Man braucht Übung dafür.«

Ich habe kein Problem damit zuzugeben, dass Jules schlauer ist als ich, zumindest was die Art von präzisem Denken angeht, die man für diese Geräte braucht. Meine Antwort klang trotzdem ein wenig mürrisch: »Diese Außerirdischen sind wohl nie auf die Idee gekommen, eine Tastatur zu benutzen.«

Eine kleine Bewegung in dem angespannten Körper neben mir lässt mich zu ihm hinübersehen. An seiner Schläfe und entlang des Schlüsselbeins hat sich Schweiß gesammelt. Ich weiß, dass wir alles über die Funktionsweise des Dings herausfinden müssen und es deshalb absolut notwendig ist, dass er weitermacht, dennoch strecke ich unwillkürlich die Hand aus und fasse ihn am Handgelenk.

»Entspann dich, Oxford«, murmele ich, als er bei der Berührung zusammenzuckt. Jules klappt die Sichtlinse nach oben und blinzelt, bis er mich im blauen Schein seiner Uhr wieder scharf sehen kann. »Wie lange war ich drin?«

»Lange genug«, sage ich. »Mach mal Pause, iss etwas. Erzähl mir, was du herausgefunden hast.«

Automatisch greift Jules nach einem der schwammartigen Speisewürfel und entzieht sich dabei meinem Griff, um das Display seiner Armbanduhr auf den Lageplan richten zu können, den wir in die Wand der Kreuzung geritzt haben – eine Kopie der Bilder, die Jules von dem Headset empfängt. »Ich hatte recht, das hier ist die Shuttlehalle«, verkündet er und zeigt auf einen großen, offenen Bereich am anderen Ende des Schiffes.

Ich ziehe eine Augenbraue hoch. »Wieso klingst du dann nicht fröhlicher?«

»Weil ich immer noch keinen blassen Schimmer habe, wie man so ein Shuttle eigentlich fliegt.« Jules zerdrückt den restlichen Speisewürfel zwischen Daumen und Zeigefinger und schneidet dabei eine kleine Grimasse, so als würde er den Geschmack des Würfels meinen und nicht seine fruchtlose Recherche.

Während ich mir den Plan ansehe, wünsche ich, wir könnten das Shuttle persönlich in Augenschein nehmen. Aber überall sind Unsterbliche, und rund um die Shuttlehalle gibt es keine Luftschächte, in denen man sich verstecken könnte – eigentlich logisch. Niemand will ein Belüftungssystem, das mit einem Raum verbunden ist, der sich zum Weltall hin öffnet.

»Vielleicht müssen wir das Shuttle ja gar nicht fliegen«, sage ich schließlich. »Vielleicht können wir uns bei einem an Bord schleichen. Als blinde Passagiere, so wie hier.«

»Vielleicht.« Jules klingt zweifelnd, und ausnahmsweise kann ich ihm nicht widersprechen. Sich auf einem Schiff zu verstecken, das so groß ist wie ein kleiner Wolkenkratzer, ist eine Sache. Ein Shuttle von der Größe eines Schlafzimmers ist eine andere Hausnummer. »Vielleicht können wir uns ihre eigene Strategie zunutze machen. Uns als sie tarnen, so wie sie das auf der Erde machen. Wenn wir zwei von diesen Anzügen in die Finger bekämen …«

Er verstummt und sieht mich nicht an, und ich weiß, warum. Ich drücke mich auf die Knie hoch und ziehe eine Grimasse. »Bisher haben wir noch keinen gesehen, der unter eins achtzig ist. Selbst wenn es uns gelingen würde, zwei gleiche Anzüge zu klauen, würde ich wie ein Kind im Hosenanzug seiner Mutter wirken.«

Jules unterdrückt ein Lachen, und das Geräusch durchschneidet meine Anspannung wie ein Messer, das durch Butter gleitet. »Ich seh's bildlich vor mir.«

Ich grinse ihn müde an, doch das Lächeln vergeht mir, bevor ich den nächsten Satz herausbringe. »Aber du könntest gehen.«

Auch Jules' Lächeln verschwindet. Ich muss mich bis zum Äußersten anstrengen, damit er nicht merkt, wie sehr mich diese Vorstellung ängstigt, denn wenn er sieht, dass ich Angst habe, wird er sich weigern, das weiß ich. Wenn ich nicht lebendig hier rauskomme, würde es mich trösten zu wissen, dass wenigstens Jules es geschafft hat. Allerdings wäre ich dann ganz allein hier.

»Red keinen Blödsinn«, flüstert Jules schließlich. Es klingt heiser.

»Wenn du hier rauskämst, könntest du die IA vor den Unsterblichen warnen. Sie könnten schnell das Shuttle aufrüsten und wären im Nu hier. Oder glaubst du etwa, dass ich nicht so lange allein klarkäme?«

Er schluckt den Köder nicht. »Wir gehen zusammen. Entweder das oder wir bleiben beide hier.«

»Jules, sei nicht …«

»Würdest du denn allein gehen und mich hier zurücklassen?«

Ja. Ich kann das Wort klar und deutlich hören, es liegt mir auf der Zunge. Doch meine Lippen wollen sich nicht bewegen, und ich verfluche meine plötzliche – und ganz untypische – Unfähigkeit, zu lügen.

Jules' Augen glänzen. »Das dachte ich mir. Außerdem würde ich allein wahrscheinlich fast genauso auffallen wie mit dir.«

»Wieso?«

»Sie sind immer zu zweit unterwegs – hast du das noch nicht gemerkt?«

Stirnrunzelnd rufe ich mir die Unsterblichen in Erinnerung, die wir auf dem Schiff beobachtet haben. »Aber Schluffi …« Doch noch während ich den Einwand formuliere, begreife ich, was Jules meint.

»Die Versorgerbesatzung, wie man sie wohl nennen könnte, bildet keine Paare. Die Ingenieure und so. Aber die … die Soldaten oder Spione oder was immer sie sind? Solche wie Atlanta und Dex, die jung Aussehenden, die zur Erde runterfliegen? Die haben alle einen Partner und sind immer zu zweit unterwegs.«

Mir wird ein wenig mulmig, denn irgendwo in meinem Hinterkopf entfaltet sich das schlimmstmögliche Szenario. Eine Shuttle-Entführung, bei der wir es mit einem einzigen Unsterblichen-Gegner zu tun haben, könnte mit Hilfe des Überraschungsmoments *vielleicht* klappen. Aber wenn die Alien-Kundschafter immer paarweise auftreten, müssten wir zwei ihrer Sorte gleichzeitig erledigen, und wenn sie im Nahkampf auch nur halb so gut ausgebildet sind, wie es den Anschein hat, sind unsere Erfolgschancen gleich null.

Jules schiebt das Headset auf seine Stirn und stößt einen tiefen Seufzer aus. »Wenn bloß Neal hier wäre.«

»Neal?«

»Mein Cousin. Eigentlich mein bester Freund. Flugtechnik ist schon seit seiner Kindheit seine Leidenschaft.« Er senkt den Blick und zupft an seiner Nagelhaut herum, die Brauen zusammengezogen. »Er hätte im Nu heraus, wie man die Shuttles fliegt. Und würde bis zur Erde die ganze Zeit Loopings drehen.«

Es ist ihm deutlich anzuhören, wie viel ihm dieser Typ bedeutet. Staunen und Gedankenverlorenheit liegen Jules mehr als Sanftheit und Gefühlsduselei, aber seine Stimme spricht Bände. Und unterschwellig wird mir bewusst, dass ich nicht einmal diese grundlegenden Dinge über ihn weiß: wer seine Familie, wer sein bester Freund ist. In mancher Hinsicht sind wir uns so vertraut, wie es bei zwei Menschen überhaupt nur möglich ist. In anderer Hinsicht sind wir Fremde.

Ich schiebe den Gedanken beiseite. »Wirklich schade, dass er nicht hier ist.«

»Du wirst ihn noch kennenlernen«, sagt Jules und grinst mich rasch an. »Ihr beide werdet euch blendend verstehen. Und mein Vater wird dich lieben. Er wird dich zwar mit Mathe vollquatschen, aber ...« Ein Blick in mein Gesicht lässt ihn verstummen. »Was ist?«

Seine Worte hallen in meinen Ohren nach. *Sein Vater wird mich lieben? Den Abschaum, den sein Überflieger-Sohn angeschleppt hat?* Jules hat schon immer in einer Art Phantasiewelt gelebt, knapp neben der Realität, mit seinen akademischen Idealen und seinem Optimismus, aber das hier hebt den Wahn auf ein ganz neues Level. Doch mein Gesichtsausdruck scheint ihn so ehrlich zu verblüffen, dass mir die sarkastische Erwiderung im Hals stecken bleibt.

Er glaubt wirklich, dass wir beide so etwas wie eine gemeinsame Zukunft haben. Immer vorausgesetzt, dass die Welt nicht untergeht.

»Jules«, sage ich leise. »Ich bin nicht gerade eine Elite-Kandidatin. Evie und ich passen nicht in die Welt, aus der du stammst. Und das ist okay so. Ich mag uns, wie wir sind.«

»Ich mag dich auch, wie du bist«, protestiert er.

Er kapiert es einfach nicht. Er begreift nicht, wie wenig ich in sein reizendes Leben passe. Ihm ist nicht klar, dass selbst er mich vor diesem Hintergrund mit anderen Augen sehen würde. So wie auf Gaia, als wir uns kennengelernt haben. Plünderin. Diebin. Ungebildeter, unmoralischer, geldgieriger Abschaum. Natürlich würde er mir das nie ins Gesicht sagen, aber genauso wäre es. Wir wären nicht mehr im gleichen Team.

Und ich will nicht dabei sein, wenn das passiert.

Etwas in meinem Gesicht oder an meinem Schweigen veranlasst Jules, sich vorzubeugen und nach meiner Hand zu greifen. Seine Hand ist warm, und seine Finger legen sich kräftig und bestimmt um meine. »Mia«, sagt er leise, als mein Blick langsam abirrt. »Es gibt im Moment nicht mehr vieles, bei dem ich mir sicher bin. Aber eins kann ich dir versprechen, du könntest mich niemals irgendwie …«

Mit einem überraschten Ausruf lässt er meine Hand los. Auch ich bin erschrocken, denn ein elektrischer Schlag hat unsere Hände durchzuckt.

Verblüfft starren wir einander an, bis Jules erneut zusammenschreckt und einen Fluch unterdrückt. Ich habe keinen zweiten Schlag gespürt, er offensichtlich schon.

Mein Herz klopft ein wenig schneller, und ich beuge mich zu ihm vor. »Alles in Ordnung?«

»Ich glaube, das kommt vom Headset. Es tut nicht wirklich weh, es war nur …« Stirnrunzelnd verstummt er.

»Der Schreck?«, beende ich den Satz für ihn mit trockener Kehle. »Ich muss sagen, da ist mein Handy mir tausendmal lieber. Selbst wenn ich den Vibrationsalarm auf Anschlag stelle, ist es nicht so …« Ich breche ab, als mir ein Licht aufgeht, und plötzlich habe ich es eilig. »Setz das Headset auf!«

Er blickt mich erstaunt an, dann reagiert er und platziert den Hörbügel über seinem Ohr, während sich das gesprungene Glas über sein rechtes Auge schiebt. Sofort hebt er den Kopf, und unsere Blicke treffen sich. Er sagt nichts, doch sein konzentriertes Gesicht verrät mir, dass ich recht hatte: Der Stromschlag war ein Alarmsignal, genau wie die Vibrationsfunktion an meinem Handy.

Er lauscht – oder vielleicht guckt er auch –, ich weiß nicht, ob seine Aufmerksamkeit dem Hörer oder dem Linsendisplay gilt. Sein Gesicht wirkt zunehmend beunruhigt, bis er schließlich das Headset wieder absetzt und mich stumm ansieht.

»Und?«

»Ich weiß nicht, jetzt ist alles tot. Nichts mehr. Ich kann nicht mehr darauf einwirken, es ist … als hätte jemand die Verbindung gekappt.«

Er klappt das Glasstück hoch und sieht mich an. Mit einem Mal begreife ich, zu welchem Schluss er gekommen ist – weil ich dasselbe denke.

»Sie wissen, dass jemand auf ihre Datenbank zugreift«, flüstere ich, als würde es Realität werden, wenn ich lauter spreche. »Jemand, der nicht zu ihnen gehört.«

»Wahrscheinlich wegen der Suchanfragen zur Shuttlesteuerung«, erwidert Jules und setzt das Headset ab. Vorsichtig klappt er es zusammen und steckt es so ruhig ein wie ein Uniprofessor, der seine Lesebrille verstaut. »Wir mussten das Risiko eingehen. Die Unsterblichen sind ihr Leben lang dafür ausgebildet worden – sie müssen natürlich nicht nach Steuerungsbefehlen suchen.«

»Aber sie können nicht wissen, dass es blinde Passagiere auf ihrem Schiff sind.« Meine Stimme klingt ein wenig schrill – ich *will* einfach recht haben. »Sie werden glauben, dass es jemand auf der Erde ist, oder? Ein Funk-Hacker oder so. Wir sind nicht aufgeflogen. Die Kreuzung ist noch sicher.«

Und in diesem Moment, als hätte ich es mit meinen Worten heraufbeschworen, erhellt ein grellrotes Lasergitter die Kreuzung, scharfe Linien, die jeden Winkel ausleuchten. Panisch dränge ich mich auf allen vieren an Jules heran – das Gitter nähert sich uns aus allen Richtungen.

Gleich darauf fährt es systematisch über unsere Körper. Rote Linien legen sich über Jules' Schultern, seine schlaksigen Beine, seine Hand. Und als er sich zu mir umdreht, die Augen weit aufgerissen, leuchtet in der Mitte seiner Stirn ein roter Punkt. Wie der Zielpunkt eines Scharfschützen in einem Actionfilm. Das Blut gefriert mir in den Adern.

Sie wissen, dass wir hier sind.

***

Seit neunundvierzig Stunden haben wir nicht mehr geschlafen. Jedes Mal, wenn wir glauben, einen Winkel gefunden zu haben, von dem die Unsterblichen nichts wissen, hören wir über kurz oder lang ihre Schritte oder das metallische Quietschen, wenn jemand eine Luke aufreißt. Und zwar gefühltermaßen im Minutentakt. Es ist beinahe, als könnten sie plötzlich durch Wände sehen, als wüssten sie jederzeit, wo wir sind.

Ich stecke im oberen Teil eines Lüftungsschachts über einem dreißig Meter tiefen Abgrund, meine Schultern sind gegen die eine Wand gedrückt, meine Stiefel gegen die andere. Hier kommt das Lasergitter nicht hin, und das aus gutem Grund – nur ein Dummkopf würde sich in so tödliche Gefahr begeben. Ein Dummkopf oder ein Mensch, der so verzweifelt ist, dass die Fallhöhe weniger beängstigend ist als die Alternative.

Jules lehnt an meinen Beinen und döst. Wahrscheinlich hat er nicht gemerkt, dass er sich angelehnt hat – sonst wäre er abgerückt, damit es für mich nicht so anstrengend ist. Allerdings hat er es sowieso schwerer als ich. Seine Größe macht das Herumkriechen in den Zwischenräumen zur Quälerei, und er hat seine Glieder schon seit Tagen nicht mehr richtig strecken können.

Die Augen drohen mir zuzufallen. Rasch atme ich ein, spanne nacheinander alle Muskeln an und lasse wieder locker, wobei ich mich auf die körperlichen Empfindungen konzentriere, um wach zu bleiben.

Ich habe so etwas schon mal erlebt, in Chicago. Da stieß ich einmal auf einen Trupp Plünderer mit genug Lebensmitteln, um eine ganze Kompanie zu versorgen, und lockte einen Teil von ihnen zur nächsten Querstraße. Sie waren so dumm und rannten los, als sie den Hilferuf hörten – von einem uralten Audiorecorder aus einem geplünderten Pfandhaus –, und ich marschierte in ihr menschenleeres Lager und bediente mich an ihrer Verpflegung und an allem, was sonst nicht niet- und nagelfest war. Aber ich wurde gierig und blieb zu lange, und sie kamen zurück, bevor ich abhauen konnte. Anderthalb Tage steckte ich in einer alten Gefriertruhe fest und aß kalte Dosenerbsen, bis sie endlich weiterzogen.

Ein Geräusch schreckt mich aus meinen Gedanken, und schlagartig lasse ich die Erinnerung los. Mit hämmerndem Herzen warte ich, bis mein Verstand das Geräusch als fernen Ventilator identifiziert, der sich irgendwo eingeschaltet hat. Ich schaue auf das Armband. Zweiundzwanzig Minuten seit unserem Stopp.

Durch Jules' Körper geht ein Ruck, was meinen Puls erneut in die Höhe treibt. Ich drücke seine Schulter, und in der Dunkelheit treffen sich unsere Blicke. Hastig rutscht er von meinen Beinen weg. »Das Headset hat vibriert«, flüstert er rau.

Am liebsten würde ich ihm sagen, dass er es einfach ignorieren soll. Inzwischen wissen sie, dass wir hier sind, also wird es ihnen egal sein, ob wir die Nachrichten, die sie über das Headset schicken, abfangen. Vielleicht schicken sie sogar Fake-Nachrichten, Köder, die uns aus unserem Versteck locken sollen. Andererseits ist das Headset unser einziger Zugang zum Unsterblichen-Kommunikationsnetz, und wenn sie das System wieder eingeschaltet haben sollten … dann müssen wir wissen, was sie sagen.

Erneut drücke ich seine Schulter, und er setzt das Headset auf.

Ich wappne mich für eine lange Schweigepause, während er abtaucht, sogar noch tiefer, als wenn er schläft – doch schon nach wenigen Sekunden nimmt er das Headset wieder ab und sieht mich verwirrt an.

»Was ist?«, flüstere ich.

»Nur ein Satz«, erwidert er. »›Alter Flugplan gecancelt, sämtliche planetaren Teams sofort shiften.‹ Das war alles – ansonsten reagiert das Headset immer noch nicht, und das Linsendisplay ist weiter tot.«

Ich bin so müde, dass mein Verstand nicht richtig arbeitet. »Die Sorte Unsterbliche, zu denen auch Atlanta und Dex gehören, die Soldaten – die fliegen jetzt alle zur Erde?«

»Sieht ganz so aus.«

»Seit Tagen sind sie uns auf den Fersen – wieso ändern sie ihren Plan gerade jetzt?«

Ohne Vorwarnung erwacht der vor uns liegende Gang durch Linien aus gleißend rotem Licht zum Leben. Ich greife nach Jules, doch er hat die Linien schon gesehen, zieht seine langen Beine schnell zurück und drückt sich dicht an mich. Zwischen ihm und dem Rand des Lasergitters liegen nur wenige Zentimeter, doch das genügt. Mit klopfendem Herzen warten wir, ohne einen Mucks von uns zu geben, als könnten die Laser uns irgendwie hören, wenn wir uns bewegen. Dann wird es wieder dunkel.

Ich drücke Jules' Schulter, und als ich durch den horizontalen Schacht krieche, folgt er mir schweigend, und ohne weitere

Fragen zu stellen. So wie er der Headset-Meister ist, bin ich diejenige, die uns in diesen Tunneln in Bewegung und am Leben hält.

Der Schacht, in dem wir uns jetzt befinden, verläuft bodennah an einem der oberen Decks entlang, und wir sind erst ein paar Meter weiter gekommen, als schnelle Schritte uns erstarren lassen. Zu oft schon ist uns dieses Geräusch das Signal für einen hastigen Rückzug und die panische Suche nach einem neuen Versteck gewesen. Doch diesmal donnern die Schritte an uns vorbei, gefolgt von weiterem Stiefeltrampeln, bis schließlich ein wahrer Ansturm losbricht.

Als die Horde endlich vorüber ist, flüstere ich: »Wenn wir von dem Schiff runterwollen, müssen wir zu einem dieser Shuttles.«

»Und was dann? Wollen wir sie fragen, ob sie uns vielleicht mitnehmen?« Ich sehe das Glitzern seiner Augen im Dunkeln und würde am liebsten lächeln – er klingt genau wie ich, wenn er seine Angst und Erschöpfung hinter Sarkasmus verbirgt. Doch wir sind beide zu müde zum Lächeln. »Selbst wenn wir irgendwo unbemerkt an Bord gehen könnten – nie und nimmer könnten wir mal eben lernen, ein außerirdisches Landeflugzeug zu steuern, das von einer Spezies gebaut wurde, die uns um Zigtausende Jahre voraus ist.«

»Wir müssen es versuchen!« An einer Gabelung halte ich an und signalisiere Jules, das Gleiche zu tun. Der Platz reicht gerade aus, um Seite an Seite kurz auszuruhen. »Vielleicht können wir zwei Anzüge als Tarnung auftreiben, so wie wir es besprochen hatten.«

Jules senkt den Blick, und ich weiß, dass er meine Beine ansieht, die ich neben ihm ausgestreckt habe – und die gut dreißig Zentimeter kürzer sind als seine eigenen. In einem Anzug der Unsterblichen würde ich wie ein Kind aussehen. Ich könnte sie vielleicht für eine oder zwei Sekunden täuschen, aber nicht lange genug, um die Shuttlehalle ausfindig zu machen, ein Shuttle herauszugreifen und heimlich – oder durch eine List – an Bord zu gelangen.

Ich zwinge mich, druchzuatmen, und lasse mich einfach dort, wo ich bin, zu Boden sinken, die Stirn auf den verschränkten Unterarmen. *Denk nach, Mia. Du hast das doch schon früher hingekriegt. Wie stiehlt man etwas von einem Gegner, der einem zahlenmäßig überlegen und organisatorisch weit voraus ist?*

Chicago. Der Audiorecorder.

»Wir müssen sie ablenken.« Ich spreche langsam, ohne mich erst groß mit Nachdenken aufzuhalten – im Moment ist jede Idee besser als keine. »Wir müssen irgendwie ein paar von ihnen weglocken, uns ihre Anzüge schnappen und dann ihren Platz auf dem Shuttle einnehmen. Glaubst du, dass du so reden kannst wie sie? Dass du Dex' und Atlantas Sprechweise imitieren kannst?«

Jules starrt mich entsetzt an, sein Ausdruck erinnert mich entfernt an das Erstaunen und die Skepsis angesichts meines Vorschlags, ein Gleitrad der gegnerischen Plündererergang zu stehlen, damals bei unserer ersten Begegnung auf Gaia. »Ich glaube schon. Solange ich keine großen Reden schwingen muss. Aber wir wissen nicht genug über sie, um sie lange zu täuschen.«

Ich öffne den Mund, um etwas zu sagen, doch weiter komme ich nicht. Ein Stück weiter vorn erklingt ein Scheppern, begleitet von einem dünnen, grellen Lichtstrahl. Eine Stimme, verzerrt vom Echo, die etwas fragt, und eine zweite, leisere Stimme, die antwortet. Sie sind am anderen Ende unseres Schachtes. Sie haben uns gefunden.

Jules murmelt einen seiner lateinischen Flüche und flüchtet sich in einen Arm der Gabelung. Ich halte mich so dicht hinter ihm, dass ich fast seinen Stiefel ins Gesicht bekomme.

»Wieso finden sie uns immer wieder?«, schnauft er, doch ich bin derart außer Atem, dass ich kaum mehr als ein Keuchen herausbringe.

Nach ein paar weiteren Minuten hält er plötzlich an, sein ganzer Körper versteift sich. Er stützt sich seitlich auf und nimmt das Headset ab. »Herrje, wir sind solche Idioten – das Headset, Mia.«

»Scheiße.« Mir rutscht das Herz in die Hose. *Wie konnte ich das bloß übersehen? Zwei Tage Schlafmangel, und schon bin ich völlig neben der Spur.* »Die Headsets sind anscheinend so was wie Handys und haben irgendwelche Tracker oder Ortungschips. Und da sie wissen, dass jemand auf ihre Datenbank zugegriffen hat …«

Grimmig holt Jules aus und schleudert das Ding so weit wie möglich von sich weg. Es schlittert über den Boden des Lüftungsschachts, während wir in die andere Richtung weiterkriechen.

»Was ist?«, murmelt er und sieht im schwachen Licht seines Armbands zu mir herüber. »Diesen Gesichtsausdruck kenne ich doch. Bei welcher Schnapsidee muss ich jetzt wieder mitmachen?«

»Wir bleiben bei unserem Plan. Wir schnappen uns zwei von diesen Unsterblichen-Kundschaftern, wenn sie auf dem Weg zur Abflughalle sind, horchen sie aus und entwenden ihnen die Anzüge.«

Jules' Miene ist ernst, sein Blick geht ins Leere, während er sich die Lageplanskizze ins Gedächtnis ruft. Diesmal macht er sich nicht mehr die Mühe, auf die Aussichtslosigkeit unserer Situation hinzuweisen. Entweder findet er inzwischen ebenfalls, dass es einen Versuch wert ist, oder er denkt, dass wir, wenn wir schon derart in der Patsche sitzen, zumindest kämpfen müssen. »Am besten, wir postieren uns irgendwo in der Nähe der Shuttlehalle. Dort treffen wir am wahrscheinlichsten auf Soldaten mit Anzügen.«

Ich atme auf und danke den Göttern, oder den universellen Kräften, die uns sonst zuhören, für Jules' phänomenales Gedächtnis. »Ich folge dir wie ein Schatten.«

***

Unterwegs feilen wir an unserem Plan. Das Headset lassen wir zurück – da uns die Unsterblichen selbst bei deaktiviertem Netz aufspüren konnten, muss der Ortungschip weiterhin funktionieren. Und schließlich wollen wir kein Empfangskomitee, wenn wir am Ziel sind.

Wieder bewegen wir uns durch die Hohlräume zwischen den Wänden, bis wir neben einem der Hauptkorridore zu einer kleinen Kammer gelangen, die alle möglichen nicht identifizierbaren Gerätschaften enthält. Für mich sieht es ganz nach einem Boilerschrank aus.

Gezwungenermaßen warten wir dort auf den richtigen Augenblick. Hin und wieder laufen Unsterblichen-Paare vorbei, aber wir brauchen zwei, die allein unterwegs sind, und zwar welche, die ihre Anzüge noch nicht anhaben. Von denen, die vorbeikommen, hat die Hälfte sich den Anzug wie einen Blaumann um die Taille gebunden.

Wir beginnen langsam unruhig zu werden, als ich nach langer Stille die Schritte von zwei Fußpaaren höre. Ich berühre Jules am Arm; wir öffnen die Tür einen Spaltbreit und sehen gerade noch zwei Gestalten, deren Silhouetten den Korridor verdunkeln.

Ich mache mich gerade bereit, um loszustürzen, als ich Jules' Finger an meinem Rücken spüre. Die Wärme seiner Hand lässt mich innehalten – wir verständigen uns jetzt schon so lange über flüchtige Berührungen, dass ich eigentlich daran gewöhnt sein sollte, aber diesmal lässt er seine Hand liegen.

Ich drehe mich um, Jules ist dicht hinter mir, eine tiefe Furche zwischen den Augenbrauen, die Lippen zusammengekniffen. »Bist du dir wirklich sicher? Sollten wir nicht beide …«

»Ich bin schneller als du.« Das ist keine Prahlerei – es ist schlicht die Wahrheit, und Jules hatte in den letzten Wochen reichlich Gelegenheit, sich davon zu überzeugen. »Ich kann sie abschütteln, Ehrenwort.«

Und in diesem Moment bin ich mir wirklich sicher. Es ist weder Lüge noch Übertreibung – ich bin schnell, und ich bin klein, und meine Tätigkeit als Plünderin hat mich auf das hier vorbereitet. Ich drehe mich ganz um, umfasse Jules' Arme und versuche, ein möglichst strenges Gesicht aufzusetzen, während ich zu ihm hochblicke.

»Wir werden nur ein paar Minuten getrennt sein. Lass einen Anzug liegen, zieh den anderen an und such uns irgendwas, womit wir von hier wegkommen. Bis du die Unsterblichen dazu gebracht hast, dass sie uns mitnehmen, bin ich längst zurück. Du hast die schwierigere Aufgabe – du musst ihnen vorgaukeln, dass du einer von ihnen bist. Ich muss nur rennen.«

Jules mustert mich kurz, dann zieht er mich nah an sich heran. Ich habe ganz vergessen, wie anders es sich doch anfühlt, wenn er mich richtig umarmt. Kein Vergleich mit den fürsorglichen Berührungen in unseren Verstecken, bei denen er einen Arm um mich legt, um mich zu wärmen.

Nein, das stimmt nicht – ich habe es überhaupt nicht vergessen. Ich habe mich nur bemüht, nicht daran zu denken.

»Das gefällt mir nicht«, sagt er leise.

Ich versuche mich an einem Lächeln, wobei sich mein Herzschlag ein wenig beschleunigt. »Mir auch nicht. Aber die einzige andere Möglichkeit ist, weiter davonzulaufen und sich zu verstecken – bis alles vorbei ist, auf welche Weise auch immer.« Ich will es nicht aussprechen. Ich *darf* es nicht aussprechen. Doch in meinem Inneren höre ich die Worte klar und deutlich, als hätte ich sie ausgesprochen: *Bis die Erde untergeht.*

Jules legt seine Stirn an meine. Ich sehne mich danach, den Kopf zurückzulegen und seine Lippen zu suchen, die nur einen Atemzug von meinen entfernt sind. Beinahe tue ich es, und mein Kopf muss sich in der Dunkelheit eine Winzigkeit bewegt haben, denn ich spüre, wie seine Hände reagieren und sanft über meinen Rücken nach unten gleiten.

Plötzlich kommt mir all die Zeit, die wir zusammen auf diesem Schiff verbracht haben, wie eine derartige Verschwendung vor. Ich hätte mehr daraus machen können – ich hätte diese Zeit, unser nahes Beieinandersein, nutzen können, um dieses zarte Band zwischen uns zu festigen. Wahrscheinlich werden wir von diesem Schiff nicht mehr runterkommen, und wenn Jules auf der Erde zu seinem normalen Leben zurückkehrt, dann soll er sich daran erinnern, was ich für ihn empfunden habe. Nicht daran, was ich von seinen bescheuerten Ansichten gehalten oder wie ich ihn wegen seines Optimismus aufgezogen oder wie ich seine gutgemeinten – aber naiven – Versuche, in seinem Leben Platz für mich zu schaffen, abgeschmettert habe.

Er soll sich daran erinnern, was ich *empfunden* habe. Aber ich weiß nicht, wie ich ihm das zeigen soll. Ein Kuss würde niemals ausreichen.

»Ich muss los.« Ich trete einen Schritt zurück, reiße mich zusammen. »Das hier ist vielleicht unsere beste Chance, und sie sind fast schon am Ende des …«

»Sei vorsichtig.« Jules lässt meine Hand los.

»Du auch.« Wieder öffne ich vorsichtig die Tür, gerade so weit, um den Kopf hindurchstecken und nachsehen zu können, wo sich unsere Opfer genau befinden. Dann halte ich kurz inne, trotz meiner Eile. »Falls ich nicht – halt sie hin, aber lass deine Tarnung nicht auffliegen, wenn … Einer von uns muss es zur Erde schaffen.«

Diesmal widerspricht Jules mir nicht. Seine Lippen pressen sich zusammen, und er sagt nichts, sondern nickt nur kaum merklich.

Wenn ich Zeit hätte, würde ich ihm sagen, dass ich kein bisschen edel und tapfer bin – wenn ich Zeit hätte, würde ich ihm sagen, dass die Vorstellung, allein hierzubleiben, mir eine Heidenangst einjagt. Stattdessen opfere ich noch eine Sekunde, um ihn anzusehen, dann schlüpfe ich hinaus in den Gang.

Ich atme ein paarmal scharf ein und aus, damit mein Herz schneller schlägt und so mehr Blut in die Muskeln pumpt, dann renne ich los. Als sie meine Schritte hören, bleiben die beiden Unsterblichen stehen; die Fluganzüge baumeln von ihren Armen herab. Als der eine sich umdreht, halte ich abrupt inne, als wäre ich überrascht, sie hier anzutreffen.

Für einen langen Augenblick starren wir uns durch den Korridor an.

Es sind ein Junge und ein Mädchen, beide so groß wie Atlanta und Dex, doch abgesehen von ihrer Größe könnten sie nicht verschiedener sein. Das Haar des Mädchens ist raspelkurz geschoren und hat den gleichen hellbraunen Ton wie seine Haut, der Junge hat seine rot-braunen Locken zu einem Knoten hochgeschlungen.

Dem Jungen bleibt der Mund offen stehen. »Ist das – ist das ein Proto?«

Die Augen des Mädchens werden groß. »Das ist die, die gesucht wird!«

Im Bruchteil einer Sekunde lassen beide ihre Anzüge fallen und rennen los, in meine Richtung. Sie sind schneller, als ich erwartet habe, furchtbar schnell, und ein Fluch entfährt mir, als ich bei meiner hastigen Kehrtwendung beinahe ins Stolpern komme. Einen raschen Blick zu dem Wandschrank, in dem Jules sich versteckt, kann ich mir nicht verkneifen und sprinte daran vorbei. Das Blut rauscht mir in den Ohren.

Am Ende des Ganges angelangt, stoße ich mich von der Wand ab und vollführe dabei eine Vierteldrehung. Aus dem Augenwinkel erhasche ich einen Blick auf eine Gestalt hinter meinen Verfolgern, die sich bückt und eilig die Anzüge aufhebt, um dann wieder im Schatten zu verschwinden.

Innerlich triumphierend, konzentriere ich mich ganz aufs Rennen.

Meine Route habe ich, so gut ich konnte, vorausgeplant, dank Jules' beinahe schon fotografischer Erinnerung an den Lageplan aus dem Headset und mit Hilfe dessen, was wir uns bei unseren Streifzügen durch die Wände und Lüftungssysteme ausklamüsern konnten. Der nächste Abzweig rechts wird mich zur Shuttlehalle bringen und danach der nächste links zurück zu den Quartieren. Dort erwartet mich auf Kniehöhe ein offen stehender Lüftungsschacht, in den ich nur hineinschlüpfen und die Luke zuziehen muss, bevor meine Verfolger um die Ecke biegen.

Ich schlittere um die Biegung, den Blick schon nach unten gen Luke gerichtet – und dann bleibt mir die Luft weg, als ich mit voller Wucht gegen eine Wand donnere. Ich stolpere rückwärts, schnappe nach Luft und starre die nackte Wand eine halbe Sekunde zu lange an, bevor mir klarwird: Ich bin nicht dort, wo ich zu sein glaubte. Der Weg war falsch, oder ich habe mich verkalkuliert – wie auch immer, das Ergebnis ist das gleiche.

Ich habe mich verlaufen.

Blindlings – um die Ecke höre ich schnelle, kräftige Atemzüge und das Getrappel von Stiefeln – entscheide ich mich für eine Richtung und renne los.

Es tut mir leid, Jules. Bitte, bitte *sei stark und flieg ohne mich.*

JULES

In der Shuttlehalle ist jede Menge los, Unsterblichen-Arbeiter und Soldaten laufen herum, rufen Befehle und schleppen Ausrüstung durch die Gegend. Der Raum ist so riesig, dass mir schwindlig wird – vermutlich eine normale Reaktion, wenn man eine Woche lang in viel zu großer Enge eingepfercht war. Wegen ihrer Größe muss die Halle gestützt werden, Rippen aus metallischem Gestein ragen bogenförmig in die Höhe und bilden ein Gewölbe wie bei einer Kathedrale. Sofern Kathedralen irisierend schillern und sich über einer außerirdischen Invasionsstreitmacht erheben würden.

Aus der Vogelperspektive muss das Gewusel hier wie ein Ameisenhaufen aussehen, mit Soldaten in Raumanzügen, die emsig in alle Richtungen laufen. Jeder von ihnen hat ein Ziel, und für einen kurzen Moment verharre ich auf der Schwelle.

Auch ich stecke in so einem Anzug. Genau wie irdische Astronauten, tragen die Unsterblichen sie auf dem Flug zur Erde, vermutlich für den Fall eines Lecks im Shuttle. Sie sind pechschwarz, die Helme seltsam unförmig, die Visiere undurchsichtig, solange man nicht direkt davorsteht. Das letzte Mal, als ich

Gestalten gesehen habe, die so angezogen waren, hockten Mia und ich in einem Versteck und beobachteten, wie die ersten Unsterblichen durch die Portale kamen, wenige Minuten nach dem Start des Raumschiffs. Damals rechneten wir damit, dass unter den Helmen albtraumhafte außerirdische Geschöpfe zum Vorschein kommen würden, mit Tentakeln als Gesichtern oder Zähnen, so scharf wie Messer.

Dass sie stattdessen menschliche Gesichter enthüllten, war irgendwie noch schlimmer.

Mein Helm hat eine bequeme Polsterung, die sich um meinen Kopf schmiegt wie Neals Motorradhelm, und ich bin froh, dass er mein Gesicht verbirgt, denn mir ist bewusst, dass ich starre. Es sind einfach *so* viele von ihnen. Mindestens die Hälfte von ihnen hat den Helm noch nicht aufgesetzt, und ich blinzele langsam, als mir aufgeht, dass sie alle ungefähr so alt zu sein scheinen wie ich.

Die Invasionsstreitkräfte der Unsterblichen geben sich bei ihrer wie auch immer beschaffenen menschlichen Tarnung stets eine jugendliche Gestalt. Warum?

Steckt ein Irrtum ihrerseits dahinter, ein Missverständnis, was uns Menschen angeht, oder hoffen sie, in dieser Aufmachung eher unterschätzt und übersehen zu werden?

Notgedrungen muss ich einer Gruppe ausweichen, die durch die Tür kommt, und versuche, meine aufsteigende Panik zu unterdrücken.

Ich habe ungefähr die richtige Größe, sage ich mir. *Es gibt keinen Grund, wieso ich auffallen sollte*. Trotzdem bin ich froh, dass ich Mia gesagt habe, sie soll unbedingt ihren Helm tragen –

unter den vielen Gesichtern um mich herum, wie mir plötzlich klarwird, ist kein einziges, das so blass ist wie ihres. Die Skala reicht zwar von einem tiefen Dunkelbraun zu leichter Sonnenbräune, aber sie ist ohne jeden Zweifel das weißeste Mädchen auf dem Schiff, und auch das kleinste.

Der zweite Anzug und der zweite Helm warten drüben im Geräteschrank, aus dem Mia sich beides – so noch immer meine Hoffnung – holen wird, doch vorerst bedeutet ihre Abwesenheit, dass ich in diesem riesigen Hangar mit der hohen Decke der Einzige ohne Partner bin. Hoffentlich, hoffentlich, hoffentlich geht im Gewühl der Massen unter, dass ich allein bin.

Als wäre mir nicht ohnehin schmerzhaft bewusst, dass sie nicht an meiner Seite ist.

Und da entdecke ich sie: Atlanta und Dex, unsere ahnungslosen Nachbarn, die im Gleichschritt nebeneinander durch den Hangar gehen, die Helme unter dem Arm. So deutlich habe ich sie bisher noch nie sehen können, es waren immer nur kurze Eindrücke aus unserem Versteck im Lüftungsschacht. Beide haben die Haare hochgesteckt, damit sie unter die Helme passen, und sie unterhalten sich angeregt. Ob sie über ihr *Destin* diskutieren? Vielleicht. Ich recke den Hals, um sie nicht aus den Augen zu verlieren, und ein paar Augenblicke später bleiben sie neben einem Shuttle stehen, das sich in der Warteschlange etwa an zehnter Stelle befindet. Dex steigt die Treppe zum Eingang hoch und hält sich am Türrahmen fest, während er sich umsieht.

Ich begreife, was er da tut, noch während sich meine Füße in Bewegung setzen. Er hält nach der restlichen Besatzung Ausschau. In einigen Shuttles ist nur Platz für zwei, aber die meisten sind für vier gebaut, und das, an dem er gerade steht, gehört eindeutig zur zweiten Kategorie. Ohne ihre Headsets können er und Atlanta nicht in Erfahrung bringen, wo die andere Hälfte ihrer Crew ist. Und auch nicht, um wen es sich dabei handelt.

Was bedeutet, dass ebenso gut *ich* das sein kann.

Die Kehle wird mir eng, und meine Hände kribbeln, während ich mir einen Weg durch das Gewimmel der Soldaten bahne und im Kopf die ersten Worte einübe. Ich spreche neun Sprachen, plus sechs Dialekte. Ich habe die Unsterblichen tagelang belauscht. Wenn irgendjemand ihren Akzent und ihren Wortschatz imitieren kann, dann ich.

Wenn mir das nur das Gefühl nehmen würde, mich gleich in meinen Helm übergeben zu müssen.

Dennoch bewegen sich meine Beine, und ich marschiere zielstrebig auf die beiden zu, was zur Folge hat, dass sie mir die Köpfe zuwenden.

»Atlanta?«, frage ich und zeige mit dem Finger auf sie, wobei ich die Vokale dehne, damit sie hell klingen und eine Frage markieren. »Dex?«

»Ja?«, erwidert Atlanta langsam.

Ich werfe die Hände in die Luft, als wollte ich den Herrn preisen, dass ich sie gefunden habe. »So ein Gefrett. Meine Partnerin kommt jeden Moment euchzu.«

Keiner von ihnen zeigt die Erleichterung und das Verständnis, auf die ich gehofft habe. Dex in der Tür mustert mich, und Atlanta blinzelt langsam.

»Wer bist du?«

Was Mia tun würde, weiß ich. Sie würde sich ins Zeug legen, sie würde alles geben. Deus, wenn sie doch nur hier wäre. »Ich bin Jules«, sage ich und schaffe es, so zu klingen, als wäre das ja wohl irgendwie klar und als wäre ich überrascht, dass sie nicht schon im Bilde sind. Besser, ich bleibe bei meinem Namen – nach allem, was ich beobachtet habe, haben sie überwiegend traditionelle, menschliche Namen, aber als Kurzform wie in Dex' Fall, oder es sind Bezeichnungen von Gegenständen oder Orten wie bei Atlanta.

»Wir haben nicht auf dich gewartet«, sagt Atlanta in ihrer gewohnten Direktheit. Sie wird die härtere Nuss sein, das weiß ich.

»Ich compren«, pflichte ich ihr bei. »Aber es hat sich alles verschoben, yup? Mir wurde gesagt, dass ich mich bei Alpha eins melden soll.« Ich bete, dass Atlanta ihren Willen bekommen hat und dass sie und Dex das erhoffte *beno Destin* ergattert haben.

Atlanta starrt mich weiter aus zusammengekniffenen Augen an. Ich weiß, dass ich so dicht vor ihr stehe, dass sie durch mein Visier sehen kann, also wahre ich eine ernste Miene. »Welches Destin hast du?«

»Alpha zwei«, erwidere ich und wünschte, ich hätte Mias Schlagfertigkeit.

Atlanta runzelt die Stirn. »Alpha zwei ist auf der anderen Seite des Planeten da unten. Wieso landest du da mit uns in Europa?«

Europa, denke ich, und mein Herz vollführt einen Purzelbaum. Dort ist mein Zuhause. Dort ist Neal. Dort ist mein *Va-*

ter. Fieberhaft suche ich nach Worten. »Wir *waren* Alpha zwei, aber bei der Umverteilung hat es jemand anders bekommen.« Ich lege alles an Gereiztheit und Frustration in meine Stimme, dessen ich fähig bin, und imitiere dabei den Tonfall der Tutoren in Oxford, wenn sie sich mit den Erstsemestern abgeben mussten – die ultimative Demütigung.

»Jetzt sind wir bei Alpha eins eingeteilt. Anscheinend denken die, das Destin, das wir zuerst hatten, wäre eine Nummer zu groß für uns.«

Doch bevor sie mich weiter ausfragen kann, blickt Dex von seinem Platz in der offenen Shuttletür eindringlich zu uns herunter. »Ich sehe kein *wir*«, bemerkt er, klingt jedoch schon ein wenig freundlicher. »Wo ist deine Partnerin?«

Ich schneide eine Grimasse. »Die kommt noch. Ich versprech, ich hatte ihr gesagt, sie soll ihren Anzug noch mal überprüfen, aber nein, und jetzt ist dieses Lixo-Teil von einer Dichtung …« Ich mache eine Geste, die »Was soll man machen« ausdrückt, denn ich bin mir zwar ziemlich sicher, dass auch ein Außerirdischen-Raumanzug eine Dichtung hat, aber ich habe keine Ahnung, was daran kaputtgehen könnte.

Atlanta schüttelt den Kopf. »Wir shiften mit Keats und Nakry«, beharrt sie.

Ich zucke mit den Schultern. »Die sind bestimmt schon längst auf dem Weg zur Erde. Sie wurden ebenfalls verschoben – sie sind diejenigen, die Alpha zwei bekommen haben.«

Was ich tun soll, falls Keats und Nakry noch vor Mia hier auftauchen, weiß ich beim besten Willen nicht.

Die beiden wechseln einen langen Blick und verständigen

sich irgendwie, ohne etwas zu sagen – er neigt ganz leicht den Kopf, sie zieht eine Augenbraue hoch. Obwohl Atlanta nach außen hin die Wortführerin mimt, entscheiden sie gemeinsam, ob sie die Sache mit einem Vorgesetzten klären müssen.

»Ernsthaft«, sage ich und wünschte, Bluffen würde mir nur halb so leichtfallen wie diese scharfen Vokale und Stummelworte. »Alles beno. Du bist Dex« – ich zeige zuerst auf ihn, dann zu ihr hinüber –, »und du Atlanta. Das sind die Namen, die ich bekommen habe. Ist einfach ein Gefrett, den ganzen Tag ohne unsere ...«, ich will gerade »Headsets« sagen, als mir klarwird, dass ich keine Ahnung habe, wie die Unsterblichen sie nennen. Also tippe ich mit dem Finger gegen meine Schläfe, wo sich normalerweise das Linsenglas befinden würde. »Ich versprech, ihr seid mein neues Destin.«

Wieder tauschen sie einen langen Blick, während ich mich frage, wie viel Slang *zu* viel ist. Mir ist immer noch flau im Magen, und ich weiß, dass ich die Worte zu schnell herunterhasple, und meine Hände sind feucht, und ich habe keine Ahnung, wo Mia ist oder wie lange sie noch braucht. Aber ich darf die beiden nicht drängen – selbst ich, unerfahren, wie ich bin, spüre das. Wenn ich zu viel Druck mache, geht der Bluff nach hinten los.

Ich kenne ihre Namen. Um die vermeintliche Anweisung zu überprüfen, müssten sie sich auf die Suche nach jemandem machen, der das Sagen hat, und das ohne Headsets. Ich muss die Sache einfach nur aussitzen.

Beiläufig ergreift Dex das Wort und streicht sich eine verirrte Strähne weg. »Du bist vom Cortes-Geschwader, Jules?«

Die Sekunde dehnt sich zu einer Ewigkeit. Will er verstehen, wieso er mein Gesicht nicht kennt, oder ist das eine Falle? Gibt es das Cortes-Geschwader überhaupt?

»Yup«, sage ich und setze damit – metaphorisch gesprochen – alle meine Chips auf eine Zahl. Und zwar darauf, dass Cortes existiert. Dass es ein Ort ist, an dem ich meine Ausbildung absolviert haben könnte, ohne die beiden getroffen zu haben.

Atlanta schnaubt. »Na, hoffentlich kann deine Ausbildung mit unserer mithalten«, sagt sie hörbar genervt. »Wenn das hier zum Lixo geht, weil ...«

»Das wird nicht passieren«, sage ich allzu schnell. »Wir brennen darauf, zur Erde zu kommen. Wir sind die Verstärkung, ihr habt das Sagen. Wir sind bereit. Das hier ist das, wofür wir bisher gelebt haben.« Ich äffe ihre eigene Begeisterung nach, die nimmermüde Einsatzbereitschaft, von der ich sie gegenüber Dex ein dutzendmal habe reden hören, und sie lässt die Schultern sinken und entspannt sich unmerklich.

Dann kommt von oben wieder Dex' Stimme. »Vergiss das Destin, der *Start* wird zum Lixo gehen, wenn deine Partnerin nicht kommt.«

Ich blicke die Warteschlange entlang, und mein Herz, das gerade erst wieder angefangen hat zu schlagen, verdoppelt seine Frequenz. Wir sind nicht mehr an zehnter Stelle.

Wir sind Nummer vier, aber von Mia ist nirgendwo etwas zu sehen.

Unser Shuttle steht mit etwas Abstand hinter dem nächsten Raumfahrzeug, und Dex hält sich mit beiden Händen am Türrahmen fest, als es sich ruckartig vorwärtsbewegt – es wird auf einer Art Förderband transportiert, Atlanta und ich gehen daneben einher. Schon sehe ich, wie das erste Shuttle in der Schlange – neben vier weiteren, die in vier anderen Schlangen ganz vorne sind – zur Luftschleuse vorrückt.

Als alle fünf Shuttles in Position sind, schließen sich die Luftschleusen hinter ihnen. Gleich werden sich die Rumpfluken öffnen, und die fünf Shuttles werden starten. Anschließend wird die Schleuse wieder Druck aufbauen, und die Innentüren werden sich für die nächsten fünf Shuttles öffnen.

Wir sind jetzt an dritter Stelle in der Schlange.

»Wo ist deine Partnerin?«, will Atlanta wieder wissen, und ich recke den Hals in Richtung Eingang, in der verzweifelten Hoffnung, Mia zu entdecken.

Glaub mir, Atlanta, ich hab mehr Angst als du.

»Sie kommt gleich«, sage ich. »Nur kein Gefrett.«

Hoffentlich ist sie hier, bevor Keats und Nakry auftauchen.

»Was machen wir, wenn sie nicht kommt?«, fragt Dex nervös. »Wir haben unseren festen Startplatz, den können wir nicht einfach aufgeben. Wenn wir nicht rechtzeitig hier wegkommen, landen wir auf der Erde womöglich weit weg von unserem Zielort.«

Atlantas Mund verzieht sich zu einem dünnen Strich. »Wenn sie nicht kommt, dann fliegen wir zu dritt«, erwidert sie. »Ich werde unser Landeziel, für das wir uns vorbereitet haben, nicht sausen lassen. Wir haben für dieses Destin gekämpft, ich werde es nicht aufgeben.«

Wieder bewegt sich das Shuttle ruckartig vorwärts, während die nächsten fünf Shuttles in der Luftschleuse verschwinden.

Wir stehen jetzt an zweiter Stelle.

Perfututi, Mia, was soll ich nur tun?

Ich gebe die Frage gleich wieder auf, denn Mias Antwort darauf kenne ich – ich steige in das Shuttle, fliege weg und täusche die beiden so lange, bis ich mich von ihnen absetzen und jemanden warnen kann. Weil dort unten unsere Familien sind, weil dort unten Milliarden von Menschen sind und weil sie alle zusammen wichtiger sind als ein Mädchen, das in der Umlaufbahn zurückbleibt. Doch nur weil ich die Antwort kenne, heißt das noch lange nicht, dass sie mir gefällt.

Denn sie ist zwar nur ein Mädchen im Gegensatz zu Milliarden Menschen – aber nicht für mich.

Dex setzt seinen Helm auf, und Atlanta steigt zu ihm auf die Treppe und überprüft hinten die Dichtung, dann setzt sie ihren eigenen Helm auf.

»Jules«, ruft sie. »Wir müssen einsteigen, wir sind die Nächsten.«

Mein Herz hämmert. Ich starre hinüber zum Eingang, während die Stimme in meinem Kopf rhythmisch einen Befehl skandiert, immer wieder, ohne zu etwas anderem imstande zu sein. *Komm schon, Mia. Komm schon, Mia. Komm schon, Mia.*

Ich bemühe mich, langsam zu atmen und meinen Körper davon zu überzeugen, dass alles in Ordnung ist. Mich zum Denken zu zwingen. Doch das hier ist kein Wasserpolo-Match, es ist keine Abschlussprüfung, und mein Körper lässt sich nicht überzeugen.

»Jules«, ruft Atlanta wieder, voller Ungeduld, und schlüpft dann ins Shuttle, um ihren Platz einzunehmen.

Ich schaffe das nicht, ich kann sie nicht zurücklassen.

»Jules«, sagt Dex, der immer noch auf der Treppe steht, etwas sanfter. »Wir haben unsere Befehle. Alpha eins – wir dürfen dieses Destin nicht aufs Spiel setzen. Ich compren, dass du es mit deiner Partnerin zusammen erleben willst – ich würde das niemalsnicht ohne Atlanta tun wollen –, aber diese Sache ist größer als jeder Einzelne von uns.«

Es ist, als würde er meine eigenen Gedanken aussprechen.

Ich zwinge mich, einen Schritt auf das Shuttle zuzugehen.

Ein einsames Mädchen, das allein in der Umlaufbahn zurückbleibt.

Warne die Erde, vielleicht können sie Mia dann noch retten, bevor die Unsterblichen sie erledigen.

Ein einzelnes Mädchen in der Umlaufbahn.

Mia … ich glaube, ich kann das nicht.

Und dann sehe ich sie. Eine Gestalt im Raumanzug, kleiner als alle anderen, die durch die Tür gelaufen kommt, unvermittelt stehen bleibt, und den behelmten Kopf hin und her dreht, um mich in der Menge zu finden.

»Da ist sie«, sage ich zu Dex, während ich noch die Hand hebe, damit Mia mich sieht. »Steigt ein, sie kommt hierzu.«

Dex soll nicht sehen, wie klein sie ist, aber einen Augenblick später ist er auch schon im Shuttle, und ich springe hoch und winke. Ich merke genau, wie sie mich sieht. Sie drängelt sich an ein paar Arbeitern in Overalls vorbei und läuft auf mich zu. Sie ist so eindeutig kleiner als alle anderen, aber sie bewegt sich so flink, und es herrscht solch ein Durcheinander, dass keiner reagieren kann. Ich sehe, wie sich einige Leute nach ihr umdrehen, ich sehe, wie ihnen dämmert, dass da etwas nicht stimmt, aber sie ist vorbei, bevor irgendeiner von ihnen Anstalten machen kann, sie aufzuhalten.

Ich kann sie hinter ihrem Visier grinsen sehen, als sie bei mir ist, und ich greife nach ihrer Hand und drücke sie fest. Sie erwidert die Geste und wirkt dabei ein wenig aufgeregt.

»Atlanta und Dex sind drinnen«, sage ich und deute mit dem Kinn auf das Shuttle, wobei ich meinen Akzent tunlichst beibehalte. »Das sind die, mit denen wir fliegen. Unser Destin.«

»Ich compren«, sagt sie nur. Den versteckten Wink von mir, Unsterblichen-Slang zu sprechen, hat sie sofort verstanden. Sie hastet die Treppe hinauf, um möglichst schnell außer Sicht zu kommen.

Ich steige hinter ihr zum Shuttle-Eingang hoch, drehe mich nach der Tür um, greife nach der Innenklinke und schicke mich an, sie nach unten zu drücken.

In diesem Augenblick sehe ich zwei Unsterbliche, die direkt auf uns zurennen, wobei der eine wie wild mit den Armen winkt. Sofort ist mir klar, dass das Keats und Nakry sind, die beiden, deren Plätze wir eingenommen haben.

Rasch schlage ich die Tür hinter mir zu.

Innen ist das Shuttle klein, kaum größer als ein Privatflugzeug, wie ich sie von der Erde her kenne. Atlanta und Dex sitzen angeschnallt auf den Vordersitzen, und offenbar ist sie die Pilotin, denn ihre Hände fliegen über die Bedienelemente, die auf dem Pult vor ihr aufleuchten.

Mia und ich werfen uns hinter Atlanta und Dex in die Sitze

und versuchen, uns unsere Verwirrung über die Anordnung der Gurte und Halterungen nicht anmerken zu lassen. Ich ziehe mir den Gurt über die Schultern und taste blind umher, bis ich die Stelle finde, wo er einrastet.

»Dex?«, blafft Atlanta. Mit einem Ruck schiebt uns das Förderband nun nach vorn in die Luftschleuse.

»Beno«, sagt er.

»Jules?«, fragt sie.

»Beno«, stoße ich hervor und drücke meinen Fuß gegen den von Mia. Dann schiebe ich ihn wieder in die gepolsterte Aussparung unten an der Vorderseite meines Sitzes, um möglichst stabil zu bleiben, während wir hin und her geruckelt werden. *Deus, gleich fliegen wir mit diesem winzigen Ding durch die Atmosphäre zur Erde und landen wer weiß wo, mit zwei Unsterblichen, die sonst was tun werden, wenn sie herausfinden, wer wir sind.*

»Anderes Mädchen«, blafft sie.

»Mia«, souffliert sie, wobei sie meinem Beispiel folgt und ihren eigenen Namen nennt. »Beno.«

»Startsequenz«, sagt Atlanta geschäftsmäßig, legt einen weiteren Schalter um und lässt den Finger über eine Skala gleiten, die daraufhin aufleuchtet. Eine Schalttafel pulsiert erwartungsvoll, und Atlanta legt ihre Hand darauf, bis es bestätigend piepst. Ich sehe Mia an, die meinen Blick mit grimmiger Miene erwidert. Wenn wir versucht hätten, ein Shuttle zu stehlen, wären wir an dem Handflächenscanner gescheitert.

»Los geht's, Pfirsich«, sagt Dex leise und angespannt.

Mia sieht mich immer noch an. »Geht weiter, wenn ihr es wagt«, murmele ich.

Das ist die letzte Zeile der Botschaft der Unsterblichen. Es ist die Herausforderung, vor die sie uns gestellt haben und die zu alle dem führte, was bisher passiert ist. Es ist seit unserem Kennenlernen unser Motto gewesen.

Und vielleicht ist es meine Stimme oder es sind meine Worte oder purer Instinkt, doch in diesem Moment beugt Dex sich vor, so dass seine Gurte sich spannen, und dreht sich um, um uns besser sehen zu können.

Und für einen kurzen Augenblick sieht er Mias deutlich kleinere Gestalt, festgeschnallt in ihrem Sitz, ihr Gesicht, das selbst hinter ihrem Visier eindeutig weiß und sommersprossig und ganz und gar fremd ist.

Seine Augen weiten sich, sein Mund klappt auf, als würde er nach Luft schnappen wie nach einem Magentreffer. Und dann macht das Shuttle einen Satz, dass unsere Zähne aufeinanderschlagen, und zwingt ihn in seinen Sitz zurück.

»Los geht's«, sagt Atlanta. In ihrer Stimme klingt grimmige Befriedigung mit. »Auf zur Übernahme! Wir starten in drei, zwei, eins …«

AMELIA

Die Beschleunigungskraft beim Start drückt uns alle in unsere Sitze. Meine Eingeweide versuchen, sich an meiner Wirbelsäule vorbei nach draußen zu schieben, und ich bin heilfroh, dass ich in den letzten zwei Tagen kaum etwas gegessen habe, sonst müsste ich mich von hier bis zur Erde übergeben. Als ich die Augen schließe, spüre ich, wie sich an meinen Wimpern Tränen sammeln.

Und dann kommt alles zum Stillstand.

Das hier ist nicht vergleichbar mit dem Start des Shuttles, das mich durch das Portal nach Gaia zur Raumstation gebracht hat. Wir sind auf einer Art Schienensystem ins All katapultiert worden. Keine Vibrationen, die man bis ins Mark spürt, keine Schwerkraft, die einem die Lunge abquetscht. Und diesmal stecke ich auch nicht in einer Frachtkiste, blind für die Erfahrung des Weltraums. Ich höre meinen Atem, seltsam künstlich in dem engen Helm und doch bebend vor Aufregung. Ich öffne die Augen, etwas flimmert durch mein Sichtfeld, und ich zucke zurück. Dann sehe ich wieder klar.

Es ist eine Träne, die direkt vor meinen Augen schwebt.

Meine Arme fliegen hoch, und automatisch versuche ich, sie wieder nach unten zu bringen. Mein Körper versteht nicht recht, wieso meine Schultern Kraft aufwenden müssen, damit ich im Sitz bleibe, und als kopfüber am Rand der vorderen Sichtscheibe ein schwacher, blauer Lichtschein sichtbar wird, taste ich hilflos nach den Armlehnen, weil ich mich unbedingt irgendwo festhalten will.

Dann holt mein Verstand meine Reflexe ein, und ich weiß wieder, dass ich angeschnallt bin, dass ich nicht falle, dass dies die Schwerelosigkeit ist. Es ist der Weltraum.

Ich kann nicht widerstehen und beuge mich vor, bis ich durch eine kleine dreieckige Sichtluke links von mir hinausschauen kann. Ich sehe nichts als Sterne. Mehr Sterne, als ich mir je hätte träumen lassen, sogar mehr Sterne als auf Gaia, wo es so pechschwarze Nächte gab, wie ich sie nie zuvor erlebt hatte. Mein Atem beschleunigt sich, bis eine Berührung an meinem Ellbogen meinen Blick vom Fenster wegzieht.

Jules sieht zu mir herüber, sein Gesichtsausdruck hinter dem Helm ist schwer zu deuten. Doch seine angespannte Haltung verrät Besorgnis, als er versucht, die Hand nach mir auszustrecken, aber gerade nur so mit den Fingerspitzen an mich heranreicht. Dann blickt er in mein Gesicht, und seine Muskeln entspannen sich, seine Arme schweben so sorglos wie meine.

Das alles habe ich damals, beim ersten Mal, nicht gesehen.

Jules dagegen schon. Doch auf seinem Gesicht liegt kein Lächeln wie auf meinem. Am Rumpf des Raumfahrzeugs zünden eine Reihe von kleinen Düsen, die uns in eine Schräglage bringen, und das Licht, dessen Quelle noch nicht zu sehen ist, wird intensiver. Es ist ausreichend hell, um Jules' Gesicht zu sehen. Sein Kopf dreht sich nach vorn, und ich weiß, was er sagen würde, wenn wir sprechen dürften.

Dex.

In meinem Kopf durchlebe ich den Moment immer wieder. Das Starren, die plötzliche Anspannung in seinem Körper, die aufblitzende Erkenntnis, in die sich Verwirrung und Entsetzen mischen. Er hat uns erkannt. Ich weiß nicht, ob meine Stimme uns verraten hat oder meine Größe oder mein Gesicht oder er wegen etwas, das Jules gesagt hat, bereits Verdacht geschöpft hatte, aber er hat uns *erkannt*. Er weiß, dass wir keine Unsterblichen sind.

Aber er hat kein Wort gesagt.

»Wir sind genau auf Kurs«, tönt Atlantas Stimme blechern und künstlich, doch im Inneren meines Helms ist sie deutlich zu vernehmen – offenbar ist ein Lautsprechersystem in die Helme integriert, die alle drahtlos miteinander verbunden sind.

»Flugbahn von neunundneunzig Komma acht erreicht – Ha! Und du hast behauptet, nachzuregeln würde schwierig werden.«

Dex bewegt sich, und ich erstarre, doch er tippt nur auf irgendeinem Display herum, das ich von hinten nicht sehen kann.

»Dieser Lixo-Schrotthaufen ist besser beim Start, als ich dachte.«

Ich schaue zu Jules hinüber, der genauso aufmerksam lauscht wie ich, und dessen Gesicht eine derartige Verblüffung spiegelt, dass ich lachen müsste, wenn ich nicht so große Angst hätte. Ich darf gar nicht daran denken, was aus uns wird, wenn ihre »Flugbahn« erst mal so stabil bleibt, dass sie sich um blinde Passagiere kümmern können.

Ob es auf diesem Ding eine Luftschleuse gibt?

Vor meinem inneren Auge blitzt ein Bild auf: zwei Gestalten in Raumanzügen, die hilflos durchs All treiben, umgeben von schwarzer Dunkelheit und Sternen, nur einen Atemzug voneinander entfernt und trotzdem ohne Möglichkeit, die Distanz zu überbrücken.

Ich verschlucke mich an meinem Atem, während ich das Bild verdränge. *Denk nicht daran.*

Vorn rechts bewegt sich der Raumanzug, der Helm dreht sich ein wenig. »Alles okay da hinten, Mia?« Dex' Stimme klingt unbeschwert.

Für einen Augenblick bringe ich kein Wort heraus – mit einer freundlichen Frage nach meinem Wohlbefinden hatte ich nicht gerechnet.

»Ja.« Ich räuspere mich. »Yup. Beno.« Ich würde Jules gern einen Blick zuwerfen, doch solange Dex mich von der Seite ansieht, darf ich das Risiko nicht eingehen.

Habe ich mich getäuscht? Habe ich da etwas irrtümlich als dämmernde Erkenntnis gedeutet? Aber Jules hat es ebenfalls gesehen, das weiß ich.

Meine Gedanken, die noch bis eben von dem puren Staunen über diesen Flug durchs All völlig in Besitz genommen waren, überstürzen sich plötzlich. Ich weiß nicht, wie viel Zeit noch bleibt, bis wir weit genug in die Atmosphäre eingedrungen sind, damit die Schwerelosigkeit verschwindet – reicht sie, um meinen Sitz zu verlassen, Dex und Atlanta irgendwie außer Gefecht zu setzen und wieder an meinen Platz zurückzukehren? Aber selbst wenn ich dazu imstande wäre, wir haben keine Ahnung, inwieweit die Kapsel automatisch gesteuert wird. Wir können kein Shuttle kapern, von dem wir nicht mal wissen, wie man es fliegt.

Kapern, wiederholt mein Verstand. Ich könnte einen von ihnen bedrohen – sie stehen einander nahe, so wie ich und Jules einander nahestehen, und wenn jemand Jules eine Pistole an den Kopf halten würde, würde ich alles tun, was man von mir verlangt. Ich habe zwar keine Pistole, aber ich habe ...

Verdammt, verdammt, VERDAMMT. Tatsächlich habe ich mein Multitool dabei. Ich habe es mir extra in den Hosenbund gesteckt, bevor ich in den Anzug gestiegen bin, weil ich es nicht auf dem Unsterblichen-Schiff zurücklassen wollte. Und jetzt bin ich von Kopf bis Fuß eingepackt, ohne jede Möglichkeit, es herauszuholen.

Selbst ein Trottel würde mitkriegen, wenn ich unmittelbar hinter ihm den Anzug ausziehe, um ein Messer herauszuholen, und die beiden sind keine Trottel.

Die kleinen Steuerungsdüsen am Rumpf lassen die Kapsel ein Stück weiter rotieren, und auf einmal ist die Lichtquelle da draußen voll sichtbar – und der Anblick reißt mich aus meinen fiebrigen Überlegungen.

Die Erde.

Wie geblendet starre ich, von Ehrfurcht erfüllt, auf die prächtige blaue-weiße Wölbung, die die Hälfte der Sichtscheibe einnimmt. Phantastische Wolkenskulpturen, angestrahlt durch das von hinten einfallende Sonnenlicht, werfen ihre Schatten auf die Meere dort unten. Wie Formen, die sich aus dem Nebel schälen, erscheint zwischen ihnen der Umriss eines Kontinents, doch in meinem tiefen Staunen könnte ich beim besten Willen nicht sagen, um welchen es sich handelt. Die Erde sieht ganz anders aus als auf den Karten, die ich aus der Schule kenne, mit ihren scharfen Begrenzungen und den passend eingefärbten Ländern und Staaten. Ich sehe nichts als eine Küste. *Irgendwo da unten,* denke ich benommen, *baut gerade ein Kind eine Sandburg.*

»Es passiert wirklich.« Atlantas Stimme, die sonst so entschlossen, fest und klar klingt, ist jetzt ganz sanft. So sanft, dass die Mikrophone Mühe haben, sie zwischen all dem weißen Rauschen einzufangen und zu übertragen. »Wir fliegen tatsächlich zur Erde.«

Ich höre, wie Dex Luft holt, und mein Herz zieht sich zusammen. Er wird ihr sagen, was er gesehen hat. Er rutscht kurz hin und her, dann blickt er sich erneut zu uns um. »Es sieht nicht so aus wie auf den Bildern, oder?«

»Es sieht ähnlich genug aus«, sagt Atlanta. Ihre Stimme klingt schon wieder fester. »Die Protos haben ja keine Ahnung. Keine Ahnung, was sie da eigentlich haben.« Ihre Stimme wird harscher, alle Wärme verschwindet daraus. »Und keine Ahnung, was sie erwartet.«

»Wir haben es geschafft«, stimmt Dex ihr zu. »Es wird alles beno werden, Pfirsich.«

Seine Stimme klingt so liebevoll, dass mir übel wird. Sie

bringen einander so viel Zuneigung entgegen, diese beiden Soldaten einer Armee, die anrückt, um uns unseren Planeten wegzunehmen. Und trotz der Monstrosität ihres Vorhabens sehen sie nicht älter aus als wir.

Anfangs dachte ich, es läge nur an ihrem Aussehen. Dass sie wie Jugendliche wirken, weil sie das Erscheinungsbild von Teenagern kopiert haben, um wie Menschen auszusehen. Aber inzwischen … Die ganze Art, wie sie reden, so übermütig und ängstlich zugleich, wie sie sich bewegen und die Verliebtheit zwischen ihnen … Sie *verhalten* sich wie Jugendliche, wenn auch wie recht spezielle.

Es war einfach, sie als Feinde zu betrachten, als wir uns noch in den Wänden versteckten, sie belauschten und bei jeder Gelegenheit ihr Essen stahlen. Jetzt, da ich beobachte, wie Dex die Hand ausstreckt und Atlantas Arm berührt, so wie Jules vorhin mich berühren wollte, ist das schon deutlich schwieriger.

»Oh cool, schau – ein Gewitter!« Jungenhafte Aufregung liegt in Dex' Stimme. Er zeigt auf eine scheinbar statische Wolkenspirale, die über einer strahlend blauen Meeresfläche hängt.

Ruckartig fährt Atlanta herum, um in die Richtung zu schauen, in die er zeigt, und schnappt entzückt nach Luft. »Wolken! Unglaublich, wie gut man sie sehen kann – Wasserdampf! Auf Hestia kann man fast im Zentrum eines Gewitters sein und merkt es erst, wenn der Anzug reagiert.«

Während sie spricht, wandert Dex' andere Hand verstohlen zu einem Schalter an dem Pult vor ihnen. Eine kurze Berührung, mehr nicht – doch nun blinkt ein Lämpchen an der Schalttafel.

Atlanta lehnt sich wieder zurück, dreht den Kopf halb zu uns um und fragt vergnügt: »Hat Cortes auf Hestia Bodentraining gemacht?«

Erst nach einem Augenblick begreife ich, dass die Frage mir gilt. Ich habe keine Ahnung, was Cortes ist. Ich schaue zu Jules, doch der sitzt da wie erstarrt, die Augen aufgerissen, sein Mund halb offen. Er versteht die Frage, aber er weiß nicht, wie er antworten soll.

»Mach ihnen kein Gefrett, Pfirsich«, sagt Dex so unbekümmert wie immer, während seine Hand über das Bedienpult huscht und klammheimlich ein paar weitere Knöpfe drückt. »Nicht jedem ist nach Schwatzen zumute, während sich sein absoluter Lebenstraum erfüllt.«

Jules' Mund klappt zu, und ich höre, wie er aufatmet – laut genug, dass die Mikrophone es einfangen. Unsere Blicke treffen sich, und er zieht die Augenbrauen hoch zu einer hilflos-ratlosen Miene.

Wäre die Situation anders und der hochgewachsene Junge da vorn kein Alien mit Menschengesicht – dann würde ich fast glauben, dass Dex uns deckt.

Die Wölbung des irdischen Horizonts ist inzwischen oberhalb des Fensters verschwunden, und in dem rechteckigen Bildausschnitt sind Meer, Wolken und Küste zu sehen. Jetzt lässt sich noch viel weniger sagen, um welchen Teil des Planeten es sich hier handelt. Die Farben wirken seltsam gedämpft, und als ich die Augen zusammenkneife, um schärfer zu sehen, merke ich, dass meine Arme nicht mehr in der Luft schweben. Ohne dass ich es wahrgenommen habe, sind sie wieder auf die

Armlehnen gesunken, und der Rest meines Körpers ist nicht mehr in die Gurte gepresst, sondern schmiegt sich wieder in den Sitz. Die Landschaft dort unten ist jetzt in ein rosiges Orange getaucht, und erst als ich mich vorbeuge, um wieder durch die Seitenluke zu schauen, merke ich, dass *alles* den gleichen orangeroten Farbton hat und die Sterne verschwunden sind. Aber es ist nicht die Erde, die rot glüht – wir befinden uns in der Atmosphäre, und sie brennt.

Der Luftwiderstand drückt uns erneut in unsere Sitze, das Glühen des Plasmas draußen wird immer intensiver, bis, begleitet von einem harmlosen kleinen Piepston, die Automatik anspringt und sämtliche Fenster schwarz werden. Hoffentlich ein Hitzeschild – ich gebe mir zwar Mühe, nicht daran zu denken, spüre aber, wie sich in meiner Halsgrube Schweiß sammelt.

Die Hitze bildest du dir nur ein, sage ich mir panisch. *Wenn du sie wirklich spüren könntest, wärst du bereits tot.*

Der Druck auf meinen Körper wird immer stärker, weit über das Ausmaß normaler Schwerkraft hinaus, bis schon das Atmen zur Anstrengung wird und vor meinen Augen beunruhigende Lichtblitze tanzen. Mein Gesichtsfeld beginnt sich zu verengen, und als ich merke, dass ich Jules nicht mehr sehen kann, nicht einmal mehr aus dem Augenwinkel, kommt mir sogar die Fähigkeit zu atmen abhanden. »Bereitmachen für den Fallschirmeinsatz«, erklingt eine Stimme in meinem Helm, aber ich kann nicht identifizieren, wer spricht.

Mir bleibt nur ein Moment, um kurz nach Luft zu schnappen, bevor mein Gurt mich unsanft nach hinten reißt. Der

Hitzeschild ist verschwunden, und draußen sehe ich ein wildes Durcheinander aus Farben und Formen, die sich kreuz und quer in alle Richtungen bewegen. Irgendjemand gibt ein Gurgeln von sich – bin ich das etwa? –, und dann beruhigt sich die Szenerie da draußen ein wenig. Wir schaukeln hin und her, wobei der Horizont sich erst zur einen, dann zur anderen Seite neigt. In weiter Ferne sehe ich eine Stadt, nur eine zerklüftete Skyline vor einer riesigen Meeresfläche. Unter uns sind Bäume oder ein Feld. Wolken. Himmel.

Die Unsterblichen scheinen von dem heftigen Eintritt in die Atmosphäre eher irritiert zu sein als fix und fertig wie ich. Atlanta meldet sich als Erste zu Wort. Sie stößt einen tiefen Seufzer aus und murmelt: »Überleg mal, noch vor ein paar hundert Jahren haben sie die Planetenlandung immer so gemacht. Primitiv.«

Dex lacht, doch seine Stimme klingt ein wenig zittrig, und er bewegt sich langsamer als sonst, als er seine Hände von den Armlehnen löst. »Primitiv, aber hart im Nehmen, unsere Gründer.«

Atlanta schnaubt, und als sie antwortet, klingt ihre Stimme viel dunkler. »Götter, verglichen mit den Protos.«

Dex antwortet nicht. Er sieht sich auch nicht zu uns um. Doch während wir so am Fallschirm baumeln und die plötzlich eingetretene Stille genießen, ist er merklich angespannt. Atlanta hingegen wirkt so aufgeregt wie ein Kind am Weihnachtsmorgen.

Bis sie auf einmal erstarrt, den Blick aufs Schaltpult gerichtet. »Dex – Dex, das ist völlig falsch. Wir sind vom Kurs ab.«

Dex tut furchtbar erschrocken, aber ich habe sein heimliches Manöver am Schaltpult gesehen. Wenn wir vom Kurs abgekommen sind, dann hat er dafür gesorgt. »Ernsthaft? Dieses lixo Shuttle – da muss eine Düse kaputt sein.«

Atlanta starrt auf die Schalttafel, ihre Bewegungen sind hektisch. »Wir müssen etwas unternehmen.«

»Der Fallschirm ist aber schon offen«, protestiert Dex und wirft ihr einen hilflosen Blick zu. »Wir landen, wo wir landen. Wenn wir wirklich vom Kurs ab sind, werden wir schon irgendwie zu unserem Bestimmungsort shiften können.« Er hält inne und mustert ihr verstörtes Gesicht. »Ich versprech, Pfirsich. Wir schaffen das.«

Langsam klettert der Horizont hinter der Sichtscheibe immer höher wie der Wasserspiegel in einem Aquarium, bis ich den Himmel nicht mehr sehen kann. Überall sind Berge, aber sie sehen anders aus als die, die ich von zu Hause kenne – unförmiges, aufgeblähtes Gestein statt der scharfen Gebirgsgipfel der Rocky Mountains oder der sanft gewellten Hügel der Appalachen. Halb rechne ich mit panischen Reaktionen von Dex oder Atlanta, denn das hier ist bestimmt kein Ort, wo eine sichere Landung möglich ist, doch dann taucht das lichte Grün eines Tals vor uns auf.

Ich schlucke meine Furcht hinunter, in der Hoffnung, dass es von dem Mikro nicht eingefangen wird, und sehe, wie der Boden auf uns zurast, in der zunehmenden Gewissheit, dass es weh tun wird.

Wir kommen nach Hause, sage ich mir innerlich. In den letzten paar Wochen habe ich die meiste Zeit gedacht, dass ich diese Worte nie wieder sagen werde. Ich halte mich an ihnen fest, so gut ich kann.

Und dann knallen wir auf den Boden, mit der Wucht eines LKWs, der gegen eine Felsenwand donnert.

JULES

Eine ganze Weile bleiben wir alle reglos sitzen, geschockt von dem heftigen Aufprall. Ich spüre den Widerhall immer noch im Rückgrat und einen stechenden Schmerz im Kiefer, weil meine Zähne so heftig aufeinandergeschlagen sind.

Abgesehen von einem leisen Piepsen, während das Shuttle um uns herum abkühlt, ist es völlig still.

Atlanta spricht als Erste. »Lasst uns shiften. Schnellstens, wir müssen compren, wo wir sind, und dann zu Alpha eins shiften.«

Wir alle kommen in Bewegung. Ich taste nach meinen Gurten, streife sie ab, und neben mir hat Mia es genauso eilig. Sie schlüpft zwischen unseren Sitzen hindurch und zieht an dem Griff der Luke hinter uns. Sobald ich kann, stehe auch ich auf, damit man ihre schmale, allzu kleine Gestalt nicht sieht.

Doch Dex weiß Bescheid. Das war mir sofort klar. Und Mia ebenfalls. Ich habe keine Ahnung, wieso er nichts gesagt hat, aber er wird mit Sicherheit nicht ewig Stillschweigen bewahren. Gleich werden wir außerhalb des Shuttles sein – in einem Tal, soweit ich das durch das Fenster erkennen kann.

Die Vegetation macht einen europäischen Eindruck auf mich, sie erinnert mich an zu Hause – wir mögen zwar vom Kurs abgekommen sein, aber ich glaube, wir befinden uns trotzdem auf dem Kontinent, auf dem sie ursprünglich landen wollten. Und sobald wir da draußen stehen, werden Dex und Atlanta einen näheren Blick auf Mia werfen können, und es wird sich nicht länger verleugnen lassen, was sie ist. Und das Gleiche gilt für mich, sobald sie ein längeres Gespräch führen wollen.

Mia ist draußen, und ich klettere ihr hinterher. Wir gehen um das Shuttle herum, um etwas Abstand zu den beiden zu schaffen, die gerade aussteigen. Mia hält sich hinter mir.

Dex steigt als Nächster aus, und er schaut zu uns herüber und dann zurück zu Atlanta, die hinter ihm ist. Sie hingegen gönnt uns keinen Blick. Sie löst die Verschlüsse an ihrem Helm, nimmt ihn ab und wirft ihn achtlos hinter sich durch die Luke. Scheppernd fällt er im Shuttle auf den Boden, während sie sich nach zwei Schritten auf die Knie fallen lässt. Sie streift die Handschuhe ab und presst die bloßen Hände auf den Boden.

»Gras!« Es klingt wie ein Gebet.

Dex' Stimme ist sarkastisch, als er, langsamer als sie, seinen Helm abnimmt und die Haarnadeln herauszieht, so dass sein Zopf ihm wieder in den Nacken fällt. »Du hast doch schon früher eine Pflanze gesehen, Pfirsich.«

»Yup, in einem Labor oder auf einem Pflanzschiff«, antwortet sie und greift nach oben, um ebenfalls ihr Haar zu lösen. »Ist nicht das Gleiche.«

Ich schaue mich nach Mia um und bete kurz, dass sie mich gleich so ansehen wird, als hätte sie eine Idee.

Sollen wir versuchen, von Dex und Atlanta wegzukommen? Sollen wir sie mitnehmen? Nachdem wir gerade erst eine Bruchlandung mit einem außerirdischen Raumfahrzeug hingelegt haben, sollte es nicht allzu schwer sein, die hiesige Polizei davon zu überzeugen, die Internationale Allianz einzuschalten, und danach wäre diese Invasionssache dann ihr Problem. Doch andererseits, wenn wir Dex und Atlanta bei uns hätten, wären sie der lebende Beweis, den selbst ein Provinzarzt ziemlich schnell erkennen würde. Sie mögen zwar so aussehen wie wir, aber die Ähnlichkeit ist nur oberflächlich. Mehercule, ihr Blut ist *blau*.

Atlanta ist aufgestanden und schält sich aus ihrem Anzug, unter dem schlichte Kleidung zum Vorschein kommt, ganz anders als die Overalls, die die Unsterblichen auf dem Schiff getragen haben. Es handelt sich um eine marineblaue Hose, robuste braune Stiefel, ein hellblaues T-Shirt und eine braune Jacke. Nicht besonders modisch, aber an den meisten Orten auf der Erde würde es als ganz gewöhnliche Kleidung durchgehen. Sie haben ja erwähnt, dass sie unser Fernsehprogramm gesehen, unser Internet studiert haben – die Outfits müssen das Resultat davon sein.

»Die Schwerkraft entspricht dem, was wir erwartet haben«, sagt sie und lässt die Arme probehalber hin und her schwingen, wie um ihre Beweglichkeit zu testen. »Perfektes Training.« Ich höre ihrer Stimme an, wie sie lächelt. »Das wird ein gewaltiges Gefrett für die Altvorderen sein, wenn sie erst mal hierhershiften.«

»Pech«, sagt Dex trocken. Auch er pellt sich aus seinem Anzug, unter dem alle möglichen Braun- und Blautöne zum Vorschein kommen, ein Herrenhemd über einem Unterhemd. Er dreht sich um und stopft die Anzüge durch die Luke.

Als ich Mia ansehe, zeigt sie mit dem Daumen über die Schulter, wie um vorzuschlagen, dass wir uns von den Aliens absetzen. Und sie hat recht, das weiß ich. Wir können den Behörden auch ohne Dex und Atlanta die nötigen Beweise liefern. Die beiden sind größer und stärker als wir, und ich zweifle nicht daran, dass sie uns überwältigen könnten, wenn sie es darauf anlegen. Wenn wir bei ihnen bleiben, ist es wahrscheinlicher, dass wir gar nicht zu den Behörden durchkommen.

»Anzüge«, sagt Atlanta und schaut zu uns herüber.

Das wird gleich böse enden. Sie werden unsere Gesichter zu sehen bekommen, unsere Kleider, aber wenn wir uns weigern … Und wir wissen, dass sie uns irgendwie orten können, wenn wir die Anzüge anlassen. Ganz zu schweigen davon, dass wir in den klobigen Raumanzügen zu Fuß niemals vor ihnen weglaufen könnten.

Langsam löse ich die Schnallen zu beiden Seiten des Helms, nehme ihn ab, und die Sonne küsst meine Haut. Es weht eine leichte Brise, etwas, was ich eine gefühlte Ewigkeit nicht gespürt habe, und für einen kurzen Augenblick bin ich glückselig.

Dann fange ich an, mich aus dem Anzug zu schälen, und hinter mir tut Mia es mir gleich. Sie reicht ihren Anzug nach vorn, wobei sie darauf achtet, dass ich sie verdecke, und zieht sich noch ein Stück hinter das kleine Raumfahrzeug zurück.

Dex nimmt unsere Sachen, dreht sich um, und legt sie durch die Luke auf den Fußboden des Shuttles.

Mein Herz klopft wie wild. Es ist Zeit zu handeln – wegzurennen, zu hoffen, dass sie nicht bewaffnet sind. Doch noch bevor ich mich abwenden kann, ergreift Atlanta das Wort.

»Was ist das?« Ihre Stimme klingt scharf.

Wir drehen uns gleichzeitig um und schauen in die Richtung, in die sie zeigt. Durch das Tal windet sich in einiger Entfernung eine unbefestigte Straße, und ein Konvoi aus Geländefahrzeugen wirbelt dort Staub auf.

»Bodenfahrzeuge«, sagt Dex. »Unfassbar ineffizient.«

Doch Atlanta ist nicht wegen ihrer mangelnden Effizienz besorgt. »Kommen sie hierzu?«

Hoffnung steigt in mir auf, und ich lehne mich zur Seite, um an den Unsterblichen vorbeisehen zu können. Ist es wirklich möglich, dass wir so viel Glück haben?

Doch Dex schüttelt den Kopf. »Es ist nur eine Straße. Sie kommen nicht hierzu. Niemand hat uns gesehen. Wir sind nur ein bisschen Lixo, das vom Himmel gefallen ist.«

Ich begreife schlagartig, dass das die Weise ist, wie die Unsterblichen-Kundschafter hier gelandet sind. Jeder weiß, dass tagtäglich Schrott von den alten Kommunikationssystemen vom Himmel fällt. Wenn man sich nicht gerade in einer hell erleuchteten Großstadt befindet, sieht man die Bruchstücke nachts wie Sternschnuppen über den Himmel ziehen. Sie stammen aus einer Zeit, in der noch keiner einen Gedanken an Technik in der Umlaufbahn verschwendet hat und allerhand fragwürdige Gerätschaften da oben kreisten.

Jetzt kommt alles wieder runter. Und die Unsterblichen-Shuttles tarnen sich als Teil des täglichen Weltraumschrotts.

Atlanta betrachtet die Straße und nickt dann, vorübergehend beruhigt, weil die Fahrzeuge nicht auf uns zuhalten. Sie dreht sich zu uns um, und ich sehe sofort, wie sie merkt, dass etwas faul ist.

»Was zum …« Sie bricht ab und glotzt uns an wie ein Fisch auf dem Trockenen, ihr Mund klappt auf – zu – und wieder auf, als würde sie nach Luft schnappen. »Dex, das sind Protos. Wie …«

Sie schaut zu ihm, und erst da merken wir, dass er uns gar nicht beachtet, sondern sich wieder zu den Autos umgedreht hat. »Die Wagen fahren querfeldein. Sie kommen unszu.«

Wir alle drehen uns um, und er hat recht. Der Konvoi hat die Straße verlassen und rumpelt über das Gras schnell in unsere Richtung.

Es sind Militärfahrzeuge.

Atlanta reagiert als Erste. »Dex, der Zerstörer! Drück den Knopf!« Sie macht eine hektische Handbewegung, die das Schiff mit einschließt.

So verhindern sie vermutlich, dass die Shuttles nach der Landung gefunden werden.

Dex setzt sich in Bewegung, er wirft seinen Helm durch die Luke zu den anderen Sachen und reißt eine Platte von dem glatten Schiffsrumpf, unter der zwei Instrumentenanzeigen und ein roter Knopf zum Vorschein kommen. Der Knopf ist von einer transparenten Schutzklappe bedeckt, vermutlich damit man ihn nicht aus Versehen drückt.

Aus dem Megaphon dringt eine Stimme. »Fora del vehicle! Aixequecu les mans!«

Ich erkenne die Sprache, es ist Katalanisch. Wir müssen also irgendwo in den Bergen Kataloniens sein. *Perfututi.* Das wäre dann eine Sprache, die ich nicht spreche. Doch als der Mann den Befehl auf Spanisch wiederholt, muss ich schwer an mich halten, um nicht laut loszuprusten, während ich ihm gehorche. *Treten Sie vom Fahrzeug weg! Mehercule, es ist ein Raumschiff, verdammt!*

»Er sagt, dass sie bewaffnet sind«, lüge ich. »Hände hoch, hat er gesagt.«

Neben mir hebt Mia die Hände. »Ich hätte nie gedacht, dass ich mal so froh sein würde, diese Worte zu hören«, murmelt sie, und ich grinse. Die Behörden werden sich Atlanta und Dex vorknöpfen, und dann müssen wir nur noch einem zuständigen Verantwortlichen von dem trojanischen Raumschiff in der Umlaufbahn erzählen. Um die bevorstehende Invasion wird sich dann die Internationale Allianz kümmern – und was auch immer die Unsterblichen vorhaben, basiert ganz klar auf einer List. Wenn wir sie auffliegen lassen, kann die IA sie *bestimmt* aufhalten.

Die Geländefahrzeuge – vier insgesamt – parken in einem Halbkreis um uns herum. Die Insassen tragen die schwarzen Uniformen der Streitkräfte der IA. Bei allen Fahrzeugen werden die Vordertüren aufgestoßen, als Deckung für die Soldaten, die uns durch die Zielfernrohre ihrer Gewehre durch die offenen Vorderfenster anvisieren. Wie sich herausstellt, habe ich gar nicht gelogen.

Deus, sie sind extrem *bewaffnet.*

Ich schaue zu Dex und Atlanta hinüber, die beide die Hände über den Kopf gehoben haben und ausdrucklose Gesichter machen. Wie lauten ihre Anweisungen für eine solche Situation?

Inzwischen kann ich den Mann mit dem Megaphon sehen. Er ist zwischen vierzig und fünfzig, hat einen schwarzen Schnurrbart und macht einen entschlossenen Eindruck. Vielleicht hat er mitbekommen, dass ich übersetzt habe, denn er ergreift erneut das Wort. »Hablas español?«

»Hablo Español, pero hablan inglés«, erkläre ich und hebe dabei die Stimme, damit ich gut zu hören bin.

Er wechselt in ein akzentbehaftetes, aber tadelloses Englisch. »Sämtliche Absturzstellen von Weltraumschrott unterliegen der Zuständigkeit der Internationalen Allianz.« Selbst wenn er sich nicht gerade geoutet hätte, wäre mir klar, dass er zur IA gehört – Fremdsprachen haben dort oberste Priorität, und selbst die einfachen Soldaten sind mehrsprachig. »Was macht ihr hier?«

Wir haben so sehr um die Chance gekämpft, mit den Behörden zu sprechen, doch jetzt bin ich plötzlich wie gelähmt. Wo soll man da auch anfangen? Die Geschichte ist so lang und so verwickelt, dass ich wenig Hoffnung habe, sie einem Bodenoffizier der IA glaubhaft zu vermitteln. *Also, es begann damit, dass mein Vater eine alternative Theorie zur Übersetzung der Botschaft der Unsterblichen entwickelte …*

Ich probiere einen anderen Ansatz. »Die Antwort darauf ist sehr kompliziert, Sir. Wir müssen dringend mit einem ranghohen Mitglied der IA sprechen.« Mit jemandem, der weiß, wer ich bin – und dass ich auf Gaia war.

Er neigt den Kopf. »Captain Mateo Abrantes«, sagt er. »IA.« Er klingt nicht gerade freundlich. »Und ihr werdet die gleichen Ansprechpartner bekommen wie alle Eindringlinge.«

Ich schweige kurz und überlege, wie man am besten *Nein, ich meine jemand viel Ranghöheren* sagt, als Mia sich einmischt.

»Wir haben eine Kontaktperson bei der IA«, sagt sie. »Unsere Verbindungsfrau. Wir müssen sie sprechen. Es geht um Leben und Tod.«

Ich werfe ihr einen Seitenblick zu – das »sie« lässt mich ahnen, worauf sie hinauswill, und ich weiß nicht recht, ob es mir gefällt. Aber wenn es bei der IA eine Person gibt, die weiß, dass wir beide gerade erst von Gaia gekommen sind und dass man uns ernst nehmen sollte …

Abrantes zieht die Augenbrauen hoch. »Der Name eurer Kontaktperson, bitte?«

»Mink«, sagt sie.

»Charlotte«, sage ich gleichzeitig.

Meine Zuversicht verlässt mich, als seine Augenbrauen noch weiter nach oben wandern. Er glaubt uns nicht. Wir können uns ja noch nicht mal auf den Namen unserer Kontaktperson einigen. Und dabei heißt sie eigentlich weder Mink noch Charlotte, die Frau, die Mia als Plünderin angeheuert hat und mich, damit ich den ahnungslosen Spürhund gebe und ihre Leute durch den Tempel zu dem Schiff führe, das jetzt um den Planeten kreist. Eigentlich haben wir keine Ahnung, wie sie wirklich heißt.

Atlanta hat sich wieder erholt, und zwar im unpassendsten Moment.

»Wir haben nur Quatsch gemacht.«

Captain Abrantes wendet sich ihr zu.

»Damit?« Mit einem Nicken deutet er auf das Shuttle hinter uns.

Atlanta nickt. »Wir wollten Ihnen kein Gefrett machen. Wir haben gesehen, wie es runtergefallen ist, und dachten, es wäre Lixo von einem Satelliten, aber es ist echt.« Sie hat die Augen weit aufgerissen, ihre Stimme klingt verängstigt. Das Mädchen hat es echt drauf. Sie weiß, wie man Theater spielt.

Ich sehe, wie er anfängt, ihr zu glauben.

Wie ihre Version der Ereignisse vernünftiger zu klingen beginnt als unsere. Wie uns die Chance entgleitet, jemanden, der die Unsterblichen aufhalten kann, davon zu überzeugen, dass unser Planet in Gefahr schwebt.

»Das hier ist eine ernste Sache«, sagt er. »Das ist kein Ort für Kinder.«

»Ja!« Das Wort entfährt mir – ich kann mich nicht zurückhalten. »Ja, Captain Abrantes, das *ist* eine ernste Sache. Dieses Shuttle stammt von dem Schiff in der Umlaufbahn. *Diese beiden* stammen von dem Schiff in der Umlaufbahn.« Ich zeige auf Atlanta und Dex. »Wir müssen …«

Mit einer Handbewegung schneidet er mir das Wort ab, und der Soldat neben ihm hebt das Gewehr, um mir zu bedeuten, dass ich die Hände ruhig halten soll. »Es sind doch nur Jugendliche«, sagt Abrantes und mustert Atlanta und Dex von oben bis unten. »Und die IA-Funktionäre auf Gaia haben sich davon überzeugt, dass das Schiff leer war, bevor sie es durch das Portal zur Erde schickten.«

»Abgesehen von uns«, mischt Mia sich ein. »*Wir* waren auf diesem Schiff, Captain Abrantes. Wie erklären Sie sich denn sonst dieses Shuttle, das mitten in einem Feld gelandet ist?«

Abrantes schaut zu dem Shuttle hinüber, das nach seinem Sturz durch die Atmosphäre immer noch mit leisem Piepsen abkühlt. »Weltraumschrott«, sagt er, doch es klingt ein ganz klein wenig unsicher. »Davon haben wir viel mehr, seit dieses Raumschiff hier ist. Es stört die Umlaufbahnen der anderen Satelliten.«

»Sieht das für Sie etwa so aus wie ein Satellit?«, frage ich leise. »Es hat einen *Fallschirm,* Himmelherrgott.«

Abrantes runzelt ganz leicht die Stirn und blickt zwischen uns vieren hin und her.

Dex, der womöglich spürt, dass das Pendel wieder in Mias und meiner Richtung ausschlägt, tritt vor. »Es tut uns wirklich leid, Sir. Wir hätten nicht herkommen sollen, um am Absturzort herumzuschnüffeln. Wir versprechen, dass wir es nie wieder tun werden.«

Abrantes seufzt und gibt den Soldaten ein Handzeichen, woraufhin zwei von ihnen die Waffen wegstecken, vortreten und Handschellen herausholen, um uns festzunehmen.

Nein. Ich werde das nicht zulassen. Wir haben nicht diese ganze Zeit auf dem Schiff überlebt, ganz Gaia überlebt, nur um zu Hause niemanden zu finden, der uns glaubt.

Verzweiflung steigt in mir auf, und in diesem Augenblick vergesse ich, was ich sonst tun würde – und tue, was Mia tun würde.

»Ich heiße Jules Addison«, stoße ich hervor, und vor Aufregung bleibt mir die Stimme weg. Aus dem Augenwinkel sehe ich, wie Mia zu mir herübersieht und sich überrascht aufrichtet. »Die IA hat mich beauftragt, nach Gaia zu gehen und sie zu dem Schiff zu führen, das sich jetzt in der Umlaufbahn befindet. Sie *müssen* Ihren Vorgesetzten zumindest melden, dass Sie Dr. Eliott Addisons Sohn aufgegriffen haben.«

Die Soldaten zögern, und ich spüre ihre Blicke. Ich sehe meinem Vater ähnlich. Abgesehen von meiner helleren Haut und dem Altersunterschied könnten wir Brüder sein. Und das Gesicht meines Vaters ist nach der Demütigung durch jene, die seine Warnungen bezweifelt haben, so bekannt wie kaum ein anderes.

Nach langem Schweigen stößt Abrantes mit einem Seufzen den Atem aus. »Es sieht wirklich nicht so aus wie ein Satellit, und du siehst wirklich so aus wie … egal, wir behalten euch in Gewahrsam, bis wir Anweisungen haben, was mit euch zu tun ist.«

Da ist er. Der Zweifel. Ich erkenne es an seinem Blick, als er zu dem Fallschirm des Shuttles schaut, und an der Unsicherheit, mit der er die vier Jugendlichen vor sich mustert. Und das reicht uns – dass er unsere Festnahme jemandem meldet, der von meinem Aufenthalt auf Gaia weiß. Jemandem, der weiß, dass an unseren Worten etwas dran sein könnte.

Wir lassen die Hände oben, während die Soldaten mit den Gewehren auf uns zukommen. Ich sehe, wie Dex verstohlen zu der Vorrichtung schaut, die vermutlich den Selbstzerstörungsmechanismus auslöst – bestimmt will er das Shuttle unbedingt in Rauch aufgehen lassen, bevor die Soldaten dort überall herumschnüffeln. Doch die Schalttafel befindet sich außerhalb seiner Reichweite. Er könnte nie an sie herankommen, ohne dass ihn jemand hindert, wenn es sein müsste, vermutlich mit beträchtlicher Gewalt.

Offensichtlich kommt er zu dem gleichen Schluss. Seine Miene ist ausdruckslos.

Ich schaue von ihm zu Atlanta, und aus ihren Augen sprüht mir Hass und Verachtung entgegen. Eine Festnahme durch die IA war wohl in ihrem Plan nicht vorgesehen, worin auch immer dieser bestand.

Wir lassen uns von den Soldaten die Hände mit Kabelbindern fesseln und uns abtasten, doch trotz der Fesseln, trotz der groben Behandlung überkommt mich unwillkürlich ein Anflug von Erleichterung, wie eine kühle Brise an einem drückend heißen Sommertag. Sobald sich jemand mit höherem Dienstgrad als Abrantes mit unserem Fall befasst, jemand, der von Charlottes Einsatz auf Gaia und unserem Aufenthalt dort weiß, wird ihnen klarwerden, dass wir die Wahrheit sagen. Oder zumindest werden sie dann genug wissen, um sich das Schiff in der Umlaufbahn genauer anzusehen.

Jetzt ist es nur noch eine Frage der Zeit, und wir haben unsere Schuldigkeit getan. Die Behörden werden wissen, was wir wissen, und die Verantwortung, die Katastrophe aufzuhalten, liegt dann bei *ihnen*, nicht bei uns. Mia und ich sind gerettet. Und bald – so bald, dass ich fast schon spüre, wie er mich umarmt – werde ich meinen Vater wiedersehen.

Wir sind zu Hause.

AMELIA

Ausnahmsweise habe ich mal nichts dagegen, dass mich Uniformierte in die Mangel nehmen.

Oder dass ein Arzt mich abtastet und an mir herumstochert, dass er eine Speichelprobe und meine Fingerabdrücke nimmt. Ausnahmsweise habe ich rein gar nichts zu verbergen. Nicht, dass ich nichts falsch gemacht hätte – ich bin nach jeder Definition des Begriffs eine Kriminelle –, doch meine Verbrechen sind nichts verglichen mit den Informationen, die wir überbringen, um unsere Spezies vor der Gefahr zu warnen, in der wir alle schweben.

Mit jedem Detail, das ich ihnen erzähle, wird mir leichter ums Herz: wie die geheime Division der IA unter Minks Kommando uns mitten im ewigen Eis auf Gaia gefangen nahm; wie das Schiff der Unsterblichen mit uns an Bord abhob, wie wir begriffen, dass es sich um ein trojanisches Pferd handelte; von dem Plan, den wir halb aufgedeckt haben und zu dem Aliens gehören, die sich als menschliche Jugendliche ausgeben. Noch vor nicht mal vierundzwanzig Stunden dachte ich, dass ich auf einem Alien-Raumschiff sterben würde, um eine Welt kreisend, die nie erfahren würde, was auf sie zukommt.

Jetzt – jetzt haben sie eine Chance.

Und ich habe die Chance heimzukehren.

Die Erleichterung ist so groß, dass ich bei der Frage, was nun aus mir und Jules werden soll, nicht mal einen Anflug von Beklommenheit spüre. Im Moment bin ich unbesiegbar, und es gibt nichts, was wir nicht lösen können.

Jules wartet schon auf mich, als meine uniformierten Begleiter mich in eine Art Arrestzelle bringen – nichts als drei Betonwände und eine vierte, durchsichtige Glaswand, durch die man uns vom Gang aus überwachen kann. Er springt auf, als wir im Gang auftauchen, und bleibt stehen, während der Wachmann eine Karte durch einen Schlitz zieht und die Tür öffnet. Der Wachmann führt mich in die Zelle, seine Bewegungen sind fahrig – ein schneller Blick verrät mir seine Beunruhigung; was ich den Verantwortlichen erzählt habe, hat ihn mehr als nur ein wenig durcheinandergebracht.

Gut, denke ich zufrieden. *Du solltest verdammt nochmal die Hosen voll haben. Willkommen in meinem Leben.*

Als die Glastür sich mit einem Zischen hinter mir schließt, sucht Jules bereits meinen Blick.

Seine Augen sagen mir alles. In ihnen leuchtet ein Licht, das ich nicht mehr seit dem Tempel auf Gaia gesehen habe, was gefühlte Jahre her ist. Ich spüre die gleiche Hoffnung. Ich laufe auf ihn zu, und seine Hände schließen sich um meine.

»Alles okay bei dir?«, flüstert er.

Lächeln ist so lange mühsam gewesen, dass es sich auf meinem Gesicht anfühlt wie Sonnenstrahlen nach einem Monat im Schatten, als meine Mundwinkel sich spontan nach oben biegen. »Jetzt schon. Und bei dir?«

Er schneidet eine kleine Grimasse und hebt eine Hand, um mir sein Armband zu zeigen. »Sie haben mir die SIM-Karte weggenommen«, sagt er. »Aber die Fotos habe ich immerhin noch. Und ich weiß nicht, wo mein Notizbuch ist – ich glaube, es ist in meinem Anzug im Shuttle geblieben.«

Ich sehe mich in der kahlen Zelle um. »Wo sind Atlanta und Dex?«

»Sie haben uns alle getrennt, ich habe sie nicht mehr gesehen.«

Ich schnaube. »Das ist eine uralte Befragungstechnik – teile und herrsche. Schauen wir mal, ob sie alle die gleiche Geschichte erzählen.«

Jules' Grinsen ist wie Sauerstoff für mich, und ich sauge es begierig auf. »Es wird keine Rolle spielen, welche Geschichte sie erzählen. Bei dir haben diese IA-Typen doch auch einen Abstrich genommen, oder? Deine DNA, zur Identifikation?« Er zieht die Augenbrauen hoch.

Ich nicke, und ich weiß genau, wieso er fragt. »Irgendwo machen sie gerade das Gleiche mit Dex und Atlanta. Also haben sie inzwischen das Gleiche gesehen wie wir, nicht wahr? Das blaue Blut ist sicher nur der Anfang. Es muss haufenweise Indizien geben, dass sie nicht das sind, was sie zu sein scheinen. Haben Aliens überhaupt DNA? Wer auch immer sie überprüft, wird einen Riesenschrecken kriegen.«

»Es wird vermutlich eine Weile dauern, bis sie sie überprüft haben, aber …« Jules' Finger schließen sich fester um meine Hände. »Mehercule«, flüstert er. »Das hier ist doch real, nicht wahr? Ich träume doch nicht?«

Innerlich stelle ich mir die gleiche Frage und wage kaum, daran zu glauben, denn das Entsetzen und die Erschöpfung und die Hoffnungslosigkeit wiegen so schwer, dass ich kaum weiß, wie ich sie loslassen soll. Beinahe *will* ich es nicht, vor Furcht, sie könnten mich irgendwie wieder einholen. Dennoch erwidere ich seinen Händedruck und flüstere: »Wir haben es geschafft, Jules.«

Er tritt an mich heran, und augenblicklich bin ich mir bewusst, wie nah sich unsere Körper sind. Er hebt den Kopf, aber nur, um ihn gleich darauf zu senken und mir etwas ins Ohr zu flüstern. »Mein Vater«, sagt er in einem Tonfall, der keinen Widerspruch duldet, »wird dich lieben.«

Ich kann ihm nicht widersprechen. Ich will es auch gar nicht mehr. Wir sind jetzt wieder nur zwei Jugendliche – die Bürde, die Welt zu retten, ist wieder da, wo sie hingehört: bei den Regierungen und den Armeen und den klügsten Köpfen der Welt. Endlich, *endlich* sind wir nur wir. Und – vor allem jetzt, da seine Hand zu meinem unteren Rücken hinuntergleitet und mich an sich zieht – werde ich nichts sagen, was das kaputt macht.

Doch dann wird das von einem anderen Geräusch erledigt. Ein Räuspern lässt uns auseinanderfahren wie – nun, wie zwei Jugendliche, die gerade knutschen wollten.

Hinter der Glasscheibe steht ein Mann, der uns mit der höflichen Miene von jemandem betrachtet, der auf eine Gelegenheit zur Unterbrechung wartet. Obwohl er einen ganz normalen – wenngleich teuer aussehenden – Anzug trägt anstatt einer Uniform, hält er sich gerade und aufrecht wie ein Soldat. Er ist nicht sonderlich groß oder muskulös, und er hat feine Züge, die ihn fast weiblich wirken lassen. Zu dem tadellos geschnittenen schwarzen Haar und den gut geformten Augenbrauen gehören zwei durchdringende dunkle Augen, die im Moment auf uns gerichtet sind.

»Guten Tag«, sagt er mit übertriebener Förmlichkeit. Er spricht mit ganz leichtem Akzent, den ich jedoch nicht zuordnen kann. »Ich bin Daniel De Luca, Leiter der Inneren Sicherheit der IA Europa.«

Jules' Arm verkrampft sich, doch als ich ihn ansehe, wirkt er eher interessiert als eingeschüchtert. Beruhigend drückt er meine Hand. »Ich bin Jules Addison«, sagt er. »Und das ist Amelia Radcliffe.«

»Ja, das hat man mir bereits gesagt.« De Luca lächelt ein ebenmäßiges, angenehmes Lächeln. »Entschuldigen Sie bitte die Verspätung – es hat ein wenig gedauert, bis wir überprüft haben, dass Sie tatsächlich diejenigen sind, für die Sie sich ausgeben. Wie geht es Ihnen? Hat man Ihnen etwas zu essen gebracht?«

»Uns geht es gut.« Jules holt schnell Luft. »Sie können das Höflichkeitsgeplänkel weglassen, Mr. De Luca …«

»*Direktor* De Luca.« Der Einwurf kommt sanft, sogar freundlich, doch mit großer Bestimmtheit.

»Ja, natürlich.« Jules klingt nicht so, als würde er sich zurechtgewiesen fühlen – wenn überhaupt, dann eher ermutigt.

Irgendetwas am Verhalten des Direktors irritiert mich, doch was es auch ist, Jules scheint es nicht zu bemerken. Er wirkt nur gespannt, fast schon ungeduldig – und erfreut, dass man jemand hinzugezogen hat, der solch einen hohen Dienstgrad bekleidet.

Ganz ruhig, Mia. Die Stimme in meinem Kopf spricht mit einem leicht britischen Akzent, und wenn ich nicht so sehr damit beschäftigt wäre, meine Gedanken zu sortieren, würde es mich amüsieren, dass ich beim Versuch, mich selbst zu beschwichtigen, wie Jules klinge. *Du bist eben dem Tod so oft von der Schippe gesprungen, dass du jetzt überall Probleme siehst.*

»Direktor De Luca«, wiederholt Jules versöhnlich. »Sagen Sie uns bitte, wenn Sie sonst noch etwas von uns wissen möchten. Mir ist klar, dass sich das alles vollkommen irre anhört, und ich weiß, dass es jede Menge Leute gibt, die uns nicht glauben, aber Sie wissen ja gar nicht, wie froh wir sind, dass uns endlich jemand zuhört.«

»Ich höre Ihnen auf jeden Fall zu«, pflichtet De Luca ihm bei. »Außerdem verfüge ich glücklicherweise über Informationen, die meine Kollegen nicht haben. Informationen, die die Internationale Allianz mit viel Zeit und Mühe vor der Öffentlichkeit geheim gehalten hat.«

Meine Bedenken lösen sich in Luft auf. Die Informationen, von denen er da spricht – damit muss Datenmaterial von Gaia gemeint sein, das das Schiff in der Umlaufbahn betrifft. Und vielleicht auch das, was die Ärzte bei der Untersuchung von Atlantas und Dex' DNA herausgefunden haben. Er zweifelt unsere Aussagen nicht an, er ist nur nicht glücklich über die

Nachrichten, die wir überbringen. Ich kann es ihm nicht verübeln.

Ich halte mich zurück – besser, ich lasse Jules reden, angesichts der vornehmen Sprechweise dieses Typen. Aber endlich ist jemand hier, der befugt ist, um über Mink Bescheid zu wissen, über das, was uns auf Gaia zugestoßen ist; jemand, der wirklich etwas *tun* kann. Der Leiter der Inneren Sicherheit der IA Europa.

Auch Jules scheint das so zu sehen, denn seine Stimme wird lebhafter. »Dann glauben Sie uns also? Das mit Dex und Atlanta, das mit der Invasion? Sie wissen von Charlottes – von Minks Mission auf Gaia und dass wir wirklich mit dem Schiff durch das Portal gekommen sind?«

De Lucas dunkle Augen sind ebenso aufmerksam, wie sein Gesicht entspannt ist. »Ich muss Ihnen nicht glauben – ich *weiß*, dass Sie auf Gaia waren, Mr. Addison.« Seine Augenbraue zuckt ein wenig nach oben, als sein Blick sich auf mich richtet. In Minks Bericht kam mein Name vermutlich nicht vor – ich war nur eine von ein paar Dutzend Plünderern, die sie auf Gaia ausgesetzt hat, um sich von Jules zum Portalschiff führen zu lassen.

Jules atmet langsam aus, die Anspannung in seinen Schultern lässt endlich nach, bis er fast in sich zusammensackt. »Dann müssen Sie uns zuhören, Mr. De – Direktor De Luca. Das Schiff in der Umlaufbahn ist nicht leer. Es ist nicht inaktiv und auch nicht harmlos. Es ist randvoll mit Unsterblichen, und sie wollen die Erde.«

Wenn man es so ausspricht, klingt es haarsträubend. Doch

der Direktor sieht Jules nur nachdenklich an, wie um ihn irgendwie abzuschätzen. »Natürlich müssen Sie mit dem Schiff gekommen sein – wie könnten Sie sonst hier sein anstatt auf Gaia, wo unsere Agenten Sie zurückgelassen haben? Und es gibt einige Details, die Ihre Geschichte untermauern.«

Unwillkürlich richte ich mich auf, immer noch brennt die Hoffnung in mir hell und warm wie ein Feuer. Ein kleines Rinnsal von Zweifel versucht, die Flammen zu löschen, doch ich ignoriere es. *De Luca mag zwar irgendwie unheimlich sein, aber im Moment ist dieser Internationale Regierungsvertreter alles, was wir haben.*

De Luca fährt fort: »Eigentümliche Signale, die anscheinend von den Triebwerken des Schiffes kommen. Berichte über den Absturz von einer Art UFO, mitten im Golf von Mexiko. Genau was man erwarten würde, wenn Außerirdische auf die Erde kämen, wie Sie behaupten.«

Wie Sie behaupten.

Die Worte klingen mir in den Ohren. Mein Herz hämmert, während meine Zuversicht schwindet. »Dann *wissen* Sie, dass wir die Wahrheit sagen«, platze ich heraus und vergesse, Jules für uns sprechen zu lassen. »Bitte sagen Sie uns, dass Sie bereits etwas unternehmen – dass Sie die Landeshuttles auf dem Radar haben oder – oder die Regierungen darüber informiert haben, dass da etwas kommt?«

»Eins ist allerdings interessant«, bemerkt De Luca, knöpft sein Jackett auf und schiebt die Hände in die Hosentaschen. »Trotz der sichtbaren Schwankungen in den Triebwerken des Schiffes ist sein Kurs gleich geblieben, wie man es erwarten würde, wenn jemand es lenkt. Das Ding, das im Golf herunterkam, war ganz zufällig so klein, dass alle Bergungsversuche fehlschlugen und unsere Techniker es nicht unter die Lupe nehmen konnten.«

Unwillkürlich sehe ich Jules an, dessen Lippen fest zusammengepresst sind. Seine Miene ist fassungslos. Davor war es ihm noch nicht klar, aber jetzt hat er es begriffen.

Nein. Das muss doch ein dummer Witz sein.

De Luca blickt von Jules zu mir herüber. »Wenn man alles zusammennimmt, und in Anbetracht Ihrer an ein Wunder grenzenden Rückkehr mit dem Schiff durch das Portal und Ihren Geschichten über uralte Wesen vom anderen Ende der Galaxis, sieht es wirklich ganz nach einer Alien-Invasion aus. Nach einer geradezu hollywoodreifen, könnte man sagen. Die Verschwörungstheoretiker drehen deswegen online gerade durch, und ein paar davon versuchen sogar, eine Verbindung zu Dr. Addisons Theorie herzustellen. Aber einzeln lassen sich alle diese Vorfälle derart leicht entkräften, dass es lachhaft ist.«

Ich spüre, wie mich alle Hoffnung verlässt, und versuche unwillkürlich, mich daran festzuklammern. »Hören Sie, Direktor, Sie wissen doch, dass wir auf dem Schiff waren, Sie wissen, dass wir von Gaia kommen, durch das Portal, Sie wissen, dass wir mit einem Shuttle der Außerirdischen auf der Erde gelandet sind. Irgendwo sitzen zwei von denen in einer Ihrer Arrestzellen – Sie müssen doch nur ein bisschen an der Oberfläche kratzen, dann werden Sie sehen, dass das keine Menschen sind!«

Der Mann nickt, als würde er mir zustimmen, doch als er

spricht, ist es eine Frage. »Sie müssen verstehen, Miss Radcliffe, dass die Bergung des Schiffes die IA in … eine sehr heikle Lage gebracht hat. Jede einzelne Nation möchte ein Stück von der Technik darin abhaben, und einige davon sind bereit, ihre Ansprüche mit allen Mitteln durchzusetzen. Das Letzte, was wir brauchen können, sind zwei temperamentvolle Teenager, die Benzin auf glühende Kohlen schütten. Wollen Sie die Auslöser für den nächsten Weltkrieg sein?«

Ich blinzele und muss mich zurückhalten, um nicht vor Enttäuschung loszuschreien. »Der nächste Weltkrieg ist schon *hier*, Direktor, aber der Feind ist da oben.« Ich zeige zur Decke – nicht sonderlich dramatisch, da wir uns in einem Raum befinden, aber etwas Besseres habe ich gerade nicht. »Wieso sollten wir uns so etwas denn ausdenken?«

De Luca lächelt mich an, und mich überkommt die Ahnung, dass ich gerade die Frage gestellt habe, auf die er gewartet hat. Er sieht erneut Jules an. »Sagen Sie, Mr. Addison, was haben Sie auf Gaia überhaupt gewollt?«

Jules' Augen verengen sich. »Beweise finden, dass mein Vater recht hatte mit seiner Theorie, dass wir die Technologie der Unsterblichen zu schnell adaptieren.«

Wieder nickt De Luca. »Und Sie, Miss Radcliffe?«

Ich schweige, wobei mir nur allzu bewusst ist, dass ich wie ein trotziges Kind wirke. Doch meine vergangenen Erlebnisse mit den Behörden stehen mir wieder klar und deutlich vor Augen, und ich weiß etwas, was Jules nicht weiß: Hat sich jemand erst einmal eine Meinung über dich gebildet, wird alles, was du sagst, ihn nur umso mehr davon überzeugen, dass er recht hat.

Und mit einem Entsetzen, bei dem sich mir der Magen umdreht, begreife ich: *Er glaubt uns kein Wort.*

Meine Hoffnung, die noch vor wenigen Sekunden so hell gelodert hat, fällt in sich zusammen wie das letzte Flackern einer heruntergebrannten Kerze.

Als ich schweige, lächelt De Luca erneut. »Dann will ich es Ihnen sagen. Sie haben aus reiner Profitgier bei unserer Geheimagentin angeheuert. Ein ziemlich krasser Schritt für jemanden Ihres Alters – entweder ist die Gier bei Ihnen bemerkenswert ausgeprägt, oder Sie brauchten das Geld für etwas ganz Bestimmtes. Oder *jemand* ganz Bestimmtes.«

Mein Herz setzt kurz aus und pocht dann schmerzhaft weiter.

Evie. Nein, das kann er nicht wissen. Niemand weiß, dass ich eine Schwester habe – jahrelang habe ich alles dafür getan, um alle Aufzeichnungen, die auf meine illegale Schwester hinweisen, aus sämtlichen Datenbanken zu löschen.

Doch das Glitzern in De Lucas Augen verrät mir, dass er genau weiß, wofür ich das Geld brauchte. Ich taste nach Jules' Hand – oder vielleicht tastet er auch nach meiner –, und nur die Wärme seiner Finger hält mich aufrecht.

»Also«, sagt De Luca barsch. »Sie beide tun sich auf Gaia zusammen und führen uns zu dem Schiff, das sich inzwischen in der Umlaufbahn befindet. Anstatt auf Gaia in Gewahrsam der IA zu bleiben, flüchten Sie lieber als blinde Passagiere. Keiner von Ihnen hat bekommen, wofür er nach Gaia gegangen ist – Mr. Addison, es gab weder brauchbare Artefakte noch Inschriften, die sich mit den Gefahren durch die Technologie einer ausgestorbenen Spezies befassen. Und Miss Radcliffe ist offensichtlich nicht im Besitz von wertvollen Gegenständen oder technischen Geräten, die sie auf dem Schwarzmarkt verkaufen könnte. Was also tun zwei kriminelle Jugendliche in einem solchen Fall?«

Mein Magen verkrampft sich, meine Augen füllen sich mit Tränen, doch ich kann nicht anders, als Direktor De Luca zuzuhören – er klingt so ruhig, so überzeugend, dass ich ihm die Geschichte, die er da spinnt, für einen kurzen Augenblick fast abkaufe.

»Mir scheint, eine Rückkehr mit lauter Geschichten über eine Alien-Invasion würde genau die Art von öffentlicher Panik auslösen, die Sie bräuchten, um die Menschen von Dr. Addisons Anliegen zu überzeugen. Und das wäre vermutlich als einer der raffiniertesten Schwindel überhaupt in die Geschichte eingegangen – eine Story, die jedem, der die Rechte kaufen wollte, ein Vermögen wert wäre. Gewiss ausreichend, um eine gewisse Evie Radcliffe freizukaufen.«

»Nein.« Das Wort ist kaum mehr als ein Flüstern, heiser, angestrengt. Doch meine Lippen verweigern die Mitarbeit, und mir bleibt keine Wahl, als die Worte noch einmal zu wiederholen. »Nein … nein …«

»Sie machen einen Riesenfehler, De Luca«, unterbricht Jules mit einem Mal grimmig, wo er zuvor ruhig und versöhnlich war. »Bitte. Bitte. Es geht uns nicht um Ruhm, es geht uns nicht mal darum, dass Sie uns freilassen – wir unterschreiben, was immer Sie verlangen, egal, was nötig ist, um deutlich zu machen, dass wir von dieser Sache in keiner Weise profitieren.

Aber Sie müssen es wissen, *alle* müssen es wissen – die haben es auf uns abgesehen. Sie sind bereits hier.«

De Luca verzieht keine Miene.

»Die Gewebeproben!«, platze ich heraus. »Warten Sie, bis Sie die DNA-Ergebnisse bekommen. Dann werden Sie … Sie werden nicht mal DNA *finden*. Sie sind nicht menschlich.«

De Luca runzelt die Stirn. Mit einem Mal regt sich etwas in seinem glatten, kultivierten Gesicht, und darunter spüre ich etwas weitaus Dunkleres, Bösartigeres.

»Das reicht jetzt, Miss Radcliffe. Das gilt für Sie beide.« Und dann ist er wieder sein altes, gelassenes Selbst. Er zieht die Hände aus den Hosentaschen, und seine langen Finger schieben seinen Jackettknopf geschickt zurück durchs Knopfloch. »Wissen Sie, wir waren in der Tat beunruhigt wegen der gehäuften Vorkommnisse scheinbar außerirdischen Ursprungs.«

Er dreht sich um, um den Raum zu verlassen, bleibt dann jedoch noch einmal stehen. »Ich weiß nicht, wie Sie es angestellt haben. Vielleicht waren die beiden, die wir mit Ihnen zusammen verhaftet haben, Komplizen, die auf der Erde UFO-und Radiosignale simuliert haben – ich habe keine Ahnung. Es ist mir auch egal. Wichtig ist, dass Ihre Landung, Ihre phantasievollen Geschichten die Bestätigung sind, die wir brauchten. Die Ankunft des Schiffs in der Umlaufbahn markiert die bedeutsamste Epoche der IA in den letzten fünfzig Jahren – Sie beide hier sind nicht mehr als eine Randnotiz.« Seine Stimme ist hart wie Stahl, und seine letzten Worte klingen alles andere als herzlich: »Einen schönen Tag noch.«

Und dann ist er fort, und wir bleiben stumm zurück.

JULES

Seit sechs Stunden hat keiner von uns beiden ein Wort gesagt.

Es gibt keine Worte – nicht einmal zwischen uns beiden, die so viel zusammen durchgestanden haben –, um das blutige, klaffende Loch zu stopfen, wo zuvor die Hoffnung gelebt hat. Eine Hoffnung, die so tiefgreifend und umfassend war, nach einer so langen, aufreibenden Feuerprobe voller Angst und mühevoller Plackerei und Verzweiflung … tausend Bilder waren bereits in in mir aufgestiegen.

Bilder von einer Welt, die zusammensteht, um gegen die Bedrohung im Orbit zu kämpfen, davon, wie die Unsterblichen ein für alle Mal von unserem Planeten vertrieben werden. Von einer Welt, die endlich Frieden hat.

Aber davor noch habe ich vor meinem inneren Auge Bilder gesehen, wie Neal uns aus dem Gefängnis holt. Von einer heißen Dusche. Wie ich mir im Laden eine Teigtasche hole, wie ich mit Neals frisiertem Motorrad fahre oder meinen Dad im IA-Gefängnis anrufe. Wie mein Dad aus dem Gefängnis freikommt, wie sein Ruf wiederhergestellt wird, wie ein abwesendes Lächeln über sein Gesicht huscht, wenn ich ihm eine Tasse Tee an den Schreibtisch bringe.

Wie ich ihm Mia vorstelle. Wie ich ihr mein Zuhause zeige. Wie ich ihr sage, dass ich mit ihr zusammen sein will, egal, was passiert, und dass ich, wenn sie keine »Elite-Kandidatin« ist, auch keiner bin, und dass wir gehen können, wo auch immer sie hinwill, solange wir nur zusammen sind.

Ein unendliches Universum aus Möglichkeiten – bis uns Direktor De Luca mit ein paar Worten direkt in das Fegefeuer aus Hilflosigkeit zurückgeworfen hat.

Ich habe unruhig geschlafen, bin immer wieder aufgewacht, und ich glaube, Mia ging es genauso. Seit der Direktor weg ist, hat sie sich in sich selbst vergraben – die Erkenntnis, dass diese Leute von ihrer Schwester wissen, deren schiere Existenz ein Verstoß gegen das »Ein-Kind-Gesetz« ist, hat sie ausgehöhlt.

Leider können wir nicht fragen, ob aufgrund der Informationen über Evie irgendetwas unternommen wurde – allein schon ihre Erwähnung würde diesen Leuten verraten, dass sie das nötige Druckmittel gefunden haben. Aber was auch immer Mia sich gerade ausmalt – und ihre Welt war hinreichend düster, um sich ein paar ziemlich fürchterliche Dinge auszumalen –, es muss in Dauerschleife in ihrem Kopf ablaufen.

Ich muss ständig an das lachende kleine Mädchen denken, das ich damals auf Gaia auf Mias Handy gesehen habe, an ihr Lächeln, das sie mit Mia gemeinsam hat. Ich habe Angst um meinen Vater – jetzt, nachdem ich kurz dachte, sein Martyrium wäre vorbei, umso mehr –, aber ich zweifle nicht daran, dass er in Sicherheit ist. Diese Leute mögen zwar skrupellos sein, aber sie sind nicht dumm. Sie werden dem führenden Unsterblichen-Experten kein Haar krümmen. Doch für ein einsames amerikanisches Mädchen auf der anderen Seite des Atlantiks gibt es diese Garantie nicht. Die Reichweite der IA umfasst den ganzen Erdball – es gibt niemanden, den sie nicht aufspüren können, wenn sie es darauf anlegen.

»Mia«, murmele ich und schaue auf die Tabletts mit Reis und Bohnen hinunter, die uns ein gleichgültiger Wachmann vorhin gebracht hat. Nach dem langen Schweigen klingt meine Stimme heiser und belegt. »Du musst etwas essen.«

Sie lehnt sich an mich und sieht zu mir hoch, tiefe Ringe liegen unter ihren Augen. »Ich weiß«, murmelt sie. Das, was auf den Tabletts steht, ist ein Festmahl, verglichen mit dem, was wir an Bord des Unsterblichen-Schiffes hatten, doch irgendwie ist es unendlich viel weniger appetitlich. Sehnsüchtig denke ich an das Abendessen aus Hühnchen und Steinpilzen, das ich an unserem ersten Abend auf Gaia für Mia zubereitet habe.

»Ich weiß ja, dass ich essen sollte. Aber …«

Aber sie kann nicht, und ich werde sie sicher nicht zwingen. Ich kann mir selbst kaum vorstellen, etwas herunterzubringen, so mulmig ist mir.

Wir hängen in der Luft, wir sind wieder ganz am Anfang – zwei Jugendliche, denen niemand glaubt. Wieder sind wir die einzigen Protos, wie Atlanta und Dex sagen würden, denen auf diesem Planeten klar ist, wie kurz wir alle davor stehen, ausgelöscht zu werden.

Und da sitzen wir nun und können nichts tun, um zu beweisen, dass wir die Wahrheit sagen.

Das ist nicht das Fegefeuer, denke ich, während ich beobachte, wie Mias Schultern vor unterdrücktem Schluchzen zittern, und mir wieder einmal das Herz bricht. *Das ist die Hölle.*

Doch dann schweift mein vom Ausmaß des Ganzen überforderter Geist einfach ab – und ich kann es ihm nicht verdenken – zu einem weit unbedeutenderen Problem: Ich würde über glühende Kohlen laufen, wenn ich dafür duschen könnte.

Ich trage immer noch dieselben Klamotten wie auf Gaia, und zwar schon seit Wochen. Ich muss bestialisch stinken. Meine Kleider sind schmutzig, zerrissen und starren vor Schweiß und Dreck, und ich weiß, dass ich mich dringend rasieren muss. Mein ganzes Gesicht juckt von den Stoppeln.

Seit sie uns in die Zelle gebracht haben, war die einzige Abwechslung, die man uns zugestanden hat, zwei Abstecher zur Toilette für jeden, unter Bewachung. Und als ich das letzte Mal gegangen bin, hat mein Begleiter mit der Pistole auf mich gezielt, als ich am Waschbecken Anstalten machte, mir das Gesicht zu waschen.

Mia lässt sich zu Boden gleiten und legt ihren Kopf auf mein Bein wie auf ein Kissen, einen Arm über dem Gesicht, denn natürlich lassen sie die ganze Zeit das Licht brennen.

In einer Ecke der Zelle hängt eine Kamera, und obwohl kein rot leuchtendes Lämpchen uns verrät, dass sie gerade aufnimmt oder sendet, habe ich keinen Zweifel, dass sie jede unserer Bewegungen verfolgt. Auch Mia weiß das – dass sie sich trotzdem an mich kuschelt, ist ein winziger Lichtblick.

Auch wenn sie uns nicht freilassen, werden sie uns irgendwann doch wohl in eine bessere Unterkunft bringen. Vielleicht ergibt sich ja dann dort *irgendeine* Möglichkeit, hier rauszukommen. Vielleicht führen sie ja doch irgendwann den DNA-Test durch, oder wir finden anderweitig Beweise oder Leute, die uns glauben und unterstützen, und können das Blatt wenden, bevor die Unsterblichen ihr wie auch immer geartetes Vorhaben, für das sie sich unter uns gemischt haben, erfolgreich durchführen können.

Schritte reißen mich aus meinem kurzen Wunschtraum.

Ist schon wieder Essenszeit?

Doch dann taucht hinter der Scheibe das auf, was ich als Allerletztes erwartet hätte – es sind Dex und Atlanta, mit dem gleichen freundlichen Begleiter, mit dem wir auch schon das Vergnügen hatten. Sie wirken müde und verdrossen – Dex hält den Kopf gesenkt, er hat seinen Zopf gelöst, und die Haare hängen wirr um sein Gesicht –, doch in Atlantas Augen liegt ein triumphierendes Leuchten. Als sie von ihrem bewaffneten Wachmann zu mir herüberblickt, gestattet sie sich ein winziges Grinsen.

Dann geht die Glastür auf, Mia wird wach, und die beiden werden zu uns hereingestoßen. Sie lehnen sich uns gegenüber an die andere Zellenwand, lassen sich auf den Boden nieder und strecken die Beine aus.

Einen langen Augenblick starren wir uns quer durch den Raum an. Tausend Fragen und Vorwürfe schwirren mir durch den Kopf.

»Nun«, sage ich schließlich und kann selbst hören, wie angriffslustig ich klinge.

»Nun was?« Dex' Blick ist kühl, doch es liegt auch ein Funkeln darin – während Atlantas Augen kaum verhohlene Feindseligkeit spiegeln.

»Wer seid ihr?«, stößt Mia hervor, ehe ich einen zusammenhängenden Satz formulieren kann. »Euer Volk – was wollt ihr mit der Erde?«

Atlanta hebt beschwichtigend die Hände. »Wir wollen kein Gefrett«, sagt sie. »Wir wollen einfach nur heimzu. Es war eine Lixo-Idee. Wenn wir hier je wieder rauskommen, dann shifte ich zurück zur Schule und bleibe da, ich versprech.«

Mia gibt ein Schnauben von sich, und ich lege ihr die Hand auf den Arm. Als sie mich ansieht, nicke ich zu der stecknadelkopfgroßen Kamera in der Zellenecke hinüber.

Ob Dex und Atlanta sie bemerkt haben oder nicht, sie sind intelligent genug, um eins und eins zusammenzuzählen. Mit Sicherheit wissen sie, dass man uns beobachtet. Sie spielen immer noch die reuevollen Schlingel, und wieso auch nicht? Schließlich müssen sie nur durchhalten. Auch wenn hier keiner je *lixo* oder *ich versprech* sagt – solange sie sich nicht zu ihrem verdammten Land bekennen, kann ihnen niemand etwas anhaben.

Und anscheinend funktioniert es ja. Allein schon dass man sie hierhergebracht hat, zu den anderen »Jugendlichen«, zeigt mir, dass die IA sie nicht mehr verdächtigt. Wie De Luca gesagt hat, könnten sie ebenso gut unsere Komplizen in dieser ausgefeilten Lügengeschichte sein, die er uns so lebhaft ausgemalt hat.

Schließlich *weiß* jeder auf der Erde, seit die Botschaft der Unsterblichen hier ankam, dass wir es mit einer ausgestorbenen Spezies zu tun haben. Die Vorstellung, dass sie gar nicht ausgestorben sind und obendrein Menschengesichter tragen und planen, unseren Heimatplaneten an sich zu reißen, ist haarsträubend. Sie klingt selbst in meinen Ohren haarsträubend, und dabei durchlebe ich sie gerade.

Ich würde uns genauso wenig glauben.

Es ist ein nur weiterer Hieb in einer ganzen Salve von Schlägen, so dass ich diesen einen kaum noch spüre.

Mias Stimme klingt scharf. »Wenn ihr so schlimme Finger seid, wieso hat dann nicht schon jemand eure Eltern angerufen?«

Atlanta lächelt bedauernd. »Wir haben keine Eltern«, erwidert sie so beiläufig wie jemand, der seine Worte einstudiert hat. »Waisen, yup?« Ihre gespielt wehmütige Miene wirkt wie ein Schlag ins Gesicht.

Ich beiße die Zähne zusammen und zwinge mich, ruhig zu bleiben. Sie spielt für die Kamera, die über uns hängt, und wenn Mia sie nicht aus dem Konzept bringen kann, wird mir das erst recht nicht gelingen.

Stattdessen schaue ich zu Dex hinüber. Er sieht mich kurz an und wendet dann den Blick ab. *Wenn ich nur wüsste, was ich von ihm halten soll.* Er hat bereits auf dem Flug hierher im Shuttle geahnt, wer wir sind – *was* wir sind. Und seinen Verdacht hat er seit der Landung sicher schon hinreichend bestätigen können. Trotzdem hat er bisher geschwiegen.

Heißt das, dass er ein Verbündeter sein könnte?

Ich wünschte, ich könnte meinen Verstand davon abhalten, weiter nach einem Hoffnungsschimmer zu suchen. Ich wünschte, ich könnte ihn zum Schweigen bringen, damit er mich schlafen lässt. Doch mein Verstand jagt der Antwort hinterher, immer im Kreis …

Irgendwann muss ich eingeschlafen sein, denn mich wecken ein scharfer Schmerz in meinem Nacken, weil mein Kopf zu lange auf der Seite lag, sowie die Stimme eines Wachmanns.

»Ich soll euch holen«, sagt er grob, ohne einen von uns anzusehen. Stattdessen mustert er unsere vor uns ausgestreckten Beine. *Nicht sehr ermutigend, wenn einem keiner in die Augen sehen will.*

Dex richtet sich auf. Er sitzt an der Wand neben Atlanta, die nacheinander ihre Glieder reckt – *ob Aliens schlafen?* –, und der Wachmann tritt einen Schritt zurück, blickt nervös zu ihnen hinüber.

»Nicht ihr, die anderen zwei.« Er deutet auf Mia und mich.

Obwohl De Luca unsere Geschichte abgetan hat, machen die Unsterblichen-Teenager den Wachmann sichtlich nervös – er beobachtet sie, er sieht sie an, als hätte er etwas gesehen, das er lieber nicht gesehen hätte.

Vielleicht ist die Lage ja doch nicht so hoffnungslos. Der Gedanke ist winzig und kaum vernehmbar, und ein Teil von mir will ihn ausblenden. Doch der Rest von mir klammert sich an die Vorstellung, hält sie fest und beschützt sie wie ein junges Küken. *Vielleicht sind wir doch nicht die Einzigen, denen klar ist, was ihr wirklich seid.*

Unbeholfen stehen Mia und ich auf, und man führt uns durch zwei unscheinbare, gesichtslose Gänge, die hell erleuchtet sind.

In dem Raum, in den man uns bringt, stehen zwei lange

Stahltische, mit drei Stühlen auf jeder Seite. Drei der Wände sind blassgrau, die vierte endet in Hüfthöhe an einer Scheibe aus durchsichtigem – und zweifellos explosionssicherem – Material. An der einen Wand sind mehrere Blätter angepinnt, eine willkürliche Buchstabensequenz – irgendein Code vermutlich. Ich schaue zum Fenster und spiele an meiner Uhr herum, und als ich zurück zu den Buchstaben schaue, sehe ich sie scharf. AGCT. Diese Buchstaben kenne ich.

Es ist tatsächlich Code: DNA-Code.

Und es sind vier Computer-Ausdrucke – für jeden von uns einen? Langsam richte ich mich auf und bewege dabei den Arm, um die Seiten unauffällig fotografieren zu können. Vielleicht, ganz vielleicht sind das ja Atlantas und Dex' Testergebnisse. Demnach *haben* sie so etwas wie DNA, ähnlich genug zumindest, dass sie einem flüchtigen Blick standhält, doch keiner hat sich die Ergebnisse so genau angesehen, dass die Wahrheit herauskam. Sonst wäre wegen der beiden nichtmenschlichen Kreaturen, die da so dreist in unserer Zelle sitzen, schon überall der Alarm losgegangen.

Das hier ist eine Sprache, die ich nie gelernt habe. Für mich sieht es wie eine zufällige Abfolge endloser Kombinationen der vier Buchstaben aus. Aber wenn ich diese Ergebnisse irgendwie nach draußen schmuggeln könnte, könnte ich sie vielleicht nach Oxford schaffen und sie von jemandem analysieren lassen. *Vielleicht.*

Wortlos setzen Mia und ich uns auf zwei Stühle, in stummer Übereinkunft mit Blickrichtung auf das Fenster, damit wir sehen können, was uns erwartet. Auf einem weiteren Tisch am Ende des Raums liegen die wenigen Besitztümer, die wir dabeihatten, als man uns festgenommen hat, ausgebreitet wie Indizien in einem Mordfall. Ein paar leere Verpackungen der schwammartigen Unsterblichen-Verpflegung. Mias Multitool. Mein Notizbuch. Unter dem Tisch taste ich nach Mias Hand und drücke sie. Sie erwidert den Händedruck.

De Luca taucht als Erster hinter der Scheibe auf. Seine Lippen bewegen sich, doch ich kann nichts hören. Die durchsichtige Wand ist schalldicht. Ich schaue zu Mia hinüber, die ihn gespannt beobachtet, und mein Herz schwillt vor Bewunderung. Selbst jetzt, am Rand der Erschöpfung, sammelt sie immer noch Informationen, in dem verzweifelten Bemühen, einen Weg zu finden, diese Leute irgendwie zum Zuhören zu bewegen. Ich weiß, dass sie Angst davor hat, was mit Evie passieren wird, falls sie diese Leute vor den Kopf stößt, doch davon lässt sie sich nicht aufhalten.

Plötzlich bleckt sie die Zähne. »Du!«

Ich schaue zur Seite. Da draußen steht eine Frau, und sie …

Mehercule.

Es ist Charlotte Stapleton, die IA-Mitarbeiterin, die mir damals den Auftrag gab, nach Gaia zu gehen; die sich als Angestellte von Global Energy Solutions ausgab und dabei so raffiniert vorging, dass sie dafür eine komplette Fassade erschuf – sie stellte meinen Cousin Neal als Praktikanten ein, nur um mich mit den finanziellen Mitteln ihrer angeblichen Firma zu ködern. Wenn mir nicht jegliches Zeitgefühl abhandengekommen ist, hätte er eigentlich diese Woche dort anfangen müssen.

Mia kannte sie als Mink, und ich glaube, ich mag diesen Namen lieber – ich zweifle zwar nicht daran, dass sowohl Mink als auch Charlotte erfundene Namen sind, aber der erste passt besser zu ihr.

Mink wusste, dass ich, nachdem mein Vater nach seiner öffentlichen Warnung vor den Unsterblichen im IA-Gefängnis gelandet war, niemals freiwillig jemanden von der Internationalen Allianz durch Gaias Geheimnisse führen würde. Ich vertraute ihnen nicht, dass sie ihre Funde teilen würden; dass sie sie weiter forschen und die richtigen Schlüsse ziehen würden. Ich wusste, dass sie nur auf die Energiequellen aus waren, die sie dort zu finden hofften. Ich habe es wohl tausendmal gehört: Ein kleines Stück von der Unsterblichen-Technologie reicht aus, um die Trinkwasseranlage für ganz Los Angeles zu betreiben und das, was von der Westküste noch übrig ist, mit Strom zu versorgen. Und wer weiß, was es sonst noch alles zu finden gab.

Sie rechnete damit, dass ich nur nach Beweisen für die Theorien meines Vaters suchen würde, solange ich nicht merkte, dass man mir folgte – solange ich mich für unbeobachtet hielt. Sie bevölkerte den Planeten mit Plünderern, um mir vorzugaukeln, dass mehr als eine Firma einen Weg gefunden hatte, Leute nach Gaia zu schmuggeln; dass ich mich beeilen müsste, wenn ich diese Beweise vor den Plünderern finden wollte.

Sie schickte mich los, um ein Expeditionsteam zu treffen, das es gar nicht gab, und beobachtete dann, was ich tun würde, sobald ich mich allein und unbeobachtet wähnte. Sie war sich sicher, dass ich sie zu der gewünschten Technologie führen würde. Doch dann fand Mia mich zuerst, was nicht zu Minks Plan gehörte.

Sobald wir im Tempel waren, schickte sie mir ihre Söldner hinterher. Eine Gruppe, die von Liz angeführt wurde und inzwischen tot ist – wir durften selbst mitansehen, was Mink mit Leuten macht, die sie nicht mehr braucht.

Das hier ist die Frau, die, als sie merkte, was ich für Mia empfand, Mia als Geisel nahm und mich dazu zwang, den Steuerungsmechanismus des uralten Schiffs zu decodieren. Die Frau, die das verdammte Ding in Gang setzte, obwohl ich sie eindringlich davor warnte.

Jetzt betritt Mink neben De Luca den Raum, mit Captain Abrantes im Schlepptau.

Na super. Jetzt sind die europäische Sicherheitsabteilung der IA, die Bodenstreitkräfte und … die Heimtücke hier versammelt, alle in einem Raum.

Und interessanterweise vibriert die Luft vor Spannung – es ist jeder Faser ihrer Körper anzumerken.

Doch auch wenn Mink, seit ich sie kenne, durch und durch skrupellos gewesen ist, dumm war sie nie. Sie ist möglicherweise unsere letzte Hoffnung – auch wenn ich ihr keine Sekunde trauen würde.

»Sie müssen sie davon überzeugen, dass wir die Wahrheit sagen.« Die Worte platzen aus mir heraus.

Mink sieht mich an, ihre Brauen wandern ganz leicht nach oben, doch sie bekommt keine Gelegenheit, um zu antworten, denn De Luca ergreift das Wort.

»Sie *muss* überhaupt nichts, Mr. Addison.«

Was ist los mit diesem Typen, dass er so strikt auf Hierarchien beharrt? Sind wir vielleicht etwas unsicher?

Mia mischt sich ein. »Wieso sind wir hier? Ich dachte, Sie halten uns für Lügner, die nur eine Welle machen und reich werden wollen.«

Gute Frage, Mia. Das ist ganz schön viel Aufmerksamkeit für zwei Jugendliche, deren Anliegen man bereits abgeschmettert hat.

Captain Abrantes verschränkt die Arme. »Sie beide sind ja nicht nur das. In der Umlaufbahn kreist ein riesiges außerirdisches Raumschiff, und solange die IA die technologischen Neuerungen an Bord nicht genau unter die Lupe genommen und alles analysiert und ausgewertet hat, stellen Sie eine Gefahr dar.«

Ich schaue zu Mink hinüber, in der Hoffnung, dass sie sich an dem Gespräch beteiligt, doch immer noch mustert sie Mia und mich, aufmerksamer als je zuvor.

Mia nickt. »Jeder will also etwas von dem hübschen neuen Spielzeug abhaben. Sonst noch was Neues?«

De Luca runzelt missbilligend die Stirn. »Regierungen sind nicht das Gleiche wie Plünderer, Miss Radcliffe.« Er artikuliert das Wort Plünderer besonders sorgfältig, als wollte er vermeiden, dass sein Mund auch nur eine Sekunde länger als nötig mit dem Wort in Kontakt kommt.

Mink lehnt sich an die Wand und verschränkt lässig die Arme über der Brust – doch die Schärfe in ihrem Blick ist alles andere als lässig. »Sie hat doch recht. Alle wollen etwas davon abhaben.«

De Luca schnaubt, seine Nasenflügel blähen sich. »Hätte man das Schiff nicht so überstürzt in den Orbit gebracht, hätte die IA die Reaktionen der beteiligten Hauptakteure viel besser einschätzen können.«

Minks Gesichtsausdruck ist steinern.

Oh-oh. Hier gibt es tatsächlich Spannungen. Zwischen unseren Geiselnehmern herrscht nicht eitel Sonnenschein.

Ich werfe einen Blick zu Mia hinüber, die ein neugieriges Gesicht macht – die Differenzen zwischen den verschiedenen Abteilungen der IA sind ihr keineswegs entgangen. Beinahe höre ich, wie ihre Gedanken sich überschlagen und fieberhaft nach einem Weg suchen, sie gegeneinander auszuspielen und das Blatt zu unserem Vorteil zu wenden. Doch Mink hat sich endlich ins Gespräch eingeschaltet, und ich darf die Chance nicht ungenutzt verstreichen lassen.

»Hören Sie«, sage ich. »Räumen Sie ein, dass Mia und ich auf Gaia waren?«

Mink und De Luca nicken. »Dass Sie auf dem Planeten waren, bestätigen nicht zuletzt die Einträge in Mr. Addisons Notizbuch«, sagt De Luca und nickt zu dem kunterbunten Durcheinander aus Besitztümern hinüber, die auf dem anderen Tisch liegen.

»Und räumen Sie ein, dass das Schiff, um das jetzt ein solcher Wirbel gemacht wird, durch das Portal kam und dass Mia und ich von dort aus ein Shuttle zur Erde genommen haben?«

Wieder nicken beide.

Ich wende mich Abrantes zu. »Und Sie, Captain, haben uns beide bei diesem Shuttle gefunden, das eindeutig kein weiterer abgestürzter Satellit war, zusammen mit den beiden anderen, richtig?«

»Ja«, sagt er und schaut misstrauisch zu seinen beiden Vorgesetzten hinüber. »Ihre Komplizen auf der Erde, die Ihnen geholfen haben, den Schwindel einzufädeln.«

Mia schnaubt. »Sie waren nach unserer Landung doch binnen weniger Minuten da. Wie hätten die beiden denn da noch zu uns stoßen sollen? In dem Fall hätten Sie doch irgendeine Spur von ihnen finden müssen, ein Auto oder Motorräder in der Nähe.«

Direktor De Luca antwortet ohne Umschweife. »Sie haben recht, Miss Radcliffe. Es ist weitaus wahrscheinlicher, dass sie mit Ihnen von Gaia gekommen sind. Dass sie Plünderer sind.«

Mia sieht Mink an. »Hör zu«, fleht sie. »Sieh sie dir doch einfach an. Du hast doch alle auf Gaia angeheuert, oder? Du wirst sehen, dass sie keine Plünderer sind.«

Minks Antwort lässt eine Ewigkeit auf sich warten. »Zeigen Sie mir die beiden«, sagt sie schließlich.

Mein Herz beginnt schneller zu klopfen, die Erleichterung droht wieder aufzuwallen und mich zu durchfluten, sosehr ich mich auch bemühe, sie zu unterdrücken. *Nicht noch einmal*, denke ich zornig. Doch ich kann nicht anders. Mink mag uns zwar auf unverzeihliche Weise für ihre Zwecke missbraucht haben, doch an ihrer Kompetenz zweifle ich keine Sekunde. Sie weiß, wen sie auf Gaia ausgesetzt hat. Und was noch wichtiger ist, sie weiß, wen sie *nicht* dort ausgesetzt hat.

Der Direktor macht ein gereiztes Gesicht und geht hinüber zu einem Bedienfeld, das sich neben der Tür an der Wand befindet. Er erweckt es mit seinem Fingerabdruck zum Leben und tippt ein paar Befehle ein. Die Wand zu unserer Rechten leuchtet auf – es ist ein Bildschirm – und zeigt einen Live-Feed aus unserer Arrestzelle.

Dex und Atlanta sitzen noch fast genauso da, wie wir sie verlassen haben. Er hält den Kopf gesenkt, und sie flüstert ihm etwas ins Ohr. Der Feed hat keine Audiospur, doch das bedeutet noch lange nicht, dass sich in der Zelle nicht irgendwo ein Mikrophon befindet, das alles aufnimmt.

Mink betrachtet die beiden minutenlang, bis Atlanta wieder den Kopf dreht und der Kamera – oder einer der Kameras, denn jetzt wird mir klar, dass es mehrere sind – eine Frontalansicht ihres Gesichts zeigt. Mink starrt weiter auf den Bildschirm, während sie das Wort ergreift. »Die habe ich nicht eingestellt.«

»Nein«, sage ich. »Das haben Sie nicht. Weil es Unsterbliche sind.«

Minks scharfe Augen richten sich wieder auf mich. »Als das Schiff zur Erde flog, waren die einzigen Menschen darauf Sie und Amelia Radcliffe – das weiß ich hundertprozentig. Bis zum Start des Schiffes waren dort in jedem Abschnitt Agenten von uns anwesend.«

»Das liegt daran, dass es auf dem Schiff Portale gibt – es ist ein trojanisches Pferd. Dex und Atlanta – die beiden da – sind mit Hunderten von anderen auf das Schiff gekommen, nachdem es durch das Portal in die Umlaufbahn der Erde eingetreten ist.«

Minks Blick ruht auf mir, und es blitzt zwar kein Entsetzen oder Begreifen darin auf, dem ich entnehmen kann, dass sie mir glaubt, doch sie widerspricht mir auch nicht. Ich kann beinahe sehen, wie sie nachdenkt, und sie ähnelt dabei in fast schon unheimlicher Weise Mia – bei beiden arbeitet der Verstand blitzschnell und analysiert jeden Aspekt einer Situation.

»Die beiden waren mit Sicherheit nicht auf Gaia«, sagt Mink schließlich bestimmt. »Vielleicht irrt Abrantes sich ja, und zwischen der Landung des Shuttles und der Ankunft seiner Männer ist doch mehr Zeit vergangen.«

Captain Abrantes will aufbrausen, seine Brauen ziehen sich zusammen, und seine Miene verhärtet sich, doch bevor er loslegt, schaltet De Luca den Feed ab. »Oder«, sagt er ruhig zu Mink, »Ihre Kontrollen der Transporte von und nach Gaia waren doch nicht so lückenlos, wie Sie uns glauben machen.«

Minks Blick ist eiskalt. »Doch, das waren sie.«

Er hebt abwehrend die Hände. »Die Fakten besagen etwas anderes.«

»Hören Sie«, wage ich mich vor. »Ich flehe Sie an, ziehen Sie es zumindest in Erwägung. Die Leute in dieser Zelle gehören zu einer ersten Invasionswelle. Es sind Unsterbliche. Das Schiff dort oben wimmelt von ihnen. Wir müssen uns vorbereiten.«

Abrantes, der vor Entrüstung immer noch ganz steif ist, beugt sich vor. »Die Unsterblichen sind seit Jahrhunderten ausgestorben. Seit Jahrtausenden. Wie erklären Sie den zeitlichen Abstand zwischen der Erbauung der gaianischen Tempel und dieser sogenannten Invasion? Glauben Sie wirklich, eine Zivilisation mit einer solchen Technologie würde fünfzigtausend Jahre warten und zusehen, wie die Menschen die Erde für sich beanspruchen, bevor sie hier einfallen?«

Ich mache den Mund auf, doch darauf habe ich keine Antwort parat, obwohl wir eine Woche auf dem Schiff verbracht und die Unsterblichen-Soldaten belauscht haben. Was wir dort gesehen und gehört haben, hat eher noch mehr Fragen aufgeworfen.

Ich schaue zur Seite und suche Mias Blick, doch sie sieht nicht mich an, sondern Mink. Ihr Gesicht ist stoisch und unbewegt – stur, so wie jedes Mal, wenn sie sich anschickt, mit mir zu streiten. Nur dass sie jetzt ganz ruhig ist und kein bisschen streitet. Und das genügt, um meine Angst auf Hochtouren zu bringen.

Schließlich macht De Luca einen Schritt nach vorn. »Es ist eine clevere Geschichte«, sagt er mit dieser kühlen, gelassenen Stimme, die stahlhart klingt. »Aber solange die Internationale Allianz nicht die Ressourcen dieses Schiffes gerecht unter den Ländern dieser Erde aufgeteilt hat, dürfen wir nicht riskieren, dass die Ansichten einer in der Öffentlichkeit stehenden Persönlichkeit weitere Unruhe stiften.«

»Einer in der Öffentlichkeit stehenden Persönlichkeit?«, wiederhole ich dümmlich.

»Sie sind der Sohn des weltweit führenden Unsterblichen-Experten«, erwidert De Luca und zieht eine Augenbraue hoch.

»Und wieso sollte man Jules zuhören, wenn man schon seinen Vater ignoriert hat?« Mia hat sich eingemischt, doch ihre Stimme ist leise. Zornig, aber resigniert.

»Alles in allem ist es besser, wenn Sie hierbleiben«, sagt De Luca ruhig.

»Wie lange?«, frage ich entmutigt.

»Bis alles geklärt ist«, sagt er schlicht.

»Sie können uns nicht ewig festhalten«, protestiere ich. »Wir haben Rechte.«

Abrantes schüttelt den Kopf. »Angesichts der derzeitig eskalierten Sicherheitslage dürfen wir das.«

»Aber diese Regelung gilt für Kriegszeiten«, protestiere ich erneut. Ich habe mich zu dem Thema eingelesen, als man meinen Vater in der Zentrale der IA in Prag verhaftet und eingesperrt hat.

De Lucas Miene zeigt nichts als geheucheltes Bedauern. »Und wir steuern gerade auf eine solche Situation zu«, sagt er. »Nur die IA steht noch zwischen dem Schiff in der Umlaufbahn und einem Krieg zwischen den Ländern, die es haben wollen. Und wir dürfen zu jedem Mittel greifen, das wir für richtig halten, um sicherzustellen, dass Sie mit uns kooperieren.« Er sieht Mia an, und sie erstarrt. Ihre Augen lodern vor Zorn.

»Lassen Sie meine Schwester aus dem Spiel«, schnauzt sie ihn an. »Sie ist noch ein Kind.«

Mink hat das Gespräch schweigend verfolgt, und ihr Blick bleibt noch einen Augenblick an Mia hängen, bevor sie schließlich wieder mit scharfer Stimme das Wort ergreift. »Ich kenne die beiden Jugendlichen in der Zelle nicht. Und ich bin mir ganz sicher, dass ich den Flugverkehr von und nach Gaia unter Kontrolle hatte.«

De Luca wirft ihr einen Blick zu, der zu sagen scheint: *Wirklich, immer noch diese Diskussion?*

»Miss, wenn Sie imstande waren, Ihre Leute – darunter Mr. Addison und Miss Radcliffe – unter den Augen der IA-Besatzung auf den Forschungsraumschiffen nach Gaia zu schmuggeln, wer wollte da behaupten, dass nicht jemand anders das Gleiche mit Ihnen gemacht hat?«

Sie schüttelt den Kopf. »Wir müssen das in Prag vortragen.« Ausnahmsweise klingt Minks Stimme ein wenig hitzig – sie mag De Luca nicht.

De Lucas Miene ist genauso unfreundlich, als er ihren Blick erwidert. »Damit Dr. Addison eine Möglichkeit findet, die Sache so hinzudrehen, dass sie zu seiner Version der Wahrheit passt?« Er macht eine Geste, die gespieltes Bedauern ausdrückt. »Ich wünschte, ich könnte helfen.«

Mink fixiert ihn mit einem Blick, in dem nichts als kalte Wut liegt. Ich war dabei, als diese Frau jemanden in den Kopf schoss und anschließend zum Tagesgeschäft überging. Wenn sie *mich* so ansehen würde, würde ich die Beine in die Hand nehmen. »Ich kann ein Gesuch stellen, damit man sämtliche Gefangene in meine Obhut übergibt, und dann bringe ich sie selbst nach Prag. Sie haben nicht die Befugnis, mich daran zu hindern.«

»Sie können Gesuche stellen, so viele Sie wollen«, entgegnet De Luca ruhig. »Und wenn die Entscheidung darüber dann in zwei Monaten gefallen ist, können Sie gerne herkommen und die Gefangenen persönlich abholen.«

Zwei Monate? Die Worte treffen mich wie ein Faustschlag, ich muss mich irgendwo festhalten. Wir können nicht zwei Monate lang bleiben – was auch immer die Unsterblichen vorhaben, bis dahin wird es zu spät sein, sie zu stoppen. Wir werden von einer Gefängniszelle aus zusehen, wie der Feind unseren Planeten übernimmt.

Und mein Dad ebenfalls.

Als würde er meine Gedanken lesen – oder die wachsenden Spannungen zwischen dem Leiter des Sicherheitsdiensts und der Geheimagentin spüren –, ruft Abrantes zwei Wachmänner, indem er an seinen Kopfhörer tippt, und wendet sich dann uns zu. »Mr. Addison, Miss Radcliffe, die Wachen werden Sie jetzt wieder in Ihre Zelle bringen.«

Ich will aufstehen, aber Mia springt auf und marschiert zu Mink hinüber. »Mink, du weißt ganz genau, was los ist. Du musst etwas tun!«

Mit der wohl vertraulichsten Geste, die ich je bei ihr erlebt habe, legt Mink Mia beide Hände auf die Schultern und sieht sie an. »Du hilfst der Sache kein bisschen, Kleines«, sagt sie leise.

Und Mia, ganz untypisch für sie, verstummt. Ausnahmsweise *will* ich, dass sie aufbraust, ich will, dass sie Hals über Kopf handelt und redet, ohne die Konsequenzen zu bedenken. Ich will, dass sie Mia ist. Doch sie steht einfach nur da, mit großen Augen, und blinzelt Mink an.

Ich weiß nicht, was ich sagen soll. Ich weiß nicht, wie ich es verhindern soll. Zwei Wachen treten ein, die Mia und mich in unsere Zelle zurückbringen sollen. De Luca steht reglos da und mustert uns mit diesem kühlen Blick, unbewegt von unseren Worten.

Dieser Mann wird allein dafür verantwortlich sein, dass die Menschheit untergeht.

Und es gibt nichts, was wir tun können, um ihn davon abzuhalten.

AMELIA

Während die Wachen uns zu unserer Zelle zurückbringen, muss ich die ganze Zeit an den Schnellkurs im Nahkampf gegen einen bewaffneten Gegner denken, den mir Javier erteilt hat, einer der Söldner, die Jules und mich auf Gaia im Tempel verfolgt haben. Die Wachmänner sind nur zu zweit, und sie wirken nicht halb so gut ausgebildet wie die Kerle, die Mink auf Gaia mit dabeihatte. Aber selbst wenn ich einem von ihnen die Waffe entreißen und noch den Abzug drücken könnte, könnte der zweite Jules als Geisel nehmen oder ihn sogar töten.

Und selbst wenn ich die Oberhand gewinnen würde, wir sind hier immer noch in einem Gefängnis, in dem wir uns nicht auskennen und das von IA-Agenten nur so wimmelt, mit unzähligen Schlössern, die zwischen uns und der Freiheit stehen. Außerdem wären wir, wenn wir hier jemanden umbrächten, für alle Zeit als flüchtige Kriminelle gebrandmarkt, auch wenn ich damit leben könnte.

Minks durchdringender Blick hat mich aus dem Konzept gebracht – und mich mit brennender Neugier erfüllt, denn in der Brusttasche meiner Jacke drückt etwas. Als sie mich an den Schultern fasste, hat sie mir etwas zugesteckt. Doch solange die Wachen noch nicht weg sind, darf ich keinen Blick riskieren.

Die Zellentür schließt sich hinter uns, und die Wachmänner ziehen sich stumm zurück. Langsam weicht die Enttäuschung und die Wut in Jules' Gesicht blanker Hoffnungslosigkeit, und er sieht kaum zu Atlanta und Dex hinüber, die sich während unser Abwesenheit anscheinend kaum vom Fleck gerührt haben.

»Wenn ich nur telefonieren könnte«, murmelt Jules und vergräbt die Hände in den Taschen. Die Resignation ist ihm deutlich ins Gesicht geschrieben. »Oder die SIM-Karte für meine Uhr zurückbekäme. Dann könnte ich Neal anrufen, damit er meinem Dad Bescheid gibt und ihm erzählt, was wir wissen. Damit er ihm sagt, dass es mir gutgeht.« Er verzieht den Mund. »Zumindest einigermaßen. Es ist so lange her … Er muss wer weiß was denken.«

»Und ich könnte Evie anrufen. Und ihr sagen, dass sie aus der Stadt verschwinden und sich irgendwo verstecken soll, bis alles vorbei ist.« Ich werfe einen langen Blick zu unseren Zellengenossen hinüber und überspiele damit, dass ich eigentlich zu der Kamera in der Ecke spähen will. Nachdem ich mir ihre Position eingeprägt habe, seufze ich und sage vernehmlich: »Wir können nur abwarten. Komm her – es wird schon alles gut werden.«

Der Blick, den Jules mir zuwirft, wäre unter anderen Umständen saukomisch. Beinahe kann ich seine Gedanken lesen:

dass *ich* jemals irgendwas abwarten will, ist etwa so wahrscheinlich wie die Vorstellung, dass uns Flügel wachsen und wir von hier wegfliegen. Er wirkt ein wenig misstrauisch, als er auf mich zukommt.

Ich drehe mich um, darauf achtend, dass mein Rücken der Kamera zugekehrt ist, und ziehe Jules zu mir heran. Zwischen unseren Körpern lasse ich eine Hand nach oben gleiten und hole den rechteckigen Gegenstand heraus, den Mink mir zugesteckt hat. Dann lehne ich mich an Jules und nehme das Ding in Augenschein.

Ganz kurz stockt mir der Atem. Es ist eine Zugangskarte.

Jules, der mich nach Luft schnappen hört, will von mir abrücken. Ich halte ihn fest, und er bleibt stehen, schielt auf die Karte, die ich in den Händen halte. Mit genau so einer öffnen die Wachen die Türen, wenn sie uns hier durch die Basis führen. Jules macht große Augen. Rasch stecke ich die Karte wieder ein und lasse ihn los.

»Wie?«, flüstert Jules.

»Mink.«

»Du hast sie ihr gestohlen?«

Unter anderen Umständen wäre ich gekränkt von seiner Skepsis, aber wir reden hier von Mink, und die würde sich nicht einmal von der erfahrensten Taschendiebin der Welt austricksen lassen. »Sie hat sie mir zugesteckt. Absichtlich.«

Jules ist sprachlos, seine Brauen ziehen sich zusammen. Ich drehe mich um und lehne mich an die Wand. Atlanta und Dex beobachten uns immer noch, obwohl sie die Schlüsselkarte nicht gesehen haben. Dex' Gesichtsausdruck ist schwer zu deuten, doch der von Atlanta ist unmissverständlich. Ihre Augen sind schmal, und sie sieht kein bisschen freundlich aus.

»Das ist eine Falle«, sagt Jules leise. »Wir reden hier schließlich von Mink. Die Kameras würden uns filmen, und sie würden uns sofort schnappen.«

»Normalerweise würde ich dir zustimmen, aber na und?« Ich spreche leise, fast schon im Flüsterton. »Sie haben uns doch schon verhaftet. Wenn wir zu fliehen versuchen, werden sie uns bestimmt nicht umbringen oder woandershin bringen – sie werden uns einfach nur wieder hier reinstecken. Was Mink sich davon wohl verspricht?«

»Nichts Gutes.«

Ich zucke mit den Schultern. »Die sind sich vorhin ziemlich an die Gurgel gegangen. Vielleicht will sie einfach De Lucas Ruf schädigen, um Macht zu gewinnen? Was schert uns der Grund, solange wir hier rauskommen?«

»Oder sie will sich das Gesuch sparen und uns einfach so mitnehmen. Dann wartet sie mit ihren Wachen auf uns, wenn wir durchs Tor spazieren. Und wir tauschen nur eine Zelle gegen eine andere.«

»Möglich – aber Jules, wir können ihr entweder vertrauen oder hier drin verrotten, während Außerirdische unseren Planeten übernehmen.« Ich werfe einen Blick zu Dex und Atlanta hinüber, die uns beobachten, auch wenn wir zu leise sprechen, als dass sie uns verstehen könnten.

Jules schüttelt den Kopf, seine Miene ist düster. »Denk daran, dass sie diejenige ist, die uns zu ihren Schachfiguren gemacht hat, kaum dass wir die Erde verlassen hatten.«

»Das habe ich nicht vergessen.« Meine Stimme klingt angespannt, und über Jules' Gesicht geht ein schwaches, entschuldigendes Lächeln. »Aber was bleibt uns denn schon übrig?«

Er blickt zu unseren Zellengenossen hinüber, dann wieder zu mir. »Wenn wir fliehen, sind wir Ausbrecher. Dann glaubt keiner mehr, dass wir die Wahrheit sagen.«

»Jules, wir haben ihnen gerade buchstäblich zwei Aliens ausgeliefert, und sie glauben uns trotzdem nicht. Niemand wird uns glauben – jedenfalls niemand in der IA.« Mir ist übel, mir ist zuwider, was ich da sage, das alles hier ist mir zuwider. Ein Teil von mir würde am liebsten aufgeben – und einfach hier in der Zelle sitzen, mit Jules, während die Welt in Flammen aufgeht. Zitternd atme ich ein. »Wir dachten, es wäre vorbei – aber das ist es nicht. Wir müssen weiterkämpfen.«

Jules sieht mich an, in seinem Gesicht spiegelt sich meine eigene Erschöpfung. »Aber was können wir schon tun?«

Ich schlucke. »Keine Ahnung. Wir könnten nach Prag gehen. Vielleicht könnten wir uns sogar irgendwie verkleiden, zu deinem Vater vordringen und mit ihm sprechen.« Die Worte *ein letztes Mal* verkneife ich mir. Denn für ihn besteht durchaus eine Chance, seine Familie noch einmal zu sehen, bevor ... bevor das eintritt, was die Unsterblichen vorhaben.

Ich werde Evie nie mehr wiedersehen.

Jules wirkt abwesend, als wollte er mir zuhören, könnte es aber nicht. Ich konzentriere mich auf ihn und begrabe das Bild meiner kleinen Schwester tief in meinem Inneren. »Denk nach, Jules. Wir sind hier doch in Spanien, nicht wahr? Wie weit ist es von hier nach Prag?«

»Eigentlich sind wir in Katalonien, glaube ich – die meisten Wachleute hier sprechen katalanisch. Die beiden Sprachen unterscheiden sich sehr, auch wenn sie gemeinsame Wurzeln haben …«

Im Normalfall finde ich ihn unwiderstehlich, wenn er mit einem seiner linguistischen oder geschichtlichen Exkurse anfängt. Aber diesmal unterbreche ich ihn. »Wie weit, Jules?«

Jules zieht die Stirn kraus, sein Blick wird unscharf, während er rechnet. »Ich bin mir nicht ganz sicher. Fünfzehnhundert Kilometer Luftlinie vielleicht. Mit einem Auto könnten wir in zwei Tagen dort sein. Weißt du, wie man eines kurzschließt?«

Ich ziehe eine Augenbraue hoch. Es amüsiert mich, dass er offenbar annimmt, ich wäre in allen kriminellen Dingen beschlagen. »Weißt *du* denn, wie man eins fährt?«

Er blinzelt. »Weißt du's nicht? Aber das Gleitmotorrad auf Gaia …«

»War nicht das Gleiche.« Ich raube ihm zwar nur ungern die Illusion, dass ich alles kann, aber die Vorstellung, in einem gestohlenen Auto durch Europa zu brausen, ohne die leiseste Ahnung davon zu haben, gefällt mir nicht besonders. Bevor wir diese absurde Idee weiterverfolgen können, hebt Jules abrupt den Kopf und berührt mich am Arm. Als ich seinem Blick folge, beobachtet uns Atlanta so gespannt, dass mir ein Schauer über den Rücken läuft. Die beiden sitzen auf der anderen Seite des Raums, und Jules und ich haben so leise gesprochen, dass sie uns unmöglich haben hören können – trotzdem könnte ich schwören, dass in ihrem Blick ein plötzliches Begreifen liegt.

Dex stößt sich von der Wand ab, schwingt die Arme hin und

her und geht langsam auf und ab. Seine Schritte haben etwas Federndes, Bedächtiges, das mir das Blut in den Adern gefrieren lässt – er bewegt sich wie eine Raubkatze. »Ihr beide seid euch ziemlich nahzu, was?«

Jules erstarrt, und ich lehne mich an ihn, um ihn heimlich anzustupsen, bevor er irgendwas Hehres oder Provokantes oder, nun ja, Julesmäßiges sagen kann. Seit unserer Festnahme haben Dex und Atlanta kaum gesprochen, und wenn ich etwas aus ihnen herauskitzeln kann, was im Widerspruch steht zu dem, was sie unseren Kidnappern erzählt haben, reicht das womöglich, um Zweifel hinsichtlich ihrer Herkunft zu säen. Vielleicht nehmen sie dann eine weitere Speichel- oder sogar Blutprobe – beim Blut lässt sich die richtige Farbe unmöglich fälschen.

Oder doch?

Verdammt, wenn Dex' Reflexe nicht so viel besser wären als meine, würde ich ihm einfach eine reinhauen. Stattdessen halte ich ihn hin und versuche, ihm etwas zu entlocken, das irgendwie Verdacht erregt.

»Wir sind uns bei der Arbeit auf Gaia nähergekommen.« Ich lege den Kopf schief und schaue zu ihnen hinüber, müde und erschöpft. »Genau wie ihr, oder?«

Dex erwidert mein Lächeln, aber seines reicht nicht bis zu seinen Augen. »Wir sind zusammen aufgewachsen, wir waren uns immer nahzu. Glaubt ihr, sie lassen uns wenigstens hier raus, um Sport zu treiben? Primitives System.« Die letzten Worte sind kaum zu verstehen. Er zieht gerade sein Hemd aus, unter dem sein dunkelblaues Unterhemd zum Vorschein kommt, plus ein Tattoo, das sich um seine Schulter zieht. Es ist eine großartige Arbeit – blaue, grüne und violette Ausläufer einer Galaxis, die sich um ein leuchtendes Zentrum dreht. Doch es sieht so sehr aus, als stamme es von Menschenhand, dass ich mir am liebsten entnervt die Haare raufen würde.

Ihre Fassade ist perfekt – jedenfalls fast. Denn Jules und ich bemerken sehr wohl die vielen kleinen Einzelheiten, die nicht ganz hinhauen. Trotzdem, solange sie nicht blau bluten, wird keiner etwas anderes in ihnen sehen als zwei Teenager. Ein bisschen seltsam vielleicht, ein bisschen schräg. Aber menschlich.

Zu aufgewühlt, um weiterzusprechen, wende ich mich ab, halte jedoch inne, als ich Jules' Gesicht sehe – es ist grau, und er fixiert Dex. Jules' Blick scheint den nicht zu kümmern, doch Atlanta sieht mit zusammengekniffenen Augen zwischen ihnen hin und her.

Ich packe Jules beim Arm, ziehe ihn in unsere Ecke und senke erneut die Stimme. »Was ist los?«

»Sein Arm«, murmelt Jules erstickt.

Ich schaue zu ihnen hinüber. Dex hat sich auf den Boden sinken lassen und mit ein paar Push-ups begonnen. In dem grellen Licht der Deckenbeleuchtung wirkt sein Tattoo seltsam dreidimensional.

»Was ist damit?«

»Nautilus.« Das Wort ist kaum vernehmbar.

Ich blinzele ihn an. »Jules, es ist eine Galaxis. Es gibt viele spiralförmige Galaxien, die diesem Fibonacci-Ding ähneln.«

Doch Jules' Blick ist starr, sein Gesicht wie verwandelt.

»Und wie erklärst du dir, dass er uns vor dem Start erkannt, aber trotzdem nichts gesagt hat?«

Mir ist klar, wieso Jules sich wünscht, dass es wahr ist. Um diesen Außerirdischen in Einklang zu bringen mit seiner Theorie, dass ein Unsterblicher in der langen, langen Geschichte dieser Spezies menschliches Mitgefühl für die Bewohner des Planeten entwickelt hat, den sie übernehmen wollen. Dass er das Symbol in der ursprünglichen Botschaft versteckt hat, um die Menschen zu warnen. Dass die in die Tempelwände geritzten, nautilusähnlichen Spiralen Nachrichten eines Verbündeten waren, der vor langer Zeit gestorben war.

Ich weiß, wieso er gerne glauben möchte, dass Dex der lebende Beweis für diese Theorie ist; dass die in dem Tattoo verborgene Spiralform bedeutet, dass wir nicht allein sind.

Er will glauben, dass es noch Hoffnung gibt.

Ich seufze und recke betont ausgiebig meine Glieder, während ich den Kopf senke und flüsternd erwidere: »Die Symbole in dem Tempel waren fünfzigtausend Jahre alt. Glaubst du wirklich, derjenige, der die Spiralen eingeritzt hat, um uns vor den Unsterblichen zu warnen, ist noch am Leben und teilt in Katalanien eine Zelle mit uns?«

»Katalonien.« Mich zu verbessern scheint ihn ein Stück weit zu beleben, denn er wirkt gleich viel weniger wie jemand, der gerade einen Geist gesehen hat. »Und nein. Obwohl natürlich niemand weiß, wie hoch ihre Lebenserwartung ist. Alles ist möglich. Allerdings wäre das schon ein verdammt großer Zufall.«

»Dass ein Mitglied einer raumfahrenden Zivilisation ein Galaxis-Tattoo hat?« Seufzend schüttele ich den Kopf. »Vergiss das Tattoo. Wir müssen uns darauf konzentrieren, wie wir hier rauskommen.«

Ehe ich weitersprechen kann, lässt das gedämpfte Scheppern einer Tür uns zu der Glaswand herumfahren. Gleich darauf hören wir Schritte, und ein Wachmann erscheint, der mehrere Tabletts trägt. Es ist der gleiche wie vorhin, der so nervös war – und das ist er immer noch. Sein Blick ruht auf den Unsterblichen, als er sich nähert. Bevor er die Karte durch den Schlitz zieht, überzeugt er sich davon, dass wir alle weit genug entfernt von der Scheibe sind, und lässt Atlanta und Dex nicht aus den Augen.

Vielleicht sieht er ja das Gleiche wie wir. Dass sie menschlich sind, aber dann doch nicht so menschlich. Einfach … ein ganz kleines bisschen seltsam. Als wären sie computergeneriert, nicht ganz real, auch wenn man nicht genau weiß, warum.

Der Wachmann stellt die vier Tabletts auf dem Fußboden ab und richtet sich langsam auf, wobei er weiter die Unsterblichen ansieht. Atlanta verfolgt seine Bewegungen, und als sich ihre Blicke für ein paar Sekunden treffen, schnellt sie nach vorn und zischt ihn an. Es ist nur eine kleine Bewegung, doch der Wachmann weicht zurück, prallt mit dem Rücken gegen die Wand und greift nach seiner Waffe. Als er sieht, dass Atlanta verharrt, strafft er die Schultern und verriegelt die Tür mit seiner Karte, die Hand einsatzbereit am Pistolengriff.

Atlanta grinst, seine Angst amüsiert sie. Dex dagegen lacht nicht, sondern mustert den Wachmann mit gerunzelter Stirn. Wäre er ein Mensch – ein richtiger Mensch, wie ich und Jules –, würde ich beinahe denken, der Mann tut ihm *leid*.

Wir sagen nichts mehr, verteilen die vier Tabletts und ziehen uns jeweils auf unsere Seite zum Essen zurück. Als wir fast aufgegessen haben, wirft Dex, der schneller als die anderen ist, sein leeres Tablett beiseite und lehnt sich mit dem Rücken gegen die Wand.

»Sagen euch die Ziffern 3–0–0 und die Buchstaben C und S etwas?« Die Frage klingt fast freundlich, leise Neugier schwingt darin mit. Als ich den Kopf hebe, hält er einen kleinen, vom Essen fleckigen Zettel zwischen den Fingern. Er lässt seine Hand unten, außer Sichtweite der Kameras.

Atlanta hat den Zettel anscheinend schon gesehen, denn sie wirkt nicht im Geringsten überrascht bei seiner Frage.

Jules blickt zu ihm hin und steht auf. Langsam, bedächtig – ohne plötzliche Bewegungen – geht er auf Dex zu, der sich mühelos erhebt, um ihm entgegenzukommen. Der Unsterbliche nimmt seine Hand, legt den Zettel hinein und setzt sich wieder. Erwartungsvoll sieht er Jules an.

Jules mustert ihn neugierig, doch nur ganz kurz, dann kehrt er rasch zu mir zurück. Wortlos gibt er mir den Zettel, auf dem in Handschrift »300 CS« steht. Zwischen den Ziffern und den Buchstaben ist eine kleine Lücke, die eine Leerstelle sein könnte – oder eine Eigenart des Schreibers. Mir sagt das Ganze auf jeden Fall nichts, doch durch Jules geht mit einem Mal ein Ruck.

»Was ist los?« Ich flüstere so leise wie möglich.

»Charlotte Stapleton. C.S.«

Der Zettel ist von Mink? Während der Befragung hatte sie nicht unter vier Augen mit uns sprechen können, und ich glaube nicht, dass sie beim Betreten des Verhörraums bereits vorgehabt hatte, uns ihre Zugangskarte zuzustecken. Die Chance, dass dieser Zettel auf einem unserer Tabletts landen würde, stand fifty-fifty. Offenbar fand sie, dass es das Risiko wert wäre, da der Zettel für Dex oder Atlanta bedeutungslos ist.

Es sind neue Instruktionen. Ein neuer Aufbruch. Ein neues Labyrinth.

»Langsam habe ich die Rätsel wirklich satt«, flüstere ich.

Jules lacht schnaubend auf und sieht mich beinah liebevoll an. »Das Gefühl kenne ich.«

»Ein Passwort vielleicht? Für den Fall, dass es irgendwo eine Tür gibt, für die man zusätzlich noch einen Zahlencode braucht?«

Jules runzelt die Stirn, studiert erneut den Zettel und dreht ihn hin und her. »Selbst schwache Passwörter haben vier Ziffern, nicht drei. Und das ist hier die IA.«

»Vielleicht steckt mehr dahinter. Sie ist ja eigentlich Spionin, oder? Vielleicht ist es mit unsichtbarer Tinte geschrieben oder so.«

Jules sieht mich an, seine Mundwinkel zucken. »Du hast zu viele Filme gesehen, Mia.« Dennoch hält er den Zettel nach oben gegen die Deckenbeleuchtung. Nichts, nur eine kleine durchscheinende Stelle, dort, wo ein Fettfleck ist. Schon möglich, dass sie uns gerade über die Kamera beobachten, aber es ist ja nur ein Stück Papier. Sie werden einfach glauben, dass Jules es bereits in seiner Tasche hatte.

Jetzt schaltet er die LED an seinem Armband ein und hält

den Zettel über das Display. Seufzend will er es wieder ausschalten – und hält inne, als ich ihn am Arm packe.

»Moment.« Ich drehe sein Handgelenk so, dass das Display sichtbar wird.

Es zeigt 2:49 an.

Ich spüre, wie sich die Muskeln in seinem Unterarm spannen, als er es ebenfalls sieht. Ich muss es ihm nicht erklären – wir haben wochenlang viel kompliziertere Rätsel gelöst, und er ist darin sogar noch besser als ich.

»Wir wissen nicht, ob es eine Uhrzeit ist.«

»Doch, ist es. Wir haben noch elf Minuten.«

Jules lässt seinen Arm sinken, er spricht weiter im Flüsterton.

»Und dann? Kommt sie hier rein und rettet uns?«

Ich schaue zu den zwei Unsterblichen hinüber, die uns beobachten, als könnten sie jedes Wort hören. Ein unheimlicher Gedanke beschleicht mich – *vielleicht verstehen sie ja wirklich jedes Wort*. Ein Mensch wäre dazu nicht fähig, aber schließlich befinden wir uns nur deshalb in dem ganzen Schlamassel, weil sie eben kein bisschen menschlich sind. Vielleicht tun sie nur der Kamera zuliebe so, als könnten sie uns nicht hören.

Ich blicke zu dem Stecknadelkopf in der Ecke, und dann begreife ich plötzlich, was Minks Nachricht bedeutet. »Jules – wir können die Karte deshalb nicht benutzen und hier rausmarschieren, weil sie uns über die Kameras beobachten und uns schnappen würden, sobald wir uns der Tür nähern.«

»Du glaubst, die Nachricht soll uns sagen, wann sie die Kameras abschaltet?« Jules schaut nicht zur Kamera hinüber, und die Anstrengung, diesen natürlichen Reflex zu unterdrücken, lässt einen Muskel an seinem Nacken sichtlich anschwillen. »Es ist zu riskant. Wir wissen nicht, ob sie das wirklich gemeint hat. Und auch nicht, ob sie wirklich helfen will.«

»Was bleibt uns anderes übrig?« Ich greife erneut nach seinem Handgelenk. 2:50 Uhr. Einem Teil von mir ist übel bei dem Gedanken, was ich gleich sagen werde, denn die Wahrscheinlichkeit, dass wir es nach Prag schaffen, ganz zu schweigen in die IA-Zentrale, ist derart verschwindend gering, dass es schon weh tut. Aber ich sage es trotzdem. »Du könntest in ein paar Tagen deinen Vater wiedersehen.«

Jules presst die Lippen zusammen. Er knüllt das Papier zusammen und stopft es sich in die Tasche. Beiläufig steht er auf, als wollte er sich nur die Beine vertreten, doch ich erkenne die Absicht. Er sieht mich von der Seite an. »Das ist unfair – meinen Dad zu benutzen.«

»Wer hat gesagt, dass ich fair spiele?«

Jules grinst, und es fühlt sich wie Sonnenstrahlen auf meinem Gesicht an. In den letzten paar Wochen hat er so viel durchgemacht, dass es ein Sieg für sich ist, ihn zum Lächeln zu bringen.

Uns bleiben zwar nicht mal mehr zehn Minuten, doch die Zeit vergeht im Schneckentempo. Wir müssen keine Vorbereitungen treffen, keine Ausrüstung einpacken oder Pläne schmieden – unser Plan beschränkt sich darauf, durch die Tür zu gehen und zum Ende des Ganges zu gelangen. Ich spüre, wie die Blicke unserer Mithäftlinge uns folgen, während wir umhergehen, uns die Beine vertreten und so viel Nervosität wie möglich abschütteln, ohne Verdacht zu erregen. Sie sollen bleiben, wo sie sind – wenn wir schnell sind, können wir die Karte durch den Schlitz ziehen, die Tür öffnen und dann wieder hinter uns zuziehen, ehe sie begreifen, was gespielt wird.

Trotzdem stehe ich neben Jules, als sein Armband 2:59 zeigt, kann nicht umhin, mit ihm auf das Display zu schauen, zähle die Sekunden und warte.

3:00.

Gleichzeitig blicken wir hinauf zu der Ecke, wo der kleine schwarze Stecknadelkopf keine Veränderung zeigt. Es gibt keine LED, die ausgehen könnte, kein mechanisches Surren, das erstirbt, und auch kein verräterisches Piepsen. Wenn wir uns bei Minks Nachricht geirrt haben – oder in ihren Absichten –, dann wird wenige Sekunden nachdem wir die Tür öffnen, ein halbes Dutzend bewaffneter Wachmänner heranstürmen.

Unauffällig ziehe ich die Karte aus der Tasche und fange Jules' Blick auf. Noch einmal sieht er auf die Uhr, dann nickt er mir zu. So leise wie möglich und mit wild klopfendem Herzen ziehe ich die Karte durch den Schlitz – entweder es passiert rein gar nichts, oder wir müssen gleich im Wettlauf gegen die unnatürlich schnellen Reflexe der Unsterblichen durch die Tür rasen und sie wieder hinter uns abschließen.

Die Tür geht auf, und Jules hastet mit mir hindurch. Mit zitternder Hand strecke ich die Karte Richtung Scanner, und für einen Augenblick scheint es, als würde ich ihn verfehlen, aber dann signalisiert ein Piepton, dass der Lesevorgang erfolgreich war, und die Tür gleitet zu.

So gut wie.

Die Tür stoppt. Als ich aufblicke, sehe ich Dex, der sie lässig mit einem Fuß aufhält, während Atlanta bereits angenehm nah an uns dransteht. Sie hat die Arme verschränkt und fixiert uns mit kalten, starren Augen.

Ich kann keinen klaren Gedanken fassen, bin wie festgenagelt von diesem eisigen Blick. Wie erstarrt bleibe ich stehen, und als Jules' Hand sich um meinen Arm legt – zur Stütze oder zum Trost, ich weiß es nicht –, merke ich, dass ich zittere.

»Weg da.« Zuerst erkenne ich nicht, wer da spricht. Jules' Stimme klingt hart, wie zugeschnürt von Furcht und Wut, und Zentimeter für Zentimeter schiebt er sich zwischen mich und Atlanta, und ich habe gerade nicht den Mumm, ihn zu stoppen. »Noch halten sie euch für ganz normale Jugendliche. Aber wenn ihr mit uns weglauft, werden sie sich auf jeden Fall eure DNA-Proben ansehen – und dann wird die ganze Welt erfahren, dass ihr keine Menschen wie wir seid, und dann werdet ihr und eure Freunde nicht mehr untertauchen können.«

Dex' Stimme klingt genauso belegt, doch keine Spur von Angst liegt darin. »Wir shiften mit euch.« Er sieht Jules an, und ich frage mich, ob Jules das Außerirdische in seinem Blick spürt, so wie ich bei Atlanta. »Ihr kennt diese Welt – ihr werdet dafür sorgen, dass wir unser Destin erreichen.«

Endlich beginnt mein Herz wieder zu schlagen, und ich finde meine Stimme wieder. »Wir werden nichts tun, was euch hilft. Und ganz sicher werden wir euch nicht herauslassen.«

Atlantas Lippen kräuseln sich, und sie murmelt abfällig: »Protos. Ihr seid wirklich genauso selbstgefällig und egoistisch, wie es in den Büchern steht.«

»*Wir* sind egoistisch?« Jules' Gesicht nimmt einen dunkleren Ton an, und ich unterdrücke den Drang, ihn am Arm zu packen, für den Fall, dass er zuschlägt. »Ihr wollt unsere Welt zerstören.«

Atlantas Mine verändert sich nicht. »Zerstören? Wir werden sie retten.«

»Wieso sollten wir euch rauslassen?« Jules bugsiert mich noch ein Stück weiter hinter sich, und mir kommt der Gedanke, dass er mich vermutlich nicht nur schützen, sondern auch besser an die Tür herankommen will. Vielleicht überlegt er, Dex' Fuß wegzukicken und die Tür zuzuschlagen.

»Wenn ihr es nicht tut«, kontert Atlanta, »dann machen wir so viel Gefrett, dass sämtliche Protos in der Basis aufwachen, ich versprech.«

»Wieso nennst du uns dauernd Protos?«, brause ich auf.

»Protos?« Atlanta verzieht den Mund. »Proto-menschlich.«

Die Härchen in meinem Nacken sträuben sich, denn die Kälte in ihrer Stimme lässt mich schaudern. »Wir *sind* Menschen. Das hier ist unser Planet. Wir gehören hierher.«

»*Wir* sind Menschen – die neuen Menschen, die neuen Erdenherrscher. Ihr seid nur das, was vorher war.«

»Ihr seid Unsterbliche«, fauche ich.

»Die Jäger im Neandertalzeitalter dachten mit Sicherheit auch, sie würden die Welt beherrschen – aber würdet ihr denen heute diesen Planeten anvertrauen?« Atlanta lächelt ihr kaltes Lächeln. »Wir sind höher entwickelt als ihr. Wir sind die Zukunft dieser Welt.«

Wie Galle steigen Zorn und Furcht in mir auf, und ich zische: »Sie werden euch sehen. Ein paar Shuttles, klar, die könnt ihr als Weltraumschrott ausgeben. Aber so viele von eurer Sorte auf einen Schlag, dass ihr den Planeten in Besitz nehmen könnt? Sie werden euch sehen, und sie werden euch stoppen.«

Atlanta lächelt einfach immer weiter ihr stählernes, festgefrorenes Lächeln. »Wir brauchen nur ein paar«, sagt sie. Ihre Stimme klingt so scharf und bedrohlich wie ein Messer. Sie führt das nicht weiter aus, doch ein Blick in ihr selbstgefälliges Gesicht reicht, und ich weiß, dass ihr Plan mehr beinhaltet, als nur ein paar Unsterblichen-Kundschafter auf die Erde zu schmuggeln.

Während ich noch um eine Antwort ringe, richtet Jules sich neben mir auf. »Na schön. Dann kommt eben mit.«

Ich jaule unwillkürlich auf. »Was? Jules …«

»Vertrau mir.« Jules murmelt es – obwohl die Unsterblichen ihn ohne Zweifel hören können, spricht er weiter leise und vertraulich, fast, als würde er flüstern. Als ich ihn anschaue, sieht er nicht Atlanta an mit ihrem grimmigen Blick und den geballten Fäusten, sondern Dex, der ruhig und unergründlich wirkt.

Ich packe Jules' Handgelenk und drehe es um: Wir haben vier kostbare Minuten verloren. Ich blicke zur Decke und sehe dort Kameras, in regelmäßigen Abständen entlang des Ganges. »Hoffen wir, dass Mink wirklich auf unserer Seite ist«, flüstere ich, drehe mich um und laufe allen voran den Gang hinunter.

JULES

All die langen, leeren Gänge hier sehen exakt gleich aus.

Ich habe keine Ahnung, wo wir sind, und – noch schlimmer – keine Ahnung, wo sich der Ausgang befindet.

Es ist, als wäre die ganze Anlage nur zu dem Zweck gebaut worden, den Besucher in die Irre zu führen, und vielleicht stimmt das ja tatsächlich. Sämtliche Gänge haben den gleichen, glatten Fußboden, die gleichen nichtssagenden Wände. Es gibt nicht mal Nummern an den Türen und erst recht keinen hilfreichen Lageplan, auf dem einem eine fröhliche kleine Markierung »Sie befinden sich hier!« anzeigt.

In den ersten zwei Minuten brauchen wir Minks Schlüsselkarte noch zweimal, um durch die Sicherheitsschleusen zu kommen – massive Gleittüren, die sonst unüberwindbar gewesen wären.

Es gibt nur zwei Dinge, die uns helfen: Zum einen, es ist kurz nach drei Uhr morgens, und auch wenn bestimmt noch Leute Dienst haben, ist niemand in den Gängen unterwegs. Und zum anderen, dank Mink sind die Kameras aus. Das müssen sie sein, sonst hätte inzwischen schon jemand Alarm geschlagen.

Mias grimmiges Gesicht verrät deutlich ihre Beunruhigung – die Kameras sind nicht unsere einzige Sorge. Bestimmt gibt es Sicherheitsvorschriften, dass in regelmäßigen Abständen überprüft werden muss, ob die Häftlinge noch in ihren Zellen sind.

Mia bleibt stehen, holt kurz Luft und starrt in einen abzweigenden Gang hinein. Erst weiß ich nicht, was ihre Aufmerksamkeit erregt hat, doch als sie »Moment«, flüstert und in den Gang schlüpft, erkenne ich den Verhörraum wieder, in dem wir Zeugen der Machtprobe zwischen Mink und De Luca geworden sind. Als sie zurückkehrt, schiebt sie etwas in ihren Hosenbund, dann gehen wir weiter. Erst als Atlanta und Dex wieder ganz auf die Flucht konzentriert sind, schaue ich zu ihr hinüber – wortlos steckt sie mir etwas zu. Es fühlt sich ganz nach meinem Notizbuch an. Ich schiebe es in eine meiner Cargotaschen und sehe sie mit hochgezogenen Augenbrauen an.

Sie zieht ihren Shirtsaum gerade so weit hoch, dass ich den Griff ihres Multitools erkenne. »Das habe ich selbst modifiziert«, flüstert sie halb trotzig, halb triumphierend. »Es ist mit mir um die ganze Welt gereist, das lasse ich doch jetzt nicht hier zurück!«

Ehe ich antworten kann, lässt uns plötzlicher Lärm abrupt stehen bleiben. Es ist die Stimme von Direktor De Luca, der irgendwo ein Stück den Gang hinunter herumschreit. Ich schnappe einen Satzfetzen auf – *ich will verdammt nochmal nichts davon hören, dass* –, der Rest ist unverständlich, nichts als Gebrüll.

Wahrscheinlich weiß er, dass etwas faul ist.

Mit einem leisen Zischen öffnet sich die Tür zu dem Raum, in dem er sich befinden muss, und ich pralle gegen Mia, als sie hastig um die Biegung zurückweicht. Wortlos schlüpfen wir alle vier – zumindest hier ziehen wir an einem Strang – zurück in den Gang, aus dem wir gekommen sind. Der exakt so aussieht wie alle anderen Gänge. Es ist zum Verzweifeln.

Doch nach nur wenigen Schritten hält Atlanta plötzlich an und zeigt auf einen Feuerlöscher neben einer Tür.

»Den haben wir gesehen, als wir reingeshiftet sind«, sagt sie überzeugt.

Mia zieht die Augenbrauen hoch, und ich teile ihre Skepsis.

»Es gibt hier bestimmt mehr als einen Feuerlöscher«, meine ich.

Nachdrücklich schüttelt Atlanta den Kopf. »Nein, es war der da. Mit dem Kratzer.« Sie zeigt auf eine winzige, halbmondförmige Delle in dem glatten Lack des Zylinders.

Jetzt ziehe auch ich die Augenbrauen hoch. Wie kann sie *das* gesehen haben, als man sie hierherbrachte? Doch als ich Dex ansehe, nickt er.

»Wenn sie das sagt, dann stimmt es, ich versprech«, flüstert er nachdrücklich.

Ich weiß, dass uns nichts anderes übrigbleibt, als ihr zu vertrauen, aber das kann ich nicht.

Dex hingegen …

Langsam häufen sich die Hinweise. Das Tattoo. Ich bin mir sicher, dass er mit den Fingern kurz über das Spiralenmotiv gestrichen hat, als er sich vor den Push-ups das Hemd auszog. Wie er uns vor dem Start im Shuttle angesehen hat. Der Moment, als er seiner Partnerin von den blinden Passagieren hätte erzählen können und es nicht tat.

Und als er mir den Zettel gab – 300 CS – hat er meine Hand etwas länger festgehalten als nötig. Und mich eindringlicher angesehen, als es zu dieser Geste passte. Meinem Gefühl nach wollte er mir sagen: *Vertrau mir.*

Ich weiß, was Mia davon halten würde. Und immerhin war es ihre gesunde Skepsis gegenüber buchstäblich allem und jedem, die uns auf Gaia am Leben erhalten hat. Aber Dex ist die einzige Hoffnung, die mir noch bleibt, und wenn ich sie verliere …

Nein. Nein, hier ist irgendwas Größeres im Gange, daran muss ich glauben.

Daran *will* ich glauben.

Ich drücke Mias Hand, und gemeinsam drehen wir um und folgen den Unsterblichen.

Anscheinend weiß Atlanta jetzt, wo wir uns befinden, sie geht selbstbewusst voran. Wir kommen langsam vorwärts – immer wieder drücken wir uns in Türeingänge oder gehen eine Biegung zurück, denn wenn wir den Soldaten begegnen, die durch die Gänge laufen, wird man uns, so abgerissen wie wir aussehen, auf Anhieb erkennen. Einmal drängen wir uns in der dunklen Ecke eines leeren Besprechungsraums so dicht zusammen, dass ich den Atem der Unsterblichen hören kann – während zahllose Stiefelpaare zielstrebig an uns vorbeistampfen. Gilt diese Zielstrebigkeit uns?

Als wir schließlich weiterlaufen, taucht vor uns eine neue Sicherheitsschleuse auf. Und die kenne ich tatsächlich. Genau wie Mia. Sie packt mich am Arm, als sie sie sieht. Diese Tür ist anders – sie ist schwerer und massiver. Der Ausgang.

»Hoffentlich funktioniert Minks Karte noch«, murmelt Mia, während sie auf die Tür zuläuft, die Karte fest umklammernd.

Draußen wird es jetzt noch Nacht sein. Falls unsere Flucht noch nicht bemerkt wurde, könnten wir es ein gutes Stück weit schaffen, sogar zu Fuß, bevor sie …

Die Tür geht auf, kurz bevor Mia sie erreicht. Drei Soldaten stehen vor uns, die offenbar gerade von einem Patrouillengang zurückkehren. Für einen Augenblick kommt alles zum Stillstand.

Mia ist wie angewurzelt stehen geblieben, nur eine Armlänge von den Uniformierten entfernt. Ich bin ein paar Schritte hinter ihr, links von mir sind Dex und Atlanta. Die ersten beiden der Soldaten, ein Mann und eine Frau, erstarren bei unserem Anblick, der dritte kommt erst zum Stehen, als er von hinten auf seine Kameraden aufläuft. Das Handy, auf das er geschaut hat, rutscht ihm aus der Hand und fällt klappernd zu Boden.

Ehe ich richtig begriffen habe, in welchen Schwierigkeiten wir stecken, bewegt sich Atlanta – kaum mehr als ein Huschen am Rand meines Sichtfelds. Innerhalb eines Augenblicks ist sie bei den Soldaten und bringt den einen mit einem kraftvollen Beinkick zu Fall. Keine Sekunde später ist Dex bei ihr, und als die Partnerin des zu Boden gegangenen Soldaten nach ihrem Gewehr greifen will, schnappt Dex es sich und rammt ihr den Kolben ins Gesicht. Sie taumelt zurück, fasst sich an die Nase und bricht zusammen.

Nur ganz kurz sehe ich die Überraschung und das Entsetzen im Gesicht des Mannes mit dem Handy, dann sind Atlanta und Dex über ihm. Sie bewegen sich so schnell, dass ich nicht sehen kann, was sie mit ihm machen – doch einen Atemzug später liegt er am Boden. Dex hebt das Gewehr auf, das er der Soldatin entrissen hat, und hängt es sich um, während Atlanta an die Frau herantritt, kurz überlegt und sie dann mit einem gezielten Tritt ausknockt.

Mia, die zur Seite gehechtet ist, als das Unsterblichen-Duo sich auf die Soldaten stürzte, drückt sich noch immer an die Wand, die Augen weit aufgerissen, das Gesicht schneeweiß. Mir geht es kaum besser, meine Sicht verschwimmt, so unvorstellbar ist das, was ich gesehen habe.

Sie sind nicht menschlich.

Obwohl ich das bereits wusste – obwohl ich *gesehen* habe, dass ihr Blut blau ist –, war ich tief in meinem Unterbewusstsein wohl nicht ganz und gar überzeugt – bis jetzt.

Ich fange Mias Blick auf und wünschte, ich könnte nur ein Fitzelchen Mut aufbringen, um sie zu beruhigen. Doch ich fühle nichts als Entsetzen. Und will nur noch weglaufen.

»Stehen bleiben!« Der Schrei ist heiser und erklingt hinter uns. »Stehen bleiben oder ich schieße!«

Alle vier erstarren wir. Reflexartig hebe ich die Hände und sehe mich um.

Hinter uns im Gang steht ein uniformierter Wachmann, die Pistole im Anschlag, er zielt direkt auf uns. Vermutlich hat ihn der Lärm alarmiert. Seine Hände zittern ein wenig, er kann die Waffe nicht gerade halten, während er sie langsam hin und her schwenkt, wie um uns zu demonstrieren, dass er uns alle in Schach halten kann. Neben mir hat auch Mia die Hände gehoben, und langsam tun Dex und Atlanta es uns gleich. Dex hat zwar das Gewehr, doch es hängt außerhalb seiner Reichweite, zu weit weg, wenn jemand mit der Pistole auf einen zielt.

»Bitte«, sage ich, ohne den leisesten Schimmer, wie der Satz enden soll. *Lassen Sie uns laufen? Erschießen Sie sie?* Im Moment würde ich beides nehmen.

Der Wachmann macht zwei Schritte auf uns zu, und ich erkenne ihn. Es ist derselbe, der uns zu essen gebracht hat. Derselbe, der seit unserer Ankunft so nervös ist. Er hatte Gelegenheit, uns zu beobachten. Und vielleicht kann er uns jetzt helfen.

»Sie müssen uns laufenlassen«, bitte ich leise.

»Das geht nicht«, sagt er, immer noch heiser. Er hält die Pistole so verkrampft fest, dass ich Angst habe, auch sein Finger am Abzug könnte zusammenzucken. Er blickt zu seinen Kameraden, die vor uns auf dem Fußboden liegen, und als er das Blut sieht, hüpft sein Adamsapfel auf und ab.

Mia neben mir ergreift das Wort. »Sie müssen.« Sie klingt nicht nervös, obwohl ihr Gesicht noch vor einer Sekunde blankes Entsetzen gespiegelt hat. Ihre Stimme zittert nicht. Sie klingt so ruhig, als würde sie einen Befehl erteilen.

Der Wachmann hat die Augen so weit aufgerissen, dass man das Weiße sehen kann. Er muss sich räuspern, bevor er spricht, und lässt den Lauf seiner Pistole zu Mia wandern. Ich muss meine ganze Selbstbeherrschung aufbieten, um keine Dummheit zu begehen. Um sie nicht zu packen und hinter mich zu ziehen – als ob ich sie vor einer Waffe wie dieser beschützen könnte.

Doch im Moment achtet sie nicht auf mich. Sie starrt den Mann an, der auf sie zielt. »Sie haben doch das Shuttle gesehen«, sagt sie ganz ruhig. »Das war kein Weltraumschrott. Sie wissen, dass hier etwas nicht stimmt.« Sie nickt zu Dex und Atlanta hinüber und lässt dabei ihre Hände unten. »Sie wissen, dass mit *denen* etwas nicht stimmt.«

Die Pistole schwenkt herum und zielt nun auf Dex und Atlanta. Der Mann hört Mia zwar zu, ist aber definitiv noch nicht bereit, die Waffe herunterzunehmen.

»Die Kameras sind aus«, sagt sie, so ruhig wie zuvor. »Und zwar, weil jemand will, dass wir verschwinden. Nicht offiziell, das können die nicht machen – aber irgendjemand ganz oben will, dass wir fliehen und verhindern, was bald passieren wird. Deshalb wird auch niemand es sehen, wenn Sie die Pistole runternehmen und uns gehen lassen.«

»Was im Netz über diese Sache steht … das ist verrückt.« Er schüttelt den Kopf, ohne Mia jedoch zu widersprechen.

»Sie müssen uns gehen lassen«, sagt sie leise. »So ist es vorgesehen.«

Wieder blickt er sie an, und ich weiß nicht, was da zwischen ihnen abläuft. Sie zuckt nicht mit der Wimper, sondern lässt ihn jedes Quäntchen ihrer Entschlossenheit sehen. Sie weiß, dass ein Teil von ihm, tief in seinem Inneren, der Teil, der instinktiv handelt, darüber entscheidet, ob er ihr trauen kann.

Ich habe keine Ahnung, wie sie in einem Augenblick wie diesem so viel Ruhe und Bestimmtheit ausstrahlen kann. Doch ich weiß, dass sie die Jahre, in denen ich aufgewachsen bin – in Schulräumen, auf steifen, formellen College-Veranstaltungen, in dem verdammten Schwimmbecken –, auf der Straße verbracht hat, wo sie gelernt hat, zu bluffen und ihre Haut zu retten. Das alles hat sie auf diesen einen Augenblick vorbereitet, in dem sie uns hier raushauen muss.

Denn wenn sie das schafft, dann wird sie – ohne Übertreibung – möglicherweise die Welt retten. Zumindest wird sie einen Hoffnungsschimmer am Leben halten. Und im Moment ist dieser Schimmer alles, was wir haben.

Mit einem Mal atmet der Wachmann aus und lässt die Waffe sinken.

Sie nickt, als wäre sie zufrieden mit ihm, dann dreht sie sich um und zieht Minks Karte erneut über den Scanner. Die Tür geht auf, und wir rennen alle vier hindurch. Zwischen meinen Schulterblättern juckt es, ich warte auf die Kugel, doch zehn Sekunden später schließt sich die Tür mit einem Summen.

Wir sind draußen, allein, in der Nachtluft.

Ich sehe mich auf dem Gelände um, auf dem wir uns befinden. Es ist spärlich beleuchtet, derzeit nicht von Kameras bewacht – hoffe ich! – und von einem Maschendrahtzaun umgeben. Wir befinden uns hier wirklich im Nirgendwo. Hergekommen sind wir über einen unbefestigten Pfad, der sich am Rand des Tals entlangschlängelt. Andere Gebäude sind weit und breit nicht zu sehen.

Das ganze Gelände ist eingezäunt. Ich weiß, dass wir jenseits der Laternen nur Grasland vorfinden werden, mit Bergen auf beiden Seiten. Kein einfacher Fluchtweg, aber in der Dunkelheit … Vielleicht können wir Atlanta und Dex ja irgendwie abschütteln. Die ganze Zeit spielt sich vor meinem geistigen Auge ab, wie sie im Handumdrehen drei bewaffnete Soldaten ausgeschaltet haben, Bilder, die wie ein Film über meine Netzhaut laufen.

Wir müssen sie irgendwie abschütteln.

Atlanta holt Luft, als wollte sie etwas sagen, und verstummt dann. Sie hebt die Hand, und als ich in die Richtung schaue, in die sie deutet, sehe ich etwas, das der Fuhrpark sein muss. Unter einem Dach, das auf dicken Säulen ruht, stehen mehrere Reihen Lastwagen und PKWs.

Doch es ist nicht der Fuhrpark, der ihre Aufmerksamkeit erregt hat. Es ist der Truck ganz vorne. Ein riesiger Lkw, auf dessen Ladefläche unser Shuttle steht, mit Seilen festgezurrt, die sich wie wildwuchernde Ranken kreuz und quer darüberziehen. Der Lkw-Motor läuft noch, sein tiefes Brummen erfüllt das Gelände. Und als er ausgeht, herrscht angespannte Stille.

Als meine Augen sich an die Dunkelheit gewöhnen, sehe ich dort drüben drei oder vier IA-Angestellte, die die Autos versetzen, eins nach vorn, das andere nach hinten, vermutlich um an eines heranzukommen, das nicht in der ersten Reihe steht.

Mias Stimme ist kaum zu hören. »Diese Autos …«, fängt sie an.

Doch weiter kommt sie nicht. Eine Sirene geht los und erfüllt den Platz mit lautem Geheul, und nacheinander springen die Strahler mit einem leisen *Bum, Bum, Bum* an. Sie sind entlang der Dächer und oben am Zaun befestigt.

Wir ducken uns wieder in den Schatten neben dem Gebäude, während die Belegschaft des Parkplatzes an uns vorbeistürmt.

Diesmal ist es Mia, die schreien muss, um sich trotz der Sirene verständlich zu machen. »Die Schlüssel müssen noch in den Wagen sein«, brüllt sie.

Blinzelnd sehe ich sie an, dann fällt mir unser Gespräch von vorhin ein. Dass wir in ein paar Tagen in Prag sein könnten, wenn wir … »Wir können aber nicht fahren«, brülle ich zurück. Doch sie hat mich bereits bei der Hand gepackt und zieht mich vom Schutz des Gebäudes weg. »Wir müssen den Zaun rammen, um hier rauszukommen. Ich habe zwar nie fahren gelernt, aber ich weiß, wo das Gaspedal ist.«

»Los, wir shiften«, ruft Dex, und dann rennen er und Atlanta an uns vorbei, direkt ins Licht.

Mia zerrt mich mit, und kurz darauf sind wir dicht hinter ihnen. Ein Teil von mir würde am liebsten einen Haken schlagen und Dex und Atlanta ohne uns fliehen lassen, weil ich nicht eine Sekunde länger mit ihnen zusammen sein möchte als unbedingt nötig. Aber wenn wir das machen, werden wir höchstwahrscheinlich geschnappt und zurück in die Zelle gesteckt, und diesmal wird man dafür sorgen, dass wir nicht mehr fliehen können.

Dex läuft an der ersten Wagenreihe vorbei und verschwindet in den Schatten, doch Atlanta bleibt unvermittelt stehen und klopft auf die Motorhaube eines der Jeeps, die die Officer umsetzten, als der Alarm losging.

»Das da«, bellt sie. »Proto-Mädchen, du fährst, compren?«

Ich bezweifle, dass Mia in der Stimmung ist, sich von Atlanta herumkommandieren zu lassen, doch sie verschwendet keine Zeit mit Diskussionen. Stattdessen klettert sie auf den Fahrersitz, findet den Schlüssel im Zündschloss und lässt den Motor an. Ich packe den Frontschutzbügel und schwinge mich daran auf den Beifahrersitz.

Doch Atlanta rührt sich nicht vom Fleck, als ich auf meinem Sitz lande. Sie bleibt einfach stehen, die Hände auf der Motorhaube, und versperrt uns den Weg.

»Weg da!«, schreit Mia.

Ganz kurz denke ich, dass das unsere Chance sein könnte. Wir könnten davonbrausen und Dex und Atlanta stehen lassen – ob die IA sie schnappt und wieder einsperrt oder ob sie mit ihren übermenschlichen Nahkampffähigkeiten die ganze Basis zerstören, ist mir in diesem Moment egal.

Doch Atlanta rührt sich immer noch nicht. Sie schaut hinter sich in die Dunkelheit, dorthin, wo Dex verschwunden ist.

»Ich fahre dich über den Haufen«, brüllt Mia, während sie die Handbremse umklammert. Doch ihre Finger zittern, und ihr Blick ist wild, und ich kenne sie zu gut, um ihr das abzunehmen. Trotz allem, was wir erlebt haben, glaube ich nicht, dass sie Atlanta kaltblütig umfahren könnte. Sie wäre nicht Mia, wenn sie dazu imstande wäre.

Wir müssen auf Dex warten.

Das Geheul wird lauter, als eine zweite Sirene ertönt, ein misstönender Kontrapunkt zu der ersten.

Perfututi, wir müssen *hier raus!*

Plötzlich entsteht Bewegung hinter uns, und Dex wirft sich auf die Rückbank des Jeeps, in den Armen etwas, das ich in der

Dunkelheit nicht erkennen kann. Drei rasche Schritte, dann sitzt Atlanta neben ihm.

Mia tritt aufs Gaspedal, und der Wagen schießt vorwärts. Sie reißt das Lenkrad nach links, und wir fahren eine Kurve und dann direkt auf den Maschendrahtzaun zu. »Kopf runter!«, schreit sie so laut, dass sich ihre Stimme überschlägt.

Ich kippe den Oberkörper nach vorn und drehe mich zur Seite, um unterhalb der Windschutzscheibe zu bleiben, und Mia faltet sich neben mir zusammen, den Fuß immer noch auf dem Gaspedal.

Wie in Zeitlupe dehnen sich die Sekunden, und fast habe ich den Eindruck, dass wir im Kreis gefahren sind. Dann kommt ein ohrenbetäubender Knall. Und um uns ist ein Hurrikan, etwas saust über meinen Kopf hinweg, der Wagen erbebt, und jeder Knochen in meinem Körper wird durchgerüttelt.

Dann liegt der Zaun hinter uns, und wir rasen auf die offene Ebene hinaus. Der Wagen rumpelt über das unebene Grasland, und das Heck schlingert wild hin und her, während Mia das Lenkrad umklammert und zu steuern versucht, ohne auch nur eine Spur Tempo wegzunehmen.

»Fahr nach links«, brüllt Dex von hinten. »Nach links, zu den Bergen.«

»Da werden wir niemals durchkommen«, schreie ich zurück. »Da gibt's keine Straße, wir würden an den Klippen festsitzen.«

»Nach links«, brüllt er wieder.

Im Dunkeln blickt Mia zu mir herüber. Im Moment kann ich es mir nicht leisten, an irgendein Zeichen zu glauben, dass

Dex vielleicht und irgendwie auf unserer Seite sein könnte. Im Moment versuche ich nur, am Leben zu bleiben.

Und ich glaube, ihm geht es genauso.

»Nach links«, rufe ich, und sie reißt das Lenkrad herum.

Im schwachen Licht der Sterne sehen wir nicht, was vor uns liegt, aber ich weiß, dass sich irgendwo dort vorne Berge, Felswände vor uns auftürmen. Die Scheinwerfer dürfen wir nicht einschalten – nicht mal, wenn wir wüssten, wo der Schalter ist.

»Also?«, fragt Mia, ohne den Kopf zu wenden. Der Fahrtwind trägt ihre Stimme davon. »Was jetzt, was ist links?«

»Noch fünfzehn Sekunden«, sagt Dex.

»Noch fünfzehn Sekunden, und dann?«

»Zehn Sekunden.« Seine Stimme klingt grimmig.

Ich halte mich nicht mit Fragen auf, denn was immer gleich passieren wird, es gibt nichts, was ich in den nächsten zehn Sekunden tun könnte. Stattdessen zähle ich nur stumm im Kopf herunter, als Mia schließlich den Fuß vom Gas nimmt, bremst und den Wagen anhält. Vor uns sehe ich die schattige Felswand.

Mia dreht sich um und blickt an den beiden vorbei zurück zu dem eingezäunten Gelände.

Auch ich drehe mich auf meinem Sitz um und halte nach Anzeichen von Verfolgern Ausschau. Über das Gelände huschen Lichtpunkte hinweg, verursacht von Menschen. Sie machen mobil.

»Was …«, setzt Mia an.

»Jetzt«, sagt Dex in diesem Moment.

Über der Anlage hinter uns erblüht ein grellroter Feuerball.

Eine gewaltige Explosion. Der Knall erreicht uns einen Augenblick später, mit physischer Wucht.

»Was zum Teufel?«, brülle ich.

»Das Shuttle«, sagt Atlanta gelassen. »Man sollte es auf keinen Fall neben Fahrzeugen wie diesen in die Luft sprengen. Benzin.«

Natürlich. Als die IA am Shuttle aufkreuzte, hatte Dex überlegt, wie er an den Zerstörerknopf neben der Tür herankommen könnte. Offenbar hat er das vorhin noch schnell nachgeholt.

»Es hätten Menschen in der Nähe sein können«, höre ich mich sagen.

»Yup.« Dex' Stimme ist gelassen. »Hoffentlich nicht.«

»Egal«, sagt Atlanta geringschätzig. »Sind sie wenigstens beschäftigt und haben keine Zeit, uns Gefrett zu machen.«

»Nicht mehr lange«, bemerke ich.

»Es wird sie langsamer machen«, sagt Dex.

»Okay«, sagt Mia langsam. »Dann müssen wir uns jetzt etwas einfallen lassen, damit sie glauben, die Jagd nach uns einstellen zu können.«

Atlanta nickt, endlich scheint ihr mal etwas an Mia zu gefallen. »Der Wagen«, sagt sie. »Raus hier, sofort.«

Mia und ich wechseln einen Blick. Ich habe keine Ahnung, was Atlanta vorhat, aber wir springen alle vier gleichzeitig aus dem Wagen. Atlanta schleppt einen Findling zum Fahrersitz, und Dex hantiert mit einem kleinen Gerät herum, das er aus dem Shuttle geholt haben muss. Über seiner Schulter hängt außerdem irgendetwas aus Metall, aber ich bin gerade zu beschäftigt damit, mir auszumalen, wie laut die Pistolenschüsse klingen werden, wenn die IA-Truppen uns einholen.

Atlanta ruft etwas Unverständliches, worauf Dex das Gerät auf die Motorhaube des Jeeps knallt, und sie lässt den Findling aufs Gaspedal fallen. Mia und ich springen hastig zurück, als der Jeep losschießt, genau in Richtung der Klippen, die sich dort im Dunkeln abzeichnen.

Zusammen beobachten wir schweigend, wie er in der Nacht verschwindet, auch wenn das Motorgeräusch über dem leisen Geheul der Sirenen hinter uns immer noch hörbar ist.

Und dann folgt eine Explosion aus Rauch und Feuer, als das Auto gegen die Felswand kracht, und der Knall erschüttert die Nacht. Mit einem lauten Schrei presst Mia sich instinktiv an mich, während ich die Arme um sie lege, zu ihrer wie zu meiner Beruhigung. Ich sehe Dex an, der ruhig und gelassen wirkt, und bin mir auf einmal nicht mehr so sicher, dass er ein Verbündeter ist. Dieses Gerät, das er auf dem Wagen befestigt hat – die Explosion war geplant, das weiß ich. Er und Atlanta haben gemeinsam gehandelt, in völligem Einklang miteinander, so dass sie kaum Worte brauchten.

»Dahinzu«, sagt Atlanta und zeigt mit der Hand Richtung Tal.

Die beiden stehen weit genug von uns entfernt, dass wir sie im Dunkeln vielleicht abschütteln könnten, wenn wir jetzt losrennen würden. Trotz ihres Trainings und ihrer Wahnsinnskräfte – wir hätten eine Chance. Ich mache einen Schritt nach hinten und spüre, wie Mias Körper in meinen Armen alle Muskeln spannt, wie sie begreift und sich bereitmacht.

Dann fasst Dex hinten an seinen Hosenbund und holt etwas hervor. Irgendwann – wahrscheinlich als er kurz weg war, um den Zerstörerknopf am Shuttle zu drücken – hat er das Gewehr gegen eine handlichere Pistole eingetauscht. Und die richtet er jetzt auf uns. Seine Hand ist ganz ruhig.

»Dahinzu«, wiederholt Atlanta fordernd.

Neben mir schnappt Mia zitternd nach Luft. Ich drücke ihre Schultern, dann lasse ich sie los, und langsam – ganz vorsichtig und mit erhobenen Händen – tun wir, was unsere neuen Kidnapper uns befehlen.

AMELIA

Der französische Grenzübergang besteht aus kaum mehr als zwei Beamten in einem Grenzhäuschen mit ein paar Scheinwerfern, doch er ist so unüberwindbar wie ein Gefängnistor. Keiner von uns hat einen Pass, und selbst wenn wir Pässe hätten, die Flucht aus dem IA-Gewahrsam ist jetzt schon mehrere Stunden her. Unsere Namen – und vermutlich auch unsere Gesichter – müssen schon längst auf irgendeiner Fahndungsliste stehen.

Ganz zu schweigen von dem gestohlenen Wagen, den wir fahren.

Genau genommen ist es das zweite Auto, das wir innerhalb von wenigen Stunden gestohlen haben, da das erste in diesem Moment am Fuß einer Felswand vor sich hin schwelt. Das hier haben wir an einer Tankstelle aufgegabelt – *gasolinera* offensichtlich –, nachdem der erste Wagen, den wir knackten, mit seinem schicken Bordcomputer und der elektronischen Wegfahrsperre zu modern war, um ihn kurzzuschließen. Wir brauchten ein paar Minuten angespannter Erklärungen, in denen Dex' gestohlene Waffe auf uns gerichtet war, um unsere

Kidnapper davon zu überzeugen, dass wir ein *schrottigeres* Auto brauchten. Jetzt sitzen wir in einem alten, klapprigen Kombi – was mir ganz recht ist, denn wir wollen ja keine Aufmerksamkeit auf uns ziehen.

Hoffentlich ist die IA zu beschäftigt damit, das Wrack am Fuß der Felswand zu untersuchen, um Verfolger auf uns anzusetzen, aber es wird nicht lange dauern, bis sie merken, dass dort keine Leichen liegen. Und danach wird es nicht lange dauern, bis sie nach aktuellen Autodiebstählen forschen. Es war zwar riskant, unser ursprüngliches Transportmittel zu schrotten, doch es war das Risiko wert. Braust man in einem Wagen davon, wird man gejagt. Lässt man denselben Wagen in Flammen aufgehen, erkauft man sich damit Zeit, zu Fuß zu fliehen, in der Dunkelheit, bevor den Verfolgern klarwird, dass in den Trümmern niemand verkohlt ist.

Wie sich herausstellt, ist Autofahren gar nicht so kompliziert – aber Autofahren, während der Typ hinter dir mit einer Pistole auf dich zielt?

Schon deutlich schwieriger.

An der Grenze warten schon mehrere andere Autos. Einige haben Kajaks, Fahrräder und andere Outdoor-Ausrüstung aufs Dach geladen, und ich würde wetten, dass die Fahrer bis zum nächsten Morgen im Innenraum der Wagen schlafen. Die IA-Leute sprachen von verstärkten Sicherheitsmaßnahmen, also sind das möglicherweise Leute, denen nicht klar war, dass sie für einen normalerweise problemlosen Grenzübertritt Ausweise brauchen würden.

Nicht, dass entlang der Grenze ein Zaun wäre – über die

Felder könnten wir zu Fuß hinüberkommen, aber dann müssten wir unser einziges Transportmittel stehen lassen und säßen ohne Fahrzeug im Nirgendwo fest.

Evie und ich hatten immer diesen Plan, irgendwann, wenn sie aus ihrem Vertrag freikäme, nach Europa zu gehen. Stundenlang hatten wir uns ausgemalt, wie wir es angehen würden. Wir wollten von Barcelona aus starten und mit einem billigen Mietwagen bis nach Amsterdam fahren und, um Geld zu sparen, unterwegs im Auto schlafen.

Der Anblick von Menschen, die tun, wovon wir geträumt hatten, bewirkt, dass sich mein Herz schmerzhaft zusammenzieht. Jetzt werden wir das wohl nie mehr machen. Entweder ich lande im Gefängnis, oder die Welt geht zugrunde, und in beiden Szenarien ist für Reisen wenig Raum. Evie hat jetzt schon seit Wochen nichts mehr von mir gehört – nach allem, was sie weiß, bin ich noch auf Gaia. Nach allem, was sie weiß, bin ich womöglich nie auf Gaia angekommen. Vielleicht denkt sie, ich wäre tot.

Und wenn nicht, dann nur, weil die IA sie sich geschnappt hat und festhält, und jetzt werden sie sie nie freilassen, solange ich und Jules auf der Flucht sind.

Der Gedanke versetzt mir einen Stich, und ich schiebe ihn schnell beiseite, konzentriere mich wieder auf das Hier und Jetzt.

Ich fahre von der Straße herunter und lenke den Wagen zu den anderen. Der knirschende Kies unter den Reifen ist das erste Geräusch in der Stille, die seit einer Stunde herrscht. Im Rückspiegel sehe ich Atlanta, deren Blick durch die Dunkelheit schweift, als könnte sie darin etwas erkennen. Sie wirkt nicht so, als würde ihr gefallen, was sie sieht.

Ich stelle den Motor ab, und ein paar Sekunden lang bleiben wir schweigend sitzen und lauschen den Geräuschen des abkühlenden Metalls.

Hinter mir atmet Dex langsam und gleichmäßig aus. »Ihr zwei seid erfinderisch, ernsthaft.« Er klingt beeindruckt.

Ganz im Gegensatz zu Atlanta. »Du da«, sagt sie und stößt Jules' Sitz mit dem Knie an. »Wie weit sind wir noch von Prag entfernt?«

»Ich heiße Jules«, sagt Jules. Er klingt ruhig und gelassen, doch hinter seiner gleichmütigen Fassade brodeln Zorn und Angst. »Und ich weiß es nicht.«

Ich beobachte, wie sich Atlantas Augen im Rückspiegel verengen. »Dann schätze es«, fordert sie leise.

»Wieso wollt ihr eigentlich nach Prag?«, unterbreche ich sie. Wenn Prag etwas mit dem Auftrag zu tun hat, den die beiden hier auf der Erde erfüllen sollen, dann kann man davon ausgehen, dass ihr »Destin« mit der Sabotage der Internationalen Allianz zusammenhängt, deren Zentrale sich dort befindet.

Atlanta schaut zu mir herüber und dann in den Spiegel, wo sich unsere Blicke treffen. »Scherz? Glaubt ihr, wir verraten euch jetzt alle unsere Pläne, als wären wir Freunde? Ihr seid Gefangene – halt den Mund und fahr.«

Dex räuspert sich. »Ganz ruhig mal, Pfirsich«, sagt er leise.

Atlanta dreht sich schwungvoll zu ihm um. »Nenn mich nicht so.« In diesem Augenblick wirkt sie so zickig wie eine ganz normale Jugendliche; die Wirkung ist gruselig. »Nicht vor den Protos.«

Ich löse meinen Gurt, drehe mich um und lehne mich an die Tür, so dass ich die beiden Aliens auf dem Rücksitz sehen kann. Langsam wird mir bewusst, wie seltsam das alles ist – halb hysterische Erheiterung blubbert in mir hoch, und ich presse meinen Hinterkopf an die kühle Scheibe, bis sie abgeebbt ist.

»Wir sind jetzt raus«, sagt Dex. »Lass uns allein weitershiften. Niemand wird ihnen glauben, wenn sie jemanden warnen – sie haben ihnen ja nicht mal geglaubt, als wir dort in der Zelle saßen.«

»Wir können nicht Auto fahren«, gibt Atlanta zurück. »Wir hätten nicht mal gewusst, wo wir einen Wagen finden. Und was sollen wir zu den Leuten in dem kleinen Häuschen da sagen? Zu Fuß kommen wir nicht nach Prag, bevor …« Sie sieht zu mir herüber. »Rechtzeitig.«

»Ich kann auch nicht dorthin fahren«, sage ich laut. Mir ist klar, worauf Atlanta hinauswill, und es gefällt mir gar nicht. »Die Leute in dem Häuschen da, das ist der Grenzübergang. Keiner von uns hat Papiere, und wahrscheinlich wird inzwischen sowieso nach uns gefahndet, und außerdem sitzen wir in einem Wagen, den jeden Moment jemand als gestohlen melden kann, wenn das nicht schon längst geschehen ist.«

Atlanta lässt sich das durch den Kopf gehen, dann sieht sie Dex an, der nur mit den Achseln zuckt, wie um sich geschlagen zu geben. »Sie sind erfinderisch, genau wie du gesagt hast«, sagt sie schließlich zu Dex und zieht trotzig eine Augenbraue hoch. »Ihnen wird schon was einfallen.«

Sie dreht schon die ganze Zeit einen Gegenstand in ihren Händen hin und her, und als ich etwas Metallisches aufblitzen sehe, erkenne ich, dass es ein Schweizer Armeemesser ist. Sie muss es in der Rückenlehnentasche vor sich gefunden haben oder vielleicht auch in dem Wagen, den wir zuerst stehlen wollten, der sich aber nicht kurzschließen ließ. Es ist zwar nicht gerade eine tödliche Waffe, nicht so wie Dex' Pistole, doch als sie aufmerksam der Reihe nach die einzelnen Funktionsteile untersucht, erscheint mir der winzige Korkenzieher plötzlich recht furchterregend.

Dex holt vernehmlich Luft, doch bevor er sprechen kann, unterbricht ihn Jules.

»Erst mal müssen wir schlafen«, sagt er bestimmt. »Im Moment kommen wir nicht über die Grenze, wir haben nicht die nötigen Papiere. Wenn wir den Wagen hier stehen lassen und es zu Fuß versuchen, können wir kaum erwarten, dass wir in einer Nacht ein drittes Auto finden, das wir knacken können. Wenn wir hierbleiben, gehören wir einfach zu denjenigen, die hier die Nacht verbringen und sich überlegen, was sie machen sollen. Das können wir doch ebenso tun, bis wir einen Plan haben.«

Ich will protestieren, ihn daran erinnern, dass die Internationale Allianz uns mit jeder verschwendeten Minute näher auf die Spur kommt, doch er sieht mich an, und ich halte den Mund. Ich kenne diesen Blick – ich habe ihn schon selbst bei ihm angewandt. Den »Sei still, ich mach das schon«-Blick.

Also bin ich still.

Atlanta starrt erst ihn finster an, dann mich und dann Dex.

Sie macht ziemlich oft ein finsteres Gesicht, finde ich. Schließlich ergreift sie das Wort.

»Beno. Ich stecke das Messer erst mal weg. Aber vergesst nicht, ihr zwei: Wenn ihr weglauft, werden wir euch finden. Wir sind stärker, wir sind schneller. Und wenn ich Zeit verliere, um euch zu suchen, dann bringe ich euch wirklich um, wenn ich euch finde.«

Wenn. Nicht *falls*.

Mit zitternden Beinen steige ich aus dem Wagen und lehne mich schwer gegen die Tür, während Jules zu mir herüberkommt. Ich zweifle nicht daran, dass Atlanta es ernst meint.

Die beiden Unsterblichen gehen ein paar Schritte beiseite, vorgeblich um den Baum zu betrachten, neben dem wir parken, doch sie unterhalten sich leise. Mir fällt auf, dass Dex während des Gesprächs mit Atlanta die Finger über die Rinde gleiten lässt – langsam, neugierig –, dass er den Baum erforscht, als ob … nun, wahrscheinlich ist es tatsächlich der erste Baum, den er sich aus der Nähe ansieht.

Ich lehne mich an den Wagen und spreche ganz leise. »Wenn wir einsteigen und die Türen verriegeln, könnte ich vermutlich wegfahren, bevor sie dazu kommen, ein Fenster einzuschlagen. Zu Fuß sind wir zu langsam für sie, aber mit dem Auto könnte es klappen.«

Jules dreht sich zu mir und lehnt sich ebenfalls ans Auto. »Wir müssen bei ihnen bleiben«, sagt er leise.

Gegen meinen Willen versteife ich mich und wende mich ihm zu. »Bist du verrückt? Ist dein Gehirn jetzt endgültig unter seinem Eigengewicht kollabiert?«

Sein Gesicht ist ernst. »Hast du einen anderen Vorschlag? Die Welt ist im Begriff unterzugehen, Mia, und wir wissen als Einzige davon. Wir müssen mehr herausfinden. Wir lernen gerade immer mehr über diese Unsterblichen, mit jeder Sekunde, die wir mit ihnen zusammen sind, erfahren wir mehr über sie, und irgendwann wird einer von ihnen einen Fehler machen.«

»Woher willst du das wissen?« Wenn ich nur meine Stimme am Zittern hindern könnte.

»Weil *jeder* irgendwann einen Fehler macht«, erwidert Jules. »Niemand ist *so* gut.«

»Sie sind nicht *irgendjemand*.« Atlanta hat sich zwar abgewandt, doch ich spüre ihren kalten, unerbittlichen Blick immer noch. Die Art, wie sie niemals blinzelt. Die raubtierhafte Geschmeidigkeit ihrer Bewegungen. »Wir haben keine Ahnung, wozu sie fähig sind.«

Jules spricht ganz leise, unterstreicht seine Worte jedoch, indem er die Augenbrauen hochzieht. »Das ist es ja gerade. Wir haben keine Ahnung. Aber Mia, einen Fehler haben sie bereits gemacht. Weißt du noch, wie Atlanta gesagt hat, dass sie hier nur ein paar Leute brauchen?«

In jedem Fall weiß ich noch, wie kalt ihre Stimme dabei geklungen hat. »Und?«

»Na ja, man kann nicht einen ganzen Planeten mit nur ein paar Shuttles an sich reißen. Genauso wenig wie mit nur einem Schiff. Aber es ist ja nicht *nur* ein Schiff, nicht wahr?«

Mein Mund klappt auf, und ich blinzele ihn an – fast hätte ich vergessen, wie schnell Jules denken kann, wie großartig sein

Verstand funktioniert. »Es ist ein trojanisches Pferd. Ein Schiff voller Portale.«

»Und wenn sie das irgendwie auch hier schaffen – Portale auf der Erde zu bauen …«

»… dann brauchen sie wirklich nicht mehr als ein paar Leute«, beende ich seinen Satz flüsternd. »Heilige Scheiße, Jules. Du hast recht.«

Jules beugt sich weiter zu mir vor. »Der IA auf die Sprünge zu helfen haben wir ja schon versucht. Vielleicht kapieren sie es ja doch noch – hoffentlich. Vielleicht sieht sich dort mal jemand die DNA-Proben genauer an und kommt dahinter, aber mit *hoffentlich* und *vielleicht* sind wir bisher nicht sehr weit gekommen. Auf dem Schiff haben sie von diesem ›Alpha-eins-Destin‹ geredet, als wäre es einer der wichtigsten Bestandteile der Invasion – und wir werden es herausfinden. Wir müssen. Und vielleicht können wir, wenn wir wissen, wie sie ihre Portale bauen oder wo, das Ganze noch aufhalten. Aber dafür müssen wir mit ihnen zusammenbleiben.«

Meine Augen brennen, ich muss wirklich müde sein, wenn schon die Vorstellung von Jules' Plan mich zum Weinen bringt. »Sie sind wahnsinnig«, flüstere ich. »Zumindest *sie* ist es. Hast du sie mit diesem Messer gesehen? Sie wird durchdrehen und uns einfach umbringen, Jules.«

»Nein, wird sie nicht.« Jules klingt *tatsächlich* zuversichtlich. »Dex wird das nicht zulassen.«

Ich stöhne auf. »Selbst wenn du recht hast und Dex wirklich irgendwie auf unserer Seite ist – ich weiß ja nicht, ob es dir aufgefallen ist, aber sie scheint nicht gerade auf ihn zu hören.«

»O doch.« Jules klingt überrascht, und als ich ihn ansehe, zieht er die Augenbrauen hoch. »Sie mag uns zwar all diese Befehle geben, aber hast du nicht gemerkt, wie sie ihre Meinung immer ändert, wenn Dex etwas sagt? Sie sind wie Zwillinge. Sie wirkt vielleicht dominanter, aber sie hört auf ihn, auch wenn es nicht den Anschein hat.«

Da ist etwas dran, das muss ich zugeben, auch wenn sein Vertrauen in Dex viel größer ist als meines. »Seit wann bist du denn Experte für Aliens?«

»Manche Dinge sind wohl universell.« Jules' Lippen zucken. »Außerdem habe ich ein bisschen eigene Erfahrung damit, von einer sehr … entschlossenen Partnerin herumkommandiert zu werden.«

Seine Augen funkeln amüsiert, aber seine Worte treffen mich trotzdem. Und sind mir auch ein wenig peinlich. »Du meinst also, wir sollen nicht fliehen? Wir sollen einfach mit ihnen nach Prag fahren?«

»Vorerst lassen wir sie in dem Glauben, dass wir alles tun, was sie von uns wollen. Wir widersprechen ihnen nicht, wir diskutieren nicht – sie halten uns ja jetzt schon für schwächer, nur weil sie die überlegene Spezies sind. Sollen sie doch denken, sie hätten gewonnen.«

»Und wenn wir in Prag immer noch nicht wissen, wie wir sie stoppen sollen?«

Jules zögert. »Keine Ahnung«, gibt er zu. »Aber bis dahin dauert es ja noch ein bisschen. Das findet sich dann schon.« Der Anflug eines Lächelns geht über sein Gesicht. »Wo habe ich das nur schon mal gehört?«

Ich wünschte, ich könnte es witzig finden, wie er meine Strategie – oder vielmehr das Fehlen derselben – gegen mich verwendet. Doch meine Furcht ist stärker. »Wie sollen wir überhaupt dorthin kommen? Dazwischen gibt es noch – wie viele Grenzübergänge? Vier, fünf?«

Vor lauter Müdigkeit klingt meine Stimme scharf. Die Flucht aus dem IA-Gefängnis hätte eigentlich unsere bedeutsamste, tollkühnste, verrückteste Aktion für die Rettung unseres Heimatplaneten sein sollen. Scheiße, allein schon ins IA-Gefängnis zu kommen hätte eigentlich genug sein müssen. Jetzt, da mir Jules' halbgarer Plan klarwird, würde ich mich bei der Vorstellung, dass unsere Flucht erst der Anfang war, am liebsten in den Schotter werfen und aufgeben.

»Nur drei, wenn wir durch Deutschland fahren.« Jules verändert leicht seine Position, wie um nach meiner Hand zu greifen, doch dann hält er inne und lässt seinen Arm stattdessen ungelenk herabhängen. »Ich könnte meinen Cousin Neal anrufen. Wir kennen jemanden, der Ausweise für Privatschüler fälscht – vielleicht kann der uns ein paar Pässe machen, die zumindest vor ein paar schnarchigen Grenzbeamten an einem verschlafenen Grenzübergang standhalten. Neal könnte uns Geld bringen, vielleicht auch ein Handy.«

»Bei dir klingt dein Cousin wie ein Spion.«

»Ich gehe jede Wette ein, dass er über drei Ecken einen kennt. Unterschätz niemals einen Addison.« Er lächelt mich an, dieses Lächeln, von dem er wissen muss, wie verheerend es sich auf mein Bemühen um Gelassenheit auswirkt.

Ich schließe die Augen, um mich nicht beeinflussen zu lassen, atme tief ein und versuche, mich trotz meiner Erschöpfung zu konzentrieren. »Wir können nicht hier auf ihn warten, die IA wird uns einholen. Wir müssen heimlich zu Fuß nach Frankreich rüber. Den Ball flach halten, vielleicht unser Äußeres verändern, für den Fall, dass sie nach uns fahnden.«

Im Dunkeln blitzen Jules' Zähne auf, ein schnelles Grinsen, das er sofort wieder abstellt. »Du hörst dich an wie einer amerikanischen Krimiserie entsprungen.«

»Wohl eher einem Agententhriller.« Ich sehe ihn von der Seite an und merke gleich darauf, dass ich auf meiner Unterlippe herumkaue.

»Was ist?«, fragt Jules, und ich verfluche die Tatsache, dass wir so viel Zeit miteinander verbracht haben. Ich mag es nicht, wenn mich jemand durchschaut, und ihm scheint das auch noch leichtzufallen.

»Findest du wirklich, dass ich dich die ganze Zeit herumkommandiere?« Die Worte sind heraus, bevor ich sie aufhalten kann, und das kleine Zittern in meiner Stimme verrät mich.

Wieder zieht Jules die Augenbrauen hoch, dann lächelt er erneut, diesmal sanfter. »Ja, und wie. Du etwa nicht?« Doch noch ehe ich widersprechen kann, streckt er diesmal wirklich die Hand aus und streicht über meine Finger, bevor er sie sanft drückt. »Aber ich wäre nicht mehr am Leben, wenn du nicht angefangen hättest, mich herumzukommandieren. Der wichtigste Teil meines Satzes ist dir anscheinend entgangen.«

Ein Teil von mir würde ihm am liebsten die Hand entziehen. Er bezeichnet mich als herrisch und anmaßend, und ich will verdammt sein, wenn ich ihn dabei meine Hand halten lasse. Doch meine Haut kribbelt unter seiner Berührung, und anscheinend bin ich nicht zu müde, um Herzklopfen zu bekommen. Ich starre auf das Geröll unter meinen Füßen.

Als ich nicht antworte, legt er den Kopf schief, als wollte er meinen Blick auffangen. »Der Teil mit der Partnerin?«

Widerwillig blicke ich ihn an. Sein Gesicht sieht aus wie immer, aber irgendwie ist es zehnmal schwieriger, ihn anzuschauen, wenn er meine Hand hält, als wenn wir uns auf einem Alien-Schiff zusammenkuscheln. Dort ging es um Leben und Tod. Keine Zeit für Selbstzweifel oder Verwirrung und ganz bestimmt keine Zeit für Grübeleien über Gefühle. Hier, mit den zirpenden Grillen und der sanften Brise über der katalanischen Landschaft, ist das jedoch anders. Mein Gesicht wird heiß, und alle Erwiderungen lösen sich in Luft auf.

Gelächter in einiger Entfernung erinnert mich daran, dass wir nicht allein sind, dass, mal abgesehen von Dex und Atlanta – die dort neben dem Baum stehen und sich ihrerseits im Flüsterton unterhalten –, um uns herum weitere Wagen parken.

Ich blinzele und sehe wieder zu dem mit Outdoor-Ausrüstung vollgepackten Wohnmobil. Dann lasse ich Jules' Hand los und richte mich auf, froh – und vielleicht ein klein wenig enttäuscht –, dem Gespräch entfliehen zu können. »Ich habe eine Idee.«

***

Auf unseren geklauten Fahrrädern sind wir schon bald so weit genug vom Grenzübergang entfernt, dass wir mitten durch das grasbewachsene Tal nach Frankreich hinüberradeln können.

Hätte ich nicht solche Angst gehabt, wäre es zum Lachen gewesen – der Anblick, wie Dex und Atlanta sich auf ihren Rädern mühsam aufrecht hielten und uns in wackeligen Zickzacklinien hinterherfuhren. Ihre Unbeholfenheit hielt natürlich nur etwa eine halbe Stunde an, dann hatten sie den Dreh heraus, und jetzt sind sie auf dem Rad genauso sicher unterwegs wie Jules und ich.

Verdammte Alien-Reflexe. Sie wirken geschickter auf dem Rad als wir.

Manchmal wirken sie sogar *menschlicher* als wir.

Auf dem Schiff waren die Unterschiede zwischen uns und den hochgewachsenen, blaublütigen Unsterblichen offenkundig, doch jetzt, da sie nur zu zweit sind, wirken sie nicht mehr annähernd so fremd.

Dex hat sich das seilähnliche Ding über die Schultern gehängt, das er aus dem Shuttle geholt hat, bevor er die Selbstzerstörung auslöste. »Seil« ist eigentlich nicht das richtige Wort – es hat die gleiche seltsame, halb metallische, halb kristalline Struktur wie auch das Portalschiff selbst. Es ist Unsterblichen-Technologie, so viel ist klar. Schon der Anblick löst Unbehagen bei mir aus, aber Dex wirkt so *menschlich,* wie er da vor sich hin radelt, dass ich nicht recht weiß, was ich denken soll. Und noch während ich ihn beobachte, stößt er einen kleinen Pfiff aus und schert nach links aus, als wollte er Atlanta wegrempeln, worauf sie amüsiert aufquiekt und abbremst und er lachend querfeldein in die Wiese saust.

Sie necken sich gegenseitig, wie Freunde.

Ich sehe ein kurzes Aufblitzen in der sternenbeleuchteten Dunkelheit. Es ist der Griff von Dex' Pistole, die aus seinem Hosenbund ragt. Mein Hals schnürt sich zusammen, und ich konzentriere mich aufs Fahren.

Jules konnte einen der anderen Reisenden an der Grenze beschwatzen, ihm sein Handy zu leihen, während ich loszog und das Schloss knackte, mit dem die Räder am Wohnmobil festgekettet waren. Seinen Cousin hat er nicht erreicht – wenig überraschend, wenn man bedenkt, dass es in England weit nach Mitternacht war –, doch er hat ihm eine Nachricht hinterlassen. Da uns nichts übrigbleibt, als weiterzufahren, müssen wir eben hoffen, dass Neal regelmäßig seine Mailbox abhört.

Sein zweiter Anruf galt dem Club, bei dem Evie unter Vertrag steht. Als er zu mir zurückkam, war sein Gesichtsausdruck düster – und mir sank der Mut. »Es hieß, sie sei heute nicht zur Arbeit gekommen«, sagte er leise. »Und in ihrem Schlafquartier ist sie auch nicht.«

Jetzt bekomme ich die Vorstellung nicht mehr aus dem Kopf, dass meine Schwester irgendwo in IA-Gewahrsam sitzt, allein und verängstigt, ohne zu wissen, wieso man sie festhält. Ohne zu wissen, dass man sie als Druckmittel gegen ihre flüchtige große Schwester benutzen will.

Ich versuche, mich auf den Boden unter meinen Füßen zu konzentrieren. Auf die Aufgabe, die vor mir liegt. *Erst mal die Welt retten*, sage ich mir. *Damit rettest du auch Evie.*

Irgendwann erreichen wir einen unbefestigten Pfad und folgen ihm bis zu einer Landstraße, die an mehreren dunklen Grundstücken vorbeiführt. Jules behauptet, es seien Weinberge, doch ich sehe nichts als Reihen knorriger Wurzeln. Wir müssen ein Stück zurückfahren, bis wir zu einer größeren Straße kommen, doch als wir dort sind, sehen wir nach ein paar Minuten Lichter in der Ferne. Ein kleines Motel liegt dort, außerdem ein paar Geschäfte, deren Schaufenster dunkel sind, und eine Tankstelle. Alles ist geschlossen, selbst die Tankstelle, doch es klebt eine Landkarte an der Innenseite der Tür und ein Schild mit der Aufschrift:

ENTRER Ç'EST ACHETER.

»Wer reinkommt, muss auch kaufen«, übersetzt Jules amüsiert. »Wahrscheinlich sind sie all die Leute leid, die nur nach dem Weg fragen.«

Da wir nicht genau wissen, wo wir sind, dauert es etwas, bis wir den Ort auf der Karte finden. Ich überlasse die Sache Jules, und während Atlanta mit scharfem Blick jede meiner Bewegungen verfolgt, schlendere ich zu einem uralt aussehenden Münztelefon hinüber. So eines kenne ich bisher nur aus alten Filmen, und ein seltsames Gefühl überkommt mich, als ich nach dem Hörer greife – als wäre ich irgendwie in die Vergangenheit gereist oder als wäre das alles ein seltsamer Traum, aus dem ich jeden Moment erwachen könnte. Obwohl ich weiß, dass das mit dem Telefon ein Schuss ins Blaue ist, und obwohl ich nicht einmal Münzgeld habe, will ich Evie auf ihrem Handy anrufen – auch wenn die IA das sicher als Erstes konfiszieren würde – und herausfinden, ob es ihr gutgeht. Wenn ich nur etwas tun könnte, damit sie keine Angst hat – notfalls würde ich sogar lügen, wenn sie dafür ein paar Tage ruhig schlafen könnte. Bevor ihre große Schwester verhaftet wird und für den Rest ihrer Tage im IA-Gefängnis landet.

Ich kann nicht widerstehen und halte den Hörer an mein Ohr, doch ich höre nichts. Nicht mal als ich an dem Metallding rüttele, ist ein Klicken zu vernehmen. Selbst in diesem winzigen Ort hat offenbar keiner mehr für ein Münztelefon Verwendung.

Abgesehen von ein paar gesuchten Kriminellen ohne Handy.

Seufzend lege ich auf und kehre zu den anderen zurück. Atlanta und Dex sitzen immer noch auf ihren Rädern, und Atlantas Blick folgt mir, als ich vorbeigehe.

»Ich glaube, wir sind hier«, murmelt Jules und tippt gegen das Glas der Scheibe, als ich mich neben ihn stelle. »Und wir müssen weiter die Straße entlang, bis zur nächsten Abzweigung links, dann kommen wir irgendwann ans Meer. Wenn wir entlang der Küste nach Norden fahren, erreichen wir irgendwann morgen Montpellier. In meiner Nachricht habe ich Neal gesagt, dass ich es morgen wieder versuchen werde, also hoffen wir mal, dass er bis dahin einen Plan hat.«

»Du willst die Nacht durchfahren?« Den Rest lasse ich weg – dass mein Hintern mich jetzt schon umbringt.

»Haben wir denn eine Wahl?« Jules wirft einen Blick nach hinten. »Die beiden wirken kein bisschen müde, und Dex kann Atlanta zwar vermutlich daran hindern, uns umzubringen, aber ich weiß nicht recht, ob er sie daran hindern kann, uns weiterzuscheuchen.«

»*Vermutlich?*« Ich sehe ihn von der Seite an. »Vorhin warst du dir noch sicher.«

»Hab mich versprochen.«

»Wann, jetzt oder vorhin?«

Jules grinst mich an, dann dreht er sich um und geht zu der Bank, an der sein Rad lehnt. »Fahren wir.«

JULES

Endlich sind wir am Stadtrand von Montpellier angekommen. Eigentlich wollten wir schon am frühen Morgen hier sein, jetzt aber ist die Mittagszeit schon vorbei – ohne, dass wir etwas gegessen hätten.

Gegen Morgengrauen waren wir an einem Punkt, an dem wir einfach schlafen mussten, also fuhren wir von der Straße ab und legten uns in das taufeuchte Gras hinter den Bäumen, die man vor langer Zeit am Wegesrand als Schattenspender gepflanzt hatte. Über uns verblassten die Sterne vor dem blaugrauen, frühmorgendlichen Himmel, und wir beobachteten, wie ein paar von ihnen herabstürzten und über den Himmel zogen.

»Ganz schön viele Sternschnuppen«, murmelte Mia. »In Chicago war die Aussicht gut, aber so viele habe ich nie gesehen.«

»Das sind Satelliten«, bemerkte Dex gähnend, was ihm einen Rippenstoß von Atlanta eintrug, die offenbar nicht mal die simpelsten Informationen teilen will – aus Prinzip, soweit ich das beurteilen kann. Zum Glück weiß sie nicht, dass wir sie und Dex damals auf dem Schiff belauscht haben.

»Ganze Satelliten?«, fragte Mia, hob den Kopf und blickte zu den beiden hinüber.

Ich sah Dex an, der sich die Pistole aus seinem Hosenbund auf den Bauch gelegt hatte, eine Hand am Griff. Trotz der leisen Unterhaltung und der fast schon idyllischen Umgebung waren wir immer noch Gefangene – und die beiden Unsterblichen ließen uns das nicht so schnell vergessen. Atlanta legte sich als Einzige nicht hin – ihre Aufmerksamkeit galt uns, nicht dem Himmel.

Dex antwortete nicht, und ich atmete langsam ein. »In ihrer einstigen Umlaufbahn ist etwas Neues aufgetaucht.« Mia wandte mir ihr Gesicht zu, und obwohl sie nichts sagte, konnte ich ihre Gedanken erraten. Noch vor wenigen Tagen waren wir auf dem Schiff, das durch das Portal in die Umlaufbahn der Erde eingetreten war.

Wir waren dort oben, blickten hinunter auf unsere Heimat und hörten, wie Funksatelliten und Forschungsdrohnen gegen das Schiff prallten, das die empfindliche Choreographie der künstlichen Monde um unseren Planeten zerstört hatte. Jetzt fallen sie nacheinander vom Himmel, irdische Schöpfungen, gestürzt vom Monolithen der Unsterblichen.

Es fühlt sich unangenehm prophetisch an.

»Wir dachten, ihr würdet unszu kommen und euch das Schiff ansehen«, sagte Atlanta und sah endlich hinauf zum Nachthimmel. »Wir dachten, ihr würdet so schnell wie möglich ein Raumschiff starten.«

Tatsächlich sind wir wahrscheinlich gerade dabei, schnellstmöglich eines zu starten. Aber vor nicht allzu langer Zeit nutzten wir noch fossile Brennstoffe für unseren Weg ins All, und selbst jetzt, da unsere Shuttles mit Kernenergie betrieben werden, dauert es Monate, etwas zu bauen, das im Weltraum bestehen kann. Zweifellos arbeiten die IA-Teams rund um die Uhr an Raumsonden und Shuttles, die zum Schiff fliegen sollen, aber genauso wenig zweifle ich daran, dass sie zu spät kommen werden.

Die IA ist nicht mehr das, was sie einmal war – sowohl hinsichtlich ihrer Macht, ihres Einflusses als auch ihrer Mittel. Die Unterstützung, die sie genoss, begann mit dem Scheitern der Centauri-Mission zu schwinden. Gaia sollte zwar ihr triumphales Comeback werden, doch ich glaube, die verschärften Grenzkontrollen in Europa sind nichts anderes als ein Ausdruck dafür, dass die Nationalstaaten wieder ihre Souveränität und Macht betonen wollen. Eigentlich sollten wir gerade jetzt alle zusammenstehen und die IA unterstützen. Stattdessen gehen wir – wenn man De Luca glaubt – aufeinander los.

Nichts von alldem erzählte ich Atlanta. Sie braucht nicht zu wissen, dass wir noch rückständiger und zerstrittener sind, als sie denkt.

Bevor wir weiterfuhren, dösten wir ein bisschen. Mia und ich hatten dringend Schlaf nötig – ich war sofort weg, kaum dass ich mich hingelegt hatte –, und sogar Dex und Atlanta schienen nichts dagegen zu haben, sich für eine Weile ins Gras zu setzen.

Langsam sickert es in mein Bewusstsein, was für eine gewaltige Reise vor uns liegt. Meine Beine schmerzen, meine Hände sind vom Fahrradlenker voller Blasen, und als ich vor einem kleinen Café in einem Vorort von Montpellier vom Rad steige, gehe ich breitbeinig wie ein Cowboy. Das Café liegt abseits – vermutlich essen hier hauptsächlich die Einheimischen zu Mittag –, und es ist eine gute Gelegenheit, sich wieder bei Neal zu melden und zu beten, dass er meine Nachricht abgehört hat.

Ich lehne mein Fahrrad gegen die Mauer und will mich gerade umdrehen und hineingehen, als Mia mich am Arm packt.

»Moment«, sagt sie. »Du siehst aus wie ...« Ihre Lippen verziehen sich zu einem kleinen, müden Lächeln. »Na ja, du siehst aus wie jemand, der das durchgemacht hat, was du eben durchgemacht hast.«

Sie klopft mir den Staub von den Ärmeln und richtet meine Kleidung, und ich versuche zu ignorieren, wie dicht sie vor mir steht.

Ich streiche mir über meine hoffnungslos wirren Locken, und als Dex einen Schritt auf Mia zumacht, die Hand wie zufällig an der Stelle, wo er seine Waffe trägt, nehme ich den Wink zur Kenntnis und gehe zum Café. Ich könnte sie ohnehin nie verlassen, doch die unausgesprochene Drohung – *wenn du wegläufst, haben wir sie in unserer Gewalt* – bringt mich zum Zittern. Das Vorgehen ist clever, so viel ist klar. Bei einer eventuellen Befragung kann so niemand sagen, dass wir zu viert waren. Allein falle ich weniger auf. Aber gefallen muss mir das nicht.

Der Mann hinter dem Tresen blickt auf, als die kleine Ladenglocke bimmelt. »Du siehst aus, als hättest du einen miserablen Tag«, meint er nach einem kurzen Blick in mein Gesicht.

Ich wechsle ins Französische, betone die Os und lasse meine Stimme ein wenig melodischer klingen, um als Einheimischer durchzugehen. »Monsieur, Sie haben ja keine Ahnung. Das Neueste an diesem miserablen Tag ist, dass ich einen Platten habe. Könnte ich vielleicht Ihr Telefon benutzen, um einen Freund anzurufen? Ich habe leider kein Bargeld.«

Wieder mustert er mich, dann nickt er, greift in seine Gesäßtasche und gibt mir sein Handy.

Meine Hände zittern, als ich mich außer Hörweite begebe, Neals Nummer wähle und dem Freiton lausche. *Komm schon,* beschwöre ich ihn stumm. *Na los, Neal, nimm schon ab.*

Und dann wird das Tuten unterbrochen.

»Neal Addison.« Knackend dringt seine vertraute Stimme durch die Leitung, und ein unerträglicher Druck auf der Brust treibt mir die Tränen in die Augen.

»Neal, ich bin's.«

»Oh, dem Himmel sei Dank.« Er klingt erleichtert.

»Wo bist du?«, frage ich und vergesse vor lauter Eifer, vorsichtig zu sein.

»Ich bin …« Er zögert. »Bei deinem Anruf gestern warst du ja sehr zurückhaltend. Ich glaube aber, kapiert zu haben, welchen Ort du meintest. Wenn ich es richtig verstanden habe, bin ich etwa eine Stunde von dir entfernt.«

Gestern habe ich nicht gewagt, ihm zu sagen, dass wir nach

Montpellier fahren würden, sobald wir über die Grenze wären. Ich weiß zwar nicht, ob sein Telefon abgehört wird, aber ich muss mit dem Schlimmsten rechnen, denn wir dürfen uns nicht schnappen lassen – das Schicksal der Erde könnte davon abhängen, ob wir in Prag ankommen. Deshalb habe ich einen Witz darüber gemacht, dass ich im Urlaub durch einen Teich wate – das ist wirklich passiert, als meine Familie und die von Neal einmal in Montpellier übernachteten, auf dem Weg nach Ambrussum, wo wir uns die galloromanischen Ruinen ansehen wollten.

Wir hatten einen Abstecher in den Park gemacht, um zu picknicken, und der achtjährige Neal überzeugte mein vierjähriges Ich, dass auf dem Grund des fraglichen Teiches unentdeckte Ruinen lägen. Also tapste ich hinein, um sie zu suchen. Es war ein sehr nasses – und enttäuschendes – Erlebnis, und eines, das er ziemlich sicher nicht vergessen hat.

»Hör zu«, sage ich. »Das ist jetzt vielleicht Quatsch, vielleicht aber auch nicht. Du wirst möglicherweise abgehört. Heb lieber Geld ab und besorg dir ein neues Handy, bevor du … hierherfährst.«

Neal weiß noch nicht mal, dass ich auf Gaia war, sofern mein Vater es ihm nicht gesagt hat. Er weiß nur, dass ich wochenlang nicht erreichbar war, und jetzt bin ich auf einmal in Frankreich und rede wie ein internationaler Spion. Zum Glück scheint er nicht zu denken, dass ich den Verstand verloren habe. »Ich komme«, sagt er schlicht.

»Und, Neal?«

»Ja?«

»Es sind noch andere Leute bei mir. Dem einen Mädchen, Mia, kannst du vertrauen. Aber sag bitte nichts in Gegenwart der anderen beiden. Ich erkläre dir alles, sobald ich kann.«

***

Eine Stunde später schieben wir unsere Räder durch den Parc Esplanade Charles-de-Gaulle. Unser Ziel ist ein kleiner Teich, der in eine Grünfläche eingebettet liegt und von Bäumen umgeben ist. Es ist der Ort meines unglücklichen Tauchgangs damals.

Kurz nachdem wir um die Biegung kommen, erkenne ich Neals vertraute Gestalt. Wir sehen uns ziemlich ähnlich – die Addison-Gene schlagen bei uns beiden voll durch. Er ist ein bisschen größer, ein bisschen breitschultriger und seine Haut etwas dunkler, aber trotzdem wirken wir eher wie Brüder als wie Cousins. Wir *sind* eher Brüder als Cousins.

Er trägt seine übliche Lederjacke und fährt ein Motorrad, aber es ist nicht seines – die Farbe stimmt nicht, es ist dunkelblau mit einem weißen Seitenstreifen. Es ist … Mehercule, es ist das Motorrad eines Gendarms.

Ich komme mit einem klapprigen Fahrrad, und mein Cousin fährt ein geklautes Gendarmen-Motorrad. Das wäre dann wohl die Kurzfassung unserer Beziehung.

Sein blau-weißes Motorrad parkt unter einem Baum, und daneben geht Neal nervös auf und ab. Er geht immer auf und ab, wenn er nachdenkt. Er dreht sich um, sieht uns und verharrt kurz. Dann rennt er auf uns zu.

Als mein Cousin mich in die Arme schließt, muss ich mein Fahrrad loslassen, und es fällt scheppernd zu Boden.

»Herrgott, Jules.« Seine Stimme klingt heiser, aber dann hat er seine Gefühle wieder im Griff, und er lässt mich so abrupt los, wie er mich umarmt hat. »Ach du meine Güte, du riechst *unfassbar* schlimm.«

Sein vertrautes Gesicht, seine vertraute Stimme, die Teil meines Lebens sind, solange ich mich erinnern kann – all das bringt mich einen Moment aus der Fassung. Müdigkeit und Hunger überwältigen mich, und mein Lachen klingt selbst in meinen Ohren hohl.

»Neal, das ist Mia«, sage ich und trete einen Schritt beiseite, um ihm die anderen vorzustellen. Normalerweise würde ich mehr sagen. *Das ist Mia, eine Freundin von mir. Das ist Mia, eine Klassenkameradin.* Irgendwas, damit er sie einordnen kann. Doch am Ende des Satzes stockt meine Stimme, als würde ich den Rest verschlucken, und mir wird klar, dass ich keine Ahnung habe, wie dieser Rest überhaupt aussehen würde.

Das ist Mia … meine Freundin?

Das Wort scheint völlig unzureichend für das, was sie für mich ist, und auch irgendwie anmaßend. Dennoch …

Sie streckt ihm die Hand hin, und Neal deutet eine Verbeugung an, wobei er ihre Finger an seine Lippen führt und so tut, als würde er sie küssen.

»Du«, sagt er zu ihr, »riechst überhaupt nicht schlimm. Dazu bist du vermutlich gar nicht imstande.« Schelmisch späht er zu ihr hoch, und Mia sieht zwar so aus, als würde sie am liebsten die Augen verdrehen, muss aber unwillkürlich lächeln. Neal hat immer diese Wirkung.

»Atlanta«, sage ich und deute auf die nächste in unserer Gruppe.

Sie sieht zu Mia hinüber und reicht ihm dann die Hand. Und natürlich wiederholt Neal bei ihr das gleiche Prozedere.

»Du riechst ebenfalls besser als mein Cousin«, meint er, was ihr jedoch kein Lächeln entlockt, und ein Anflug von Argwohn geht über Neals Gesicht. Er ahnt, dass hier etwas nicht stimmt.

»Und Dex«, sage ich. Dex lächelt bereits, und ganz kurz vergesse ich, dass er ein Alien ist. *Er passt sich so schnell an. Sie sind die reinsten Chamäleons.*

Neal fasst das Lächeln offensichtlich als Ermutigung auf und haucht Dex ebenfalls einen gespielten Kuss auf die Hand. »Und dich«, erklärt er, »würde ich am liebsten auffressen.«

Dex' Lächeln verrutscht leicht, und sein Gesicht wird ein wenig starr – doch seltsamerweise scheint ihn Neals überschwängliche Liebenswürdigkeit nicht abzuschrecken. Stattdessen wirkt er beinah … schüchtern.

Menschlich. Und so, als würde er gleich rot werden.

»Ich habe ein Hotelzimmer besorgt«, sagt Neal und tritt einen Schritt zurück. »Für uns alle konnte ich leider nicht buchen. Der ganze Kontinent ist in Alarmstufe Orange, wegen, ihr wisst schon, dem Ding da oben.« Er zeigt mit dem Finger zum Himmel.

»Was erzählt man sich darüber?«, fragt Atlanta und richtet den Blick nach oben, als wäre das Schiff dort irgendwo zu sehen.

»Es gibt kaum ein anderes Thema«, antwortet Neal. »Es ist überall Schlagzeile Nummer eins. Die IA hat es von Gaia hierhertransportiert, und jetzt streiten sich alle um die Technologie, die man an Bord vermutet.«

Mia und ich wechseln einen vielsagenden Blick, während Atlanta und Dex ausdrucklose Gesichter machen.

»Zu bestimmten Tageszeiten kann man es von hier unten sogar sehen«, fährt Neal fort. »Wie auch immer, ohne Ausweise habt ihr gerade keine Chance, an ein Hotelzimmer zu kommen, aber ich konnte eins buchen, im Erdgeschoss, mit Fenster. Es sollte also nicht allzu schwer sein, euch unauffällig reinzuschmuggeln.«

Wieder schauen Dex und Atlanta mich an, und mir wird klar, dass vieles von dem, was er sagt, für die beiden vermutlich keinen Sinn ergibt.

Kein Wunder, dass sie zwei Erdlinge als Geiseln genommen haben. Ursprünglich hätten sie in der Nähe von Prag landen sollen – trotz ihrer unglaublichen Fähigkeiten brauchen jetzt sie uns, um dorthin zu gelangen.

Obwohl sie uns vermutlich nicht lange brauchen werden, so mühelos, wie zumindest Dex sich anpassen kann.

Ich verdränge die leise Furcht, die bei diesem Gedanken in mir aufsteigt, und konzentriere mich auf meinen Cousin, der in seiner Hosentasche herumwühlt.

»Hier«, sagt er und hält mir ein kleines Plastikbündel hin. »Eine neue SIM-Karte für deine Uhr, Jules. Meine habe ich nach deinem letzten Anruf ebenfalls ausgetauscht. Jetzt können wir beide nicht mehr geortet werden.« Er schaut sehnsüchtig nach hinten zu seinem Gendarmen-Motorrad und stößt einen Seufzer aus. »Fleur muss wohl leider hierbleiben. Ich habe zwar ihren Ortungschip deaktiviert, aber früher oder später wird man sie finden, und wenn es so weit ist, sollte ich lieber über alle Berge sein.«

Wir anderen behalten unsere Fahrräder, schweigend schieben wir sie aus dem Park hinaus. Neals Hotel ist nur ein paar Straßen weiter. Mein Cousin schlendert durch den Haupteingang, während wir in einer Seitengasse verschwinden. Ein paar Minuten später geht ein Fenster mit einem lauten Quietschen der rostigen Scharniere auf, und Neal hilft uns hinein.

Es ist ein einfaches Zimmer in einer familiengeführten Pension. Zwei schmale Doppelbetten stehen darin, mit bunten, geblümten Tagesdecken, und an der Wand hängt ein Hinweisschild voller falsch gesetzter Anführungszeichen, das vor dem »Rauchen« von Tabak oder »elektronischen« Zigaretten warnt. Es ist derart auffällig und nahezu unübersehbar, dass sich mit Sicherheit eine ganze Geschichte dahinter verbirgt. Auf einem Bett liegen drei Rucksäcke.

Mehercule, bitte lass dort frische Kleider drin sein.

Mia ergreift das Wort. »Atlanta, Dex, ihr könnt zuerst duschen.«

Seit wir Neal getroffen haben, haben die beiden kaum ein Wort gesprochen, doch jetzt stehen ihnen die Fragezeichen förmlich ins Gesicht geschrieben. Sie sehen sich um, schauen zuerst zu der Tür, die aus dem Zimmer führt, und dann zu der, durch die man das kleine Bad betritt.

Wissen raumfahrende Aliens überhaupt, was eine Dusche ist?

»Neal, zeigst du ihnen, wie die Dusche funktioniert?«, bitte ich ihn.

Er wirft mir kurz einen fragenden Blick zu, dann nickt er. »Selbstverständlich«, sagt er und geht voran ins Badezimmer. Dex folgt ihm, ohne zu zögern, doch Atlanta bleibt noch stehen und mustert uns nachdenklich. Dann marschiert sie quer durchs Zimmer, schließt das Fenster und verriegelt es. Es ist ein altes Gebäude, und das Fenster quietscht – sie braucht kein Wort zu sagen, damit wir verstehen.

Sollten wir versuchen zu entwischen, während sie im Nebenraum sind, wird sie es hören. Und dann werden wir uns wünschen, wir wären dageblieben.

Als sie sich umdreht und ihrem Partner folgt, öffne ich eine der beiden Gratis-Wasserflaschen auf dem Nachttisch und reiche sie Mia, die andere nehme ich mir selbst. Ich höre, wie Neal im Badezimmer die Handtücher verteilt und den beiden zeigt, wie man beim Wasser die Strahlstärke und die Temperatur einstellt und wie er scherzhaft fragt, ob jemand den Rücken geschrubbt haben möchte. Als er herauskommt, schließt Atlanta energisch die Tür hinter ihm.

Er wirft einen Blick hinter sich und schneidet eine Grimasse. »Oh, die bleiben zusammen da drin? Mann, da habe ich aber was falsch verstanden.«

»Nein«, sagt Mia. »Hast du nicht. Wahrscheinlich wollen sie einfach vermeiden, dass wir sie hören können.«

»Das kommt mir auch wahrscheinlicher vor«, stimmt Neal zu. »Ich bin mir nämlich ziemlich sicher, dass er mir zugeneigt ist, und meinem Charme können nur wenige widerstehen.«

O Neal. Du hast ja keine Ahnung. Ich habe große Zweifel, dass er überhaupt unserer Spezies zugeneigt ist.

»Wir müssen uns beeilen«, sagt Mia leise und lässt sich auf den Bettrand sinken.

Ich mache es mir neben ihr bequem, und ignoriere dabei, so gut es geht, meine Oberschenkel, die sich über die hinter uns liegende Radtour beschweren.

Neal nimmt uns gegenüber auf dem anderen Bett Platz.

»Neal«, beginne ich, »ich werde dir jetzt erzählen, was in den letzten paar Wochen los war, aber ich habe keine Zeit, dich zu überzeugen, dass ich nicht verrückt bin. Du musst mir einfach glauben.«

Das Lachen verschwindet aus seinem Blick, und er nickt, augenblicklich ernst. »Ich werde dir alles glauben«, sagt er. »Ich weiß, wo du warst.«

Das bringt mich kurz aus dem Konzept. »Tatsächlich?«

Wieder nickt er. »Vor ein paar Wochen bekam ich über die IA eine Anfrage von deinem Vater für einen Videochat. Dafür hatte er sein komplettes Zeitkontingent für dich verbraucht, was mich überraschte. Als wir miteinander verbunden waren, fing er sofort von seinen Gleichungen an und dass er dabei Hilfe brauche.«

Ich nicke. Das war ein clever gewählter Vorwand für ein Gespräch mit Neal. Mein Vater ist zwar ein einzigartiger Mathematiker, aber das bedeutet noch lange nicht, dass er auf jedem Gebiet Experte ist. Als Ingenieur nähert Neal sich den Dingen manchmal von einer ganz anderen Warte als mein Vater. Und er hat zwar gerade erst sein Diplom gemacht, aber erstens gehört er zur Familie und ist deshalb vertrauenswürdig, und zweitens ist er ein Addison und damit genial.

»Es hat ein bisschen gedauert, bis ich verstand, worauf er mit all seinen Andeutungen und verschleierten Referenzen hinauswollte«, räumt Neal ein. »Das war schon eine ziemlich schräge Erkenntnis – dass du auf Gaia gelandet bist, ausgerechnet du.«

Ich nicke. »Dort war ich, und Mia auch.«

Neal blickt zwischen uns hin und her und schüttelt dann den Kopf. »Wenn nicht er es gewesen wäre«, sagt er, »hätte ich es nicht geglaubt.«

»Wir können es selbst kaum glauben«, meint Mia, und als ich sie ansehe, treffen sich unsere Blicke, in denen all das liegt, was wir überlebt haben. Kein anderer auf diesem oder irgendeinem anderen Planeten wird je verstehen, wie diese letzten paar Wochen gewesen sind. Niemand, außer Mia. »Aber wenn du das schon unglaublich fandest«, fährt sie fort, mit ihrem typischen Grinsen, »dann wird dich das, was du als Nächstes hörst, völlig aus den Socken hauen.«

Gemeinsam fassen wir kurz zusammen, was wir bisher erlebt haben. Der Tempel, die Rätsel, die eingeritzten Nautilus-Warnungen. Das Schiff – wie wir es entdeckt und gestartet haben. Die Tatsache, dass Charlotte Stapleton, die Neal seinen Praktikumsplatz gegeben hat, in Wirklichkeit eine Geheimagentin der IA ist, die mich nach Gaia gelockt hat. Neal reagiert kaum auf diese Neuigkeit – vielleicht weil wir ihm keine Gelegenheit dazu geben. Denn wir gehen nahtlos über zur Ankunft der Unsterblichen.

Dazu, dass wir endlich auf außerirdisches Leben gestoßen

sind und dass sich unfassbarerweise in diesem Moment zwei Exemplare davon in unserem Hotel-Badezimmer aufhalten. Und fast so menschlich aussehen wie wir drei.

Die restliche Geschichte hört Neal sich in vollkommenem Schweigen an: die Landung mit dem Shuttle, unsere Flucht aus der IA-Gefangenschaft, die nächtliche Fahrradtour durch Frankreich.

»Und dann haben wir dich getroffen«, schließe ich.

Neals Gesicht ist grau, er hat die Hände in seinem Schoß zusammengekrampft. Einen verrückten Moment lang denke ich, dass er sich gleich übergeben muss, denn so mitgenommen habe ich ihn noch nie erlebt. Wir haben schon einige Rückschläge erlebt, aber Neal hat irgendwie immer einen Weg gefunden. Ich weiß noch, wie ich nach der Verhaftung meines Vaters zum Training kam und hörte, wie Neal den Mannschaftskapitän überzeugte, mich trotz des Skandals um meine Familie in der Mannschaft zu behalten. Und es funktionierte.

Neal hat immer einen Plan.

Jetzt schaut er zur Badezimmertür, wo das rauschende Wasser alle Geräusche übertönt. Und als er den Blick abwendet, ist es, als würde ich in einen Spiegel sehen, der meine eigene Furcht zurückwirft.

Und dann sieht mein Cousin, der immer einen Plan hat, mich an. »Und was jetzt?«

Die Worte sind ein Schlag für mich. Ich hatte es zwar nicht bewusst zu denken gewagt, aber tief in mir drin dachte ich, Neal würde, nachdem wir ihm erzählt hätten, was alles passiert war, sein unvergleichliches Grinsen aufsetzen und uns die Lösung präsentieren, die wir in unserer Panik und Erschöpfung übersehen haben.

Mia rettet mich. »Sie halten uns für ihre Geiseln«, sagt sie leise und nickt zur Badezimmertür hinüber. »Wir spielen mit – teilweise, weil wir uns ziemlich sicher sind, dass sie uns bei einem Fluchtversuch tatsächlich umbringen könnten, ohne auch nur außer Atem zu geraten. Aber hauptsächlich, weil wir glauben, mehr über ihre Pläne herausfinden zu können, wenn wir bei ihnen bleiben.«

Wir glauben, wiederhole ich im Stillen, und die Worte wärmen mich dort, wo Neals Furcht eisige Kälte hinterlassen hat. Noch vor ein paar Stunden wollte ich Mia davon überzeugen, dass ich recht habe. Jetzt, so scheint es, glaubt sie an den Plan. Oder an mich. Es ist mir eigentlich egal. Ich würde gern ihre Hand nehmen, fühle mich in Neals Gegenwart aber plötzlich seltsam befangen.

»Wir wissen bereits, dass der Plan etwas mit dem Bau von weiteren Portalen zu tun hat. Zumindest glauben wir es zu wissen.« Ich hole tief Luft und räuspere mich. »Wir glauben, dass sie so den Rest ihrer Armee zur Erde schaffen, nachdem die erste Welle die Portale gebaut hat.«

In Neals Gesicht kommt mit einem Mal Bewegung, und auch wenn die Veränderung winzig ist, blitzen seine Augen, und er richtet sich auf. »Portale? So wie das, das Schiffe nach Gaia schickt?« Als ich nicke, beugt er sich mit hochgezogenen Augenbrauen vor. »Jules – genau daran habe ich mit deinem Vater gearbeitet.«

Ich blinzele ihn an. »Mit Dad?«

Neal nickt, seine Lebensgeister sind zurückgekehrt – auch wenn sein Blick immer noch ein wenig verstört wirkt und er so aussieht, als ob er gerne einen Kontinent zwischen sich und dem Badezimmer mit den Unsterblichen-Aliens hätte. »Er wollte versuchen herauszufinden, wie sie funktionieren. Er muss wohl geahnt haben, dass wir, wenn er recht hätte – wenn die Technologie der Unsterblichen gefährlich wäre – irgendwann einen Notfallplan brauchen würden. Einen Weg, um die Portale alle auszuschalten.«

Mein Herz zieht sich zusammen, und ich spüre, wie eine Hand meine ergreift und fest drückt. Mia leidet offenbar nicht an Befangenheit. »Und?«

Neals Blick wandert zum Badezimmer, dann wieder zu uns. »Und wir kamen gut voran. Allerdings sind mir nur Bruchstücke bekannt, meistens hat dein Vater mir technische Spezifikationen gegeben, und ich bin sie mit ihm durchgegangen. Er ist ein besserer Mathematiker, als ich es jemals sein werde, aber kein Ingenieur. Und natürlich musste immer alles verschlüsselt werden, das reinste Tarnkappenkommando. Er durfte ja nur sehr beschränkt mit der Außenwelt kommunizieren, und alle unsere Gespräche wurden abgehört.«

Mia stockt der Atem. »Dann weißt du also *nicht*, wie man die Portale abschaltet?«

Neal schüttelt den Kopf. »Aber er weiß es vielleicht.«

Vor lauter Frust springe ich auf. »Dann rufen wir meinen Vater jetzt sofort an und sagen ihm, dass ich wieder da bin, und …« Neals Gesichtsausdruck lässt mich verstummen. »Was?«

Meine Zuversicht verpufft, als er mit grimmiger Miene leise sagt: »Unser letztes Gespräch ist nicht zustande gekommen. Wir waren für vorgestern verabredet, um miteinander zu sprechen, aber nichts. Und als ich bei der IA-Zentrale anrief und mit jemandem aus der Vollzugsanstalt verbunden werden wollte, wurde ich abgewimmelt.«

Ich lasse mich wieder aufs Bett fallen und lehne mich an Mia, die ihren Kopf zurücklegt.

»Dann bleiben wir also weiter mit ihnen zusammen.« Selbst ich höre, wie müde meine Stimme klingt. »Und versuchen, jemanden von unserer Geschichte zu überzeugen. Versuchen, uns nicht verhaften zu lassen.«

Neal atmet angespannt ein. »Sie wollen nach Prag, hast du gesagt, oder?« Als ich nicke, fährt er fort: »Nun, genau dort ist ja dein Dad. Sie haben zwar anscheinend seine Telefonrechte beschnitten, aber möglicherweise können wir ihn ja besuchen. Und persönlich herausfinden, ob er das Portal-Rätsel gelöst hat.«

»Sie würden uns niemals zu ihm lassen.« Mia klingt verhalten, doch in ihrer Stimme liegt eine Energie, die mir schon seit Tagen abgeht. Und so ausgehöhlt ich mich auch fühle, flackert doch ein Funken Wärme in mir auf. »Um eingelassen zu werden, müssten wir unsere Ausweise vorzeigen. Und wir sind flüchtige Ausbrecher.«

»Ich bin kein Ausbrecher«, entgegnet Neal. »Und als Jules verschwunden ist – als er sich nach Gaia davongemacht hat –, wurde mir eine Besuchserlaubnis erteilt. Sie werden uns zumindest erklären müssen, wieso er keine Telefonanrufe mehr tätigt.«

Wieder ist da der Funken Wärme, diesmal stärker. »Und die Unsterblichen wollen ohnehin mit uns nach Prag – wenn wir mit meinem Vater reden können und er irgendwie weiß, wie man die Portale abschaltet …«

Mia beendet den Satz für mich, als ich verstumme. »Dann sind hier die einzigen Unsterblichen-Soldaten die von der ersten Welle. Hunderte anstatt Tausende, oder wie viele auch immer darauf warten, durch das Portal zu kommen und die Erde zu übernehmen.«

Wir sehen uns an und stellen uns alle die gleiche Frage: *Können zwei Ausbrecher und ein Ingenieurstudent Europa durchqueren, ohne geschnappt zu werden?*

Aber es ist ein Plan. Es ist mehr, als wir noch vor einer Stunde hatten.

Plötzlich hört das Wasser in der Dusche auf zu rauschen, und ich erinnere mich wieder an die Außerirdischen im Badezimmer.

Prompt fallen mir die Fotos von den DNA-Tests ein, die ich mit meiner Uhr gemacht habe. Falls die IA nicht auf die Idee kommt, sich die Ergebnisse näher anzusehen, habe ich wenigstens selbst ein paar Beweise gesichert. »Neal«, flüstere ich ihm zu, um im Nebenraum nicht gehört zu werden, »kennst du zu Hause irgendjemanden, der sich mit Genetik auskennt? Jemanden, dem du vertraust und der sich für uns ein paar Sachen ansehen könnte?«

Neal greift nach hinten in seine Gesäßtasche und holt sein Handy heraus. »Schick mir, was du hast«, sagt er. »Ich kenne da jemanden in Oxford. Eine wissenschaftliche Mitarbeiterin.«

Ich ziehe eine Augenbraue hoch.

»Ja«, sagt er ungerührt. »Eine Ex. Aber wir verstehen uns *exzellent*.« Wider Willen muss ich lächeln, woraufhin er grinst. »Wenn Veronica uns helfen kann, wird sie es tun.«

Gerade als ich die Bilder übertragen habe, geht die Badezimmertür auf, und eine Dampfwolke quillt heraus.

Neal steht auf. »Ich hole uns etwas zu essen«, sagt er zu den noch etwas feuchten, aber jetzt wieder sauberen Unsterblichen. »Das Hotel hat keinen Zimmerservice. Dafür ist es zu klein.«

Ob die beiden wissen, was *Zimmerservice* ist, bezweifle ich, aber *essen* und *holen* kennen sie. Atlanta nickt, und Dex sagt: »Beno, danke.«

Er hat sich im Badezimmer die Haare mit der Nagelschere geschnitten. Oder Atlanta hat es getan. Jetzt schmiegen sich die Locken eng an seinen Kopf wie bei mir und Neal, der Zopf ist verschwunden. Bisher kennt er ja nur die IA-Leute mit ihren militärisch kurzen Raspelfrisuren und natürlich Neal und mich, und wir haben beide kurze Haare, weil wir sportbedingt so viel Zeit im Wasser verbringen. Vermutlich hat er sich deshalb für einen Kurzhaarschnitt entschieden – um dem menschlichen Erscheinungsbild zu entsprechen, das er bisher gesehen hat.

Neal geht los, und wir sind wieder zu viert, wie in alten Zeiten.

»Was hast du ihm erzählt?«, fragt Atlanta und mustert mich.

Es fühlt sich an, als könnte sie an einer Ader auf meiner Stirn den Puls ablesen und fachmännisch erkennen, ob ich die Wahrheit sage. »Ich habe gesagt, er soll mir vertrauen«, erwidere ich.

Nach einem langen Augenblick nickt sie.

Mia und ich duschen nacheinander. Ich lasse ihr den Vortritt, und als sie in ein Handtuch gewickelt und mit seligem Gesichtsausdruck wieder herauskommt, kann ich sie eine ganze Weile nur anstarren. Ihre Wangen sind rosig von der Wärme, und auf ihren Lippen liegt das zufriedenste Lächeln, das ich je gesehen habe. Wassertropfen laufen an ihren Beinen herunter, als sie einen Schritt zur Seite macht, um mich vorbei und ins Badezimmer zu lassen. Das feuchte Haar fällt ihr auf die Schultern, und das Wasser rinnt von ihrem Hals dorthin, wo das Handtuch genau über ihren –.

Ich zwinge mich, den Blick abzuwenden, und konzentriere mich für ein paar Augenblicke so angestrengt darauf, die Bilder in meinem Kopf, wie Mia sich nebenan ankleidet, zu verscheuchen, dass ich kaum merke, wie ich selbst unter die Dusche steige.

Bis der heiße Wasserstrahl mich trifft – da vergesse ich alles und bleibe unter der Dusche, bis das Wasser kalt wird.

Nachdem ich wieder trocken bin und etwas von den sauberen Sachen, die Neal uns mitgebracht hat, angezogen habe, kommt er mit einem Großeinkauf aus dem Supermarkt zurück. Es ist unverkennbar, wie sehr sich die Unsterblichen für alles interessieren, was mit Essen zu tun hat. Kurz muss ich an ihre staunenden Gesichter denken, als sie den Wind spürten und zum ersten Mal Gras sahen.

Das alles muss so neu für sie sein, so überwältigend. Nichts hätte mich auf die Fremdartigkeit Gaias vorbereiten können, dabei hatte ich meine Kleider und mein Essen dabei – und außer uns war niemand dort. Der Kulturschock – Speziesschock? – muss sie doch umhauen. Ich würde ihre Fähigkeit, so unbeirrt an ihrer Mission festzuhalten, ja bewundern, wenn es nicht eben diese Fähigkeit wäre, die uns das Leben kosten wird, es sei denn, wir haben noch ein bisschen Glück.

Als wir mit dem Essen fertig sind, ist es später Nachmittag, und obwohl die Sonne noch nicht untergegangen ist, dösen wir alle vier ein. Dex und Atlanta kuscheln sich auf dem einen Bett zusammen, Mia und ich nehmen das andere. Neal, der hartnäckig darauf besteht, es sich auf dem kleinen Sessel gemütlich zu machen, lädt ein Buch auf sein Handy, offenkundig, um zu lesen, während wir schlafen.

***

Als ich aufwache, ist es dunkel. Ich wälze mich herum, noch leicht benommen. Neben mir gibt Mia einen schläfrigen Laut von sich, doch sie setzt sich bereits auf – offenbar hat sie auch gehört, was immer mich geweckt hat.

»Was zum Teufel …« Das ist Neal, und jetzt weiß ich wieder, wo ich bin.

Ich höre, wie er das Zimmer mit ein paar schnellen Schritten durchquert, und blinzele geblendet, als er das Licht einschaltet. Zwei weitere Schritte, und er ist durch die offene Tür im Bad verschwunden.

Als er zurückkehrt, bildet sein Mund eine verkniffene Linie, seine Miene ist grimmig. »Sie sind weg«, sagt er. »Ich kann mich nicht erinnern, eingeschlafen zu sein, aber ich hatte die

Tür abgeschlossen und meinen Sessel direkt neben das Fenster platziert. Keine Ahnung, wieso ich nicht wach geworden bin.«

Erst jetzt schaue ich zu dem anderen Bett hinüber.

Die zerknitterten Laken sind glatt gestrichen.

Dex und Atlanta sind fort.

AMELIA

»Gott, bin ich froh, dass sie weg sind!« Meine Stimme klingt lauter, als es meine Absicht war. Trotz meiner Erschöpfung habe ich letzte Nacht nur eine oder zwei Stunden geschlafen. Lange genug, damit Dex und Atlanta die Fliege machen konnten, aber nicht lange genug für mein müdes Hirn. Ich konnte das Gedankenkarussell nicht anhalten, konnte nicht aufhören zu grübeln. Was wir auch tun, unsere Optionen schrumpfen immer mehr zusammen, und während ich im Dunkeln so dalag, erschien es mir nahezu unmöglich, dass wir jemals nach Prag gelangen werden. Ich habe mir eingeredet, bei Tageslicht betrachtet würde alles einfacher wirken, doch beim Anblick des leeren Bettes, in dem die Unsterblichen gelegen haben, möchte ich am liebsten aufgeben.

Jules starrt mich an. »Wie kannst du so etwas sagen?«

»Ohne sie kommen wir viel schneller voran und brauchen auch keine Angst mehr davor zu haben, abgemurkst zu werden! Es gibt eine Million andere Dinge, über die wir uns Sorgen machen müssen – dass wir die mörderischen Aliens los sind, gehört bestimmt nicht dazu.«

Wir sind allein im Hotelzimmer – Neal ist losgezogen, um Frühstück zu organisieren, weil die Unsterblichen die restlichen Lebensmittel von gestern Abend mitgenommen haben. Jules und ich können also ungestört überlegen, was wir wegen der verschwundenen Außerirdischen unternehmen wollen. Zugegebenermaßen finde ich es beängstigend, dass sie irgendwo da draußen sind anstatt hier drinnen, wo wir sie im Auge behalten können – aber nicht annähernd so beängstigend, wie wenn sie nur wenige Meter von uns entfernt schlafen.

»Wir brauchen sie aber.« Jules' Gesicht ist ernst, und ich höre seiner Stimme an, dass er mit seiner Geduld am Ende ist. »Selbst wenn mein Dad die Portale neutralisieren kann, die sie installieren – vielleicht haben sie ja noch einen Plan B für den Fall, dass sie keine zusätzlichen Truppen durch die Portale schicken können. Wir müssen herauskriegen, wie der Rest ihres Plans aussieht.«

»Zur Hölle mit ihrem Plan!« Meine Stimme bricht, und mit einiger Mühe bringe ich sie wieder unter Kontrolle. »Das ist so was von eine Nummer zu groß für uns … Noch vor ein paar Wochen stand ich auf einem fremden Planeten und war mir sicher, dass dies das *Allerschlimmste* wäre, was ich jemals erleben würde.«

Seine braunen Augen werden sanfter. Ich habe keine Ahnung, was er empfunden hat, als er frisch auf Gaia angekommen war, aber ich hatte reichlich Gelegenheit mitzuerleben, wie viel Angst er in den Tagen danach hatte. Weil auch ich Angst hatte, und diese gemeinsame Erfahrung überstieg alles, was uns hier auf der Erde hätte zusammenbringen können.

Was vielleicht bedeutet, dass wir gar nicht erst hätten zusammenkommen sollen. Und dass wir auch jetzt nicht zusammen sein sollten. Der Gedanke entmutigt mich fast so sehr wie die Vorstellung, als gesuchte Gefängnisausbrecherin durch Europa zu reisen.

Jules schweigt, und sein Schweigen bringt mich dazu weiterzusprechen, denn mein Kopf ist zu müde, um die Worte zurückzuhalten.

»Aber ich habe es trotzdem getan, ich bin nach Gaia gegangen. Weil es die Sache wert war, weil ich meine Schwester retten und mit ihr zusammen sein wollte. Aber jetzt haben sie Evie, Jules, oder sie drohen, sie festzunehmen, oder sie ist verschwunden, oder … oder sonst irgendwas. Wir sind auf dem besten Weg, als internationale Terroristen zu gelten. Und wir können nicht mal ein Hotelzimmer mieten, weil wir Angst haben müssen, verhaftet zu werden. Es fühlt sich an, als wäre es Jahre her, Jules – *Jahre,* seit ich mich wenigstens mal kurz sicher gefühlt habe und nicht so, als würde die Katastrophe an der nächsten Ecke lauern. Und es ist eine Sache, so zu empfinden, wenn man in einem uralten Tempel auf einem fremden Planeten hockt oder irgendwo im Bauch eines Alien-Raumschiffes – aber wir sind zu Hause. Wir sind hier, entgegen allen Erwartungen. Wir sind zurückgekehrt, obwohl wir *überzeugt* waren, dass wir sterben würden. Und ich kann einfach nicht so weitermachen, und du auch nicht. Also zur Hölle mit dem Plan der Unsterblichen, Jules. Mir reicht's. Ich will Evie finden und sichergehen, dass es ihr gutgeht – mehr *kann* ich nicht tun.«

Ich habe nicht mal mehr genug Kraft, meine Tränen zurückzuhalten. Er hat mich schon früher die Fassung verlieren sehen, und ich muss ihm sowieso nichts mehr beweisen.

Soll er doch sehen, wie ich heule. Mir reicht es.

Sein Arm bewegt sich, als würden die Tränen einen Reflex bei ihm auslösen – doch er streckt die Hand nicht nach mir aus. Als er spricht, klingt seine Stimme heiser, und auch seine Augen sind gerötet. »Was ist mit der Erde?«

»Was soll damit sein?« Die Worte klingen kaltherzig, doch in meinem Zustand schaffe ich es nicht, meine Stimme unter Kontrolle zu bekommen. »Damit meine ich jetzt nicht … Es ist nur, was *können* wir schon tun? Das ist eine Angelegenheit für Regierungen und Armeen, und … und Panzer und Raketen und Bomben, so groß wie Häuser, Jules. Was sollen wir denn da schon ausrichten? Zwei Jugendliche in einem Weltkrieg, der mit allen Kriegen Schluss macht?«

Jules legt die Hand über seine Augen und räuspert sich. »Aber wir müssen …«

»Wir müssen *was?*«, unterbreche ich ihn, nur um es gleich darauf zu bereuen. »Zur IA rennen, wo man uns eine irrsinnige Latte von Verbrechen vorwirft? Ohne jeden Beweis behaupten, Aliens würden den Planeten besetzen, und wir müssten sofort ihren berüchtigtsten Gefangenen sprechen?« Mir ist elend zumute, doch die Worte sind schon da, und mit etwas wie Entsetzen höre ich, wie sie über meine Lippen kommen. »Du machst für deinen Dad alles nur noch schlimmer.« In der sich anschließenden Stille kann ich den Verkehrslärm hören, der von draußen hereindringt. Die dumpfen Bässe, die aus irgendeinem Autoradio wummern. Einen Vogel, der am Fenster vorbeiflattert und einen heiseren Schrei ausstößt.

Jules hat etwas sagen wollen, bevor ich ihn unterbrochen habe – jetzt klappt er den Mund wieder zu und sieht mich über das Doppelbett hinweg an. Es ist nicht sein Zorn, der mich trifft wie ein Schlag, obwohl er zornig ist, seine Fäuste sind geballt, die Lippen aufeinandergepresst. Was mich trifft, und zwar bis ins Mark, das ist der Schmerz in seinem Gesicht – über den Verrat, die Enttäuschung, den Schock.

Als wäre ich nicht die, für die er mich gehalten hat.

Ein kurzes Türklopfen, gefolgt vom Geräusch einer Schlüsselkarte, veranlasst mich, mir mit dem Ärmel über das Gesicht zu wischen und wegzusehen. Die Tür geht auf, und Neal erscheint, Jules' Abziehbild, in den Armen lauter Snacks aus dem Automaten.

»Schlechte Nachrichten, Leute, wir müssen …« Er bricht ab und blickt zwischen uns hin und her. Dann räuspert er sich und geht zum Bett, um dort das Junkfood abzuladen. »Hört zu, unter normalen Umständen würde ich jetzt behaupten, dass ich die Chips vergessen habe, und euch noch eine Runde alleinlassen, aber dafür fehlt uns leider die Zeit.«

Jules runzelt die Stirn. »Wieso? Was ist los?«

Neal zuckt mit den Schultern, während er in dem Snackberg herumwühlt, bis er eine Art Schokoriegel gefunden hat. Keine echte Schokolade natürlich – die ist schon seit mindestens zehn Jahren ein Luxusgut, das strengen Einfuhrbeschränkungen unterliegt. Und das Ersatzprodukt mit »Schokoladengeschmack« hat mit echter Schokolade wenig zu tun. »In Lyon grassiert irgendeine Grippe oder so. Touristen wird geraten, einen weiten Bogen um die Region zu machen. Lief gerade im Fernsehen im Aufenthaltsraum. In ein paar Stunden werden alle Straßen und Züge rappelvoll sein mit Menschen, die halb durchdrehen und ihre Reisepläne ändern, und bis dahin müssen wir über die Grenze sein.«

Jules sieht mich an. Mit einiger Mühe erwidere ich seinen Blick und zwinge mich, nicht schuldbewusst wegzusehen. Denn er hat nicht das Recht, mir dieses Gefühl zu geben. Zu meinen, ein paar Jugendliche könnten mehr ausrichten als ein internationales Bündnis aus Experten, ist mehr als nur arrogant, es ist schlichtweg leichtsinnig und unverantwortlich und gefährlich, und zwar nicht nur für uns.

Wir haben alles versucht. Aber jetzt muss es wieder um unser eigentliches, zentrales Anliegen gehen: die Rettung unserer Familien.

»Wie auch immer«, sage ich müde, »wir müssen raus aus Frankreich. Wir haben jetzt keine Zeit zu streiten.«

»Hast du Ausweise dabei?« Jules hat sich an Neal gewandt, er beachtet mich kaum.

»Ja, aber ich hatte kein Foto von Mia.« Neal geht zu seinem Rucksack und wühlt darin herum, bis er zwei Pässe gefunden hat. Er reicht einen davon seinem Cousin.

Jules schlägt ihn auf und lacht sarkastisch auf. »Tyler Hogwood?«

»He, beschwer dich nicht, ich hab einen harten Tag hinter mir. Mia, kann ich schnell ein Bild von dir machen?« Neal schwenkt sein Handy, und ich nicke benommen. Ich werde auf dem Foto müde aussehen und verweint, und als ob ich am liebsten tot wäre, aber was soll's.

Neal knipst mich und macht dabei eine scherzhafte Bemerkung über meine Eignung als Supermodel, aber keinem von uns ist nach Lächeln zumute.

»Dicke Luft hier«, murmelt er und verbindet sein Handy mit einem kleinen tragbaren Drucker.

Er braucht nur ein paar Sekunden, um die Laminierfolie des Ausweises mit einem Cutter ein Stück abzulösen, mein Foto über das vorhandene zu schieben und das Ganze anschließend wieder zu verschließen.

Neal mustert den Ausweis kritisch, zuckt dann mit den Schultern und gibt ihn mir. »Einer richtigen Überprüfung hält er nicht stand, aber hoffen wir mal, dass es trotzdem reicht. Vielleicht hilft uns ja der Massenexodus der Touristen.«

»Wie kommen wir nach Deutschland?« Meine Stimme ist leise, und ich sehe Jules nicht an.

»Ich habe uns Zugtickets nach Frankfurt besorgt.« Neal zieht einen Ausdruck der Buchungsbestätigung aus seiner Tasche. »Wir müssen sie nur noch am Bahnhof abholen, der ist wenige Minuten von hier entfernt. Der Zug fährt zwar durch Lyon, aber ich habe angerufen, und es hieß, er fährt trotzdem.«

»Dann mal los.« Jules klaubt ein paar Päckchen aus dem Automatenhaufen zusammen, und tritt dann an das Fenster, durch das wir ins Zimmer geklettert sind.

Ich will ihm gerade folgen, als Neal ruft: »He, Moment, du hast dein … Handy vergessen?«

Jules besitzt nur sein Armband, und mein Handy klemmt immer noch in einem steinernen Durchgang auf Gaia. Doch Neal greift nach etwas, das halb versteckt zwischen den Kissen auf einem der Betten liegt.

Es sieht tatsächlich wie ein Handy aus, auch wenn es kleiner ist als die meisten Smartphones, die ich kenne. Die eine Seite besteht aus einem abgedunkelten Display, das aufleuchtet, als Neal das Gerät in die Hand nimmt; auf der anderen prangt eine Art Symbol, ein schwungvoller Bogen, der von der einen unteren Ecke zur gegenüberliegenden führt.

»Das gehört keinem von uns.« Jules' Stimme klingt nicht mehr ganz so gepresst, wie immer gewinnt seine Neugier die Oberhand. »Kann ich mal sehen?«

Neal reicht ihm das Gerät, und wir beugen uns zu dritt darüber. Das Display ist einfach gehalten, schwarz-weiß. Kurven kreuzen sich in einem gitterartigen Muster und treffen zufällig auf andere abstrakte Linien.

»Einer von den beiden muss es liegen gelassen haben.« Ich tippe mit dem Finger auf das Display, doch es reagiert nicht – entweder ist es kein Touchscreen wie bei unseren Geräten, oder es ist irgendwie gesperrt. »Sind da irgendwelche Symbole dabei, die du kennst?«

Geistesabwesend schüttelt Jules den Kopf. »Das auf der Rückseite – das sieht so aus wie das Symbol, das wir im ersten Tempelraum auf Gaia gesehen haben, das Symbol für die Unsterblichen. Aber das ist alles keine Schrift. Es sieht eher so aus wie …« Er verstummt, sein Blick wird unscharf.

»Wie eine Karte.« Neal deutet auf das Display. »Keine Straßen oder Länder oder so, aber es sieht ein bisschen so aus wie die Höhenlinien, die wir benutzen, wenn wir Drohnen programmieren.«

»Vielleicht ist es ein Tracker. Wenn wir herausfinden, wie das Ding funktioniert, könnten wir sie vielleicht im Auge behalten.« Jules blickt auf den kleinen Bildschirm in seiner Hand hinunter, und seine Stimme klingt ein wenig lebhafter, zum ersten Mal seit wir uns angeschrien haben. Oder seit *ich* ihn angeschrien habe. »Dex. Dex hat es hier liegen lassen, bevor sie sich davongemacht haben, damit wir es finden.«

»Der teuflisch gut aussehende Typ?« Neals fehlender Ernst nervt mich – aber er war ja auch nicht auf Gaia. Er war nicht dabei, als die Gänge auf dem Schiff sich mit Unsterblichen-Teenagern wie Dex und Atlanta füllten. Er hat nicht gehört, wie sie uns als Protos bezeichnet haben. Und im Moment ist er unser einziger Verbündeter.

Seufzend atme ich aus. »Hör zu, ich weiß es nicht. Möglicherweise hast du recht. Aber das ändert nichts daran …« Ich breche ab, denn wir drehen uns im Kreis, und wenn ich ihm noch einmal sage, dass wir nichts tun können, wird er mir wieder sagen, dass wir nicht einfach aufgeben dürfen, und wir haben beide recht und beide unrecht, und ich ertrage diesen Streit nicht noch einmal.

»Es ändert nichts daran, dass wir aus Frankreich rausmüssen.« Jules' Stimme klingt zwar nicht gerade versöhnlich, aber auch nicht mehr so gereizt. »Wir werden ein paar Stunden im Zug verbringen, da können wir uns überlegen, wie wir weiter vorgehen wollen. Und herausfinden, worum es sich hierbei handelt.« Er hebt das kleine Gerät hoch und steckt es dann in seine Hosentasche.

Dankbar für die Verschnaufpause, für seine Bereitschaft, unseren Streit vorerst ruhen zu lassen, lächle ich ihn müde an. Er erwidert das Lächeln nicht, sieht mich jedoch kurz an, bevor er sich umdreht und den Rest unserer wenigen Habseligkeiten einsammelt. Ich wünschte, ich könnte meine Worte über seinen Vater zurücknehmen, doch andererseits werde ich das dumpfe Gefühl nicht los, dass es stimmt, was ich gesagt habe. Es gibt nichts, womit zwei Jugendliche einen Krieg verhindern könnten – falls es den Unsterblichen darum geht.

Ich drehe mich um, klettere hinter Neal aus dem Fenster und versuche, mich innerlich zu panzern, wie auf Gaia. Evie steht an erster Stelle. Im besten Fall wissen De Luca und die IA nur von ihr, im schlimmsten Fall haben sie sie in ihrer Gewalt. Das darf ich keine Sekunde lang vergessen. Evie muss immer an erster Stelle stehen.

JULES

Im Zug finden wir Platz an einem Vierertisch. Während Neal seinen Rucksack durchwühlt und kleine Kuchen aus einer Packung verteilt, auf der *Madeleines* steht, inspiziere ich erneut das Gerät, von dem ich mir sicher bin, dass Dex es zurückgelassen hat. Es ist klein, etwa so groß wie mein Handteller, mit dem Display auf der einen Seite und einer harten Rückseite aus einer mir unbekannten Legierung. Mit den Fingerspitzen zeichne ich das dort aufgeprägte Symbol für die Unsterblichen nach: eine Spirale, die einen langen, gebogenen Schweif hinter sich herzieht.

Neal unterbricht meine Gedanken. »Glaubst du wirklich, er hat uns das absichtlich dagelassen, damit wir ihn orten können? Könnte es nicht auch etwas sein, mit dem er und Atlanta sich gegenseitig orten, und er hat es nur vergessen?«

Mia stößt einen Laut aus, der deutlich macht, für wie unwahrscheinlich sie das hält, doch ich sehe nicht zu ihr hin. Das kann ich gerade nicht. Die Dinge, die sie zu mir gesagt hat, jagen durch meinen Kopf wie Kugeln, die nach einem Ziel suchen. Ich brauche einen Moment zum Nachdenken. Ich brauche einen Moment für mich. Aber den werde ich nicht bekommen – hoffentlich nicht, denn gerade sind Neal und Mia alles, was ich habe.

»Dex hat ein Geheimnis«, sage ich. »Egal, was sie vorhaben, er hat Zweifel. Vielleicht hatte er die von Anfang an, oder wir sind einfach nicht das, was er erwartet hatte.«

»Mein gutes Aussehen war sicher eine Überraschung für ihn«, meint Neal bescheiden mit vollem Mund. »Die meisten Leute erwarten einfach nicht, dass ich so intelligent *und* so attraktiv bin.«

»Er hat schon davor Zweifel geäußert«, beharre ich. »Und da war noch mehr.«

»Meinst du das Tattoo?«, fragt Mia ungläubig. »Das ist eine Galaxis. Die meisten Galaxien sind spiralförmig.«

Ich schüttele den Kopf. »Er wollte, dass ich es bemerke. Und wir wissen, dass einer der Unsterblichen uns mit der Nautilus davor warnen wollte, uns dem Schiff zu nähern.«

»Na ja, das kann wohl kaum Dex gewesen sein«, gibt Mia zurück. »Er ist in unserem Alter. Oder sieht zumindest so aus. Jedenfalls hat er nicht vor fünfzigtausend Jahren Zeichen in einen Tempel geritzt. Niemand lebt so lange.«

»Es könnte eine Art Widerstandssymbol sein«, gebe ich zu bedenken. Aber selbst mir ist klar, dass das weit hergeholt ist. Dafür gibt es keinerlei Beweise.

»Aber dieser Moment im Shuttle«, sagt sie. »Dafür habe ich auch keine Erklärung. Ich hätte schwören können, dass er uns erkannt hat.«

»Er hat uns erkannt«, stimme ich zu. »Bei anderen Dingen

bin ich mir aber nicht so sicher. Ich frage mich immer noch, ob er mir geholfen hat, als ich geblufft habe, um ins Shuttle zu kommen. Er wollte wissen, ob wir unsere Ausbildung im Cortes-Geschwader gemacht haben, und ich wusste nicht, ob er mir eine Falle stellen wollte oder lediglich versuchte, eine plausible Erklärung dafür zu finden, warum er und Atlanta mich nicht kannten. Aber vielleicht war die Frage auch ein Rettungsanker, um uns aus der Patsche zu helfen. Wie auch immer, diese Sache ließe sich noch erklären, aber es lässt sich nicht erklären, dass er uns erkannt, aber Atlanta nichts gesagt hat – es sei denn, seine Loyalität ist gespalten.«

»Ich verstehe einfach nicht«, sagt Neal, »was die zwei eigentlich *sind*. Wie können sie so aussehen wie wir, ohne wie wir zu *sein*? Ich meine, die Wahrscheinlichkeit dafür geht gegen … Oder reden wir hier von plastischer Chirurgie? Das wäre kein schlechter Schachzug, wenn man unbemerkt eine fremde Zivilisation infiltrieren will. Allerdings konnten sie nicht wissen, dass man ihren Speichel testen würde. Darauf waren sie sicher nicht eingestellt. Diese DNA-Proben hätten eigentlich bei allen Beteiligten sämtliche Alarmglocken schrillen lassen müssen. Nichts, was blaues Blut hat, wird uns genetisch je ähnlich sein.«

»Genau das müssen wir herausfinden«, sage ich, wobei ich Mia immer noch nicht ansehe. »Dann können wir die IA dazu kriegen, dass sie uns zuhören. Und dass wir zu meinem Dad dürfen, um mit ihm darüber zu sprechen, wie man die Portale deaktiviert.«

»Okay«, sagt Neal, »wenn uns irgendjemand helfen kann,

dann Veronica. Die hat den Durchblick. Und wie immer die Antwort auch lautet, nichts kann uns daran hindern, die Unsterblichen der IA zu offenbaren.« Er klingt entschlossen, aber er weiß natürlich nichts von dem Streit, den Mia und ich heute Morgen hatten.

Wir antworten beide nicht.

***

Eine Stunde später beginne ich mich trotz unserer beschränkten Bargeldreserven ernsthaft zu fragen, ob der Zug einen Speisewagen hat, in dem man etwas Besseres als Automatenessen bekommt. Doch da erwacht der Lautsprecher über uns mit einem Knacken zum Leben.

»Chers voyageurs, votre attention, s'il vous plaît …«,

Ich beuge mich vor und übersetze flüsternd. »In Kürze erreichen wir Lyon. Wie Sie vielleicht schon wissen, hat die französische Regierung in der Region den Notstand ausgerufen und die Stadt unter Quarantäne gestellt.«

Um uns herum wird es unruhig – von der Grippe haben die meisten vermutlich schon gehört, aber diese Quarantäne ist neu, seit Neal heute Morgen die Nachrichten gesehen hat. Die Ansage geht weiter, und ich übersetze:

»Niemand darf die Stadt betreten oder verlassen; solange wir nirgendwo halten, darf der Zug jedoch passieren. Wir fahren daher ohne Halt weiter und möchten uns für eventuelle Unannehmlichkeiten entschuldigen.«

Dem Protest um uns herum nach zu urteilen, wollten einige

Fahrgäste in Lyon aussteigen. Doch ich achte mehr auf das, was ich durch das Zugfenster sehe. Der Zug hat nicht an Geschwindigkeit eingebüßt, und zunächst rast die Stadt vorbei – ich erkenne ein Krankenhaus, einen Friedhof, und als wir in den dichter besiedelten Teil der Stadt kommen, ein Universitätsgebäude.

Als wir uns dem Gare de Lyon-Part-Dieu nähern, wo der Zug normalerweise halten würde, werden wir langsamer und ruckeln etwas schneller als im Schritttempo die Gleise entlang. Jetzt sehe ich dort draußen Menschen – mehr, als ich in Anbetracht der Quarantäne erwartet hätte –, doch sie sind zu weit weg, als dass man viel erkennen kann.

Aus Dex' Gerät, das neben dem Fenster liegt, dringt ein leises Piepsen, und wir drehen uns alle gleichzeitig danach um. Auf dem Bildschirm leuchtet ein winziger grüner Punkt auf und verblasst dann wieder. Ein paar Sekunden später piepst es erneut, und dann noch einmal, diesmal etwas schneller. Ich hebe den Kopf, doch Mia und Neal sehen genauso verwirrt aus, wie ich mich fühle.

Dann quert der Zug rumpelnd nacheinander mehrere Straßen, wodurch unsere Aufmerksamkeit wieder zum Fenster gelenkt wird. Wir fahren an einer Reihe von Geschäften vorbei, und die Straße unterhalb der Gleise ist gut sichtbar. Sie ist von kleinen Läden gesäumt und verläuft parallel zu den Gleisen. Ich beuge mich näher zu Mia heran, um die Leute besser sehen zu können, und unwillkürlich ziehe ich scharf die Luft ein.

Ein paar Gestalten werden sichtbar, die über eine von Lyons gepflasterten Straßen gehen. Sie bewegen sich ruhig und zielstrebig, aber irgendetwas an ihnen ist merkwürdig. Ihre Art, die Köpfe zu heben und sich umzusehen, erinnert an ein Rudel Raubtiere, und der eine lässt seine Hand gegen eine Schaufensterscheibe knallen, wischt dabei über die goldene Schrift, die darauf prangt. MARGUÉRITE PÂTISSERIE steht dort. Durch die Abteilscheibe kann ich zwar nichts hören, doch ich sehe, dass er das Hindernis frustriert anbrüllt.

Ich könnte nicht genau benennen, wieso es so wirkt, als würden sie nicht denken, begreifen oder kommunizieren wie normale Menschen, aber ich bin mir sicher, dass es so ist. Es ist ihre Kopfhaltung, es sind die Bewegungen, es ist die Tatsache, dass keiner von ihnen spricht, das ausdruckslose Starren. Sie scheinen irgendwie … grob und ungeschlacht.

Der Piepston aus Dex' Gerät hat sich zu einem steten Ticken gesteigert, als würde das Ding auf eine Art Kernschmelze zusteuern.

»Was in aller …« Neal bricht ab. Mia hat das Gesicht an die Scheibe gepresst und starrt stumm hinaus.

Dann springt sie plötzlich auf, hechtet irgendwie über mich hinweg, am Tisch vorbei und rennt durch den Waggon nach hinten. Neal und ich vergeuden einen kurzen Moment damit, einen verwirrten Blick zu wechseln, dann rennen wir ihr hinterher. Zu dritt laufen wir durch zwei weitere Wagen, wobei Neal und ich – weil wir viel größer als Mia sind – gegen Sitze und Türen stoßen.

Als wir sie schließlich einholen, steht sie am Ende des Zuges und schaut durch das Rückfenster. Trotz der Entfernung, die wir zurückgelegt haben, sind nur dreißig Sekunden vergangen, und der hintere Zugteil fährt gerade erst an der kleinen Geschäftszeile vorbei.

»Da«, sagte Mia atemlos und zeigt auf die Straße. »Da, schau sie dir an.«

Ich sehe sofort, was sie meint, und atme scharf ein. Neben mir hat Neal sein Handy gezückt, er filmt die Straße unter uns, und ich bin stumm – ich traue meinen Augen nicht und bringe kein Wort heraus.

Leise diktiert Neal Ort, Zeit und Datum und versucht, das Handy ruhig zu halten, während der Zug die Gleise entlangrattert. Erst als wir wieder beschleunigen, steckt er das Handy weg.

»Was habt ihr gesehen?«, fragt er ruhig.

»Das kann nicht sein«, flüstere ich.

»Doch«, beharrt Mia. Und ich weiß, dass sie recht hat.

»Da waren zwei Unsterbliche«, sage ich langsam.

»Ist es nicht gerade das Problem, dass sie genau wie Menschen aussehen?«, fragt Neal. »Wie könnt ihr euch da sicher sein?«

Mia schüttelt den Kopf. »Ich bin mir völlig sicher. Die Unsterblichen haben eine bestimmte Art, sich zu bewegen – eine bestimmte Art zu gehen, und die beiden schienen auch nicht so von der Rolle wie die Erkrankten da draußen. Sie haben miteinander *gesprochen,* während von den anderen keiner so aussah, als wäre er überhaupt fähig dazu – mit denen war irgendwas komisch. Aber die beiden schienen gesund und munter, wie sie da rumspaziert sind.« Sie schürzt die Lippen. »Sie wirkten *zufrieden.*«

»Sie hat recht«, sage ich. »Und sie waren zu zweit, genau wie die Unsterblichen auf dem Schiff.«

Neal murmelt: »Das Ding, das Dex uns dagelassen hat – das kann irgendwie Unsterbliche orten. Deswegen hat es gepiepst.« Seine Stimme klingt angespannt. »Die Frage lautet, ist es bloßer Zufall, dass sich dieses Duo genau jetzt, zum Zeitpunkt des Epidemieausbruchs, in Lyon befindet, oder besteht ein direkter Zusammenhang zwischen ihren und den aktuellen Ereignissen?«

Mia ist weiß wie eine Wand. Vermutlich bin ich selbst auch etwas blass um die Nase – Neal sieht jedenfalls so aus, als würde er sich jeden Moment übergeben –, doch Mia hat diesen Blick, der mir verrät, dass ihr soeben ein Licht aufgegangen ist. Und dass uns nicht gefallen wird, was dabei zutage gekommen ist.

»Diese Menschen waren wie Tiere.« Sie schaut zum Fenster, ihre Stimme zittert. »Als hätten sie sich … zurückentwickelt oder so, als wären es Neandertaler.«

Meine Kehle schnürt sich zusammen. Vielleicht liegt es daran, dass wir jetzt schon so lange so eng zusammenarbeiten, oder ich habe bei all dem, was ich über diese Spezies gelernt habe, eine Art Instinkt entwickelt – doch ich weiß, was sie sagen wird, noch bevor sie es sagt.

Ihr Blick gleitet vom Fenster weg und begegnet meinem, und für einen Moment existiert Neal nicht einmal. »Es ist, als wären sie Proto-Menschen«, flüstert sie.

Wir schweigen eine ganze Weile, während das Gepiepse von Dex' Gerät langsamer wird und schließlich ganz aufhört, doch

Lyon hält noch eine letzte Überraschung für uns bereit – eine, die Neal veranlasst, sein Handy hochzuhalten und mit zitternder Hand erneut zu filmen.

Während wir zu dem letzten Streckenabschnitt hinunterblicken, kommen zwei Menschen durch ein Gartentor gerannt. Es ist eine alte Frau, noch im Nachthemd, und ein kleines Kind mit einem wilden, braunen Lockenkopf, das nur Shorts trägt.

Der Mund der alten Frau öffnet sich zu einem stummen Heulen, und das Kind beginnt, uns hinterherzurennen, die Hände erhoben, die Finger zu Klauen gekrümmt, als wäre der Zug eine Bedrohung, die es aus seinem Revier vertreiben muss.

Hinter dem Kind versucht die Frau ebenfalls zu rennen, doch sie stürzt und fällt schwer auf die Gleise.

Das Kind sieht sich nicht um, sondern jagt uns weiter hinterher, das Gesicht verzerrt vor Wut und Verwirrung und vielleicht Furcht, bis wir um die Kurve biegen und der Zug wieder schneller fährt, hinaus aus der Stadt.

AMELIA

Erst nach Stunden kehrt in den Zug wieder ein Anschein von Ordnung zurück.

Wir sind nicht die Einzigen, die das grauenvolle Chaos in Lyon gesehen haben. Normalerweise würden Zugangestellte durch die Abteile gehen und die Leute auffordern, Ruhe zu bewahren und auf ihren Plätzen zu bleiben, doch als wir uns durch die verängstigten Fahrgäste zu unserem Wagen zurückkämpften, kamen wir an einem Schaffner vorbei, der auf einem freiem Platz saß, das Gesicht in den Händen vergraben, während der neben ihm sitzende Fahrgast ein Trommelfeuer von Fragen auf ihn losließ.

Selbst die Verantwortlichen sind dabei, die Nerven zu verlieren.

Wir reden nicht viel, als wir wieder auf unseren Plätzen sitzen. Die Landschaft ist wunderschön, sogar idyllisch – noch nie habe ich so viel Gras, noch nie so grüne, sanfte Hügel gesehen. Da, wo ich herkomme, gibt es nichts als Staub und verkrüppelte Bäume. Doch während die Landschaft vorbeigleitet, herrscht in meinem Inneren Leere. Weinberge, Flüsse, malerische Städte, Felder voller Solarmodule … sie ziehen an mir vorbei wie ein Film.

Denn die Realität haben wir in Lyon zurückgelassen.

Der Zug hält einige Male, und ein paar Fahrgäste steigen aus – andere bleiben, mit der unverkennbaren Absicht, so viel Abstand wie möglich zwischen sich und die epidemiegeplagte Stadt zu bringen. Eine weitere Stunde vergeht, dann passieren wir ein mehrsprachiges Schild: WILLKOMMEN IN DEUTSCHLAND! BIENVENUE EN ALLEMAGNE! WELCOME TO GERMANY!

Der Schaffner hinter uns reißt sich endlich zusammen und geht schwankend durch den Gang in den nächsten Wagen. Jules zerrupft langsam und methodisch eine alte Serviette zu Konfetti.

»Ich glaube, ich sollte das posten.« Neals Stimme ist leise, doch es ist so lange her, seit jemand etwas gesagt hat, dass sie mir in den Ohren dröhnt und ich ihn kaum verstehe.

»Was?« Benommen starre ich ihn an.

Neals Augen, die Jules' Augen so ähnlich sind, blicken zwischen meinem Gesicht und dem seines Cousins hin und her. »Das Handyvideo. Ich glaube, ich sollte es ins Netz stellen. Die Nachrichten … Herrje, die Leute denken, das, was da in Lyon abgeht, ist eine Art Grippe. Das ist keine Grippe. Das ist das verdammte Ende der Welt.«

Jules schweigt, daher räuspere ich mich und versuche, meine wirren Gedanken zu ordnen. »Die Leute werden in Panik geraten, wenn sie das sehen.«

»Gut!« Neals Stimme ist höher als sonst. »Sollen sie doch

in Panik geraten, verdammt. Panik ist absolut und ohne jede Frage, hundertprozentig exakt das, was hier angemessen ist.«

Schaudernd schlinge ich die Arme um meinen Körper. Es ist warm, doch meine Gänsehaut will einfach nicht verschwinden. »Vielleicht.«

Neal schaut auf sein Handy, und ich kann zwar das Display nicht sehen, doch ich weiß, dass er sich das Video ansieht, das er aufgenommen hat. »Sollen wir erzählen, was wir über die beiden Unsterblichen im Hintergrund wissen?«

Ich kaue auf meiner Unterlippe. »Ich weiß nicht. Dann halten die Leute es womöglich für einen Schwindel.« *So wie De Luca.*

»Poste es.« Jules' Stimme klingt dünn, doch sein Widerspruch kommt ohne Zögern. »Poste alles, auch das über die beiden Unsterblichen. Die Leute werden es uns vielleicht nicht abkaufen, aber das mit Lyon lässt sich nicht leugnen. Vielleicht glauben dann ein paar Leute auch den Rest.«

Neals Blick bleibt kurz am Gesicht seines Cousins hängen. Dann sieht er mich an, beugt sich über sein Handy und legt los.

Das Schweigen zieht sich in die Länge, bis Jules leise das Wort ergreift: »Mia, was du heute Morgen zu mir gesagt hast …«

Ich wappne mich, indem ich auf Neals gesenkten Kopf starre – er ist jetzt voll auf sein Handy konzentriert. Ich mache den Mund auf, wobei ich weiß, dass ich es wohl nicht bis zum Ende des Satzes schaffen werde, ohne zu weinen, und sage: »Das mit deinem Dad habe ich nicht so gemeint …«

»Nicht das.« Jules' Gesicht zuckt vor Anspannung, aber er

spricht weiter. »Du hast gesagt, wenn die Unsterblichen die Erde wollen, dann ist das eine Angelegenheit für Panzer und Raketen und Armeen.«

»Ja, und das glaube ich immer …« Weiter komme ich nicht, denn der Gedanke trifft mich mit der ganzen Wucht eines Wüstensturms.

Was, wenn die Unsterblichen gar nicht zufällig in Lyon waren? Was, wenn sie nie vorhatten, Panzer zu brauchen?

»Lyon wird nicht bombardiert«, sagt Jules beinahe unhörbar.

»Was, wenn …« Meine Kehle krampft sich um die Worte zusammen, und ich muss abbrechen. Dann mache ich einen neuen Anlauf. »Was, wenn Lyon nur der Anfang war?«

***

Die Jungs sitzen einander gegenüber und beugen sich über den Unsterblichen-Tracker, den uns Dex nach Jules' Meinung absichtlich dagelassen hat. Nachdem wir begriffen haben, dass das Grauen in Lyon Teil des Plans sein könnte, mit dem die Unsterblichen uns vernichten wollen, ist Jules noch entschlossener, den Tracker zu knacken. Gespannt sieht er zu, wie Neal versucht, ihn zu enträtseln und seinen Radius zu erweitern.

Ich sitze neben Jules, doch so wenig wie er mich beachtet, könnte ich ebenso gut auf der anderen Seite des Ozeans sein. Und ich kann es ihm nicht verübeln – selbst ohne die Ereignisse in Lyon ist das, was ich zu ihm gesagt habe – dass er mit allem, was er tut, für seinen Vater alles nur noch schlimmer macht …

Während ich mich in dem blaugrünen Meer der deutschen Landschaft verliere, überkommt mich die Sehnsucht nach etwas Vertrautem. Der Drang, mein Handy herauszuholen und Evie anzurufen, ihr Gesicht zu sehen und ihre Stimme zu hören, wird so stark, dass ich das Handy in meiner Tasche beinahe fühlen kann wie einen Phantomschmerz. Dass die Jungs so aufmerksam das Display studieren, macht es nur noch schlimmer, als wäre ich eine Süchtige, die zusehen muss, wie sich jemand in der Nähe eine Zigarette anzündet.

Abrupt stehe ich auf, was die Jungs aufblicken lässt, beide gleichermaßen überrascht und erwartungsvoll. In diesem Augenblick sehen sie sich so ähnlich, dass das, was ich gerade sagen wollte, plötzlich weg ist, und ich verwirrt zwischen ihnen hin- und herschaue.

»Alles in Ordnung?«, fragt Neal.

»Ich … ich gehe mal nachsehen, ob ich irgendwo etwas zu trinken finde.«

Neal lässt sich von seinem Platz gleiten. »Ich mach das – ich muss mir sowieso mal die Beine vertreten. Setz dich hin, ihr zwei müsst euch ausruhen.« Mir entgeht nicht der Blick, den Neal Jules zuwirft, bevor er losstiefelt. Manches ist wohl universell, schätze ich, einschließlich dieses »Rede mit ihr, du Blödmann«-Blicks.

Neal steckt die Hände in die Hosentaschen und schlendert durch den Gang in den vorderen Teil des Speisewagens zur Snack-Ecke, während ich widerstrebend Jules gegenüber Platz nehme.

Er blickt wieder auf das Display, doch die Unbefangenheit,

mit der er sich mit seinem Cousin unterhalten hat, ist wie weggeblasen.

Ich beobachte, wie die Landschaft hinter dem Fenster vorbeizieht, bis ich das Schweigen nicht mehr ertragen kann. Ich atme aus, lasse den Kopf hängen und flüstere: »Tut mir leid, was ich über deinen Dad gesagt habe.«

Jules bleibt für einen Moment reglos, dann legt er den Tracker mit dem Display nach unten beiseite. Er sieht auf, und sein Gesichtsausdruck ist gequälter denn je. »Du hattest aber recht.«

Ich blinzele ihn an. »Ich hatte was?«

»Bei der IA wird wegen der Ereignisse in Lyon jetzt die Hölle los sein. Sie werden den Vorfall als ein medizinisches Problem einstufen und damit eher als eine Sache für die Seuchenschutzbehörde als für die planetaren Streitkräfte. Wenn wir da reingehen und über eine Alien-Invasion reden, werden sie uns für verrückt erklären, und wenn sie dann erfahren, wer ich bin, wird sie das nur noch mehr darin bestärken, dass auch mein Dad verrückt ist. Du hattest also recht.«

Er spricht ganz leise, doch in seiner Stimme liegt eine so tiefe Traurigkeit, dass mein Herz sich schmerzhaft zusammenkrampft und meine Augen prickeln. Noch nie hat er so völlig besiegt geklungen.

»Jules …«

»Was machen wir hier überhaupt?« Jules umklammert den Tischrand, seine Knöchel treten weiß hervor. »Ich hatte diese Vorstellung, dass wir die IA überzeugen können, meinem Dad von den Portalen berichten und er dann alles in Ordnung bringt, und dass anschließend unsere ganzen Vergehen – dass wir als blinde Passagiere nach Gaia geflogen sind, der Ausbruch aus dem IA-Gefängnis, der Autodiebstahl, die gefälschten Papiere –, ich hatte gehofft, dass das dann egal sein würde, weil die Sache mit den Unsterblichen so viel größer ist als wir.«

Stumm sehe ich ihn an, denn sosehr ich ihm das alles auch ausreden will – und obwohl ihn so davon sprechen zu hören mir mehr Angst macht, als ich es mir je hätte träumen lassen –, er hat nicht ganz unrecht.

»Denn es *ist* so viel größer als wir.« Jules lässt den Tisch los und vergräbt den Kopf in seinen Händen. »Es ist womöglich das Ende der Welt. Oder auch nicht. Aber wir sind Kriminelle, so oder so. Ich bin ein Krimineller. Und ich kann nicht mehr nach Hause, oder?«

Meine Kehle ist wie zugeschnürt, und meine Augen brennen. Es liegt mir auf der Zunge zu sagen, dass er daran früher hätte denken sollen, bevor er überhaupt nach Gaia aufgebrochen ist. Aber er hat bisher noch nie etwas Unrechtmäßiges getan, nicht in dieser Größenordnung zumindest. Er hat nie ein Leben wie meines geführt, in dem »zu Hause« *bedeutet*, dass man immer wenigstens mit halbem Fuß auf der falschen Seite des Gesetzes steht. Er muss sich so wahnsinnig hilflos fühlen!

»Ich bin hier.« Ich klinge ganz leise, als hätte ich Angst, dass jemand hören könnte, was ich ihm gleich versprechen werde. »Ich bin bei dir. Und ich lasse dich nicht allein. Egal, wo wir hingehen, wir bleiben zusammen.«

Jules hebt den Kopf und sieht mich an. Seine Augen sind

müde und gerötet. Eine ganze Weile sitzen wir schweigend so da – dann zittern seine Lippen kurz, bevor er zum Sprechen ansetzt und seine Hand sich meiner nähert.

Doch kaum haben seine Fingerspitzen meine Hand berührt, ist Neal wieder da und schiebt mich unsanft zur Seite, um sich hinzusetzen. Gereiztheit über die Unterbrechung steigt in mir hoch, doch als ich in Neals Gesicht blicke, ist aller Ärger vergessen. »Was ist?«

Neal senkt die Stimme und bemüht sich um einen normalen Tonfall, doch er klingt angespannt. »Sie gehen durch die Wagen und testen die Leute auf diese Grippe.«

Jules runzelt die Stirn. »Aber es würde doch niemand so schnell Symptome zeigen, selbst wenn der Erreger irgendwie auf den Zug übergesprungen wäre.«

»Ich glaube, sie befürchten, dass die Leute sich irgendwo anders in Frankreich angesteckt und die Krankheit so mit an Bord gebracht haben. Vermutlich will Deutschland nicht, dass sie eingeschleppt wird. Angeblich nur eine Vorsichtsmaßnahme.« Doch sein Gesicht ist grimmig, sein Blick leicht verstört.

Ich beuge mich zur Seite und sehe, wie der Schaffner aus dem Wagen vor uns kommt, mit einer Handvoll Leuten im Schlepptau. »Na und? Wir sind ja nicht krank.«

»Nein, aber wir haben gefälschte Pässe. Und die begleitenden IA-Beamten lassen sich vermutlich nicht so leicht täuschen. Vor allem wenn eure Personenbeschreibungen die Runde gemacht haben.«

Mir bleibt kurz das Herz stehen, und als ich wieder hinsehe, erkenne ich, dass die Leute, die hinter dem Schaffner unseren

Wagen betreten, die Uniform der Internationalen Allianz tragen. »Scheiße.«

Jules stopft dem Tracker hastig in seine Tasche. »Wir müssen hier weg.«

»Und wohin?« Neal wirkt panisch.

»Raus aus dem Zug.« Ich klinge ruhig und selbstsicher – was vermutlich gut ist, auch wenn ich wünschte, ich würde mich auch so fühlen. »Wir sind schon hinter der Grenze, in Deutschland, ich habe das Schild vor einer halben Stunde gesehen.«

Beide Jungs drehen sich zu mir um und sehen mich an, doch nur Neal stottert eine Antwort. »Du willst aus einem fahrenden Zug springen?«

Ich mustere das Fenster. »So schnell fährt der Zug gar nicht.« Ruhe und Gelassenheit kommen mir mit alarmierender Geschwindigkeit abhanden.

Neal will etwas sagen, aber Jules schneidet ihm das Wort ab. »Wir müssen uns beeilen.«

So unauffällig wie möglich verlassen wir unsere Plätze im Speisewagen und gehen in den nächsten Waggon. Niemand hält uns auf, aber das heißt nicht, dass die Beamten unseren Aufbruch nicht gesehen haben – bestimmt gehen sie einfach davon aus, dass sie uns im Nachbarwagen einholen werden, denn wo sollten wir auch sonst hin?

Als ich auf den Knopf drücke und die Außentür sich mit einem Zischen öffnet, wird mir auch klar, warum. Zwischen den beiden Waggons werden wir noch heftiger hin und her geworfen, denn jeder Wagen schaukelt unabhängig von dem anderen, und darunter fliegt der Boden so schnell vorbei, dass der Kies wie eine glatte, verschwommene Fläche aussieht.

Aber er wird sich nicht wie eine glatte Fläche anfühlen, wenn wir darüber schlittern.

»Moment!« Jules befreit seinen Ärmel aus meiner Hand – wann habe ich danach gegriffen? – und läuft, noch bevor wir ihn davon abhalten können, zurück in den Speisewagen. Er ist gerade so lange weg, dass Neal und ich anfangen, uns entsetzte Blicke zuzuwerfen, als plötzlich die Bremsen kreischen und der Zug so abrupt verlangsamt, dass wir beide gegen die Wand des Waggons knallen. Eine Art Alarm ertönt, und als Jules zurückkehrt, ist er ein wenig außer Atem.

»Notbremse«, erklärt er. »Aber sie haben gesehen, wie ich sie betätigt habe. Wir müssen springen.«

»Moment!«, rufe ich meinerseits mit einem winzigen Grinsen und laufe in die andere Richtung, in den nächsten Waggon. Dort ist das Chaos bereits ausgebrochen, die Leute sind aufgrund der Notbremsung in heller Aufregung, weshalb ich laut schreien muss, um mir Gehör zu verschaffen.

»Alle mal herhören!«, rufe ich und nehme zufrieden zur Kenntnis, wie sich alle Köpfe in meine Richtung drehen. »Ein paar Wagen weiter ist ein Feuer ausgebrochen, jemand hat die Notbremse gezogen – alle raus aus dem Zug!«

Und während alle Fahrgäste ihre Plätze verlassen, schlüpfe ich wieder hinaus. Wenn wir jetzt springen, wird uns der halbe Zug direkt hinterherspringen und uns so die nötige Deckung verschaffen, um unbemerkt zu entkommen.

Neal hat sein Gesicht an die Scheibe der Speisewagentür gepresst und beobachtet, wie die Beamten näher kommen. Jules nickt mir zu, ich nicke zurück, und für einen Augenblick sind wir wieder im gleichen Team. Er greift nach meiner Hand, verschränkt seine warmen Finger mit meinen und drückt sie.

Der Zug ist immer noch nicht ganz zum Stehen gekommen, aber jetzt kann ich die einzelnen Kieselsteine am Boden erkennen – *auch wenn das Springen dadurch kein bisschen einfacher ist, verdammt*. Und uns läuft die Zeit davon. Gleich werden die Fahrgäste aus dem Wagen hinter uns durch die Tür drängen, und die Beamten aus dem Speisewagen werden dann ebenfalls hier sein.

Neal dreht sich von der Tür weg und hält inne, als er uns sieht. »Herrgott, hört auf, euch anzuhimmeln und springt endlich, verdammt nochmal!«

Jules zuckt zusammen, er sieht mich an – und dann werfen wir drei uns kurz hintereinander aus dem Zug.

JULES

Beim Absprung erinnere ich mich selbst daran, mich im Moment des Aufpralls zusammenzurollen, denn so machen sie es immer im Film. Doch als ich am Boden aufschlage, bleibt mir die Luft weg, ein scharfer Schmerz durchfährt meinen Körper, und dann rolle ich, ohne zu wissen, wo meine Arme und Beine sind, wo oben und unten ist. Wieder und wieder blitzt das Blau des Himmels über mir auf, während ich die Böschung herunterpurzele.

Erst als der Schwung nachlässt, bleibe ich liegen. Vorsichtig öffne ich die Lider und blicke in den Himmel, während meine Lunge mit jedem keuchenden Atemzug brennt wie Feuer. Neben mir höre ich einen Schwall abgehackter, atemloser Schimpfwörter. Mia ist also noch am Leben.

Endlich bekomme ich wieder genügend Sauerstoff, um mich hochzustemmen und umzusehen. Ein Stück weiter vorn ist der Zug zum Stehen gekommen, und die Fahrgäste strömen hinaus auf die Böschung, unter ihnen auch die Beamten, denen wir so dringend aus dem Weg gehen wollten. Neben mir hievt sich Neal auf alle viere und versucht vergeblich aufzustehen.

Mia hat sich bereits aufgesetzt und verzieht schmerzhaft das Gesicht. Deus, sie ist einfach nicht totzukriegen.

Ich hole erneut tief Luft und rappele mich mühsam auf, während Mia Neal hochzieht, obwohl sie nur halb so schwer ist wie er. Dann drehen wir uns alle drei um und traben wortlos davon, weg von den Gleisen und hinüber zur Waldgrenze, um möglichst schnell außer Sichtweite zu kommen.

Als wir in den Wald gelangen, knistern Kiefernadeln unter unseren Füßen, und ihr klarer, frischer Duft steigt mir in die Nase. Über uns erheben sich kerzengerade Nadelbäume, und in ihrem Schatten wird es kühler.

»Was jetzt?« Neal bricht als Erster das Schweigen, und so dankbar ich ihm auch dafür bin, so sehr beunruhigt es mich gleichsam, dass er *uns* nach einem Plan fragt.

»Mit dem Zug kommen wir natürlich nicht nach Prag«, sagt Mia, die sich im Gehen immer noch Staub aus den Kleidern klopft. »Im Zug habe ich gleich hinter den Bäumen eine Straße gesehen. Vielleicht kommen wir ja per Anhalter durch Deutschland und über die tschechische Grenze.«

»Und was sagen wir den Leuten, die uns mitnehmen?«, frage ich. »Woher kommen wir?«

»Aus dem Zug«, erwidert Mia neben mir. »Wo irgendein Verrückter etwas von einem Feuer gebrüllt hat. Oder noch besser, mach einen bewaffneten Verbrecher daraus. Wir haben getan, was jeder normale Mensch tun würde, und sind abgehauen. Man sollte eine Geschichte nicht zu stark verändern, wenn sie auch so funktioniert.«

Über ihren Kopf hinweg wirft Neal mir einen beeindruckten Blick zu, gewürzt mit einer Portion *Sieh zu, dass du das nicht vermasselst,* sowie einer Prise *An eurem Streit bist wahrscheinlich du schuld, sie ist nämlich toll.* Aber so einfach ist es natürlich nicht. Sie hat recht, und ich habe recht, und keiner von uns hat recht, und in meinem ganzen Leben war ich noch nie so ratlos, wie es weitergehen soll. Im Zug hat sie mir in die Augen gesehen und gesagt, wohin auch immer wir gehen, wir gehen zusammen. Ich hoffe – ich *will* –, dass dieses Versprechen wahr ist. Dass sie wieder nach Prag fahren will, dass sie bei mir bleiben will, egal wo, gibt mir das Gefühl, zum ersten Mal an diesem Tag wieder richtig Luft zu bekommen. Ich wünschte nur, ich wüsste, was uns in Prag erwartet.

Ich folge den anderen zur Landstraße, auf der reger Verkehr herrscht – vielleicht wegen der Evakuierung. Mia, die von uns allen am kleinsten ist und am harmlosesten aussieht, braucht nur wenige Minuten, um einen Wagen mit einem Paar mittleren Alters anzuhalten; zwei Frauen, die, wie sich herausstellt, Gisela und Luisa heißen.

Mias atemlose Erzählung von einem bewaffneten Mann im Zug funktioniert. Den Deutschen liegt nichts daran, sich lange aufzuhalten und nach Einzelheiten zu fragen, solange unklar ist, ob dieser Mann noch im Zug ist oder sich in der Gegend herumtreibt.

Wir alle sprechen Englisch, und Luisa unterhält sich mit uns, während sie sich wieder in den Verkehr einfädelt. Ich kann ihr Gesicht im Rückspiegel sehen, und nach einer Weile hebt sie den Kopf und unsere Blicke treffen sich. Doch während Gisela sehr mitfühlend ist, sehe ich in Luisas Augen etwas anderes – etwas Dunkleres, eine Spur Misstrauen vielleicht –, das mir Unbehagen bereitet.

»Wir sollten sie zur Polizei bringen«, sagt sie zu ihrer Frau. »Allerdings weiß ich nicht recht, welche Polizei. Der Zug kam doch aus Frankreich, oder? Dann wird der Mann mit dem Gewehr vermutlich Franzose sein?«

»Die Grenze liegt hinter uns«, sagt Gisela abwesend, während sie sich etwas auf einem Tablet ansieht. Vom Rücksitz aus, wo wir drei zusammengepfercht sitzen, kann ich kaum über ihre Schulter sehen. Die Enge erinnert mich an die Zeit in der Umlaufbahn, nur dass diesmal noch Neal dabei ist.

»Wir wollen aber nicht zurück nach Frankreich«, stößt Mia hervor. Ihre Stimme zittert. Auf mich wirkt ihre Furcht echt – sie umklammert die Sitzbank, so dass ihre Fingerknöchel weiß hervortreten, und ich bin mir keineswegs sicher, ob sie nur spielt. »Der Zug ist durch … durch Lyon gefahren.«

Gisela blickt von ihrem Tablet auf und zieht die Augenbrauen hoch. »Ich lese hier gerade, dass Lyon nicht mehr evakuiert wird«, sagt sie ruhig. »Die Stadt steht jetzt unter Quarantäne.«

»Was?« Luisa gerät beinahe auf die andere Fahrspur. »Aber in Lyon leben über eine Million Menschen!«

»Und die«, sagt Gisela, während sie auf das Display blickt, »werden jetzt erst mal dort bleiben.« Sie dreht sich auf ihrem Sitz um, um uns anzusehen, wobei sie zum ersten Mal bemerkt, wie schmutzig und abgerissen wir sind. »War es schlimm, was ihr dort gesehen habt?«

»Ja«, sage ich, denn Lügen ist zwecklos.

Anscheinend kann sie in meinem Gesicht einen Teil der Wahrheit ablesen, denn ihre eigene Miene verdüstert sich, und sie zögert eine Weile, dann nickt sie. »Ich nehme an, euer Gepäck ist noch im Zug.« Sie sieht zu Luisa hinüber, die auf die Straße blickt, und fährt dann fort: »Mir ist klar, dass ihr zur Polizei gehen müsstet, um eine Aussage zu machen, aber ich halte die Gegend nicht mehr für sicher. Diese Epidemie in Lyon …«

Luisa blickt sie argwöhnisch an und wechselt ins Deutsche, zweifellos in der Annahme, dass keiner von uns sie versteht. *»Was hast du vor, Schatz?«*

Gisela wirft ihr einen beschwichtigenden Blick zu und fährt dann auf Englisch fort: »Wir fahren quer durch Deutschland nach Hause. In die Nähe von Dresden. Wisst ihr, wo das ist?«

Ich spüre, wie Mia neben mir zögert, und springe ihr rasch bei. »Genau da wollten wir als Nächstes hin. Von dort wollten wir versuchen, einen Flug nach Hause zu kriegen.«

»Dann solltet ihr mit uns fahren. Normalerweise wären es etwa sieben Stunden, aber bei diesem Verkehr könnte es etwas länger dauern. Wir bringen euch dann zum Bahnhof oder zum Flughafen, damit ihr eure Heimreise organisieren könnt.«

Wieder wirft ihr Luisa einen Blick zu, mustert mich im Rückspiegel – sie ist eindeutig kein Fan von uns –, dann tritt sie etwas fester aufs Gaspedal und wechselt die Spur.

»Es sind doch nur Kinder«, sagt Gisela, und obwohl ich mich ganz sicher nicht wie ein Kind fühle, nicht nach all dem, was wir durchgemacht haben, ist mir das ganz recht. Was immer wir jetzt als Nächstes tun – dass wir »nur Kinder« sind, wird

uns nicht helfen, wenn wir wieder an der französischen Grenze landen, um uns mit der Polizei zu unterhalten.

Ich werfe einen Blick zu Mia hinüber, und sie nickt unmerklich. Neal ebenfalls. »Danke«, sage ich. »Heute war so ein schlimmer Tag. Wir wollen einfach nur noch irgendwo einen Flieger nach Hause erwischen. Das hatte eigentlich ein harmloser kleiner Urlaub werden sollen. Wir werden Ihnen keine Umstände machen, versprochen. Sie werden nicht mal merken, dass wir hier hinten sitzen.«

Das stimmt Luisa milder, und sie wirft ihrer Frau einen resignierten Blick zu. Dann sieht sie wieder mich an, und in das Misstrauen mischt sich etwas Vertrautes, das ich nicht recht einordnen kann. »Schon in Ordnung«, sagt sie schließlich und hört auf, mich im Rückspiegel zu mustern.

Gisela sorgt für Frieden, indem sie zu einem lokalen Radiosender wechselt, was während der nächsten Stunde jedes weitere Gespräch unterbindet. Die Landschaft fliegt vorbei, und ich drücke mich ans Fenster, damit Mia etwas mehr Platz hat – sie steckt zwischen zwei großgewachsenen Jungs mit langen Armen und Beinen, wie die Wurstscheibe in einem sehr plattgedrückten Sandwich.

Gerade, als mein Rücken langsam zu protestieren beginnt – schon lustig, wie einem sofort alles Mögliche auffällt, sobald man nicht mehr in Lebensgefahr ist –, reißt ein lauter Knall von weiter vorn mich aus meinen Gedanken.

Luisa zieht das Steuer energisch nach rechts und lenkt den Wagen mit quietschenden Bremsen auf den Seitenstreifen.

Mein Gurt wird straff gezogen, er verhindert, dass ich gegen

Giselas Rückenlehne knalle, und ein heftiger Schmerz schießt durch mein Schlüsselbein. Neben mir höre ich Mia japsen und nach Luft schnappen, weil ihre Lungen die Mitarbeit verweigern.

Vor uns auf der Fahrbahn ist ein weißer Minivan umgekippt, der die Straße in beiden Richtungen blockiert. Seine Scheiben sind geborsten, und überall auf der Straße liegen Glasscherben herum. Es sieht aus, als hätte da jemand das Lenkrad bei hohem Tempo herumgerissen.

O Deus, auf der Fahrzeugseite prangt das Logo einer Kindertagesstätte.

Luisa steigt bereits aus, und wir anderen folgen ihr rasch. Wir purzeln quasi ins Freie, als die Türen aufgehen, und meine Beine zittern, als ich wieder Boden unter den Füßen habe. Vage bekomme ich mit, dass hinter uns weitere Wagen anhalten, mehrmaliges Krachen verrät mir, dass einige Leute nicht rechtzeitig bremsen konnten, doch meine Aufmerksamkeit gilt dem Van und den Kindern, die, so befürchte ich, darin feststecken.

Luisa und Neal eilen als Erste los zur Unfallstelle, ich bin direkt hinter ihnen. Der Van liegt auf der Seite, man sieht seinen Unterbau. Eines der Räder dreht sich noch. Die Fahrertür zeigt zum Himmel, und eine blutüberströmte Frau streckt sich gerade knurrend und mit krallenden Bewegungen wie ein wildes Tier durch die zerschmetterte Scheibe.

Ich pralle mit Neal zusammen, als er stehen bleibt, und Mia mit mir – wir stauen uns wie noch eben die Autos. Die Frau schnuppert in die Luft und beginnt dann, durch das Fenster zu klettern, wobei sie angesichts der engen Öffnung Fauchgeräusche von sich gibt. Ich vermute, sie hat sich heftig den Kopf gestoßen, weil sie …

»Achtung!« Es ist Mia, die hinter mir die Warnung ausstößt, und als ich mich umdrehe, sehe ich noch, wie sie Gisela von zwei blutüberströmten Kindern mit ausdruckslosen Gesichtern wegzerrt, die aus dem zersplitterten Rückfenster des Minivans gekrochen sind und auf sie zuwanken. Eines der Mädchen hat lange blonde Zöpfe, die auf und ab wippen, als sie zur Seite torkelt.

Solche stumpfen Gesichter haben wir schon einmal gesehen. Und zwar …

»Sie sind aus Lyon!«, brüllt Neal und packt Luisa am Arm, um sie am Weiterlaufen zu hindern. »Sie sind infiziert!«

Er schreit es so laut, dass es weithin zu hören ist, und augenblicklich kommt hinter uns spürbare Unruhe auf. Wie ein Lauffeuer verbreitet sich die Nachricht im Stau, doch ich stehe einfach nur da und kann meinen Blick nicht von dem leeren, starren Gesicht der Frau losreißen, die versucht, durch das Fenster des Minivans zu klettern.

»Wir müssen hier weg«, höre ich mich sagen. »Wir müssen hier weg, wir dürfen uns nicht anstecken. Wir müssen weiter.«

Es bricht mir das Herz, und mein Verstand spuckt sofort die passenden Bilder aus – die Frau muss versucht haben, die Kinder aus der Stadt zu bringen, als die Grippe ausbrach, sie muss … Sie ist ein guter Mensch. *Sie hat es versucht.*

Aber jetzt ist sie kaum mehr als ein Tier, und die Kinder ebenfalls, und wenn uns das Gleiche widerfährt, dann verliert die Erde die letzten Menschen, die wissen, dass das alles mit den Unsterblichen zu tun hat. Die verhindern können, dass es weltweite Ausmaße annimmt.

Wir müssen hier weg!

Trotzdem zögern wir alle noch einen Moment, in der verzweifelten Hoffnung, vielleicht doch irgendetwas tun zu können, um zu helfen. Dann knurrt die Frau erneut, und als wäre ein Bann gebrochen, fällt die Lähmung von uns ab, und wir springen in unseren Wagen.

Jetzt sind dort noch mehr Kinder, sie klettern durch die zerbrochenen Wagenfenster, und Gisela schluchzt, während Luisa den Wagen hektisch ein Stück zurücksetzt. Sie legt den Vorwärtsgang ein, und da nehme ich plötzlich das ungeduldige Hupen hinter uns wahr. Doch schon im nächsten Moment geht alles in einem lauten Kreischen von Metall auf Metall unter. Der Wagen schrammt an der Leitplanke entlang, als Luisa sich durch die schmale Lücke zwischen dem Minivan und dem Fahrbahnrand zwängt.

Und dann beschleunigen wir, und niemand sagt etwas, und über das Gedudel des Radios hinweg höre ich Gisela immer noch weinen, während sie den Notruf wählt und meldet, was passiert ist. Über die drei Anhalter auf dem Rücksitz sagt sie nichts.

Danach sind wir alle still. Ich habe keinen Zweifel, dass es den anderen genauso geht wie mir, dass der Unfall in ihren Köpfen in Dauerschleife abläuft, dass sie sich fragen, ob wir für diese Frau, diese Kinder noch etwas hätten tun können.

Etwa eine halbe Stunde später ergreift Luisa das Wort, ihre

Stimme zittert. »Das war es also, was ihr in Lyon gesehen habt? Dass sie den Verstand verloren haben?«

»Ja«, sagt Mia leise.

»Die ganze Stadt?«

»Wir wissen es nicht«, räumt Mia ein. »Aber wenn die Stadt unter Quarantäne gestellt wurde, vielleicht schon. Wenn nicht jetzt, dann jedenfalls bald.«

Langsam schüttelt Luisa den Kopf. »Spätestens morgen wird in dieser Stadt das blanke Chaos herrschen«, murmelt sie. »Ich bin Elektrikerin. Der Strom für Lyon wird in Solaranlagen und einem Kraftwerk erzeugt. Habt ihr eine Ahnung, was passiert, wenn die Arbeiter zu krank sind, um das Kraftwerk zu betreiben? Dann fällt der Strom aus, fast augenblicklich. Das bedeutet kein Licht, kein Fernsehen, kein Internet. Keine Nachrichten, wenn die Telefonakkus erst mal leer sind. Man braucht Strom, um Wasser zu pumpen, also gibt es kein Trinkwasser mehr. Keine Ampeln, also kommt der Verkehr zum Erliegen, und niemand kann es melden, damit es repariert wird. Ohne Elektrizität gibt's keinen Zahlungsverkehr mehr, mit Bargeld aus dem Automaten ist es auch Essig, also fangen die Leute zu plündern an. Wenn man einer Stadt den Strom nimmt und sie unter Quarantäne stellt – wer bis dahin noch nicht den Verstand verloren hat …«

»Hoffen wir, dass die Regierung rasch handelt und ein Heilmittel findet«, sagt Gisela und streckt die Hand aus, um die ihrer Frau zu drücken. Ihre Stimme klingt immer noch belegt.

Neal, Mia und ich wechseln einen langen Blick, in dem alle unsere Erschöpfung und unsere ganze Furcht liegen. Denn die

Regierung weiß nicht, womit sie es zu tun hat, und hat daher keine Chance.

Kurze Zeit später lenkt Luisa den Wagen nach rechts auf den Ausfädelungsstreifen und verlässt die Landstraße. Sofort bin ich wieder alarmiert, und Mia neben mir erstarrt, doch gleich darauf atmen wir beide auf. Vor uns liegt eine Tankstelle – Benzin, Lebensmittel und andere nützliche Dinge, alles dicht beisammen. Der Parkplatz ist voller müder Urlauber, die tanken oder ihren Proviant aufstocken, bevor sie weiterfahren. Ohne zu ahnen, welche Katastrophe sich hinter ihnen abspielt.

»Wir müssen dringend eine Pause machen. Zeit fürs Mittagessen«, sagt Luisa, gibt die Parkplatzsuche auf und hält einfach auf einem größtenteils toten, ziemlich traurig ausschauenden Rasenstück. »In einer Stunde sind wir wieder da, ja? Ihr Kinder habt Geld?«

Wir murmeln *Ja* und *Dankeschön*, während wir unbeholfen aus dem Wagen klettern, unsere Glieder strecken und uns umschauen. Der Wagen ist an der Seite, wo Luisa die Leitplanke gerammt hat, völlig zerschrammt und voller Dellen.

Ich überlege halbherzig, ob Mia es vielleicht besser fände, wenn wir so täten, als besäßen wir kein Geld, damit unsere spärlichen Reserven geschont werden – doch ein Blick in ihr Gesicht verrät mir, dass sie genauso wenig Lust wie ich darauf hat, diese Frauen auszunehmen. Nicht nach dem, was wir alle gerade durchgemacht haben.

»Ich will ja nicht paranoid klingen«, sagt Neal, während wir uns umsehen, »aber ich finde, wir sollten irgendwo essen, wo wir den Wagen im Blick haben, um rechtzeitig auftauchen zu können, falls die beiden sich doch lieber ohne uns aus dem Staub machen wollen. Und irgendwo, wo es billig ist – das Bargeld wird nicht ewig reichen.«

Also landen wir in einem kleinen Lokal, an einem Tisch neben einer Glasscheibe gegenüber dem Parkplatz, wo wir den Wagen im Auge behalten, während wir uns alle Mühe geben, auf der Speisekarte etwas Essbares zu finden. Was trotzdem noch einfacher scheint, als offen miteinander zu sprechen, jetzt, da wir allein sind.

Ich sehe Neal an, damit er das Schweigen bricht, weil ich keine Ahnung habe, was ich sagen soll. Doch er starrt auf sein Handy, was mich ein wenig ärgert – auf der SIM-Karte, die er mir mitgebracht hat, ist das Datenvolumen verbraucht, weshalb ich nicht mit meiner Uhr ins Internet gehen kann, so ohne WLAN. Was das Lokal, seinem Zustand nach zu urteilen, wohl nicht im Angebot hat.

Also murmele ich etwas davon, dass ich unsere Bestellung aufgeben will, und gehe zum Tresen. Deutsch ist nicht meine beste Fremdsprache – ich verstehe und spreche es zwar leidlich, aber den Akzent bekomme ich nie richtig hin. Die Frau hinter dem Tresen, eine stämmige Kellnerin mittleren Alters, mit tiefen Stirnfalten und einem strengen Dutt, schenkt mir ein überraschend freundliches Lächeln, als ich in gebrochenem Deutsch unsere Sandwiches bestelle. Geschäftig eilt sie davon, um meine Bestellung an die Küche weiterzugeben, und lässt mich allein am Tresen zurück.

Mein ganzer Körper kribbelt, ich bin hin- und hergerissen

zwischen mörderischem Hunger angesichts der Essensgerüche und dem Entsetzen über den Unfall und seine Folgen. Aber wir müssen etwas essen, da hat Luisa recht.

Ich drücke mich so lange wie möglich dort herum und begutachte ausgiebig die Vitrine mit den Desserts, reiße mich jedoch zusammen. Es wäre schön dumm, unser Geld für Junkfood auszugeben, zumal nach einem ganzen Tag mit Essen aus dem Snackautomaten, aber ich kann nicht anders, als den Käsekuchen und den Bienenstich sehnsüchtig zu beäugen. Letzterer ist mit einer perfekten Schicht karamellisierter Mandeln bedeckt, und ich kann mir genau vorstellen, wie die Creme und die Mandelkruste schmecken.

Seufzend drehe ich mich um – und sehe, dass Mia sich neben Neal gesetzt hat und die beiden die Köpfe zusammenstecken. Sie sitzen einander praktisch auf dem Schoß. Ganz kurz schnürt sich mir die Kehle zu, und mein Herz krampft sich zusammen. Es ist egal, dass es nicht das sein kann, wonach es aussieht. Selbst nachdem ich das Handy in Neals Hand entdeckt habe, über das beide die Köpfe beugen, und bereits wieder auf meinen Platz gerutscht bin, schlingert mein Herz noch.

»Jules.« Mia blickt auf, ihre Augen sind so groß wie noch nie. Mein Inneres gerät noch mehr in Aufruhr, eine namenlose Vorahnung steigt in mir auf – doch dann sehe ich, dass ihre Augen eher Ehrfurcht als Entsetzen spiegeln. »Jules, du wirst es nicht glauben. Das Video, das Neal hochgeladen hat – das wurde schon mehr als eine halbe Million Mal angeklickt.«

»Was?« Verblüfft will ich nach dem Handy greifen, doch Mia schüttelt den Kopf.

»Das ist noch nicht das Beste. Es gibt da eine ganze Gruppe, die auf unserer Seite ist. Sie kommentieren das Video, tauschen sich aus, verlinken in Foren … Jules, es gibt eine ganze Website für Leute, die denken, dass dein Dad mit den Unsterblichen recht hatte.«

Ich höre die Worte, ohne dass sie richtig zu mir durchdringen, und ich starre die beiden nur an. In Mias Gesicht liegt zum ersten Mal seit Wochen wieder Hoffnung, und Neals düstere Miene hat zu bröckeln begonnen, auch wenn er versucht, nicht zu lächeln.

Mia reicht mir Neals Handy. »Das ist das Video. Sieh dir auch das andere Tab an, das er geöffnet hat.«

Ich schalte zwischen dem Videoplayer und dem Browser hin und her, wobei ich innerlich immer noch so taub und kalt wie ein Eisklotz bin – und es stimmt.

#IchGlaubeAnAddison steht über der Seite. Da sind Artikel – sorgfältig ausgewählt, aus renommierten Zeitungen und Zeitschriften – und Foren und sogar eine verdammte *Seite mit Quellenangaben*. Als ich sie anklicke, finde ich dort Links zu verschiedenen Übersetzungen der Unsterblichen-Botschaft, Transkripte von Interviews mit meinem Vater, die er im Vorfeld seines »Zusammenbruchs« im Fernsehen gegeben hatte, und … mir stockt der Atem.

Sind die Unsterblichen bereits hier? Bitte nur glaubhafte Berichte – überprüft eure Quellen! Wir dulden keine haltlosen Spekulationen, entsprechende Postings werden gelöscht!

Der Link führt zu einer weiteren Seite unter der gleichen Domain. Und dort …

Meine Gelassenheit ist dahin, und mit zitternden Fingern wische ich durch den Feed. Das sind keine durchgeknallten Verschwörungstheoretiker – alles ist sauber recherchiert, und das sage ich als Akademiker nicht mal eben so. Und zusammen wissen sie fast so viel wie wir. In manchen Fällen sogar mehr.

In einem Artikel geht es um den »UFO-Crash«, den De Luca in der IA-Zentrale erwähnt hat, das Unsterblichen-Shuttle, das nie gefunden und schließlich zum Hoax erklärt wurde. In einem anderen Abschnitt fachsimpeln Experten – richtige *Experten*, mit Namen, die ich aus der Branche sogar kenne, Leute, von denen ich dachte, sie hätten meinen Vater nach seinem »Ausraster« aufgegeben – über Theorien einer möglichen Invasion.

Es gibt sogar einen Artikel, der der Wahrheit erschreckend nahekommt, von jemandem, den ich nicht kenne – ein Jugendlicher offensichtlich, sogar noch jünger als Mia und ich. In dem Artikel stellt er die These auf, dass die Unsterblichen die Erde nicht durch kriegerische Handlungen übernehmen werden, sondern dass die bisherigen Hinweise – und dieser Junge hat eine unglaubliche Anzahl von Hinweisen aus allen möglichen Quellen zusammengetragen, die am Ende des Textes aufgeführt sind – vielmehr auf eine verdeckte Operation hindeuten.

Diese Leute sind zielstrebig und gut organisiert. In einem Artikel steht, dass die Seite schon mehrfach stillgelegt wurde – von der IA, behaupten sie, und ich vermute, da haben sie recht –, doch es heißt, man habe sämtliche Daten gesichert und könne sie in weniger als einer Stunde auf einen neuen Server hochladen.

Je mehr sie uns den Mund verbieten wollen, steht dort, *desto lauter werden wir die Wahrheit hinausschreien.*

Und unter all den Artikeln, all den Nachrichten, findet sich ganz unten ein Zusatz, der das heutige Datum trägt – ein Link zu Neals Video, und darunter ein einziger Satz:

> Wenn aus den Menschen hirnlose Bestien werden, die sich nur noch ums eigene Überleben kümmern, dann brauchen die Unsterblichen keine Armee.

Ich sehe zu Mia hoch. Während ich durch die Seiten gescrollt habe, hat sie mein Gesicht beobachtet, sie wirkt aufgewühlt. »Du und dein Dad, ihr seid nicht allein«, flüstert sie, und ihre Augen schimmern feucht. »Ihr wart nie allein. Sie *glauben* ihm.«

Sie weint, weil sie weiß, wie viel mir diese Sache bedeutet, begreife ich, kurz bevor mir selbst die Tränen kommen und ich das Handy weglegen und mir das Gesicht abwischen muss.

Das #IchGlaubeAnAddison-Forum hat Tausende von Mitgliedern. Es enthält Hunderte von Links und Artikeln. Es handelt sich dabei um nichts Offizielles – von dem Leiter des Instituts für Xenobiologie in Harvard, der oft bei uns zum Abendessen war, bis hin zu dem Jugendlichen, der nach der Schule Artikel gesammelt hat, sind es einfach nur Menschen. Niemand hat ihnen das hier erlaubt. Niemand hat sie darum gebeten. Es sind nur Leute, die erlebt haben, wie ein Pädagoge, ein Wissenschaftler, ein Vater, der mit der Stimme der Leidenschaft und des Wissens sprach, zum Schweigen gebracht wurde – und die diese Stimme nicht verstummen lassen wollen. Menschen, die zu dem Schluss gekommen sind, dass Wahrheit schwerer wiegt als Großmacht.

Ich habe der Welt nie verziehen, dass sie meinen Vater ruiniert hat. Davor glaubte ich daran, dass das Gute immer siegen würde, dass Furcht und Hass nicht genug Macht hätten, um die Erkenntnis aufzuhalten, und dass die Wahrheit immer, immer stärker sein würde als die Ignoranz.

Dass ein aufgeschlossener Geist die Welt verändern kann.

Und ich erlebte, wie bewaffnete Männer meinen Vater, einen sanften, freundlichen Menschen, der löchrige Pullover trägt und immer vergisst, seinen Tee zu trinken, bevor er kalt wird, aus einem Nachrichtenstudio schleiften. Und die Welt, von der ich glaubte, ich würde sie kennen, ließ das nicht nur zu, sondern demütigte ihn danach immer wieder aufs Neue im Internet. Aus einem Foto, auf dem er gerade weggezerrt wird, machten sie ein Meme mit der Bildunterschrift GTFO; sie manipulierten die Aufnahme seiner leidenschaftlichen Ansprache, um so zu illustrieren, dass »Intellektuelle« nichts als Witzfiguren seien.

Für einen Teil von mir war die Welt, an die ich geglaubt hatte, zerstört und ersetzt durch diesen misstrauischen, abgestumpften, ignoranten Planeten, der es mir leichtmachte, zu einem neuen aufzubrechen.

Die Artikel auf dieser Seite reichen nicht, um meinen Vater aus dem Gefängnis zu befreien. Wahrscheinlich reichen sie nicht einmal dafür, dass die IA uns zuhört, falls – *wenn*, korrigiere ich mich – wir es bis Prag schaffen. Aber da draußen sind Tausende, wahrscheinlich Zehntausende, wenn man diejenigen mitzählt, die nur lesen und nichts posten, die unsere Verbündeten sind, auch wenn sie es noch nicht wissen.

Wir sind nicht allein.

Eine Berührung bringt mich wieder zu mir, und ich merke, dass Mia meine Hand in ihre genommen hat. Entweder hat sie vergessen, dass Neal da ist – der sie mit dem breitesten Grinsen betrachtet, das ich je gesehen habe –, oder es ist ihr egal. Unsere Streitereien, all die Verletzungen, die wir einander zugefügt haben – in diesem Augenblick gibt es sie nicht mehr. Mia hält einfach nur meine Hand, während meine Welt erzittert, entlang ihren Verwerfungen in sich zusammenfällt und zu etwas Neuem wird. Etwas Stärkerem.

Dieses Handy, das hier auf dem Tisch liegt, hat mir gerade gezeigt, wonach ich mich am meisten gesehnt habe, seit die IA mir meinen Vater weggenommen hat. Ich dachte, wenn ich nur etwas finden könnte, das er übersehen hat, und sei es das winzigste Fitzelchen eines Beweises, dann würde es ausreichen, um sie zu überzeugen, dass mein Vater recht hatte. Dann würden sie ihn freilassen, und er würde wieder nach Hause kommen, zu mir.

Doch jetzt wird mir klar, dass es mir nie nur darum gegangen ist, dass er nach Hause kommt – sondern darum, die Welt zu retten. Meine Welt, die Welt, in der ich leben will. Deswegen bin ich nach Gaia gegangen, deswegen habe ich meine akademische Zukunft aufgegeben und bin zu einem Kriminellen geworden, dafür war ich bereit, alles zu opfern.

Dafür war ich bereit zu sterben.

Vielleicht war mein Gedanke im Zug richtig. Vielleicht kann ich nicht mehr nach Hause, in das Zuhause von früher. Aber vielleicht liegt dafür etwas Besseres vor uns.

AMELIA

Das Knirschen von Kies unter Autoreifen weckt mich auf. Verwirrt tasten meine Sinne nach etwas Bekanntem – doch das Einzige, was sie zu fassen bekommen, ist ein Geruch, den ich überall erkennen würde; der mir vertrauter ist als der Chicagoer Wüstenwind. Ich hebe den Kopf, der auf Jules' Brust liegt. Er sitzt neben mir, sein Kopf liegt im Nacken und baumelt halb über der Kante der Rückenlehne. Er schläft tief und fest. Ich muss einen Lachanfall unterdrücken, dann fällt mir wieder ein, wo wir sind.

Die Anspannung kehrt zurück, und ich bin endgültig hellwach. Das Letzte, woran ich mich erinnere, ist, wie Gisela unfassbar langweilige Orchestermusik auflegte, die Jules jedoch zu gefallen schien. *War ja klar, dass er klassische Musik mag,* dachte ich, die Augen verdrehend, doch insgeheim entzückt. Es war Nachmittag, eine oder zwei Stunden nach unserer Mittagessenspause.

Inzwischen ist es draußen dunkel. Gisela und Luisa sitzen immer noch auf den Vordersitzen, kaum mehr als zwei Umrisse – auch wenn ich sehen kann, dass Luisa beim Fahren die

Hand ihrer Frau hält. Neal sitzt auf meiner anderen Seite, er ist zusammengesackt, sein Kopf lehnt in einem ungünstigen Winkel an der Rückenlehne vor ihm, sein Mund steht offen. Beide Jungs haben grotesk unbequeme Sitzhaltungen eingenommen – andererseits, sind sie es gewohnt, in einer Welt zurechtzukommen, die für kleinere Menschen als sie gemacht ist.

Eigentlich hätte ich wach bleiben sollen, denn im Moment traue ich niemandem über den Weg. Aber hätte uns dieses Pärchen der Polizei ausliefern oder uns loswerden wollen, dann hätten sie reichlich Zeit dafür gehabt, während wir schliefen.

Jules holt tief Luft und atmet dann mit einem ganz leisen Schnarchen aus, wie ein Welpe, der im Schlaf Hasen jagt, und ich muss lachen. Ich versuche, es zu unterdrücken, aber ich liege noch in seiner Armbeuge, und mein Glucksen weckt ihn auf.

Auf dem Fahrersitz sagt Luisa mit nur einem Hauch ihrer üblichen Schärfe: »Seid ihr wach?«

»Puh«, macht Neal auf meiner anderen Seite. Ächzend richtet er sich auf und starrt stumpf auf die Rückenlehne, gegen die sein Gesicht gedrückt war. Einen Augenblick später wischt er mit dem Ärmel etwas weg, das vermutlich ein Sabberfaden war.

»Wir sind in unserem Heimatort, in der Nähe von Dresden.« Giselas Stimme klingt viel freundlicher als die ihrer Frau. »Aber es ist schon spät. Unser Haus ist zwar nicht groß, aber bei uns übernachten oft Freunde, und wir haben eine kleine Gästehütte. Ihr könnt dort schlafen, wenn ihr möchtet, und Luisa würde euch dann morgen früh nach Dresden fahren.«

Jules ist noch verschlafen – er ist noch nie schnell wach geworden, nicht einmal auf Gaia –, erinnert sich aber immerhin, dass er mich im Arm hält, und drückt mich an sich. Ich interpretiere das als ein Ja, doch die anscheinend selbstlose Geste des Paares weckt mein Misstrauen, und meine Nackenhaare stellen sich auf.

»Ähm«, sage ich und huste, um den Frosch in meinem Hals loszuwerden. »Danke, aber wir müssen weiter.«

Jules setzt sich auf und starrt mich an. Im Dunkeln kann ich sehen, wie er die Stirn runzelt. »Moment mal«, sagt er leise. »Wir sind müde. Wir können nicht, äh, mitten in der Nacht Zugtickets zurück nach London kaufen.«

Ich sehe ihn eindringlich an, in der Hoffnung, dass er etwas von meiner Nervosität in meinem Gesicht sehen kann. »Wir haben Gisela und Luisa schon genug Umstände gemacht.« Ich hoffe, dass der Nachdruck in meiner Stimme es ihm begreiflich macht: Wieso sollten zwei völlig Fremde uns erlauben, bei ihnen zu übernachten, wo wir doch kein Geld haben, keine Möglichkeit, uns zu revanchieren, und nichts zu bieten haben außer Unannehmlichkeiten?

Die beiden Frauen vorne unterhalten sich leise, vorgeblich um zu klären, wie sie uns unterbringen wollen, aber in Wahrheit geben sie uns die Möglichkeit, die Sache unter uns zu bereden.

Jules sieht mich an, seine Brauen sind immer noch zusammengezogen. »Wieso glaubst du, dass wir ihnen nicht trauen können?«, flüstert er.

»Wieso glaubst du, dass wir es können?«, gebe ich zurück.

An ihrer Stelle würde ich nach allem, was wir nach diesem Unfall gesehen haben, keinerlei Risiko eingehen. Womöglich haben sie irgendeine Fahndungsmeldung über uns gesehen, während wir schliefen, und rufen die Polizei, sobald sie uns in der Gästehütte einquartiert haben.

Jules' Stirnrunzeln lässt ein wenig nach, und seine Lippen verziehen sich zu einem trockenen Lächeln. »Instinkt«, erwidert er, hebt den Arm, der um meine Schultern liegt, und streicht mir eine Strähne aus den Augen.

Instinkt. Das Wort, mit dem ich ihn dazu gebracht habe, in jenem gaianischen Tempel durch das Portal zu springen. Natürlich habe ich ihn auch geküsst, was möglicherweise zu seiner Entscheidung beigetragen hat. Dem Funkeln in seinen Augen nach zu urteilen, erinnert er sich gerade an beides.

Meine Nerven sind immer noch zum Zerreißen gespannt, und ich schließe kurz die Augen. Ich versuche nachzudenken, versuche herauszufinden, ob mein Unbehagen daher rührt, dass ich *ihnen* misstraue oder weil ich grundsätzlich *niemandem* traue. Ich kann es ehrlich nicht sagen.

»Na schön«, sage ich, als in dem leisen Gespräch der beiden da vorne kurz eine Pause eintritt. »Das ist wirklich nett von euch. Eine Runde Schlaf könnten wir tatsächlich ganz gut gebrauchen.«

Das Haus ist klein, einstöckig. Es besteht aus einem Schlafzimmer, einem offenen Wohnbereich und der Küche. Die Hütte im Garten ist noch kleiner, mit einem Doppelbett und einem winzigen halben Badezimmer, doch alles ist so gemütlich, dass meine Vorbehalte gegenüber Fremden fast verschwunden sind, als Gisela frische Laken für das Bett hervorzaubert und Luisa uns Müsliriegel und ein paar Äpfel bringt.

Neal, der im Haupthaus Luisa geholfen hat, Äpfel zu schneiden, steckt den Kopf in die Hütte und stößt ein kurzes Lachen aus. »Okay, ähm, kann ich vielleicht bei Ihnen auf der Couch schlafen?« Mit dem Daumen deutet er über seine Schulter zum Haupthaus hinüber. »Das hier ist zu klein für drei Leute.«

Luisa will etwas sagen, sie sieht ein wenig streng aus, doch Gisela kommt ihr zuvor. »Natürlich! Daran hätte ich selbst denken sollen. Wir holen dir ein paar Laken.«

Neal grinst. »Ich helfe euch.«

»Moment mal …« In einem Anfall von Panik strecke ich die Hand aus und packe Neal am Arm. »Schlaf du hier. Du bist groß, genau wie Jules, für dich ist das Bett besser. Ich bin klein, ich nehme die Couch.«

Neal schnaubt und schneidet eine Grimasse in Richtung seines Cousins, der uns mit undurchdringlicher Miene beobachtet. »Vergiss es. Als Jules und ich das letzte Mal zusammen übernachtet haben, bin ich mit einer dicken Lippe aufgewacht. In ein so kleines Bett kann man nicht zwei so große Leute stecken. Viel zu viele Ellbogen.« Sanft, aber bestimmt befreit Neal seinen Arm von meiner Hand. »Bei uns im Wohnheim schlafe ich meistens auch auf der Couch. Nacht, Leute.«

Und dann ist er weg, und Jules und ich bleiben in der Hütte allein zurück.

Wir sind schon so oft miteinander allein gewesen, auf Gaia, auf dem Schiff, dass man eigentlich meinen sollte, wir wären daran gewöhnt. Aber es ist so viel passiert, und jetzt mit diesem Schweigen habe ich keine Ahnung, wie ich auch nur eines der Gespräche anfangen soll, die fällig sind.

Brüsk drehe ich mich zu der kleinen Kommode um, auf der noch die Müsliriegel und die Äpfel liegen. »Okay, wenn wir über die Grenze nach Tschechien wollen, wird das morgen bestimmt ein anstrengender Tag, von daher ist es wahrscheinlich gut, dass wir einen Platz zum Schlafen haben.«

Jules setzt sich auf das Fußende des Bettes, die einzige Stelle, wo man in der Hütte wirklich sitzen kann. »Was ist los?«

Ich schüttele den Kopf und studiere den Müsliriegel, als würde die deutschsprachige Zutatenliste mir etwas sagen. »Ich weiß nicht.«

»Wenn du willst, hole ich mir eine Decke und schlafe auf dem Fußboden.«

Das veranlasst mich, zu ihm hinüberzusehen, für einen Augenblick ist die Überraschung stärker als mein Unbehagen. »Was? Nein, das … das ist doch Blödsinn.« Nur dass er den Finger genau in die Wunde gelegt hat. Ich weiß, dass ich müde bin, ich weiß, dass ich meinen Gefühlen im Moment wahrscheinlich nicht trauen kann. Doch gerade wegen meiner Müdigkeit kann ich mich kaum gegen all das wehren, was herauswill. All die Dinge – die Ungewissheiten –, die schon immer zwischen uns standen.

»Wir haben doch tausendmal zusammen geschlafen – ich meine, du weißt schon, eben geschlafen. Auf Gaia im Tempel, in unserem Versteck auf dem Schiff … Ist es wegen Gisela und Luisa? Denkst du immer noch …«

»Das war auf Gaia«, unterbreche ich ihn. »Und auf dem Schiff. Das hier ist etwas anderes.«

»Inwiefern?« Jules' Stimme klingt geduldig, zu geduldig – am liebsten würde ich losschreien, nur damit er auch so ausflippt wie ich.

»Anders, weil … weil wir auf Gaia mit dem Tod rechnen mussten. Und auf dem Schiff ebenfalls. Weil die Unterschiede zwischen uns dort nicht so … dort waren wir uns ähnlicher, das, was uns trennt, war dort nicht so wichtig, weil dort nämlich alles fremd war. Hier ist das … es ist anders.«

»Dann hast du mich also nur geküsst, weil du dachtest, wir würden sterben?«

Als ich mich umdrehe, sehe ich, dass Jules immer noch auf der Bettkante sitzt, die Hände im Schoß verschränkt, und mich ansieht. Sein Gesicht ist ruhig, doch er sieht verletzt aus, und meine Kehle schnürt sich zusammen.

»Nein, natürlich nicht.« Ich schlucke. »Vielleicht. Herrgott, Jules – was glaubst du denn, wie es weitergeht? Normalerweise würde ich sagen, wir waren Teenager, nichts als Hormone und Herumgealber, und dass es nicht so viel zu bedeuten hatte, aber das *stimmt* nicht. Ich weiß das, und du weißt es auch.« Ich halte inne, als mich plötzlich die Furcht packt. »Oder?«

Ein wenig von der Verletztheit verschwindet aus seinem Blick, das Licht der Lampe fängt sich in seinen Locken, die vom Schlafen im Auto ganz wirr sind. »Und inwiefern soll das schlecht sein?«

»Weil es jetzt unmöglich ist.« Ich rede mir ein, dass meine Stimme nur vor Erschöpfung zittert. »Selbst wenn alles gutgeht, selbst wenn Neal es bis zu deinem Vater schafft und mit ihm reden kann und wenn der dann die Portale deaktiviert und die Unsterblichen aufhält und wenn unsere Vergehen uns allesamt irgendwie verziehen werden … Wir leben auf verschiedenen Kontinenten. Ich habe kaum genug zum Überleben, und alles, was übrig bleibt, geht an Evie – ich kann nicht mal eben so nach London fliegen und dich besuchen. Und du hast deine Uni und deinen Dad und dein Leben, du kannst nicht einfach alles stehen und liegen lassen und mich besuchen kommen, während ich wieder in mein Dasein als Kleinkriminelle zurückkehre. Ich meine, was glaubst du denn, wie es weitergeht, wenn das alles vorbei ist?«

Jules beißt die Zähne zusammen, ich kann seinen angespannten Kiefermuskel sehen, dann senkt er kurz den Blick. Als er hochsieht, ist da wieder der Schmerz, und mit ihm ein Anflug von Zorn. »Wahrscheinlich dachte ich, dass wir kämpfen würden. Um das hier, was auch immer es ist.«

Eine Woge der Frustration überrollt mich, als ich den Müsliriegel auf die Kommode pfeffere und mich zu Jules umdrehe. »Hast du eigentlich eine Ahnung, wie naiv das klingt?«, platze ich heraus. »Du weißt rein gar nichts über mich – du hast dein ganzes Leben in deiner behüteten Oxford-Blase verbracht. Es wird nicht einfach alles gut werden. Wenn wir das alles überleben, muss ich wahrscheinlich ins Gefängnis. Ich habe mich strafbar gemacht, Jules. Willst du wirklich eine Beziehung, bei der du einmal in der Woche zehn Minuten im Knast anrufen darfst?«

Jules' Hände krampfen sich in seinem Schoß zusammen,

die Knöchel treten weiß hervor, und dann steht er langsam auf. Aber in dem winzigen Raum kann man nirgends hin, also bleibt er einfach stehen, die Lippen zusammengepresst. »Dann willst du es also nicht mal versuchen? Ich dachte … ich dachte, du würdest genauso empfinden wie ich.«

»Du kapierst es einfach nicht.« Hilflos sehe ich ihn an. »Ich werde dich so oder so verlieren. Wenn das alles vorbei ist, werde ich dich *verlieren*. Und genau daran denke ich jedes Mal, wenn du mich berührst, jedes Mal, wenn ich dich … dich küssen will, jedes Mal, wenn ich dich ansehe. Ich denke daran, dass ich dich verlieren werde.«

Etwas in Jules' Blick verändert sich, seine braunen Augen werden sanfter, und allmähliches Begreifen spiegelt sich darin. »Weil jetzt alles anders ist.«

Meine Kehle ist zu eng zum Sprechen, also nicke ich, während ich spüre, wie eine Träne an meiner Nase vorbeirinnt.

Jules macht zwei Schritte auf mich zu, bis wir dicht voreinander stehen, ohne uns jedoch zu berühren. Er versucht nicht, meine Hand zu nehmen oder mich zu küssen oder auch nur die Träne wegzuwischen, der er mit dem Blick folgt. »Das werde ich nicht zulassen.« Er ist ernster, entschlossener als je zuvor. Sogar noch entschlossener als auf Gaia, als er ganz auf seine Mission konzentriert war. »Und du auch nicht. Du traust uns nicht genug zu.«

»Aber …«

»Mia, wir sind ans andere Ende der Welt und wieder zurück gereist. Wir waren zusammen in einem uralten Alien-Tempel, wir haben Fallen und Plünderer-Attacken und Doppelagenten überlebt, und demnächst werden wir die Welt retten. Glaubst du wirklich, ein Ozean könnte uns aufhalten?«

Mein Verstand wehrt sich gegen seine Worte, so gern ich sie auch glauben möchte. »Das ist nicht das Gleiche – ich habe es für Evie getan. Und du für deinen Dad. Alles, was wir erreicht haben, haben wir für die Menschen erreicht, die wir …«

Unvermittelt breche ich ab, das Wort bleibt mir in der Kehle stecken, mein ganzer Körper versteift sich.

Jules wartet, doch als ich nicht weiterspreche, sagt er: »Für die Menschen, die wir lieben?«

Ich bin immer noch stocksteif, und ich habe riesige Angst, ihm in die Augen zu sehen.

Jules atmet langsam ein, er steht so dicht vor mir, dass meine Haare sich bewegen, als er wieder ausatmet. »Wir kennen uns zwar noch nicht lange. Aber wir kennen uns gut. Und ja, es verstößt so ziemlich gegen alle Regeln der Vernunft.« Er senkt den Kopf, bis er mit mir auf gleicher Augenhöhe ist, und sieht mich an, sosehr es mir auch widerstrebt. »Aber du bist Amelia Radcliffe. Wann hast du dich je um *Regeln* geschert?«

Sein Gesicht ist so vertraut, es ist so ernst und freundlich, dass alle Angst und aller Schmerz sich verflüchtigen, während eine Träne über meine Wange rollt. Tief in meinem Geist kommt etwas zur Ruhe – eine Wahrheit, die ich ignoriert, geleugnet, die ich sogar bekämpft habe.

Was auch immer es ist, Jules sieht es. Er zieht die Augenbrauen hoch. »Soll ich auf dem Fußboden schlafen?« Es ist keine Arglist, kein Versuch, mir irgendwie Schuldgefühle einzuflößen. Es ist freundlich, dieses Angebot.

Ich schlucke heftig und schüttele den Kopf.

Seine Mundwinkel biegen sich leicht nach oben, und seine Züge werden ganz weich, als sein Blick von meinen Augen zu meinen Lippen wandert. »Dann darf ich dich jetzt küssen?«, fragt er.

Scheiß auf die Regeln.

»Klar darfst du.«

JULES

Meine Hand zittert, als ich sie in Mias Nacken lege und mit dem Daumen über ihre Wange streiche, um die feucht schimmernde Spur zu beseitigen, die die Träne dort hinterlassen hat. Und dann macht einer von uns beiden ein kleines Geräusch – ich bin das, glaube ich –, und ich lehne mich ihr entgegen, fühle mich lebendig, bis in die letzte Faser.

Schock und ein Schauer durchzucken mich, als unsere Lippen sich begegnen, und ein Teil von mir registriert, wie weich ihr Mund ist, während der Rest von mir langsam die Kontrolle verliert. Ich habe mir das so sehr gewünscht, und jetzt, da sich ihre Hände auf meine Brust legen, spüre ich genau, wie ihr Herz klopft, den Druck ihrer Finger auf meinem Körper, die Wärme ihrer Haut.

Ich habe noch nicht viele Mädchen geküsst, und ich war noch nie besonders selbstsicher, aber das hier ist kinderleicht. Mias Hände drängen sich fester gegen meine Brust, und ich weiche nach hinten, bis ich an der Wand lehne. Dann wandern ihre Hände zu meinem Nacken, und meine liegen an ihren Hüften, und sie geht auf die Zehenspitzen und intensiviert den Kuss.

Sie ist vollkommen, dieses Mädchen, das ich im Arm halte. Das hier hat nichts mit den hastigen Küssen zu tun, die wir bisher getauscht haben, kurz bevor wir unser Leben aufs Spiel setzten. Jetzt verliere ich mich in ihr, meine Finger ertasten ihre Haut unter dem Saum ihres Shirts, schlüpfen unter den Stoff, damit meine Fingerspitzen über ihre Wirbelsäule nach oben streichen können.

Als wir aufhören, weiß ich nicht, wie viel Zeit vergangen ist. Wir atmen beide schnell, unsere Blicke treffen sich. Ich weiß, dass auf meinem Gesicht ein törichtes Grinsen liegt, und ihres ist kaum besser, und ich würde sie am liebsten immer weiter ansehen.

»Hi«, murmele ich, weil ich alle anderen Wörter vergessen habe.

»Hi«, erwidert sie leise, und dann sehen wir einander noch etwas länger an, während sie sich langsam von den Zehenspitzen herablässt.

»Komm, lass uns in die Federn hüpfen«, sage ich leise, und sobald ich die Worte ausgesprochen habe, höre ich sie selbst und reiße die Augen auf, während mir ein Laut entfährt, der keiner Sprache ähnelt, die ich je gelernt habe. »Deus, ich meine, lass uns ins Bett gehen, es war ein langer Tag, und morgen kommt noch so einer, und …«

Mia rettet mich, sie hebt die Hand und hält mir den Mund zu. »Halt die Luft an, bevor du dich noch um Kopf und Kragen redest, Oxford«, sagt sie mit einem leisen Lächeln. »Ich sehe das genauso wie du. Eins nach dem anderen. Lass uns schlafen gehen.«

»Falls wir das morgen früh noch mal versuchen wollen, sollten wir lieber ausgeschlafen sein«, sage ich, erfolglos um Ernsthaftigkeit bemüht.

»Unbedingt«, erwidert sie und zieht mich zum Bett hinüber.

***

Aber am Ende kann ich doch nicht schlafen. Mia liegt in meinen Armen, ihr langsamer, gleichmäßiger Atem gibt das Tempo vor, dem ich folgen sollte. Unser Einschlafvorhaben ist von einigen Fehlversuchen begleitet, aber irgendwann können wir den Ablenkungen so lange widerstehen, dass sie einschlummert, und ich wünschte, ich könnte es ihr gleichtun.

Doch mein Herz lässt mich nicht. Ich weiß, dass es nur ein Kuss war, nur ein Kuss, aber es war nicht *nur* etwas. In einem Augenblick wie diesem steckt kein bisschen *nur*.

Es war alles.

Sie ist mein Ein und Alles, meine Zuflucht. Morgen müssen wir aufstehen und uns erneut der Welt stellen, den Grenzübergängen und der IA und dem Wissen, dass die Invasion der Unsterblichen kurz bevorsteht und dass mein Vater hinter massiven Türen und Gittern gefangen gehalten wird, und ich frage mich, wann unsere Glückssträhne wohl enden wird.

Doch heute Nacht liegt Mia hier in meinen Armen, und ich wiederhole ihr gegenüber das Versprechen, das sie mir im Zug gegeben hat.

Amelia Radcliffe, ich bin bei dir. Und ich werde dich nicht verlassen. Wohin auch immer wir gehen, wir gehen zusammen.

AMELIA

Bevor wir am nächsten Morgen aufbrechen, macht uns Gisela ein gewaltiges Frühstück aus Eiern und dicken Scheiben pikanter Wurst, frischen Brötchen mit Marmelade und Honig und einem Kaffee, der so stark ist, dass er uns fast den Zahnschmelz wegätzt. Neal mustert uns neugierig über sein Brötchen hinweg, und ich werde vermutlich rot, aber Jules grinst ihn nur an und macht sich über sein Frühstück her.

Es ist ein sonniger Tag, und als wir von dem Schotterweg herunter sind, mache ich es mir auf meinem Sitz hinter Neal bequem. Luisa fährt uns, denn Gisela muss arbeiten, so dass wir uns nicht wie beim letzten Mal alle auf den Rücksitz quetschen müssen. Ich schwelge immer noch ein bisschen in der Wärme der letzten Nacht und lehne mich seufzend in meinen Sitz zurück.

Neal hat sich halb zu uns umgedreht, damit er und Jules herumfrotzeln können – sie gehen miteinander um wie Brüder, und sie zu beobachten versetzt mir einen Stich. Die Erde kann keine Geschwister mehr ernähren, nicht mit den verbliebenen Ressourcen. Meine Eltern haben das Gesetz gebrochen, als sie

Evie bekamen, doch sie war immer mein Ein und Alles. Ein Leben ohne sie kann ich mir nicht vorstellen.

Es lässt sich leicht sagen, die Ein-Kind-Regel sei ungerecht. Dass Evie und ich im Recht sind, dass wir so zusammenhalten. Aber auf der Welt gibt es dermaßen viel Hunger – nach Nahrung, Medikamenten, Elektrizität und nach Bildung –, dass es auch nicht richtig sein kann, wahllos noch mehr Kinder in diese Welt zu setzen. Jules und Neal sind der Beweis dafür, dass enge Bindungen auch ohne Geschwisterbande möglich sind. Und ja, sie sind Teil einer Familie – aber das sind Jules und ich inzwischen auch. Die Erde mag zwar keine biologischen Großfamilien mehr ernähren können, aber eine Wahlfamilie, eine, die man sich aussucht, hat auch etwas für sich.

Ich schaue aus dem Fenster, lasse meine Gedanken schweifen, und mir ist so leicht ums Herz wie schon lange nicht mehr. In der Ferne kann ich Dresden sehen, jenseits der Autobahn und am anderen Ufer des Flusses. Selbst von hier aus erkenne ich, dass es eine atemberaubend schöne Stadt ist – peinlicherweise muss ich zugeben, dass ich vorher noch nie davon gehört und mir dann irgendeine unbedeutende, belanglose Stadt vorgestellt hatte. Aber es gibt hier elegante Häuser mit Kuppeldächern und Türme, die aussehen wie aus einem Märchen, und eine steinerne Brücke mit Torbögen, unter denen die Boote hindurchfahren. Unwillkürlich wünsche ich mir, wir wären tatsächlich Touristen und könnten alle Eindrücke einfach nur in uns aufnehmen und genießen.

Allerdings … fahren wir gar nicht dorthin, oder?

Ich richte mich auf und blinzele. Hinter uns wird die Stadt immer kleiner, und wir sind auf der Autobahn.

Und entfernen uns von der Stadt.

»Jules.« Ich fasse ihn am Arm, und etwas in meiner Stimme bewirkt, dass er mich ansieht. »Die Stadt liegt hinter uns.«

Jules beugt sich an mir vorbei und verrenkt sich den Hals, um aus dem Fenster sehen zu können. »Wohin fahren Sie uns?«, will er wissen. Seine gute Stimmung hat sich verflüchtigt.

Luisa schweigt, sie blickt auf die Fahrbahn.

Panik flackert in mir auf, und ich bin knapp davor, nach dem Türgriff zu tasten, so idiotisch es auch wäre, auf der Autobahn aus einem fahrenden Wagen zu springen. »Halten Sie den Wagen an!« Ich versuche, barsch zu klingen. »Lassen Sie uns aussteigen, wir trampen von hier aus weiter.«

Jules starrt Luisa an. »Sie hatten gesagt, Sie würden uns nach Dresden fahren.«

Ich hatte recht. Die beiden haben uns erkannt. Sie haben uns bei sich übernachten lassen, um die Behörden zu informieren, und jetzt bringt sie uns zur Polizei. Dort erwartet uns De Luca oder Captain Abrantes, und sie werden uns wieder in eine Zelle stecken, und wir werden niemals zu Jules' Dad kommen, und die Welt wird untergehen …

Luisa atmet tief ein. Ihre Hände umfassen das Lenkrad fester, die Knöchel treten weiß hervor. »Wir sind noch eine halbe Stunde von der tschechischen Grenze entfernt. Soll ich umkehren?«

Wir alle sind verblüfft. Ich starre Jules an, der mich ebenso verwirrt ansieht, bevor er zu Neal hinüberblickt, der nur mit den Achseln zuckt und gleichermaßen verdattert wie paralysiert wirkt.

Wir haben nie erwähnt, dass wir nach Prag wollen. Unser Plan war, von Dresden aus zu trampen, falls wir keine Fahrräder finden, denn von dort aus ist es nicht mehr weit bis zur Grenze. Auf diese Weise wollten wir verhindern, dass Luisa und Gisela den Behörden etwas über unser Ziel verraten können, falls die IA eine Verbindung zwischen ihnen und uns herstellt.

Neal beginnt plötzlich, in seiner Tasche herumzuwühlen, und als er einen Kapuzenpulli beiseiteschiebt, höre auch ich das, was ihn zu seiner hastigen Suche veranlasst hat – ein leises Piepsen. Luisa sieht zu ihm hinüber, glaubt aber wohl, er hätte eine Handynachricht erhalten. Von meinem Platz auf dem Rücksitz sehe ich, wie er das Gerät herausholt, dass Dex in Montpellier auf dem Kissen hat liegen lassen. Er studiert das Display, bevor er es stumm in unsere Richtung dreht. Am Rand des Bildschirms blinkt ein schwacher grüner Punkt. Noch während wir hinsehen, verschwindet er, und das Piepsen hört auf.

Auch in Dresden sind Unsterbliche. So wie in Lyon vor dem Ausbruch der Grippe.

Ich sehe Jules an, dessen Hände meine umklammern. Wir können nicht dorthin gehen – wir können sie nicht warnen, denn niemand würde uns glauben. Wir wissen nicht, was die Unsterblichen mit der Seuche zu tun haben, die sich gerade in ganz Europa ausbreitet, nur, *dass* sie etwas damit zu tun haben.

Wir können nichts tun, als zu Dr. Addison zu gehen und die nötigen Anhaltspunkte zu liefern, damit er die Portale deaktiviert und die Unsterblichen aufhält.

Luisa fährt immer noch weiter, es herrscht angespanntes Schweigen. Jules drückt meine Hand, genauso sehr zu seiner Beruhigung wie zu meiner, und ich kämpfe gegen die brodelnde Unruhe in meinem Inneren. Ich fühle mich, als müsste ich mich gleich übergeben.

An der Grenze warten viele Menschen. Ich habe keinen Vergleich, aber angesichts der erschöpften Gesichter der Reisenden wie auch der Beamten scheinen die verstärkten Sicherheitsmaßnahmen in Europa alles zu verlangsamen.

Luisa hält auf einem Parkplatz, der ein Stück von dem eigentlichen Grenzübergang entfernt ist. Sie stellt den Motor nicht ab, zieht jedoch die Handbremse und fährt sich dann mit der Hand über das Gesicht.

»Ich hoffe, ihr habt … gefälschte Ausweise. Ich weiß nicht, wie ihr über die Grenze kommt, ich will es auch gar nicht wissen. Aber dein Gesicht kenne ich aus der Zeitung.« Sie sieht in den Rückspiegel, zu Jules.

Jules' Hand schließt sich fester um meine. »Haben Sie irgendjemandem von uns erzählt?«

»Nicht einmal meine Frau weiß es.« Luisa zieht ihre Handtasche unter dem Fahrersitz hervor und entnimmt ihr einen dicken Umschlag. Sie umklammert ihn mit der Hand, als sie sich umdreht und uns ansieht. Sie wirkt immer noch beunruhigt, immer noch misstrauisch, immer noch streng, als sie uns ansieht. »Ich weiß nicht, ob ich euch aufhalten sollte, aber ich glaube, ihr seid gute Kinder. Diese Zeiten, sie sind …« Sie sucht nach dem richtigen Wort. »Beängstigend. Du willst zu deinem Vater, ja?«

Ich halte den Atem an, mein Blick ist auf Jules gerichtet. Er schluckt und schweigt eine ganze Weile. »Ja«, sagt er dann einfach.

Luisa reicht den Umschlag Neal, der ihn gerade so weit öffnet, dass ein Bündel Euro-Scheine sichtbar wird, bevor er ihn wieder verschließt und mit großen Augen aufblickt.

Plötzlich kann ich nicht mehr an mich halten und platze heraus: »Fahren Sie nicht mehr zurück nach Dresden!« Innerlich höre ich immer noch das unschuldige Piepsen des Unsterblichen-Trackers. »Schnappen Sie sich Gisela und fahren Sie irgendwohin, wo es sicher ist – weit weg von der Stadt.«

Jetzt sieht Luisa mich im Spiegel an. Sie zögert zwar, nickt jedoch nach einer langen Pause. »Das mache ich. Und jetzt raus mit euch, ich will nicht, dass jemand euch in meinem Auto sieht.«

Verwirrt und zwischen Misstrauen und Dankbarkeit hin- und hergerissen hantieren wir mit unseren Gurten und an den Türgriffen. Meine Beine sind wie Gummi, und die Wärme, die vom Asphalt aufsteigt, fühlt sich trotz der kühlen Morgenluft wie ein Backofen an. Wir bleiben neben dem Wagen stehen und rühren uns nicht und starren einander an – bis Luisa das Beifahrerfenster herablässt. »Wenn du deinen Vater siehst«, sagt sie, bevor sie den Gang einlegt und losfährt, »dann sag ihm, ich glaube an Addison.«

Mein Herz klopft immer noch schnell, während wir dem Wagen hinterhersehen, bis er über die kleine Anhöhe verschwindet. Ich sehe zu Jules hinüber, dessen Miene fast undurchdringlich ist – aber nur fast. Ich sehe, wie er die Lippen etwas mehr als sonst zusammenpresst, sehe seine leicht zusammengezogenen Augenbrauen, die unmerklich geblähten Nasenflügel, während er sich bemüht, normal zu atmen. Es ist eine Sache, online auf anonyme Avatare zu treffen, die seinen Vater unterstützen – einer Unterstützerin im wahren Leben zu begegnen ist etwas ganz anderes.

Jetzt ist klar, wieso Luisa uns gegenüber so misstrauisch war, zumindest im Vergleich zu ihrer Frau. Wenn sie in Jules Addisons Sohn erkannt hat, ist das Ganze auch für sie dadurch real geworden. Es ist einfach, einen Hashtag zu benutzen oder einen Kommentar in einem Forum zu hinterlassen. Gegen die Regeln zu verstoßen, sich für eine Seite zu entscheiden und für das einzustehen, woran man glaubt, ist weitaus schwieriger.

Ich taste nach Jules' Hand, wobei ein winziger Teil von mir fürchtet, dass er diesen Beistand jetzt gar nicht will oder dass er in Tränen ausbricht oder … doch ohne zu zögern, schließen seine Finger sich um meine.

Neben uns atmet Neal hörbar aus und fährt sich mit den Händen durch die raspelkurzen Haare. »Dann versuchen wir mal unser Glück an der Grenze.«

Die Autoschlangen am Grenzübergang sind lang, aber vor dem Häuschen für Fußgänger und Radfahrer warten viel weniger Leute. Doch erst als wir uns anstellen, wird uns klar, wieso sich überhaupt eine Schlange gebildet hat.

Ein Dutzend uniformierter Sicherheitsleute der IA durchsucht das Gepäck der Reisenden, befragt sie und überprüft stichprobenartig die Papiere.

Neal tritt von einem Fuß auf den anderen und gibt sich Mühe, nicht nervös zu wirken. »Sollen wir abhauen und es irgendwo anders versuchen, so wie in Frankreich?«

»Das wird wohl kaum möglich sein«, murmele ich. »Wenn wir jetzt verschwinden, nachdem wir die Beamten gesehen haben, ist doch klar, dass wir etwas zu verbergen haben.«

Jules mustert die Leute, die gerade überprüft werden. »Sie sehen sich alle Leute an – ich glaube nicht, dass sie speziell nach uns suchen. Wir haben doch unsere gefälschten Papiere.«

»Und sie führen nur stichprobenartig genauere Überprüfungen durch.« Meine Stimme klingt viel zuversichtlicher, als mir zumute ist. »Mit etwas Glück sehen sie sich unsere Pässe nur flüchtig an, und in unserem Gepäck ist nichts, was uns belastet.«

»Abgesehen von diesem Ding.« Jules zieht Dex' Tracker aus der Hosentasche. »Aber nachdem man uns nicht mal geglaubt hat, als wir direkt neben einem Unsterblichen-Shuttle standen, bezweifle ich, dass irgendjemand es für seltsam halten wird.«

Neal holt tief Luft, er hat die Brauen zusammengezogen. »Dann lasst uns so tun, als wäre alles ganz normal, und hoffen, dass wir nicht aufgehalten werden.«

Langsam bewegt sich die Schlange vorwärts. Mit jedem Schritt klopft mein Herz schneller, und wir kommen den IA-Beamten immer näher. Ich stehe zwischen Jules und Neal, damit klar ist, dass wir eine Gruppe sind – falls einer von uns herausgepickt wird, können wir vielleicht die »Aber ich muss mit meinem Freund zusammenbleiben«-Nummer bringen und mitgehen – denn ich kann besser bluffen als die Jungs.

Wir halten unsere Pässe bereit, um möglichst wenig Zeit mit den Beamten zu verbringen. Außerdem rate ich den beiden leise, das Gesicht nicht wegzudrehen, die Beamten kurz anzulächeln und anschließend den Blickkontakt abzubrechen – sie nicht lange genug anzusehen, um richtig in Erinnerung zu bleiben, aber doch lange genug, dass es nicht den Anschein hat, wir wollten etwas zu verbergen.

In Jules' Rucksack befinden sich hauptsächlich Automatensnacks und schmutzige Wäsche, und die Beamtin, die ihn überprüft, zieht leicht die Augenbrauen hoch. Jules zuckt mit den Schultern – ich hatte ihm geraten, möglichst wenig zu sprechen, damit sein britischer Akzent sie nicht auf seine Spur bringt – und lächelt sie an, und sie gibt ihm den Ausweis zurück und schneidet eine Grimasse.

»Warte nur, bis du über dreißig bist«, sagt sie wehmütig. Ihr Englisch ist beinahe akzentfrei, die IA bildet ihre Leute gut aus. »Dann wirst du nicht mehr so essen können. Okay, jetzt kommen noch ein paar Fragen. Erstens, kannst du für mich in Siebenersprüngen ab hundert rückwärts zählen?«

Jules blinzelt, doch als ihm die Beamtin aufmunternd zunickt, beginnt er: »Hundert, dreiundneunzig, sechsundachtzig, neunundsiebzig, zweiundsiebzig …«

»Danke«, sagt sie, blickt auf ihren Bildschirm und tippt kurz darauf herum.

Neal beugt sich zu mir herüber und flüstert: »Das ist eine Frage aus dem Mini-Mental-Statustest – den habe ich in an der Uni in einem Psychologieseminar mitgemacht. Damit kann man eine Verschlechterung der kognitiven Funktionen erkennen.«

»Lyon«, murmele ich, während die Frau Jules passieren lässt. Sie halten nach Leuten im Frühstadium der Infektion Ausschau.

Ein anderer IA-Beamter wird frei, doch ich gehe rasch zu der Frau, die Jules durchgelassen hat. Die war zumindest freundlich, und das könnte ganz hilfreich sein. Soll doch Neal – mit seinem gültigen Pass und seinem lupenreinen Vorstrafenregister – die unbekannte Variable nehmen.

»Das mit dem Junkfood in seinem Rucksack erzähle ich ihm auch immer«, sage ich verschwörerisch zu der IA-Beamtin und reiche ihr meinen Rucksack. Mein Herz klopft wie wild, und meine Handflächen sind feucht, aber ich bemühe mich, gelangweilten Gleichmut auszustrahlen, das Abziehbild jugendlicher Teilnahmslosigkeit, bei dem die meisten Leute keinen weiteren Gedanken an mich verschwenden.

Die Beamtin lächelt mich kurz an und sieht den Krimskrams in meinem Rucksack durch, der nicht viel besser ist als der von Jules. »Teenager«, meint sie abfällig, doch sie wirkt ein wenig amüsiert. Sie greift unter den Tisch, holt einen Proteinriegel und ein paar Kopfhörer heraus und hält mir beides hin. »Kannst du diese Sachen für mich benennen?«

»Das ist ein Proteinriegel, und das da sind Kopfhörer«, sage ich und mache ein verblüfftes Gesicht. »Muss ich das wissen, wenn ich nach Tschechien will?«

Sie schenkt mir ein kurzes, beschwichtigendes Lächeln.

»Nur ein paar neue Vorschriften aus der IA-Zentrale, keine Sorge. Einen schönen Aufenthalt.«

Mir wird schwindlig vor Erleichterung, als ich meinen Rucksack nehme, ein Dankeschön murmele und schnell zu Jules hinübergehe, der derart übertrieben lässig auf mich wartet, dass es mich zum Lachen bringen würde, wenn meine Nerven nicht so gut wie am Ende wären.

Der andere Beamte händigt Neal Gepäck und Ausweis aus, und der dreht sich mit einem unnachahmlichen Grinsen zu uns um und hängt sich den Rucksack um.

Doch er hat kaum zwei Schritte getan, als der Beamte ihm hinterherruft: »Einen Moment, bitte!«

Neal bleibt stehen, wirft uns einen panischen Blick zu und dreht sich zu dem Beamten um. Stirnrunzelnd mustert der Mann sein Gesicht. »Du kommst mir bekannt vor. Hier entlang, bitte.«

Scheiße. Scheiße Scheiße Scheiße.

Neal wird natürlich nicht gesucht – zumindest soweit wir wissen. Aber in seinem Pass steht nun mal Addison, und das ist zwar kein weltweit einzigartiger Name, aber es liegt durchaus nahe, dass er etwas über einen der IA-Flüchtlinge weiß.

Der Beamte führt Neal zu dem Häuschen hinüber, klopft ans Fenster und stellt jemandem eine Frage. Wieder wirft Neal uns einen Blick zu, diesmal einen noch eindringlicheren – und dann begreife ich, wieso. Jemand in dem Büro hat dem Beamten ein Blatt Papier gegeben, und obwohl ich von hier aus nicht erkennen kann, was es ist, sehe ich zwei Fotos am oberen Rand.

Es ist ein Fahndungsaufruf.

»Er sieht genauso aus wie ich«, flüstert Jules. »Kann sein, dass unsere Beamtin den Fahndungsaufruf nicht gesehen hat – aber Neal wird überprüft, weil wir uns ähnlich sehen.«

Ich beiße mir auf die Lippe, meine Gedanken sind wie paralysiert. »Lass uns einfach gehen. Wenn ihnen klarwird, dass er nicht du ist, lassen sie ihn laufen, aber wir dürfen hier nicht bleiben, bis sie …«

»Entschuldigung, kommen Sie beide mal bitte mit?« Einer der Grenzbeamten winkt uns zu sich herüber. »Sie gehören doch zusammen, nicht wahr?«

Zwei weitere IA-Beamte stehen jetzt neben dem, der Neal festhält.

»Nein«, lüge ich, »wir haben uns erst in der Schlange kennengelernt. Wir müssen los, wenn wir unseren Zeitplan einhalten …«

Der erste Beamte schaut zu uns herüber, und dann weicht seine Verblüffung Überraschung, gemischt mit einer Prise grimmiger Befriedigung. »Das sind sie. Der hier – das ist vielleicht ein Verwandter, keine Ahnung, aber hier, das sind sie doch, oder?«

Jules' Hand tastet nach meiner und drückt sie. Ich begreife, was er vorhat – und im Moment habe ich auch keine bessere Idee. Wenn wir schnell sind, schaffen wir es vielleicht bis zu den Autos, die hinter der Grenze parken, und kommen über die Autobahn hinunter zur Böschung, bevor sie uns verfolgen können.

Die Beamten sind zwar bewaffnet – aber sie werden nicht

auf Jugendliche schießen. Zumal wir nicht wegen Mordes oder bewaffneten Raubüberfalls gesucht werden. Allerdings habe ich den Fahndungsaufruf nicht gesehen. Ich *weiß* nicht, was die IA über uns schreibt. Ich weiß es einfach nicht.

Und beim Anblick mehrerer IA-Beamten mit Gewehren werden mir die Knie weich.

Ich erwidere Jules' Händedruck etwas länger und dann lasse ich wieder locker. »Ich weiß nicht, wovon Sie reden«, sage ich laut. Gleichzeitig drücke ich Jules' Hand einmal, zweimal – ich mache mich bereit und drücke ein drittes Mal.

»Sie können die Befragung einstellen«, erklingt hinter mir eine scharfe, gebieterische Stimme. Eine Frau in der Uniform des IA-Geheimdiensts geht an uns vorbei. »Ich übernehme das.«

»An der Grenze hat der Geheimdienst keine Befugnisse«, protestiert der Mann, der Neal aufgehalten hat. »Ich habe hier die Anordnung des internationalen Sicherheitsdienstes, diese zwei Personen festzunehmen und zu verhören.«

Die Frau zieht Neal von dem Beamten weg. »Rufen Sie doch selbst bei De Luca an, wenn Sie eine Erklärung wollen. Aber ich bin ranghöher als Sie, Officer, und habe heute Morgen mit De Luca gefrühstückt und bin Ihnen keine Rechenschaft schuldig.«

Neal stolpert verdattert neben der Frau her, als sie zu uns herüberkommt. Ich kann seine Verwirrung gut verstehen – ich bin selbst verwirrt, und Jules' Hand ist vor Schock ganz schlaff.

Die Frau neben Neal, die uns jetzt mit einem Winken auffordert, mit ihr zu kommen, ist Mink.

JULES

»Gehen wir«, sagt Mink knapp, und Mia und ich wechseln einen Blick, der ein ganzes Gespräch beinhaltet.

Was macht die denn her?

Keine Ahnung.

Können wir ihr vertrauen?

Wann haben wir ihr je vertrauen können?

Haben wir eine Wahl?

Ich weiß es nicht.

Als würde sie unsere Zweifel spüren, sagt Mink leise: »Gehen wir, habe ich gesagt. Wenn ihr euch keine Kugel einfangen wollt, dann haltet ihr den Mund und kommt mit.«

Mein Atem stockt, mein ganzer Körper reagiert auf die Bedrohung.

Ich habe nicht den geringsten Zweifel, dass sie imstande ist, uns zu erschießen. Wir haben gesehen, wie sie es getan hat, und in dem Holster an ihrer Hüfte steckt eine Waffe.

Bevor ich Gelegenheit zum Antworten oder auch nur zum Denken habe, sind die IA-Beamten wieder bei uns und protestieren wortreich.

Mit einem genervten Blick zu den unbeteiligt Wartenden in der Passschlange, die aufgrund der plötzlichen Unruhe alle neugierig die Ohren spitzen, öffnet sie die Tür zum Grenzhäuschen und geht hinein, während wir ihr wie eine verwirrte, verängstigte und gleichzeitig auch empörte Herde folgen.

Mink deutet mit einem Nicken auf ein Zimmer, das nach dem Pausenraum der Wachen aussieht. »Da rein, alle drei.« *Die Erwachsenen müssen sich besprechen* schwingt unausgesprochen mit.

Wir befolgen die Anweisung, doch ich lasse die Tür angelehnt, damit wir hören können, was draußen gesprochen wird. Ich bleibe neben dem Spalt stehen und lausche.

Eine Männerstimme ist zu vernehmen, laut und schneidend. »Bei allem Respekt, Ma'am, niemand nimmt hier irgendwen mit, bevor ich nicht Ihre Identität überprüft habe.«

Mia ist bereits auf der anderen Seite des Raums, und ich mache große Augen, als ich sehe, wie sie eine IA-Uniformjacke in ihren Rucksack stopft.

»Was tust du da?«, zische ich, obwohl es ziemlich offensichtlich ist.

»Das, was ich am besten kann«, erwidert sie, drückt das Bündel nach unten und zieht den Rucksack zu. »Ich habe zwar keine Ahnung, was als Nächstes passiert, aber wir sollten möglichst gut vorbereitet sein.«

»Hier im Spind liegt eine Autorisierungskarte«, sagt Neal, zieht eine Kunststoffkarte an einem Band heraus und wirft sie Mia zu. Dann schließt er die Tür des Spinds.

Sie nickt und steckt die Karte ein.

Deus, da sind zwei aus dem gleichen Holz geschnitzt.

Meine Aufmerksamkeit wird wieder zur Tür gelenkt, als aus irgendeinem Gerät ein mehrmaliges Piepsen dringt. Dann höre ich wieder die Stimme des Mannes.

»Diese Autorisierungskarte wurde gesperrt.«

Minks Stimme trieft vor Verachtung. »Blödsinn! Als Direktor De Luca mich losschickte, um sie abzuholen, hat sie noch bestens funktioniert.«

De Luca. Haben sie Waffenstillstand geschlossen, oder will sie mit seinem Namen nur Eindruck schinden?

»Trotzdem«, beharrt der Mann. »Wir können Ihnen die drei nicht einfach aushändigen.«

»Sie wollten sie doch sowieso nach Prag schicken, oder?«, fragt sie, mittlerweile eisig. »Genau da fahre ich hin.«

»Dennoch kann ich Ihnen die Gefangenen nicht einfach übergeben.«

Ich schleiche mich von der Tür weg, um leise mit Mia und Neal zu sprechen. »Sie diskutieren, wer uns in die IA-Zentrale nach Prag bringen soll«, berichte ich. »Das ist etwa eine Stunde Fahrzeit. Vielleicht können wir unterwegs irgendwo fliehen, oder sobald wir ankommen.«

»Wenn nicht, landen wir für immer hinter Gittern«, sagt Mia grimmig. »Während Dex und Atlanta schon am Ziel sind, oder jedenfalls dorthin unterwegs.«

Neal wühlt in seiner Tasche, bis er das Unsterblichen-Gerät findet. Im Moment ist es stumm, und Neal fummelt daran herum, während Mia ihre Tasche weiter mit allem vollstopft, was sie an Nützlichem findet.

Dann stößt Neal einen verblüfften Fluch aus. Von dort, wo ich stehe, kann ich nur die Rückseite des Geräts sehen mit dem aufgeprägten Meteoritenschweif, dem Symbol der Unsterblichen.

»Was ist?«, flüstere ich.

»Man kann damit herauszoomen.« Neal kommt zu uns herüber, und wir beugen uns alle über den kleinen Bildschirm. »Wenn du so darauf tippst und dann das ganze Ding auf- und abschwenkst ...« Er zeigt es uns, und das Gitter und die Geländekarte auf dem Display beginnen seltsam zu zittern. Ein kleiner Punkt blinkt auf – die Unsterblichen in Dresden, wo wir vorbeigefahren sind.

Als Neal langsam den Dreh heraus hat, erscheint neben dem ersten Lichtpunkt ein weiterer. Für einen Augenblick denke ich, dass das Lyon sein muss, doch als er weiter herauszoomt, erkenne ich die starke Steigung, die die Alpen markiert. Dieser Punkt ist viel näher – in Nürnberg vielleicht, oder in Stuttgart.

Zu den ersten beiden Punkten gesellt sich ein weiterer. Und dann noch einer, und noch einer. München. Berlin. Paris. London.

Die Geländelinien verschwinden im Meer, als Neal mit zitternden Händen den Bildschirm ganz nach hinten kippt.

New York City. Bogotá. Nairobi. Sydney. Hongkong. Mumbai. Und dazwischen mindestens hundert weitere Punkte, bis die ganze Welt grün gesprenkelt ist.

Neben mir höre ich Mias Atem, der sich immer mehr beschleunigt. Ihre Stimme klingt abgehackt und verängstigt. »Sie sind schon überall.«

Ich nehme Neal das Gerät aus den Händen und neige es wieder nach vorn. Mir ist elend zumute, obwohl ich bereits wusste, was ich sehen würde. »Sie sind in Prag.«

»Glaubst du, es sind Dex und Atlanta?« Mias Gesicht ist weiß.

»Keine Ahnung. Wahrscheinlich.« Mir ist schwindlig. Sie werden die Lyon-Seuche überall verbreiten können, und die Unsterblichen könnten im Handumdrehen Truppen von einer Stadt zur anderen transportieren – sie könnten an einem Tag Sankt Petersburg zerstören und am nächsten Los Angeles besetzen. Sie hätten die Möglichkeit, sofortige Verstärkung herbeizuschaffen, ganz gleich, wie viel Schaden unsere Armeen anrichten – vorausgesetzt, die Regierungen wären überhaupt in der Lage, rechtzeitig eine Armee aufzustellen, die den Unsterblichen etwas entgegensetzen könnte.

»Wir müssen jemanden davon überzeugen, dass ihr die Wahrheit sagt.« Neal spricht ganz leise. »Sie bringen uns genau dorthin, wo man Onkel Elliott festhält, und wenn er weiß, wie man die Portale deaktiviert, dann gibt es vielleicht doch noch eine Chance für uns alle. Aber nur, wenn wir zu ihm durchkommen und mit ihm reden können.«

Meine Antwort wird unterbrochen, als die Tür aufgeht und Mink erscheint, hinter ihr ein verschwitzter Mann. Neal steckt das Gerät beiläufig wieder in die Hosentasche, als wäre es nur sein Handy und nicht die Prophezeiung des Weltuntergangs.

Mink sieht ihn an und schnippt dann doch tatsächlich mit den Fingern. »Gehen wir.«

»*Wir* bringen euch nach Prag«, sagt der Mann. »Die Agentin hier kommt mit.«

Damit wäre geklärt, wer uns gefangen hält – beide, aber er vielleicht etwas mehr als sie.

Uns bleibt nichts anderes übrig, als uns zu fügen, zumal sie uns genau dorthin bringen, wo wir hinwollen – solange wir jemanden von der Wahrheit überzeugen können, bevor man uns in eine Zelle sperrt und dann vergisst. Wir lassen uns die Hände mit hellblauem Kabelbinder fesseln und werden aus dem Zimmer geschoben, unser Gepäck halten wir in den gefesselten Händen.

Das Fahrzeug, das auf uns wartet, ist ein kleiner Lastwagen mit überdachter Ladefläche, zwei Sitzbänke stehen sich darauf gegenüber. Der Fahrer steigt in die Kabine, und wir drei klettern hinten hinein, zusammen mit Mink und einem IA-Soldaten.

Alle fünf sitzen wir schweigend da, während die dunkle, grüne Landschaft vorbeizieht und wir uns in den Verkehr einfädeln. Ich weiß, dass wir Mink überzeugen müssen, dass wir recht haben, was die Unsterblichen angeht, aber ich weiß nicht, wie. Was können wir schon vorbringen, das wir nicht schon versucht haben?

Ist sie unsere Verbündete, nachdem sie Mia und mir zur Flucht verholfen hat? Auch wenn ich mich inzwischen frage, ob sie uns jemals wirklich die Flucht ermöglichen wollte. Oder ob es ihr nicht vielmehr darum ging, dass wir De Luca entkommen und ihr in die Arme laufen.

Als ich sie noch für Charlotte Stapleton hielt, als ich dachte, sie würde mich für eine private Expedition auf Gaia anheuern, haben diese Frau und ich viele Stunden in Londoner Cafés verbracht und über die Bedeutung der Wissenschaft gesprochen. Der Forschung. Darüber, was sich alles erreichen lässt, wenn wir über den Tellerrand hinausdenken und nach Wegen suchen, uns selbst zu übertreffen. Damals sah ich in ihr eine Geistesverwandte, einen Menschen, dem genauso viel daran liegt wie mir, unser Universum zu verstehen.

Aber als Mink, als die Anführerin der verdeckten IA-Operation, die mich bis ins Herz des Unsterblichen-Tempels verfolgte … hat sie mich von Anfang an manipuliert, und sie hätte mich bei meinem Versuch, die Rätsel der Unsterblichen zu lösen und das uralte Schiff aus der gaianischen Eisschicht zu befreien, ohne zu zögern, geopfert. Mia und ich haben miterlebt, wie sie einen überflüssigen Mitarbeiter mit einem Kopfschuss erledigte.

Ich habe geschuftet, bis mir beinahe die Augen versagten, um das Schiff wieder flugtüchtig zu machen, während sie mir eine Pistole an die Schläfe hielt. Sie blieb ungerührt, als wir sie anflehten, uns zu glauben: Das Schiff sei gefährlich, und sie werde womöglich die Zukunft unseres ganzen Planeten aufs Spiel setzen, wenn sie an ihrem Vorhaben festhielte, es durch das Portal zur Erde zu schicken.

Aber sie tat es trotzdem. Sie wollte mir damals nicht zuhören.

»Mink, wir müssen reden.« Erst nach einer Sekunde merke ich, dass die Stimme über dem Motorengeräusch mir gehört.

Sie sieht sich zu mir um. »Eigentlich nicht«, sagt sie eiskalt.

»Na schön, dann rede ich eben, und Sie hören zu«, sage ich und hebe flehend die gefesselten Hände. »Sie sind nicht dumm – Sie wissen, dass Sie die zwei, mit denen wir in Katalonien zusammen waren, nicht als Plünderer angeheuert haben. Sie wissen, dass sie von anderswo herkamen.«

Mia beugt sich vor, lehnt sich bei mir an und mischt sich ein. »Du musst uns glauben. Was wir in Lyon gesehen haben, war nur der Anfang.«

Minks Gesicht ist ausdruckslos und vollkommen ungerührt. Sie mustert erst mich, dann Mia. Neal ignoriert sie – den Jungen, mit dem sie viele Stunden verbracht hat und dem sie vorgaukelte, ihn einstellen zu wollen, nur um mich von der Echtheit ihrer Firma zu überzeugen –, genau wie den Soldaten, der neben ihr sitzt und sein Gewehr festhält.

»Bedenken Sie doch die Folgen«, beschwöre ich sie. »Falls wir recht haben und uns keiner Gehör schenkt, könnten wir alle ausgelöscht werden. Falls wir unrecht haben, was haben Sie dann schon zu verlieren, wenn Sie der Sache nachgehen?«

»Mr. Addison.« Ihr Tonfall macht alle meine Hoffnungen zunichte. »Ich will ganz offen mit Ihnen sein. Mein IA-Status wurde aufgehoben. Direktor De Luca glaubt, dass ich neulich bei Ihrer Flucht in Katalonien meine Hände im Spiel hatte. Meine einzige Möglichkeit, rehabilitiert zu werden, ist Ihre Verhaftung.«

»Schließt das auch mich ein?«, fragt Neal liebenswürdig und ohne eine Spur von Wut, die er dieser Frau gegenüber empfinden muss. Er war nicht auf dem Fahndungsaufruf genannt. Vielleicht schafft er es ja noch irgendwie zu meinem Vater. »Sie können mich gern ganz einfach vergessen. Normalerweise bin ich zwar der allseits gefragte Cousin, aber …«

»Das reicht jetzt«, faucht sie.

»Können Sie meinem Dad wenigstens eine Nachricht zukommen lassen?« Ich bettele jetzt, mir bricht die Stimme weg. Selbst wenn keiner uns zuhören will – vielleicht kann er ja noch etwas ausrichten, wenn sie irgendwann begreifen, dass wir recht hatten. »Sagen Sie ihm, dass er weiter an der Deaktivierung der Portale arbeiten soll. Sagen Sie ihm, genau darum geht es.«

»Mr. Addison«, blafft sie. Der Soldat neben ihr umfasst seine Waffe fester. Mink sieht ihn an, als wäre sie kurz davor, sie ihm aus der Hand zu reißen und mich eigenhändig zu erschießen. »Schweigen Sie!«

Also schweigen wir alle. Ich bin hundemüde, und meine Augen brennen und tun weh, und neben mir ist Mia in sich zusammengesunken und hat das Gesicht in den gefesselten Händen vergraben.

Ganz allmählich weichen die Bäume draußen den städtischen Vororten und schließlich der Stadt selbst. Prag ist ein Sammelsurium aus historischen Gebäuden mit gepflasterten Straßen und eleganten, modernen Bauten.

Fast im Schritttempo macht der Lastwagen sich daran, einen Hügel zu erklimmen. Neal sitzt ganz vorn auf der Ladefläche, er schaut hinaus und beobachtet, wie die Straßen vorbeigleiten. Ich sehe deutlich seine Anspannung – wir haben jahrelang zusammen Sport getrieben, und ich weiß, wann er einen Spielzug plant. Aber das geht nicht, nicht mit dem bewaffneten Soldaten und Mink mit ihrer Waffe an der Hüfte.

Wir passieren ein schmiedeeisernes Tor mit goldverzierten Schnörkelornamenten und halten am Straßenrand, wo der Motor langsam leiser wird, als der Fahrer in den Leerlauf schaltet. Hinter dem Tor liegt ein großer Innenhof, der von Wachen in IA-Uniform und einer langen, gewundenen Menschenschlange bevölkert ist, offenbar Touristen, die auf den Einlass warten. Am anderen Ende des Hofes liegt ein prachtvolles, mehrstöckiges Gebäude in U-Form, das den Innenhof an drei Seiten umschließt.

Es ist das Prager Schloss – die Zentrale der Internationalen Allianz –, ein weitläufiger Komplex aus Alt und Neu, öffentlich und streng geheim zugleich. Der Ort, von dem aus die IA den Kurs der Menschheit lenkt – oder von dem aus sie das tat, als die ganze Menschheit noch geschlossen hinter ihr stand.

Der Fahrer klettert aus dem Führerhaus, und Mink verlässt ihren Platz mir gegenüber und springt von der Ladefläche. Sie dreht sich um und blickt uns einen nach dem anderen an, die Hand an der Pistole.

»Ihr bleibt hier«, sagt sie und fixiert mich lange, bevor sie den Blick auf Mia richtet. »Haben wir uns verstanden? *Hierbleiben.*«

Damit geht sie zum Fahrer hinüber, um vermutlich mit den Wachen am Tor über ihre Zugangsberechtigung zu streiten oder um ihnen zu melden, wen sie dabeihat.

Mia jedoch blickt an mir vorbei zu der Menschenmenge. »Wow, ganz schön viele Touristen hier«, sagt sie plötzlich.

Ich blinzele, folge jedoch ihrem Blick zu dem Gedränge auf dem Platz. »Ja«, sage ich verwundert und frage mich, worauf sie hinauswill.

»Hier könnte man glatt verloren gehen«, sagt sie und beugt

sich vor, um an mir vorbeizusehen. »Ich kann kaum einen halben Häuserblock weit sehen.«

Ah. Das ist es also. Ich darf mal wieder an einem von Mias Himmelfahrtskommandos teilhaben.

Um der Wahrheit die Ehre zu geben, funktionieren sie weit öfter, als man es erwarten würde.

Und die Alternative ist eine Gefängniszelle.

»Du hast recht«, sage ich und stoße Neal mit dem Fuß an. »Ganz schön was los hier.«

Neal wirft mir einen irritierten Blick zu, doch als ich ihn erneut anstupse, spielt er mit, auch wenn er nicht weiß, worum es geht. »Wirklich schön hier«, sagt er aufgekratzt und lehnt sich ein Stück nach draußen, um sich umzuschauen.

Das ruft den Soldaten auf den Plan. »Hinsetzen«, blafft er und gestikuliert mit seinem Gewehr.

»Immer mit der Ruhe, Kumpel«, sagt Neal beschwichtigend und hebt die gefesselten Hände, um unseren Aufpasser daran zu erinnern, dass er eingeschränkt ist. Er hält dabei seine Tasche in der Hand, also weiß er, dass wir etwas im Schilde führen. »Wollte mich nur mal umschauen. Wahrscheinlich werde ich für den Rest meines jungen Lebens hinter Gittern sitzen. Ist also vielleicht meine letzte Chance, etwas von Prag zu sehen. Was ist denn das da drüben für ein Gebäude?«

Während er die Aufmerksamkeit des Wachmanns ablenkt, dreht Mia sich um, so dass sie mir den Rücken zukehrt. Für einen Augenblick bin ich irritiert, dann wackelt sie unmerklich mit den Hüften. Als ich den Blick senke, sehe ich plötzlich ihr Multitool, das sich in ihrer Hosentasche abzeichnet.

Ohne lange zu überlegen, ziehe ich es heraus und lasse die Klinge hervorschnellen. Lautlos und flink befreien wir uns gegenseitig von unseren Fesseln, während Neal weiter dem Wachmann auf die Nerven geht. Es gibt keine Möglichkeit, Neals Handfesseln unauffällig zu durchtrennen – also wird er so weglaufen müssen.

Der Wachmann ist bewaffnet. Doch es ist ein Gewehr, keine Pistole – auf engem Raum lässt sich damit nicht so gut zielen und schießen. Er wird ein paar Sekunden brauchen, um uns richtig ins Visier zu nehmen, bis dahin müssen wir uns ins Touristengewühl gestürzt haben. Wir müssen von vielen Menschen umgeben sein, so dass er unmöglich auf uns schießen kann.

Mit etwas, das wie ein verlegenes Lächeln aussehen soll, vermutlich aber eher eine Angstgrimasse ist, drehe ich mich zu Neal um. Sein Gesicht ist fragend, als ich meine Tasche nehme. Ich nicke fast unmerklich mit dem Kopf.

Neal zögert nicht.

Er wirft sich im selben Augenblick gegen die Ladeklappe, in dem Mia, von ihren Fesseln befreit, sie entriegelt. Er purzelt aufs Pflaster hinunter, und ich springe hinterher, fasse ihn am Ellbogen, als er, die Hände noch immer gefesslt, ins Stolpern gerät. Mia ist geschickt, sie klettert hinter mir hinaus und rempelt zwei Männer mit Fotoapparaten beiseite, um uns den Weg frei zu machen.

»Halt!« Hinter uns erklingt ein lauter Schrei, doch ich sehe mich nicht um. Wir sind erst ein halbes Dutzend Schritte weiter, und inzwischen wird der Soldat das Fahrzeug verlassen haben.

Mia packt eine Frau bei den Schultern und schubst sie aus dem Weg, und ich flitze hinter ihr her, mit Neal an meiner Seite.

Mein ganzes Rückgrat kribbelt, die Stelle zwischen meinen Schulterblättern juckt in Erwartung einer Kugel. Wir sind fast am Ende des Hofs angelangt.

Als wir um die Ecke biegen, blicke ich mich kurz um. Mink und der Soldat sind uns auf den Fersen, und in Minks Gesicht liegt eine eiserne Entschlossenheit, die auf unheimliche Weise vertraut anmutet – und dann wird es mir klar.

In diesem Moment sieht sie genauso aus wie Atlanta. Ich drehe mich kein zweites Mal um.

Mia ist vor mir, und zu dritt bahnen wir uns einen Weg durch die Menschenmassen, laufen im Zickzackkurs und biegen um mehrere Ecken. Wir bleiben kurz stehen, damit Mia Neal von seinen Fesseln befreien kann. Wir haben einen kleinen Vorsprung, jetzt müssen wir nur lange genug außer Sicht bleiben, dann sind wir unsere Verfolger los.

Irgendwann packt Mia meine Hand und keucht Neals Namen, und wir werden langsamer, biegen erneut um eine Ecke und mischen uns unter die Fußgänger. »Langsam«, japst sie. »Rennen verschafft uns zwar einen Vorsprung, aber es ist auch auffällig und hinterlässt eine Spur.«

Wir mischen uns unter die Menge, die riesig ist – vielleicht ist ja Wochenende. Ich habe keine Ahnung, welcher Tag heute ist.

»Sind wir sie los?«, frage ich, während mein Atem immer noch schnell geht.

»Ich glaube schon«, sagt Mia mit einem Blick nach hinten. »Aber lass uns weitergehen.«

Neal hat sein Handy herausgeholt, und ich lege eine Hand auf seine Schulter, damit er niemanden anrempelt, während er im Gehen rasch über das Display wischt.

»Fünf Minuten von hier gibt es eine Jugendherberge«, sagt er. »Wir könnten uns ein Zimmer nehmen, um von der Straße wegzukommen.«

»Ruf die Wegbeschreibung auf«, sagt Mia grimmig, »und nimm anschließend die SIM-Karte raus. Ich weiß zwar, dass ihr beide neue habt, aber ich wüsste nicht, wie Mink uns sonst an der Grenze gefunden haben soll. Sie muss herausgefunden haben, wo Neal die neuen SIM-Karten gekauft hat, und sie geortet haben.«

Sie hat recht. Ich nehme meine Armbanduhr ab, hole die Karte heraus und zermalme sie unter meinem Absatz. Meine sämtlichen Fotos sind auf dem Gerät selbst gespeichert – alles, was wir auf Gaia gefunden haben, und alles danach.

Ich sehe zu Neal, um sicherzugehen, dass er das Gleiche tut, doch er starrt mit gerunzelter Stirn auf sein Handy. »Na los«, murmele ich und stupse ihn an. Ich bezweifle zwar, dass jemand schnell genug war, um jetzt schon unsere Handys zu orten, aber ich will Mink auf keinen Fall unterschätzen.

»Moment«, erwidert Neal. Bei seinem Tonfall sträuben sich mir die Nackenhaare. Auch Mia wird aufmerksam und dreht sich fragend zu uns um.

»Ist das das Video, das du gepostet hast?« Ich beuge mich über Neals Schulter.

»Es hat schon sechs Millionen Aufrufe«, sagt Neal gedämpft. »Und sieh dir die Kommentare an – das sind Leute, die uns glauben. Die #IchglaubeAnAddison-Leute sind in heller Aufregung. Sie haben meinen Benutzernamen recherchiert, und zumindest einige von ihnen haben begriffen, dass ich ein Addison bin. Ich soll in die Foren kommen und ihnen mehr erzählen. Ich soll ihnen sagen, was wir wissen.«

Etwas springt mir ins Auge, und ich packe Neal am Ärmel. »Moment, geh noch mal zurück – was ist das für eine Leiste, da an der Seite?«

Es ist der übliche »Das könnte Sie ebenfalls interessieren«-Clickbait, doch als Neal zurück nach oben scrollt und den Link antippt, krampft sich mein Magen zusammen. »Euer Freund, Direktor De Luca, hat offenbar eine Pressekonferenz gegeben, nachdem das Video aus Lyon viral gegangen ist«, berichtet Neal. »Sie behaupten jetzt nicht mehr, es wäre eine Grippe. Jetzt heißt es, etwas mit dem Wasser sei dort nicht in Ordnung. Verdammt, fühlt sich das gut an – wegen uns musste er Stellung beziehen und zumindest teilweise die Wahrheit sagen.«

Ich würde Neals unbändige Freude darüber, dass die Mächtigen dazu gezwungen wurden, die Wahrheit einzugestehen, ja gerne teilen, aber ich kann es nicht. Ich kann mich nicht einmal darüber freuen, dass die »Grippe« doch kein tödlicher Keim ist, der uns alle umbringen wird. Denn mein Blick klebt an dem Foto der Pressekonferenz, das mir ins Auge gefallen ist. Hinter Neal stehend, strecke ich die Hand aus und nehme ihm ungeachtet seines Protests das Handy weg.

Ich zoome in das Bild hinein, auf dem De Luca hinter einem Podium mit Logo steht, und alle Zuversicht verlässt mich. Ich schaue zu Mia und hadere kurz mit mir, ob ich es ihr zeigen soll – doch als sie mein Gesicht sieht, wird ihr eigenes bleich und sie streckt wortlos die Hand aus, um mir das Handy abzunehmen.

Ich gebe es ihr und reibe mir die Augenlider, um das Bild zu vertreiben. Unter all den Angestellten und den namenlosen Zivilisten, die hinter De Luca auf dem Foto zu sehen sind, steht auch eine junge Frau. Eigentlich noch ein Mädchen. In Businesskleidung, aber auch der elegante Blazer kann nicht verbergen, dass sie mindestens zehn Jahre jünger ist als die anderen.

Und ich habe sie zwar noch nie getroffen – aber ich habe sie sofort erkannt.

Sie hat Mias Augen, ihr Kinn, selbst die Art, wie ihr Haar sich scheitelt – sie hat nicht annähernd so viele Sommersprossen, und ihr Gesicht ist ein bisschen runder, doch die Ähnlichkeit ist unverkennbar.

Evie.

Ich drücke Mias Schultern, doch sie bleiben steif unter meinen Händen – und ich kann sie gut verstehen.

De Luca schickt uns eine Warnung, klar und vernehmlich. Er hat jemanden in seiner Gewalt, der uns etwas bedeutet – jemanden, für den Mia schon auf Gaia bereit war ihr Leben zu geben. Und wenn wir etwas tun, dass De Luca nicht gefällt, wenn wir ihm drohen, sein Pulverfass hochgehen zu lassen, nun gut. Dann hat er Evie, und wir haben sie nicht.

Ich kann mir den Gedanken nicht verkneifen, dass sich etwas verändert haben muss. Irgendetwas muss ihn auf den Gedanken gebracht haben, dass wir mit den Geschehnissen in Verbindung stehen. Nach all unseren Warnungen vor dem Weltuntergang wird er vielleicht doch langsam stutzig.

»Ruf die Wegbeschreibung auf«, sagt Mia schließlich und gibt Neal das Handy zurück. »Und dann wirf die SIM-Karte weg.«

Ihre Stimme klingt belegt, und am liebsten würde ich sie gleich hier auf der Straße in die Arme nehmen. Zum letzten Mal hat sie das Gesicht ihrer Schwester auf dem erlöschenden Display ihres Handys gesehen, ein halbes Universum von hier entfernt, auf einem fremden Planeten, als sie sich entschied, lieber ihren restlichen Sauerstoff mit mir zu teilen, als ihren Heimflug zu schaffen. Als sie sich für mich entschied anstatt für ihre Schwester.

Es würde nichts ändern, wenn ich ihr sagen würde, dass es nicht das war, wofür sie sich entschieden hatte – dass sie sich für die Hoffnung entschieden hat, für eine andere Antwort, die wir damals noch nicht gefunden hatten. Dass es Glaube war, nicht Verrat. Denn ich weiß, im Moment kann sie an nichts denken als an das Mädchen auf diesem Foto, das nur wenige Meter hinter dem Mann steht, der uns auf den Fersen ist.

***

Eine halbe Stunde später haben wir ein kleines Zimmer mit weiß getünchten Wänden und schäbigen Vorhängen bezogen, in dem zwei Stockbetten stehen. Auf jeder der dünnen Matratzen liegt eine gefaltete Decke. Wir haben für alle vier Betten bezahlt, die Tür fest hinter uns geschlossen und durchstöbern gerade meine Snackvorräte aus dem Automaten nach etwas einigermaßen Leckerem.

»Okay«, sagt Neal. »Nach der Geschichte an der Grenze stehe ich jetzt vermutlich auch auf der Fahndungsliste. Wenn ich zu Onkel Elliot will, werde ich mit Sicherheit verhaftet.«

»Stimmt«, pflichte ich ihm bei, froh, dass Neal das Schweigen gebrochen hat. »Und es gibt keinen Grund zu der Annahme, dass sie auf uns beide mehr hören werden, als De Luca es getan hat. Vielleicht haben wir ja Glück, aber …«

Mia, deren Gesicht immer noch von der Sorge um ihre Schwester gezeichnet ist, stößt ein leises, bitteres Lachen aus. Ich kann es ihr nicht verdenken – unseren letzten Rest Glück scheinen wir schon vor langer Zeit aufgebraucht zu haben.

»Wir müssen trotzdem zu Onkel Elliott«, sagt Neal. »Anhand dieses Trackers wissen wir, wo die Unsterblichen sich befinden – und wir wissen, dass die Portale für ihren Plan entscheidend sind. Genau das müssen wir ihm mitteilen, damit er sie deaktivieren kann.«

Mias Schweigen ist ohrenbetäubend – genau jetzt müsste sie eigentlich voll in ihrem Element sein, die haarsträubendsten Pläne aushecken und unausgegorene Hauruck-Aktionen starten, die mir eine Heidenangst einjagen. Doch sie sitzt einfach nur da, mit gesenktem Kopf, die Ellbogen auf die Oberschenkel gestützt.

Wir alle denken ständig an die Menschen, die uns etwas bedeuten. Neals Eltern – mein Onkel und meine Tante – befinden sich in England. Unsere Freunde sind in Oxford. Ich glaube, meine Mutter ist in der Schweiz, und seit sie Dad und mich verlassen hat, haben wir zwar nicht viel miteinander gesprochen, aber ich habe sie immer noch lieb. Sie ist meine Mom, und ich kann es ihr nicht mal richtig übelnehmen, dass sie meinen Dad verlassen hat. Er klang verrückt mit all seinen Theorien – das fanden alle.

Wir können zwar mit keinem von ihnen Kontakt aufnehmen, aus Angst, die IA könnte uns abhören und den Anruf zurückverfolgen – und vielleicht aus Furcht, dass sie unsere Warnungen in den Wind schlagen könnten –, doch ich weiß, dass wir alle immer wieder daran denken, wie Mia Luisa gewarnt hat, und uns wünschen, wir hätten für unsere Lieben dasselbe tun können.

Aber trotz all dieser düsteren Gedanken, die uns während der langen Autofahrten und in der Nacht begleiteten, haben weder Neal noch ich je einen solchen Moment erlebt wie Mia gerade. Evie dort zu sehen, wie sie hinter De Luca steht, wo sie das Wohl und die Sicherheit ihrer Schwester stets als ihre Lebensaufgabe betrachtet hat, wo sie ihr eigenes Leben dafür aufs Spiel gesetzt hat … ich mag es mir gar nicht vorstellen.

»Also, lasst uns mal überlegen. Was können wir für uns als Vorteile verbuchen?«, fragt Neal und folgt meinem Blick zu Mias zusammengesunkener Gestalt.

»Eine IA-Jacke und einen Ausweis, der möglicherweise modifiziert werden kann«, sage ich.

»Fremdsprachen«, sagt Neal. »Du könntest von allen möglichen Orten kommen.«

»Mias Grips«, ergänze ich, und sie hebt den Kopf und sieht mich überrascht an. »Was denn?«, sage ich. »Ich kenne niemanden, der in einer Notlage so schnell schalten kann wie du. Dir fällt immer etwas ein.«

»Wir haben die Leute im Internet«, sagt sie langsam. »Die #IchGlaubeAnAddison-Leute. Ich weiß zwar noch nicht, wie sie uns nützen können, aber durch Luisa wissen wir, dass sie real sind, und zumindest einige von ihnen werden uns helfen.«

»Wir sollten uns entscheiden, ob wir da mitmachen wollen«, sagt Neal. »Du könntest noch jede Menge Fotos hochladen.«

»Ja, vielleicht«, sage ich, doch ich spüre, wie ich ein wenig die Schultern versteife, allein bei dem Gedanken an diese Gemeinschaft, die nicht hinnehmen will, was man ihr erzählt, die Fragen stellt und Beweise verlangt.

Mia atmet langsam aus. »Trotzdem müssen wir versuchen, mit Dr. Addison zu sprechen. Wir halten an unserem ursprünglichen Plan fest. Das Ganze wird nur etwas schwieriger werden, jetzt, da wir nicht mehr auf Neal zurückgreifen können.« Sie spricht leise, ihre Stirn ist gefurcht vor Konzentration. »Ganze Teile des Schlosses sind inzwischen ein Museum, nicht wahr? Für Touristen zugänglich?«

Du wolltest doch einen haarsträubenden Plan, bei dem wir alle ums Leben kommen, Jules.

Ich verdränge den Gedanken. »Sie würden uns schnappen, noch bevor wir die Hälfte des Weges hinter uns haben.«

»Kann sein.« Mia denkt immer noch nach. »Wahrscheinlich. Aber was bleibt uns anderes übrig? Wenn sie uns festnehmen und verhören, könnten wir sie zumindest vor Atlanta und Dex warnen – wenn wir sie nicht davon überzeugen können, dass es sich um Aliens handelt, dann vielleicht, dass sie Bioterroristen sind oder so. Dass sie etwas mit der Seuche von Lyon zu tun haben. Wir könnten zumindest verhindern, dass die Unsterblichen die IA-Zentrale erobern. Oder was immer sie vorhaben.«

Mein Herzschlag beschleunigt sich; der Gedanke, die IA zu unterwandern – einst die bedeutendste Regierungszentrale der Welt –, jagt mir fast so viel Angst ein wie die Vorstellung, dass Mink uns in Prag aufgreift. Doch Mia hat sich aufgerichtet, sie spricht; zum ersten Mal, seit sie Evie auf Neals Handy gesehen hat, ist sie wieder sie selbst, und ich lasse mich mitreißen. »Wir haben immerhin die Autorisierungskarte und die Uniformjacke der IA«, sage ich.

»Und wir haben einen Vorteil, mit dem sie nicht rechnen«, ergänzt Mia. Als ich fragend eine Augenbraue hochziehe, lächelt sie unmerklich zu uns herüber. »Wir sind nur ein paar Jugendliche. Was können wir schon ausrichten?«

Neal hat sich die ganze Zeit still über sein Handy gebeugt. Ohne seine SIM-Karte muss er mit dem WLAN der Jugendherberge vorliebnehmen, weswegen er für seine Suche etwas länger gebraucht hat. Doch jetzt stößt er einen leisen Schrei aus.

Er blickt auf, mit Panik in den Augen. Sein Gesicht aschgrau.

»Was ist denn?« Mir wird flau im Magen – noch nie habe ich Neal so geschockt gesehen.

»Veronica hat zurückgeschrieben«, flüstert er. »Die Genetikerin in Oxford, meine Bekannte. Wegen der Proben, die wir ihr geschickt haben.«

Mein Herz macht einen kleinen Sprung. Wenn wir einen handfesten Beweis haben, dass Atlanta und Dex zu einer außerirdischen Spezies gehören, müssen wir nicht heimlich in die IA-Zentrale eindringen. Wir könnten einfach reinspazieren, uns ausweisen und ihnen die Beweise liefern, dass die Invasion genau jetzt stattfindet.

Ich gehe zu meinem Cousin und nehme ihm das Handy aus der Hand. Dann lese ich die E-Mail, mein Blick erfasst Satzfetzen wie *höchst unwahrscheinliche Mikromatrix* und *lange, reinerbige DNA-Stränge*, ohne sie zu begreifen. Denn unter beiden Ergebnissen prangt in Fettdruck eine Standardkennung.

»Menschliche DNA-Mikromatrix«, flüstere ich.

Mia springt auf. »Menschlich? Aber ihr Blut ist doch blau!«

Jetzt begreife ich, wieso Neal so blass geworden ist. Er dachte, er würde eine E-Mail öffnen, voller geballter Verwunderung und Erstaunen, geschrieben von einer fassungslosen Genetikerin, die als Erste die DNA einer außerirdischen Spezies analysiert hat.

Stattdessen meldet sich eine alte Freundin von ihm, die sich freundlich interessiert über verschiedene Markergene auslässt – aber über *menschliche* Markergene.

»Sie sind Menschen.« Meine Stimme klingt wie frisch gegossener Beton, sie ist zäh und langsam. »Was auch immer wir gesehen haben, was auch immer wir zu sehen *glaubten* … es ist nicht nur eine Maskierung. Sie sind *Menschen*.«

AMELIA

»Sieht eigentlich nicht wie ein Schloss aus«, murmele ich, ohne mir die Mühe zu machen, meine Enttäuschung zu verbergen. Das Prager »Schloss«, die Heimstatt der Internationalen Allianz, ist eher eine Ansammlung mehr oder weniger alter Steinbauten als das imposante Gebäude, das ich mir vorgestellt hatte. Im Erdgeschoss des Haupthauses befindet sich ein Museum mit ein bisschen Schloss- und Stadthistorie und jeder Menge IA-Geschichte.

Jules sieht mich mit halbem Lächeln von der Seite an. »Hast du etwas wie aus einem Märchen erwartet?«

»Halt die Klappe. Wenn man sich nicht mal auf Hollywood verlassen kann, worauf dann?« In diesen Teil des Schlosses zu gelangen war einfach – oberflächliche Taschenkontrollen am Eingang, nicht einmal den Ausweis musste man zeigen. Die Security hatte kaum einen zweiten Blick für uns übrig.

Hier läuft das Leben ganz normal weiter, und trotz unserer Versuche herumzuwitzeln, fühlt es sich an, als wären wir haltlos ins Schwimmen geraten. Die Unsterblichen sind hier in Prag. Die Unsterblichen sind … Immer noch scheut mein

Verstand vor dem Wort zurück, zu durcheinander, um wirklich reagieren zu können. *Menschen?*

Als Neal gestern Abend loszog, um uns mit fast dem letzten Rest unseres Bargelds etwas zu essen und ein paar Einweghandys zu besorgen, hat Jules mir beim Haarefärben geholfen. Pink-blaue Strähnen sind nämlich nicht gerade unauffällig. Wir haben so viel durchgemacht – waren dem Tod so lange so nahe –, dass meine Haare zu färben und zu schneiden eigentlich keine große Sache sein sollte. Doch als Jules mit der Schere loslegte, merkte ich zu meinem Entsetzen, wie Tränen auf die feuchten Locken heruntertropften, die in der Badewanne lagen.

Irgendwie fühlte es sich so an, als ob das letzte kleine Stück von mir selbst, der Person, die ich vor all dem war, weggeschnippelt würde.

Als Jules fertig war, legte er die Schere beiseite. Er beugte sich vor, legte von hinten die Arme um mich, zog mich an sich und drückte seine Lippen auf meine Schläfe. Er sagte nichts, und ich auch nicht. Er hielt mich nur fest, bis Neal zurückkam und wir das Bad mit trockenen Augen verlassen konnten.

Jetzt trage ich einen kurzen, roten Bob mit einem Pony, der mich ganz erstaunlich verändert, und ich muss zugeben, dass ich die Wirkung nicht direkt abstoßend finde.

An Jules' und Neals Körpergröße lässt sich nichts machen, aber hier sind so viele Menschen, dass niemand ihnen Beachtung schenkt. Es wimmelt nur so von Touristen. Normalerweise mag ich keine Menschenmengen, aber heute sind sie ein Segen – in dem Getümmel fallen wir auf keinen Fall auf.

Nach Veronicas E-Mail stehen wir erneut vor der Aufgabe, zu Dr. Addison zu gelangen. Wir haben keine Ahnung, was wir von ihren Ergebnissen halten sollen, keine Ahnung, wie wir auch nur annähernd begreifen sollen, was sie bedeuten, doch das ändert nichts an unserer Mission. Die Unsterblichen sind immer noch hier. Sie bauen immer noch Portale. Und Jules' Dad weiß als Einziger, wie man sie deaktivieren kann.

Die IA-Zentrale ist, abgesehen vom Museumsbereich, ein Verwaltungsgebäude, kein Gefängnis. Addison hat man vor allem deswegen hier eingesperrt, um die Menschenrechtsaktivisten zum Schweigen zu bringen, die argumentierten, man könne ihn nicht ewig ohne Prozess gefangen halten – hier kann man behaupten, er befinde sich nur in *Gewahrsam*. Einige Teile des Schlosses sind für die Öffentlichkeit nicht zugänglich, die Büros und so weiter – und ein großer, unterirdischer Sicherheitskomplex.

Dort müssen wir hin. Durch den Ausstellungsbereich und dann nach unten in den gesicherten Teil des Gebäudes. Ohne uns erwischen zu lassen. Bei diesem Gedanken verzage selbst ich, und sobald wir drinnen sind, werden wir alle verhaltener. Es wird eine Weile dauern, bis wir uns einen Überblick über die räumlichen Gegebenheiten verschafft und herausgefunden haben, ob das Wachpersonal in einem bestimmten Rhythmus Rundgänge macht und welche Türen am wenigsten bewacht werden.

Deswegen protestiere ich auch nicht, als Jules einen Schlenker zu einer der Ausstellungsvitrinen macht. Das hier sind vielleicht die letzten Augenblicke, die wir in Freiheit verbringen. In

Frieden, bevor wir verhaftet werden. Und hier, zwischen den anderen Jugendlichen und den Familien und Touristen, fühlt sich das Leben beinahe normal an.

In der Nähe drückt ein Kind an einem Exponat immer wieder auf einen Knopf, mit dem man eine Audioaufnahme abspielen kann. Viel gibt es nicht zu hören, nur ein seltsames weißes Rauschen, doch Jules steuert darauf zu, als wäre es eine Hundepfeife und er ein gehorsamer Labrador.

»Das ist die Botschaft«, erklärt Jules flüsternd. »Die ursprüngliche Botschaft der Unsterblichen.«

Ich lausche, aber es hört sich immer noch nur wie Rauschen an. Doch auf einem der Aufsteller sticht mir ein Foto ins Auge, und ich zupfe Jules am Ärmel. »Schau mal – dein Dad.«

Neal beginnt, laut den dazugehörenden Text vorzulesen, und gleicht damit Jules' plötzliches Schweigen aus. »Obwohl die Wissenschaftler schnell erkannten, dass die künstliche Struktur des Signals auf Intelligenz hindeutete, bedurfte es eines der weltweit führenden Experten in Mathematik und Linguistik, um die Botschaft zu entschlüsseln. Trotz seines späteren blamablen Verhaltens … lassen wir das.« Rasch dreht sich Neal zum nächsten Aufsteller um, wobei er Jules geschickt die Sicht auf den Text der ersten Tafel versperrt.

Langsam schlendern wir den Zeitstrahl in Richtung Vergangenheit entlang, bis Neal einen entzückten Schrei ausstößt. »*Großartig*, da ist ja ein maßstabsgetreues Modell des Centauri-Schiffs!« Ohne uns weiter zu beachten, stürzt er davon, um sich das große Vogelperspektivenmodell anzusehen.

Die Entscheidung seinerzeit, fern der Erde nach einer Lösung für das Überbevölkerungsproblem unseres Planeten zu suchen, hatte zur Gründung der Internationalen Allianz geführt. Wir haben das alles in der Schule durchgenommen: eine lange Reihe von Namen und Daten, die wir auswendig lernen mussten. Dass sich mehrere Regierungen auf eine internationale Charta von Gesetzen einigten, wie die Wahlen vonstattengingen und so weiter. Doch das Schiff mit eigenen Augen zu sehen, das Ergebnis dieser globalen Kooperation, lässt die Schulstunden von damals lebendig werden.

Neal schwebt im siebten Ingenieurshimmel – er sieht sich gerade die Nachbildung eines der Schiffsantriebe im Querschnitt an. Ich interessiere mich mehr für ein Modell des Schiffs selbst, für die Sternenkarte des Alpha-Centauri-Systems, für die Landkarte des Planeten von Proxima Centauri, der für die Menschheit zur neuen Heimat werden sollte.

Jules ist immer noch still, und ich weiß, dass er mit seinen Gedanken bei dem kurzen Text über seinen Vater ist, bei dem Mann, der die Geschichte verändert hat. Jetzt erinnern sich alle nur noch an die Tirade, die seine Laufbahn beendete. Ich taste nach Jules' Hand und drücke sie leicht. »Diese Ausstellung ist wirklich ziemlich cool.«

»Hmmm?« Jules blinzelt und sieht von mir zu dem Schiffsmodell hinüber. »Ja, kann sein.«

»Nein, wirklich.« Ich gehe ein paar Schritte bis zu der Vitrine, in der eine Uniform der Centauri-Mission zu sehen ist. Ein Hosenbein ist in der Mitte aufgeschnitten und enthüllt einen Querschnitt des komplexen Innenlebens, mit mehreren

Schichten Isoliergel, schützendem Gewebe und Elektronik. Ein Meisterwerk der Technik, aus einer Zeit, in der die ganze Menschheit zusammenarbeitete.

Ich spiegele mich in der Scheibe, und wenn ich mich auf die Zehenspitzen stelle, sieht es fast so aus, als würde ich die Uniform tragen. »Ich meine, in der Schule weiß man ja schon vorher, wie die Geschichte ausgeht. Man weiß, dass die Mission scheitert und alle umkommen und dass die IA auseinanderbricht und nur noch ein Verwaltungsapparat übrig bleibt und dass man sich jetzt nur noch daran erinnert, wie sie versagt und einen Haufen Leute in den Tod geschickt haben.«

Jules schnaubt. »Tolles Vermächtnis.«

»Nein, hör zu.« Ich ziehe ihn weiter, bis er neben mir vor der Vitrine steht. »Wenn man weiß, wie alles ausgeht, dann ist es einem irgendwie egal. Aber sieh dir das alles doch mal an, Jules. Wenn du dir das Schiff und die Uniformen und die Karte und das alles wirklich ansiehst … schau, wozu wir *imstande* sind. Wenn wir mal aufhören, uns zu bekriegen, und über den Tellerrand hinausblicken.«

Ich bin hier nicht ganz in meinem Element, denn für inspirierende Ansprachen ist Jules zuständig, aber das Gefühl ist da, und ich will unbedingt, dass er es versteht. »Ich meine, war dir klar, dass wir dazu fähig sind? Das alles haben *Menschen* geschaffen. Das ist der Wahnsinn.«

»Und die Geschichte wird sie als Versager im Gedächtnis behalten.« Jules wirkt geistesabwesend. Er spricht nicht von der IA.

»Wen kümmert schon die Geschichte?« Ich gebe meinen

Versuch einer Ansprache auf, drehe mich um und sehe ihn eindringlich an. »Ich habe gesagt, dass *ich* es großartig finde.«

Jules sieht mich an, seine Lippen zucken. »Du bist zum Anbeißen, wenn du so finster dreinschaust.«

Neben ihm befindet sich die lange Gedenkwand mit den Namen der Menschen, die bei der Centauri-Mission ums Leben gekommen sind, doch ich zwinge ihn, mich weiter anzusehen. »Eigentlich wollte ich dich ja auf andere Gedanken bringen, indem ich dir das hehre Streben der vereinten Menschheit vor Augen führe, wie sie im Ringen um ein gemeinschaftliches Ziel nach den Sternen griff, aber ich begnüge mich auch mit ein bisschen Knutschen in einer öffentlichen Ausstellung.«

Jules muss lachen und streckt die Hand aus, um eine Locke meines frisch gefärbten roten Haares zurückzustreichen. Er setzt zum Sprechen an, aber irgendetwas stört mich, irgendetwas stimmt nicht.

Meine Augen wandern von Jules' Gesicht zu der Gedenkwand hinter ihm, und zuerst sehe ich nichts. Aber dann erhasche ich einen Blick auf etwas – Neal? Nein, Neal steht noch drüben bei dem Schiffsantrieb, zwischen lauter Schulkindern, die auf Knöpfe drücken und losquieken, wenn irgendwo Lämpchen aufleuchten.

Nicht Neal. Aber jemand anders, der groß ist. Zwei Jemande.

»O mein Gott.« Meine Stimme klingt dünn und erstickt.

Jules, der sich gerade zu mir herunterbeugt, hält inne. »Was? Du hast doch gesagt, wir könnten knutschen, ich wollte nur …«

»Nein – schau. Sie sind hier.«

Eigentlich sollte ich ihn warnen, nicht zu offensichtlich hinzusehen, doch ich bin viel zu verblüfft. Jules dreht sich um, und ich spüre es, als er sie sieht.

Dex und Atlanta, kaum anders gekleidet als wir, die sich alle Mühe geben, um unauffällig zu wirken. Atlanta studiert die Namen an der Gedenkwand und versucht offenbar so zu tun, als würde es sie interessieren, und Dex mustert beiläufig die Menschenmenge.

Ohne Vorwarnung gleitet sein Blick in unsere Richtung und bleibt, ehe ich Jules irgendwohin ziehen kann, wo wir weniger sichtbar sind, an uns hängen.

Für einen langen Augenblick starren wir uns gegenseitig durch das Besuchermeer an. Dann dreht er sich zu Atlanta um. Mir ist flau, und ich schaue mich nach den Ausgängen um. Bestimmt sind sie bereits im Anmarsch, wenn ich wieder hinsehe. Stattdessen hat Atlanta sich abgewandt und geht weg, und Dex kommt zu uns herüber.

Jules umklammert meine Hand so fest, dass meine Knochen knacken, doch ich schere mich nicht darum – im Moment ist es das Einzige, was meine eigene Furcht in Schach hält.

Mit einstudierter Lässigkeit schlendert Dex auf uns zu und grüßt mit einem Nicken. »Coole Ausstellung, was?« »Cool« klingt bei ihm etwa so wie früher bei unserer Waisenhausdirektorin, wenn sie jung und hipp rüberkommen wollte.

Jules starrt ihn an, sein Gesicht ist wie versteinert – auch meine Gedanken überschlagen sich, aber ich bin es gewohnt zu sprechen, noch bevor ich zu Ende gedacht habe.

»Was macht ihr hier?«, flüstere ich. »Hast du den Tracker absichtlich für uns liegen lassen?«

»Yup. Hört auf, mich anzustarren.« Dex sieht uns nicht an, sein Blick ruht auf der Texttafel neben der Centauri-Uniform. »Ich habe Atlanta gesagt, sie soll nach den Wachen an der Treppe schauen, ich habe nicht viel Zeit.« Unseren Slang mag er zwar noch nicht ganz draufhaben, aber davon abgesehen klingt es schon viel flüssiger. Er hat sich in mehr als einer Weise angepasst, indem er seine Art zu reden verändert hat.

»Wieso hilfst du uns?« Jules' Stimme klingt krächzend.

»Lass die Fragen, ich habe keine Zeit, sie zu beantworten, compren?« Dex schiebt die Hände in die Hosentaschen, und an seinen Armen treten deutlich die Muskeln hervor. Hinter ihm sehe ich Neal, der von der Vitrine mit dem Antrieb aufblickt und große Augen macht, als er uns sieht. »Ihr müsst etwas compren, wenn ihr diese Sache aufhalten wollt: Es geht allein um die Portale. Wenn ihr uns daran hindern könnt, die Portale zu benutzen, könnt ihr auch die Besetzung verhindern.«

Wir hatten recht mit den Portalen – sie sind wirklich der entscheidende Knackpunkt. Doch dann dämmert mir, was er noch gesagt hat. »Besetzung«, wiederhole ich, und Furcht steigt in mir auf.

»Die Besetzung der Erde. Sobald ihr größtenteils alle in einem tierhaft zurückentwickelten Stadium seid, haben wir den Planeten in unserer Gewalt.« Dex sieht von mir zu Jules. »Ihr seid wegen deines Vaters hier, yup?«

Unsere Hände sind ineinander verschränkt, und ich spüre,

wie Jules erschrickt. Gleich darauf erschlaffen seine Finger und lösen sich von meinen. »Woher weißt du, wer mein …«

Dex schneidet ihm das Wort ab. »Machst du Witze? Ernsthaft – nach unserer Ankunft hier haben wir zuallererst in Erfahrung gebracht, was ihr über uns wisst. Wie hätte das nicht das Erste sein können, das uns interessiert? Man findet es in eurem Internet, in euren Fernsehsendungen, euren Büchern und Zeitungen und Podcasts.«

Neal kommt vorsichtig näher. Ich fange seinen Blick auf, und als er die Brauen hochzieht, zucke ich mit den Schultern. *Keine Ahnung, ob wir ein Problem haben.* Ich weiß zwar nicht, was Neal ausrichten könnte, aber im Moment halte ich es für keine gute Idee, dass er sich hinter Dex anschleicht, um ihn zu Boden zu ringen.

»Natürlich haben wir in Erfahrung gebracht, was ihr über die geheimnisvolle Alien-Spezies wisst, die euch zu Gaia geführt hat.« Dex redet immer noch, er klingt dabei so viel mehr wie wir als noch wenige Tage zuvor und fixiert dabei Jules. Ich könnte ebenso gut unsichtbar sein, aber dafür kann ich nach Atlanta Ausschau halten, nach einem Anzeichen, dass Dex uns austricksen will. Doch aus seiner Körpersprache, die sich in der gläsernen Vitrine spiegelt, spricht eher Dringlichkeit als Aggression.

»Glaubst du, wir hätten nicht sämtliche Vorlesungen auswendig gelernt, die Elliott Addison über die Unsterblichen gehalten hat? Sämtliche Artikel und Bücher gelesen, die er über uns publiziert hat, uns jedes Video seines Zusammenbruchs in eurem Fernsehen angesehen?«

Jules presst die Lippen zusammen, doch er hält sich zurück.

Dex verlagert sein Gewicht. »Deshalb wussten wir, dass wir gewinnen könnten. Als wir sahen, wie Addison behandelt wurde, als er die Wahrheit sagte, da *wussten* wir, dass wir gute Chancen haben zu gewinnen.« Sein Gesicht ist ernst. Dann sieht er sich um, doch von Atlanta ist keine Spur zu sehen. Stattdessen erblickt er Neal, der ihm verlegen zuwinkt, als hätte er nicht noch vor dreißig Sekunden erwogen, ihn hinterrücks anzugreifen.

Dex dreht sich wieder zu uns um und stößt einen Seufzer aus. »Ich weiß, dass du an dem Tag in der Landekapsel, als wir zusammen zur Erde geshiftet sind, gemerkt hast, wie ich dich angesehen habe. Du hast gemerkt, dass ich dich erkannt habe.«

Jules schweigt. Ich würde ja vor Stolz platzen, weil er gelernt hat, den Mund zu halten, und nicht grundlos alles zugibt – wenn ich mir nicht sicher wäre, dass er nur schweigt, weil er vor Schock wie betäubt ist.

Dex schüttelt den Kopf. »Aber ich habe nicht nur begriffen, dass du von der Erde bist; dass du ein Proto bist. Ich habe erkannt, dass du Jules Addison bist.«

Das reißt Jules aus seiner Erstarrung, und er macht eine Geste, die er immer macht, wenn er mir einen seiner hochtrabenden wissenschaftlichen Vorträge halten will, so dass ich einen irrsinnigen Lachanfall niederkämpfen muss. »Moment mal, du kannst doch unmöglich …«

»Du hast die gleiche Stimme wie er«, unterbricht ihn Dex sofort.

Jules gerät ins Stammeln und verstummt.

»Und du hast ›geht weiter, wenn ihr es wagt‹ gesagt«, fährt Dex fort. »Seine Worte, seine Stimme. Du bist wegen deines Vaters hier. Yup?«

Jules sieht zu mir herüber. Doch ich bin im Moment überfordert. Kein noch so schnelles Schlussfolgern oder Verständnis für die menschliche Natur werden uns hier weiterhelfen. Ich zucke mit den Schultern und erwidere hilflos seinen Blick. In der gläsernen Vitrine trägt jetzt Dex' Spiegelbild die Centauri-Uniform, und ich bin kurz abgelenkt. Noch vor wenigen Augenblicken habe ich darüber philosophiert, was unsere Spezies erreichen kann, wenn wir uns ins Gedächtnis rufen, dass wir eigentlich gar nicht so verschieden sind. Und nun wird dieses Symbol der Einheit von einem Menschen aus dem Weltall überlagert.

»Yup?« Dex' Stimme durchbricht meine Gedanken, und auch die von Jules, mit offenkundiger Dringlichkeit.

»Yup«, sagt Jules schließlich.

»Wir auch.«

Bei diesen Worten bleibt mir die Luft weg, und Jules' entgeistertem Gesicht ist zu entnehmen, dass er kurz vor einem Zusammenbruch steht.

»Ihr müsst unbedingt vor uns bei ihm sein. Alpha eins, da geht es nicht nur um die IA-Zentrale. Unser Destin besteht darin, den einen Mann zu töten, der über das Wissen verfügt, uns aufzuhalten. Es sei denn, jemand anders ist vorher bei ihm.« Dex zieht die Hand aus der Hosentasche, er hält darin ein kleines, elektronisches Gerät, das er Jules reicht. »Nimm es. Wir haben unzählige Möglichkeiten, in den gesicherten Trakt einzudringen. Wenn klarwird, dass ich vergessen habe, den Codeknacker einzupacken, wird Atlanta uns reinschleusen. Ich kann sie eine Weile lang aufhalten, aber wenn wir vor euch bei ihm sind, kann ich nichts mehr tun.«

Ausdruckslos betrachtet Jules das Gerät, das ungefähr so groß ist wie ein Bierdeckel. »Ihr seid hier, um ihn zu töten?«, flüstert er.

Ungeduldig rüttelt Dex ihn an der Schulter. »Dieses Ding – das kann Türcodes entschlüsseln. Damit kommt ihr vor uns in den Sperrtrakt im Kellergeschoss, in dem sie die Gefangenen festhalten.«

Diese Worte brechen offenbar den Bann, unter dem Jules zu stehen scheint, denn er streckt die Hand aus, als wollte er Dex am Ärmel packen, und stößt hervor: »Moment … warte, wir brauchen dich. Wir haben noch so viele Fragen … Wer seid ihr? Wie könnt ihr Menschen sein? Wieso wollt ihr die Erde übernehmen, und wie seid ihr überhaupt vor so langer Zeit ins Weltall gekommen? Wozu all die aufwendigen Lügen und Rätsel und …«

»Dafür ist jetzt keine Zeit.« Dex' Stimme wird vor Gereiztheit ein wenig lauter, doch er beherrscht sich. Neal ist zu uns herübergeschlendert und mustert den Unsterblichen-Teenager mit undurchdringlicher Miene. »Ohne Scherz, ich kann nicht, nicht jetzt. Ich muss shiften.«

Wieder bewegt Jules seinen Arm, hält Dex aber immer noch nicht fest. Doch statt einer Flut von Fragen stellt er diesmal nur eine. »Warum hilfst du uns?«

Dex' Blick gleitet zu mir, dann zu Neal, wo er für einen Augenblick verharrt, und kehrt dann zu Jules zurück. Er senkt die Lider, dann sagt er leise: »Weil du wie dein Vater klingst. Ich muss jetzt wirklich shiften. Viel Glück.«

Damit verschwindet er in der Menge. Doch ich starre wieder auf die Vitrine mit der Uniform, und das Bild, das ich sehe, scheint irgendwie falsch zu sein. Durch meinen Verstand windet sich etwas, das ich nicht greifen kann.

»Jules«, sage ich leise, als mit wachsender Verwirrung die dumpfe Ahnung zur Gewissheit wird.

»Einen … nur einen Moment.« Jules' Stimme klingt belegt.

Die Centauri-Uniformen sind tiefblau, auf der rechten Brusttasche prangt die Flagge der Internationalen Allianz und das Logo der Centauri-Mission, ein Landeflugzeug, das durch das Dreier-Sonnensystem schießt, das Ziel ihrer Mission.

»Jules«, versuche ich es erneut. Ich spüre, wie Neal, der die Dringlichkeit in meiner Stimme hört, sich neben mir aufrichtet.

»Sie haben sich Videofilme angesehen, in denen mein Vater verspottet wurde«, murmelt Jules vor sich hin, ohne mich oder seinen Cousin auch nur wahrzunehmen, »und *deswegen* wussten sie, dass sie uns besiegen und die Erde unterwerfen könnten?«

Mein Blick hängt an dem Centauri-Logo. An dem abgeschnittenen Hosenbein und den Stoffschichten das Anzugs. »Jules«, rufe ich, ohne mich darum zu kümmern, dass sich in der Nähe ein paar Leute umdrehen, uns anstarren und dann langsam weitergehen.

Jules blinzelt und hebt den Kopf. »Was ist?« Er klingt gereizt.

»Sieh doch.« Mit zitterndem Finger deute ich auf die Vitrine.

Wir alle kennen das Centauri-Logo von klein auf. Doch es ist Geschichte, so lange vergangen, dass es inzwischen wie ein Hintergrundrauschen ist. Für uns ist es nur noch ein Symbol des Scheiterns. Aber jetzt rückt es auf einmal in den Mittelpunkt, als wäre es brandneu. Zum ersten Mal seit Gaia haben wir einen Grund, uns das Logo wirklich anzusehen.

Jules ist stumm, er hat die Augen aufgerissen, sein Mund steht offen. Neben uns nimmt Neal langsam das Ortungsgerät heraus, das Dex für uns zurückgelassen hat, dreht es um und sieht sich die Rückseite an. Auf dem Gehäuse befindet sich das Unsterblichen-Symbol, das wir aus dem Tempel auf Gaia kennen. Ein Meteorit, der über den Himmel schießt, so dachten wir immer.

Oder ein Kolonieschiff, das durch ein Sonnensystem fliegt.

»Wie kann das sein?«, flüstert Neal.

»Es kann nicht sein.« Jules klingt abwehrend, doch er kann nicht aufhören, die Uniform anzustarren. »Es ist unmöglich, okay? Der Tempel auf Gaia ist fünfzigtausend Jahre alt. Die Centauri-Mission ist erst vor sechzig Jahren gestartet.«

»Und selbst wenn das Schiff nicht zerstört wurde, wie die IA dachte, sie hatten nur Vorräte für …« Neal runzelt die Stirn und gibt auf, im Kopf nachzurechnen. »Selbst wenn sie nicht gleich gestorben sind, als der Kontakt zur IA abbrach, könnten sie heute niemals noch am Leben sein.«

»Aber es sind Menschen.« Ich denke daran, wie Atlanta dort stand und die Namen an der Wand mit den Opfern der

Centauri-Mission las. »Es sind Menschen, und schau – das Hosenbein. Das Isoliergel – das ist blau, nicht wahr? Der Unsterbliche, der auf dem Schiff verletzt wurde, hatte einen Anzug an. Sicher einen anderen als diesen hier, aber ... was, wenn es die gleiche Technik ist?«

»Deswegen hat es wie blaues Blut ausgesehen, als die Uniform beschädigt wurde.« Jules klingt verdattert.

»Vielleicht war der Tempel ja eine Fälschung.« Neal beobachtet Jules mit so etwas wie Besorgnis, als würde er auf eine Explosion warten. »Vielleicht ist er gar nicht so alt, wie wir dachten.«

»Die Geologen und Archäologen haben die Verzierungen im Tempel mit einer Abweichung von weniger als 0,08 Prozent datiert.« Jules' Stimme klingt flach, er zieht sich auf sicheres akademisches Terrain zurück, so wie ich unter eine warme, vertraute Decke kriechen würde. »Das hätten sie nicht fälschen können.«

Ich fasse Jules am Arm, der mich widerstandslos gewähren lässt, und nehme ihm das Gerät ab, das Dex uns gegeben hat. Jules scheint es nicht einmal zu bemerken.

»Hört zu, sie wollen Jules' Dad umbringen. Wir müssen los, und zwar sofort.«

Dex' Gerät springt auf Knopfdruck an, und auf dem Display erscheint eine Zahl mit zehn Ziffern, die durch sämtliche Zehnerstellen rückwärts bis null herunterzählt. Ich versuche die schiere Panik zu ignorieren, die allein schon bei der Vorstellung dessen, was uns noch bevorsteht, in mir aufsteigt.

Jules presst die Lippen so fest zusammen, dass sie zu einem

dünnen Strich werden, und entspannt sie dann wieder. »Mia hat recht«, sagt er leise. »Uns läuft die Zeit davon. Gehen wir.«

***

»Vielleicht sind sie ja Zeitreisende.« Neal spricht leise, doch ohne zu flüstern. Jules hat sich mittlerweile von mir abgeschaut, wie man möglichst wenig Aufsehen erregt, aber Neal ist noch ein Neuling, und er hat zwanzig Minuten gebraucht, um sich nicht mehr wie ein Verschwörer in einem Spionagethriller aufzuführen. »Vielleicht kommen sie aus der Zukunft und wollen sich an uns rächen, dafür, dass wir ihre Vorfahren nach Centauri geschickt haben.«

»Zeitreisen sind unmöglich«, murmelt Jules. »Sie verstoßen gegen die Gesetze der Physik, sie sind nichts als Phantasterei.« Doch nach allem, was wir gesehen haben, klingt sein Einwand ein wenig dünn. Und er sieht so aus, als wüsste er das.

»Selbst wenn es möglich wäre, wieso reisen sie dann nicht einfach in der Zeit vor die Mission zurück und verhindern ihren Start?« Ich streiche mir eine Strähne aus dem Gesicht. Ich bin die neue Haarfarbe noch nicht gewöhnt und sehe aus dem Augenwinkel ständig meinen Pony. Aber mit dem überraschend netten Haarschnitt und der gestohlenen IA-Jacke sehe ich wie eine echte – wenn auch ziemlich kleine – Agentin aus.

Die Kleidung der Jungs ist nicht ganz so zwanglos wie meine, sie könnte als lässige Businesskleidung durchgehen. Jules hat sich die gestohlene Autorisierungskarte an die Hosentasche geheftet. Wir sehen aus wie Kollegen, die durch die unterirdischen Gänge spazieren.

Hoffentlich.

Dennoch kribbelt meine Haut bei jedem Geräusch, bei jeder Bewegung in der bleiernen Stille. Ich habe nicht vergessen, dass Dex und Atlanta auch hier irgendwo sind. Dex hat uns gesagt, er werde Atlanta nicht daran hindern können, Dr. Addison zu töten, falls die beiden vor uns bei ihm sind. Keine Ahnung, ob er sie daran hindern könnte, uns ebenfalls umzubringen, falls wir die beiden treffen.

Neal seufzt. »Und wenn sie durch die Zeit reisen können, wozu bräuchten sie dann überhaupt die Lyon-Epidemie? In dem Fall wären sie ja praktisch Götter und könnten die IA und die gesamte irdische Verteidigung ausradieren, indem sie einfach in eine Zeit vor der IA zurückgehen.« Entnervt darüber, dass er seine eigene Theorie widerlegt hat, schiebt er die Hände in die Hosentaschen.

»Vorsicht.« Meine Stimme klingt ganz beiläufig, doch sie bringt das Gespräch zum Erliegen – aus einem Nebengang kommt eine Frau in einem marineblauen Kostüm, die uns abwesend zunickt und ihren Weg fortsetzt.

Im gesperrten Teil des Schlosses gab es genug Eingänge, an denen wir Dex' Codeknacker benutzen konnten, ohne dabei gesehen zu werden. Zum Glück, angesichts der Tatsache, dass wir gut zehn Minuten brauchten, um herauszufinden, wie er funktioniert. Doch als wir erst einmal drinnen sind, stellt sich das Weiterkommen überraschend einfach dar. Die Menschen sehen das, was sie sehen wollen, und die meisten Räume, an denen wir hier im Kellergeschoss unterhalb des Ausstellungssaals vorbeigekommen sind, waren Büros. Das hier sind keine hochqualifizierten Fachkräfte oder Sicherheitsexperten, sondern nur Büroangestellte.

»Wir müssen unbedingt herauskriegen, wo sie meinen Dad gefangen halten«, sagt Jules, sobald die Frau außer Hörweite ist. »Wir können hier nicht ewig durch die Gegend irren, sonst werden wir noch geschnappt.«

Mein Puls beschleunigt sich ein wenig, als mir ein Gedanke kommt. »Wartet, ich habe eine Idee. Bleibt hier.«

Damit drehe ich mich um, jogge hinter der Frau im Kostüm her und rufe laut: »Entschuldigung – einen Moment bitte!« Ich kann Jules' und Neals entsetzte Gesichter beinahe fühlen, aber keiner von ihnen läuft mir nach.

Die Frau bleibt stehen und dreht sich um. »Ist alles in Ordnung, Ma'am?« Sie hat große, strahlend braune Augen und einen leichten Akzent, mit dem sie alles sorgfältig artikuliert.

Ich erinnere mich selbst daran, dass ich die Uniformjacke eine Sicherheitsagentin trage, und lächele sie beschwichtigend an. »Ja, ich wollte nur fragen – wissen Sie vielleicht, wo Addison sitzt? Ich bin frisch aus der katalanischen Zweigstelle hierher versetzt worden und habe völlig die Orientierung verloren.«

Die Frau macht einen amüsierten Eindruck. »Das reinste Labyrinth, nicht wahr? Ich habe letztes Jahr angefangen und verlaufe mich immer noch. Aber ich bin nur Rechnungsprüferin, ich weiß nichts über die Addison-Sache und habe ohnehin nicht die Befugnis, darüber zu sprechen.«

Ich tue den Einwand mit einem entnervten Seufzen ab.

»Schon eine ungefähre Richtungsangabe würde mir wirklich weiterhelfen.«

Die Frau runzelt die Stirn. »Wieso wollen Sie überhaupt zu Addison? Wird er nicht von einer Spezialeinheit überwacht?«

Ich trete zur Seite und zeige hinter mich. Ein Blick verrät mir, dass Neal vollkommen panisch wirkt und schon halb um die Ecke ist – aber Jules steht noch dort, wo ich ihn zurückgelassen habe, und beobachtet uns. Angespannt, aber abwartend.

»Sehen Sie den Jungen dort?« Mir ist aufgefallen, dass ich oft älter wirke, wenn ich abfällig über Leute meines Alters rede. Mit diesem Trick und mit meiner Uniform wird die Frau hoffentlich nicht merken, dass ich kein bisschen älter bin als besagter Junge. »Das ist sein Sohn.«

Die Frau macht große Augen. »Dr. Addisons Sohn? Er sieht ihm wirklich ähnlich. Wird er nicht polizeilich gesucht?«

Ich grinse sie an. »Was glauben Sie denn, wie er hier reingekommen ist? Wir haben ihn gestern aufgegriffen. Man will ihn als Druckmittel gegen seinen Dad benutzen. De Luca wollte, dass ich ihn hier herunterbringe.«

Wieder verengt die Frau die Augen. »*Sie* unterstehen De Luca?« In ihre Miene tritt Misstrauen, und sie mustert mich genauer.

»Allerdings«, erwidere ich. »Ich bin zwar erst in meinem ersten Jahr, aber ich war die Einzige, die eine Freigabe für dieses Sicherheitslevel hat und verfügbar war.« Die Frau schaut wieder über meine Schulter zu Jules und zögert. In verschwörerischem Tonfall füge ich hinzu: »Unter uns, mir steht das Wasser bis zum Hals. Ich will niemanden fragen, der ranghöher ist, sonst erzählt irgendwer De Luca, ich würde meinen Job nicht gebacken kriegen. Ich brauche diese Beförderung.«

Die Frau seufzt. »Okay, genau weiß ich es nicht«, sagt sie schließlich. »Aber hinter dem Einsatzzentrum am Ende des Ganges gibt es einen Trakt, wo die Türen einen anderen Code haben – keiner von uns geht da jemals hinein. Wenn ich raten müsste, wo Dr. Addison festgehalten wird, würde ich dort nachsehen.«

Ich lächele sie an. »Vielen Dank. Wirklich – wie heißen Sie? Vielleicht kann ich mich ja mal bei Ihnen revanchieren, falls ich diese Beförderung bekomme.«

»Iveta«, erwidert sie nach kurzem Schweigen. »Iveta Nováková.«

»Alles klar.« Ich nicke, obwohl ich mir nicht sicher bin, ob ich den Namen wiederholen könnte. »Noch mal vielen Dank. Bis dann!«

Ich drehe mich um und laufe zurück zu den anderen. Jules' Lippen zucken, und er grinst mich beifällig an.

Neal, der von der Ecke aus zugesehen hat, macht große Augen. »Heiliger Bimbam, die hat ja echt Nerven wie Drahtseile.« Er gesellt sich wieder zu uns, nachdem er sich davon überzeugt hat, dass Iveta weg ist.

»Hab ich dir doch gesagt.« Jules will meine Hand nehmen, besinnt sich dann aber eines Besseren angesichts der Tarngeschichte, die ich gerade erzählt habe. »Gehen wir.«

Die mit einem Code verriegelte Tür, die Iveta erwähnt hat, führt in einen weiteren Gang, doch die gedämpfte Stille, die hier herrscht, lässt mich sofort nervös werden. Es gibt einen Kontrollraum, der zwar keine Monitore hat – offensichtlich sind sie nicht so dumm, alle ihre Geheimnisse offenzulegen –, doch in einer Mappe stecken die Einsatzpläne, und hinter der Tür hängt eine Karte mit den Notausgängen. Anhand dieser Informationen können wir ungefähr verorten, wo Dr. Addisons Zelle liegt, auch wenn sein Name in den Plänen nirgends aufgeführt ist.

Diesmal kassieren wir mehr als nur ein paar schiefe Blicke, als wir durch den Gang gehen. Wir werden zwar nicht aufgehalten, doch ich spüre das Misstrauen, so wie ein erfahrener Ermittler die Täuschung wittert, und als wir vor der Zelle stehen, prickelt meine Haut.

Neal hat den Codeknacker und braucht keine Aufforderung, um mit seiner Arbeit zu beginnen.

»Beeil dich«, zische ich, ehe ich mich daran hindern kann – Neal kann schließlich nichts tun, damit es schneller geht. Aber hier, in dem Gefängnistrakt mit lauter Wachleuten, die vermutlich tagtäglich mit Addison zu tun haben, ist es bedeutend wahrscheinlicher, dass Jules erkannt wird. Und hier wird man wissen, dass ich nicht gekommen bin, um Jules auf ihre Insassenliste zu setzen.

Jules steht neben mir und starrt die Tür ausdruckslos an, sein Gesicht ist grau. Er hat seinen Vater seit dessen Verhaftung nicht mehr gesehen, und ich habe keine Vorstellung, was in ihm vorgeht. Als Evie und ich unseren Eltern weggenommen wurden, waren wir so jung, dass sie keine Erinnerung mehr an sie hat, und für mich sind sie nur Schemen, die Wärme und

Sicherheit symbolisieren. Ich weiß nicht, wie es ist, einen Vater zu haben, den man so sehr liebt wie Jules seinen Dad.

Endlich, nach einer gefühlten Ewigkeit, kommen die Ziffern auf Dex' Codeknacker zur Ruhe, und die Tür gibt ein Knacken von sich sowie ein leises Zischen. Sie öffnet sich einen Spalt, und um Jules' Selbstbeherrschung ist es augenblicklich geschehen.

Er stürzt vorwärts und schiebt keuchend die Tür auf: »Dad?«, stößt er hervor.

Neal und ich eilen ihm hinterher, doch ich habe kaum ein paar Schritte in den Raum getan, als ich auch schon abrupt stehen bleibe. Etwas stimmt hier nicht.

Die Zelle ist voller Bücher und Papiere. An den Wänden hängen komplizierte Berechnungen, daneben Skizzen und Diagramme und lange Textpassagen. Irgendjemand hat sogar direkt auf die Wände geschrieben, mit schwarzem Filzstift, in einem nach rechts geneigten Gekrakel, das mich auf unheimliche Weise an Jules' Schrift erinnert.

Doch auch wenn der Raum eher wie das Versteck eines verrückten Verschwörungstheoretikers wirkt und nicht wie die Gefängniszelle eines brillanten Gelehrten, ist es nicht das, was mich innehalten lässt.

Ich bleibe stehen, weil die Zelle leer ist.

Addison ist nicht hier.

JULES

»Was?« Neals Stimme ist kaum mehr als ein panisches Quieken. »Wo ist er?«

»Dex und Atlanta?« Mia dreht sich rasch um die eigene Achse, so als wäre es möglich, dass wir meinen Dad auf den ersten Blick übersehen haben. »Sie waren vor uns hier, und ...« Sie bricht ab, ohne mich anzusehen.

»Nein.« Ich erkenne meine eigene Stimme kaum wieder, so rau und heiser klingt sie, als ich die Worte hervorwürgen. »Nein, nein, sie können doch nicht ...« Ich gehe in die Hocke, weil meine Beine unter mir nachzugeben drohen, und stütze mich mit den Händen am Boden ab. Ich spüre die Gegenwart meines Vaters in diesem Raum so intensiv, als würde er neben mir stehen. Das hier ist sein Zimmer – mit seinen Arbeiten, die er an die Wände gepinnt hat, seinen Gleichungen, mit allen Merkmalen eines kreativen Rausches.

Fast könnte ich wieder in Oxford sein, in seinem Arbeitszimmer, und von Heimweh überwältigt, wünsche ich mir, es wäre so. Umgeben von seinen Sachen könnte ich mich auch in einem Zelt befinden, auf einer archäologischen Ausgrabung, oder ein staunender Besucher in einem der schäbigen Apartments sein, die ihm rund um den Erdball als Behelfsbüros gedient haben. In diesem Moment spalte ich mich in tausend Versionen meiner selbst auf, die alle auf die Wände voller Beweise, Artefakte und Gleichungen starren, die er im Laufe der Jahre zusammengetragen hat.

Aber er ist nicht hier. Vielleicht ist er ja nirgendwo mehr. In meinen Ohren beginnt es zu dröhnen.

Dann kauert sich Mia vor mir hin, sie legt mir einen Finger unters Kinn und zwingt mich, sie anzusehen. »Hey«, sagt sie leise. »Jules, ich weiß. Ich *weiß*. Es tut mir so leid, und ich wünschte, ich könnte sagen, dass es ihm gutgeht, und ich wünschte, wir könnten hierbleiben und über alles nachdenken, aber das geht nicht. Und es tut mir so schrecklich leid.«

Ich bemühe mich, langsamer zu atmen, halte ihren Blick fest und wünsche mir den Rest der Welt weg, während ich mich von ihr erden lasse.

»Wir müssen weiter«, sagt sie ruhig. »Sieh dich bitte um. Er hat hier zwar jeden Quadratzentimeter zugepflastert, aber vielleicht hat er ja einen Hinweis hinterlassen, irgendetwas, woraus wir schließen können, was von alldem wichtig ist.« Dann legt sich eine große Hand auf meine Schulter, und Neal kauert sich neben mich. Seine Stimme zittert, als er spricht. »Jules, Kumpel, ich will ja nicht makaber klingen, aber Atlanta und Dex hätten Onkel Eliott doch nie hier rausgeholt und ihn irgendwo anders getötet. Dabei hätte sie doch jemand sehen können. Sie hätten ihn an Ort und Stelle umgebracht und seine Leiche hiergelassen, aber er ist nicht hier. Vielleicht ist er also …«

Sie haben beide recht. Vielleicht sind uns die Unsterblichen zuvorgekommen, und vielleicht ist er tot. Oder auch nicht. So oder so, wir müssen weiter. Also rappele ich mich mit zitternden Beinen hoch und zwinge mich, die Wände anzusehen. Zwinge mich, so zu tun, als würde ich zu Hause in seinem Arbeitszimmer stehen und als gäbe es hier für mich irgendwo etwas zu lernen.

Innerlich höre ich meine jüngere Stimme fragen: *Was bedeutet das alles, Dad?*

Und seine sanfte Antwort: *Nun, was siehst du denn, Jules?* Und dann ... *sehe* ich es.

Aus einer Reihe von Zahlen, die an die Wand geheftet sind, sticht mir mein Geburtstag ins Auge. Es ist an mich gerichtet, da bin ich mir sicher.

Mein Herz beginnt zu rasen.

Es ist noch nicht vorbei. Mein Vater hat mir tatsächlich etwas hinterlassen. Ich muss es nur finden.

Mein Blick geht durch den ganzen Raum, auf der Suche nach der Botschaft, von der ich weiß, dass ich sie hier finden werde. Nach nur wenigen Sekunden sehe ich ein einzelnes Wort, das jemand in Großbuchstaben und zweimal unterstrichen über den Türrahmen gekritzelt hat.

VEGAS steht da. Niemand außer mir würde verstehen, was das bedeutet.

Im Laufe der Jahre sind mein Vater und ich auf vielen Ausgrabungen gewesen, die meine Mutter niemals gutgeheißen hätte, sind vagen Hinweisen hinterhergejagt, die aus ihrer Wissenschaftlerinnensicht völlig nutzlos waren. Deshalb sagten wir scherzhafterweise jedes Mal, wenn wir eines dieser Vorhaben planten, dass wir nach Las Vegas fahren würden. Es war albern, weil dieser Ort, der inzwischen tatsächlich eine Ausgrabungsstätte inmitten der Wüste ist, all das verkörperte, woran mein Vater und ich nie irgendein Interesse hatten.

Ich weiß jetzt, dass es sich bei diesem Wort um einen Code für *Es geht um einen Plan, über den ich nicht sprechen kann* handelt.

Was immer er mir mitteilen will, es ist genau hier zu finden, aber es ist verschlüsselt. Ich weiß vielleicht nicht, wo mein Vater ist oder ob es ihm gutgeht, aber ich bin mir hundertprozentig sicher, dass er mir hinterlassen hat, was ich brauche.

»Da«, sage ich und blicke zu den Zeichenfolgen über der Tür. »Das da ist der Part, der wichtig ist.«

Neal neben mir flüstert vor sich hin, als würde er in den Gleichungen nach einer Bedeutung suchen. »Bist du sicher?«, fragt er nach einer halben Minute. »Die ergeben keinen Sinn, und ich erkenne darin auch keinen der Codes, die er bei unseren Videogesprächen verwendet hat.«

Ich weiß die Antwort, beinahe bevor ich sie ausspreche. »Nimm meinen Geburtstag. Das ist der Schlüssel. Verschieb alle Buchstaben und Zahlen um zwölf Stellen, dann nimmst du die vier für den Monat April, und …«

»Verstanden«, sagt er. Sein Blick klebt an dem Gekritzel über der Tür.

»Erkennst du irgendwas wieder, woran ihr beide gearbeitet habt?« Mia bleibt neben Neal stehen und schaut zu der Botschaft hoch, einen Anflug von Hoffnung in der Stimme. »Könnte es ein Weg sein, die Portale zu schließen?«

»Denk genau nach«, sage ich und beschwöre ihn im Stillen, sich zu beeilen, ohne es laut auszusprechen. »Du musst dir ganz sicher sein.

»Ich glaube …« Seine Stimme klingt gepresst, und ich kann nur raten, welche Berechnungen er gerade anstellt. »Ich glaube, es ist eine Frequenz. Eine Mikrowellen-Frequenz. Das würde zu unserer Theorie passen, dass zur Aktivierung der Portale ein Signal benötigt wird. Das Schiff schickt es dann per Funksatellit um die Erde.«

»Na toll, dann müssen wir auf das Schiff zurück?« Mias Stimme ist bleischwer.

»Nein, wir müssen nur die Portale daran hindern, das Signal zu empfangen. Wir brauchen eine Frequenzstörung. Oder auch Frequenzstörungen auf der ganzen Welt, in jeder Stadt, in der sich ein Portal befindet.«

»Wir stören also das Signal«, sagt Mia, »und dann gehen die Portale nicht auf? Keine Toxine. Keine Grippe. Keine Invasion.«

Und dann dringt eine neue Stimme zu uns herüber. »Beno«, sagt Atlanta. Sie klingt eisig. »Ihr seid ja doch nicht so blöd.«

Das Blut gefriert mir in den Adern, als ich Dex und Atlanta in der offenen Tür stehen sehe. Sie hält eine IA-Pistole in ihren Händen, mit der sie auf uns zielt.

Und während ich erstarre, reagiert Mia instinktiv ganz anders.

Sie stürzt sich nach vorn, packt Atlantas Hand mit der Pistole, als diese den Abzug drücken will, und dreht im selben Moment die Waffe so, dass sie auf das Unsterblichen-Mädchen zeigt.

In einer fast fließenden Bewegung, unglaublich geschmeidig und schnell, entwindet Atlanta Mia die Waffe, richtet sie auf ihren Kopf und zwingt sie so, zu Neal und mir zurückzustolpern.

»Ihr Protos«, sagt sie mit vor Verachtung triefender Stimme. »Ihr Protos und eure Waffen. Ihr denkt, sie beschützen euch, aber seht nur, wie leicht sie sich gegen euch verwenden lassen. Wo ist Elliott Addison?«

Trotz des blanken Entsetzens, dass noch eben eine Waffe auf mich gerichtet war, lässt meine innere Anspannung ein klein wenig nach. *Sie haben ihn also nicht umgebracht.*

Dex legt seiner Partnerin ruhig eine Hand auf die Schulter. »Langsam, Pfirsich«, sagt er leise. Seine ganze Liebe zu ihr liegt in den beiden Worten. So, wie sie in jedem einzelnen Augenblick spürbar war, als ich sie durch die Schiffswand in ihrer Unterkunft belauscht habe. Wo auch immer die beiden aufgewachsen sind, sie sind zusammen aufgewachsen, da bin ich mir sicher. Ihre Verbundenheit reicht tiefer, als ich mir vorstellen kann.

»Genug jetzt«, faucht sie. »Ist ja schön, dass sie dir leidtun, Dex, aber sie tauchen immer wieder auf, und wenn auch nur die geringste Möglichkeit besteht, dass sie uns in die Quere kommen, sollten wir sie besser gleich aus dem Weg räumen.«

Mia stockt der Atem, doch ich beobachte Dex, dessen Blick von uns dreien zum Lauf der Waffe und dann zu Atlanta wandert. In diesem Moment wirkt er so mitgenommen, so traurig, dass mein Herz sich mitfühlend zusammenzieht.

Doch nur allzu menschlich.

»Nein«, sagt er schließlich, macht einen Schritt und schiebt sich an Atlanta vorbei zwischen uns und die Pistole.

»Was?«, faucht Atlanta, nimmt ruckartig die Waffe herunter und weicht ein Stück zurück, als wäre allein auf ihn zu zielen schon undenkbar. »Soll das ein Witz sein? Das ist jetzt wirklich nicht der richtige Zeitpunkt.«

Doch Dex' Miene ist ernst, ohne jede Spur von Humor. »Unsere Leute – es war falsch von uns, auf diese Weise herzukommen«, sagt er ruhig. »Wir sind jetzt schon seit Hunderten von Jahren zwischen den Sternen zu Hause, nicht auf diesem Planeten. Nicht, wenn das Völkermord bedeutet. Bitte sag mir, dass dir das klar ist, A, tief in deinem Inneren. Dass das alles nicht richtig ist.«

»Natürlich ist es richtig«, entgegnet Atlanta verblüfft. »Die hatten ihre Chance mit diesem Planeten – wir sind es, die ihn vor ihnen retten können.«

»Vielleicht.« Immer noch klingt Dex ganz ruhig. »Aber nicht so.«

»Es hat sich nichts verändert.« Atlantas Lippen zittern, ihre Miene wirkt gequält. »Dex, wir sind jahrelang dafür ausgebildet worden, unser ganzes Leben lang. Nur diese eine Anstrengung, dann können alle unsere Leute wieder nach Hause.«

Dex atmet tief ein, und obwohl sein Gesicht ruhig ist, spielt sich hinter seinen Augen ein Kampf ab. »Du hast recht«, sagt er leise. »Ich bin wirklich mein ganzes Leben lang dafür ausgebildet worden. Ich bin nicht der, für den du mich hältst, Pfirsich.«

»Nenn mich nicht so!« Atlanta gestikuliert mit der Waffe

und richtet sie dabei kurz auf Dex, der darauf die Hände hebt. Einen langen Augenblick starrt sie ihn verständnislos an. Dann lässt sie die Waffe sinken, und ihre Augen weiten sich. »Du meinst – all diese Geschichten. Überläufer, Verräter in den eigenen Reihen, die gegen uns arbeiten, um diesen Protos zu helfen? Diese Geschichten, sie sind wahr?«

»Die Nautilus ist real.« Dex spricht immer noch leise.

Mein Puls beschleunigt sich, als der Blitz der Erkenntnis mich trifft und kurz meine Angst auslöscht. Ich hatte recht. All die Symbole, die in den gaianischen Tempeln eingeritzt und in den tiefsten Schichten des Codes der ursprünglichen Unsterblichen-Botschaft enthalten sind – sie waren nicht nur tatsächlich eine Warnung, sondern vor mir steht auch der lebende Beweis dafür, dass nicht alle Unsterblichen uns den Planeten mit Gewalt wegnehmen wollen.

Atlanta schüttelt den Kopf. »Du gehörst doch nicht zu denen. Ich kenne dich schon mein ganzes Leben. Ich würde es wissen. Du bist kein Verräter.«

»Nimm die Waffe runter«, bittet er, leise, sanft, eindringlich. Er hat uns jetzt ganz den Rücken zugekehrt und ich sehe sein Gesicht nicht mehr. »Das sind doch nicht wir. Wir müssen nicht so sein.«

Ein Schauer überläuft sie, und sie ringt hörbar nach Luft.

Seine Stimme ist so leise, dass die Worte kaum zu vernehmen sind. »Ich liebe dich, Pfirsich. Du bist meine beste Freundin. Aber ich werde nicht zulassen, dass du sie umbringst. Es ist noch nicht zu spät, um mit alldem aufzuhören.«

»Tu das nicht«, flüstert sie. Sie hebt die Waffe, diesmal,

um wieder auf ihren Partner zu zielen. Der Lauf bebt und schwankt. Ihr ganzer Körper – dessen geschmeidige Bewegungen und Stärke uns noch bis vor kurzem so fremdartig erschienen sind – zittert. »Bitte, Dex. Es ist auch für dich noch nicht zu spät.«

Auch Dex zittert, doch er rührt sich nicht. Er steht zwischen ihr und uns dreien, während ihre Waffe auf seine Brust zielt. Er sagt nichts, doch ich kann mir den Schmerz auf seinem Gesicht lebhaft vorstellen. Für welche Seite er sich auch entschieden hat, er liebt seine Partnerin, und das hier bringt ihn schier um.

Mein Herz klopft laut. Einmal, zweimal, dreimal.

Atlantas Finger spannt sich um den Abzug, und dann holt sie ein paarmal rasch Luft, wie um sich zum Handeln zu zwingen. Doch als aus ihren geröteten Augen eine Träne hervorquillt und ihr über die Wange rinnt, weicht alle Kraft aus ihren Gliedern, und sie lässt die Waffe sinken. Sie geht einen Schritt rückwärts durch die Türöffnung, dann lässt sie eine Hand auf den Knopf neben dem Türrahmen niedersausen.

Blitzschnell gleitet die Tür zu, und daneben erwacht ein kleines rotes Lämpchen zum Leben. Wir alle hechten vorwärts, und ein Durcheinander entsteht, während wir nach den Schaltern tasten, doch wir kommen zu spät.

Die Tür ist fest verschlossen, Atlanta fort, und wir sind in dem Raum gefangen.

AMELIA

»Schnell«, sagt Jules und geht einen Schritt zurück, um Dex Platz zu machen. »Den Codeknacker, mach die Tür auf!«

Doch Dex rührt sich nicht, sondern blickt nur starr auf das blinkende Lämpchen. »Es funktioniert nur, wenn ein Schloss auch geöffnet werden kann«, sagt er ruhig. »Dieses hier ist so konstruiert, dass es sich nicht von innen aufschließen lässt.«

»Dann …« Jules verstummt.

»Dann stecken wir hier fest«, sage ich. »Bis jemand vorbeikommt und uns findet.«

»Aber wir wissen, wie man die Portale blockiert«, protestiert er mit lauter werdender Stimme. »Wir wissen, wie es geht, wir können doch einfach …«

»Wir wissen, wie es geht«, sagt Neal. »Aber wir wissen nicht, wie wir's anstellen sollen. Wir haben nicht die Möglichkeit, eine weltweite Störfrequenz zu senden. Und wir könnten nie und nimmer rund um den Erdball in Hunderte Städte reisen, um sie eine nach der anderen zu blockieren, selbst wenn wir aus dieser Zelle herauskämen. Und wir haben immer noch nichts, womit wir die IA überzeugen könnten. Was wollen wir denn machen, wenn sie hier auftauchen und uns finden – auf Dex zeigen, mit seiner komplett menschlichen DNA, und behaupten, er wäre mit dem Raumschiff hergekommen?«

»Hat ja schon das letzte Mal so super geklappt«, murmele ich.

Die Gesichter um mich herum sind grimmig. »Mia hat recht«, sagt Jules. »Da draußen wird uns niemand glauben. Deus, es ist fast noch schlimmer als vorher. Wir wissen, wie wir unsere Leute retten könnten, aber niemand wird uns zuhören.«

»Das stimmt nicht.« Das ist Dex, von seinem Platz neben der Tür aus. Er spricht langsam und bedächtig, als müsste er sich die Worte erst zurechtlegen. Immer noch blickt er zur Tür, wie in der Erwartung, dass Atlanta jeden Moment zurückkommt. »Das ist nicht wahr. Es gibt durchaus ein paar Leute, die euch glauben. Und sie sind überall auf der Welt, yup? Ich beobachte sie schon seit unserer Landung.«

Ich brauche einen Augenblick, um zu begreifen, was er meint, und ich sehe, wie es den anderen dämmert.

Er hat recht.

Wir mögen zwar hier festsitzen, aber wir haben dort draußen Verbündete. Es sind die Freunde und Kollegen von Elliott Addison, einschließlich seiner Konkurrenten. Es sind die Leute im Netz, die nicht alles glauben wollen, solange man ihnen keine Fakten präsentiert. Es ist Luisa, in Dresden. Sie sind überall.

Sie glauben an Addison.

Aber wird das reichen?

Wir können nur hoffen.

»Ich poste unser Wissen in den Foren«, sagt Neal, zieht sein

Handy aus der Hosentasche und geht zum Schreibtisch seines Onkels hinüber, um sich dort auf den Stuhl sinken zu lassen. »Bevor uns jemand hier findet und mein Handy kassiert. Die Leute in diesen Foren haben mir geschrieben, dass sie von mir hören wollen, sie haben mich aufgefordert, ihnen zu erzählen, was los ist. Vielleicht lesen sie es ja. Vielleicht können sie Störsender bauen, ihre jeweiligen Städte retten. So viele Städte retten wie möglich.«

Wir schweigen, während er fieberhaft arbeitet und hin und wieder einen Blick auf die Codes wirft, die sein Onkel über die Tür gekritzelt hat. Jules beobachtet die Tür, und ich beobachte Dex, der immer noch fast ungerührt wirkt. Uns bleiben vielleicht nur wenige Sekunden, bevor jemand hier auftaucht und uns entdeckt. Oder, falls alle glauben, dass Dr. Addison woanders ist, falls die IA ihn woandershin geschafft hat, dann könnte es *sehr* lange dauern, bis jemand hier hereinschaut.

Wie viel Zeit uns auch bleibt, ich will keine Sekunde verschwenden. Ich will Antworten. Ich habe Hunderte von Fragen, die in meinem Kopf herumschwirren – Fragen mit Antworten, die unmöglich sind –, und Dex ist der Einzige, der all das entwirren kann, was uns zugestoßen ist. Während Neal tippt, beginnt Jules auf und ab zu gehen, und unwillkürlich laufe auch ich in unserem kleinen Bürogefängnis hin und her, in entgegengesetzter Richtung, so dass ich in jeder Runde zweimal an ihm vorbeikomme. *Wie Tiere im Käfig,* spuckt mein Gehirn aus.

Nach ein paar Minuten lässt Neal sein Handy sinken. »Ich habe mein Bestes getan«, sagt er. »Ich habe alles offengelegt. Jetzt müssen wir hoffen, dass sie die richtigen Schlüsse ziehen.

Dass sie die Sorte Menschen sind, die ihre Mikrowellen auseinandernehmen und sie modifizieren, nachdem wir ihnen ausreichend Beweise geliefert haben.«

»Genau darum ging es hier«, sagt Jules leise. »Um die Wahrheit.«

Am liebsten würde ich seine Stimme aufsaugen, jede Sekunde absorbieren, in der ich ihn ansehen kann, denn wenn sie kommen und uns hier finden, werde ich ihn wohl erst wiedersehen, wenn … na ja. Ich werde ihn wohl nie mehr wiedersehen. Und Evie auch nicht.

Dennoch muss ich immer wieder zu Dex hinübersehen. Ich mustere seine hochgewachsene Gestalt, das dunkle Haar, seine Haut, deren Ton zwischen meinem und Jules' liegt, und seine hängenden Schultern. Ich bin in einem Raum mit dem Angehörigen einer Spezies, die die Menschheit ausradieren will.

Es war einfacher, ihn zu hassen, als ich ihn noch für einen Alien hielt. Jetzt, da ich weiß, dass er ein Mensch ist wie ich … irgendwie macht es das schlimmer. *Komplex und facettenreich* würde Jules sagen. *Ein Kuddelmuddel,* sagen meine eigenen Gedanken.

»Danke, dass du uns geholfen hast.« Mit einem Ernst, der mich überrascht, sieht Neal Dex an, in seinem Blick liegt Mitgefühl. »Ich habe mitbekommen, dass sie dir viel bedeutet.«

»Sie ist meine andere Hälfte.« Dex presst die Lippen zusammen, und eine Träne rinnt über seine Wange, als er das Gesicht abwendet. »Wir sind zusammen aufgewachsen. Wir waren schon Partner, ehe wir lesen und schreiben konnten.«

»Welche Art von Partner?« Neal wühlt in seiner Hosentasche, bis er ein zerknautschtes Päckchen Papiertaschentücher findet. Er steht auf, geht zu Dex hinüber und hält es ihm hin. Er will diesen Jungen verstehen, der plötzlich in unserer Mitte ist.

Dex blickt zwischen ihm und den Taschentüchern hin und her, ein Anflug von Verwirrung verdrängt kurz seine Trauer.

»Für den Fall, dass deine Nase anfängt zu laufen«, meint Neal liebenswürdig. »Oder deine Augen.«

Mit gerunzelter Stirn nimmt Dex das Päckchen und zieht ein Taschentuch heraus, dann wischt er sich sorgfältig das Gesicht ab. Er blickt kurz zu Neal, und auch wenn er nicht lächelt, hat sein Blick sich verändert. »Danke. Wir … ich weiß nicht, wie ich es beschreiben soll. Wir müssen zusammen sein. Wir sind immer zusammen.« Und seinem Tonfall nach zu urteilen, schmerzt es ihn, dass sie das jetzt nicht sind.

»Wie ist das überhaupt mit den Partnern?«, frage ich. Dex zuckt zusammen und sieht zu mir herüber. »Auf dem Schiff, in Lyon, du und Atlanta … Wieso seid ihr immer zu zweit unterwegs?«

Dex zuckt kurz mit den Schultern. »Alle aus unserem Rettungsteam haben Partner. Ein Partner hält dich am Ball, er unterstützt dich, er compren dein Denken und deine Fähigkeiten besser, als du dich selbst compren. Und wenn du je anfängst, an deinen Überzeugungen zu zweifeln …« Erneut verlieren Dex' Augen ihren Fokus. »Dann sorgt dein Partner dafür, dass du auf dem richtigen Weg bleibst.«

»Rettungsteam?«, wiederholt Jules. »Rettung von was?«

Dex' Blick richtet sich auf Jules und verharrt dort. »Von unserer Heimat.«

Leise, bedächtig, jedes Wort ein vorsichtiger Schritt durch ein Minenfeld, durchbricht Jules das Schweigen. »Dein Volk stammt von der Centauri-Mission ab.«

Es gibt zwar keine Hebung am Ende des Satzes, doch es ist trotzdem eine Frage. Dex sieht ihn an, über sein Gesicht huscht ein Anflug von Gequältheit, dann senkt er den Kopf.

Jules blickt zu mir herüber, doch ich kann nur hilflos mit den Schultern zucken. Wir können Dex nicht zwingen, unsere Fragen zu beantworten, wenn er das nicht will. Wir sind weder Mörder noch Folterknechte, und außerdem hat er uns geholfen. Aber das hier könnte unsere letzte Chance sein, zu verstehen, was passiert ist.

Das Schweigen zieht sich in die Länge, bis Neal sich umdreht, den Stuhl seines Onkels holt, ihn durch den Raum schiebt und Dex hinstellt. Dann lässt er sich zu Boden sinken. »Bereust du, was du getan hast? Dass du sie gehindert hast, uns umzubringen?«

Dex' zusammengepresste Lippen entspannen sich ein wenig, dann senkt er den Kopf. »Ich hätte mich stärker bemühen sollen, sie zu shiften. Ich hätte ihr irgendwie klarmachen müssen … ich hätte …« Er bewegt seine Hand nach unten, eine Geste, die mir zwar völlig fremd ist, aber eine umfassende Hilflosigkeit vermittelt, bei der mich unerwartetes Mitleid durchzuckt.

»Natürlich tut es dir leid, dass du deiner Partnerin weh getan hast.« Neals Stimme ist sanft. »Aber bereust du deine Entscheidung?«

Langsam lässt sich Dex auf den Stuhl sinken. »Ich habe mich entschieden.« Für ein paar weitere Sekunden sitzt er schweigend da, dann richtet er sich auf und holt tief Luft. Seine Hand, die immer noch das Taschentuch umklammert, ballt sich zur Faust. »Und yup. Meine Vorfahren waren die Mannschaft und die Kolonisten der Centauri-Mission.«

»Aber wie ist das möglich?« Die Worte entfahren mir, ehe ich sie aufhalten kann. »Eure Technologie ist so viel weiter fortgeschritten als unsere, und das Schiff hat die Erde erst vor ungefähr sechzig Jahren verlassen, und der Tempel auf Gaia ist zigtausend Jahre alt, ganz zu schweigen davon, dass er zigtausend Lichtjahre entfernt ist, und …«

Ich erwarte, dass Dex sich angesichts meines Wortschwalls wieder verschließt, aber er sieht mich nur an, mit einem seltsamen Ausdruck in den Augen, als wäre er halb amüsiert. »Aus eurer Perspektive ist das Schiff erst vor sechzig Jahren gestartet. Aber aus unserer ist das fast dreihundert Jahre her.«

Jules stößt sich vom Schreibtisch seines Vaters ab, an dem er gelehnt hat, wobei ein Papierstapel herunterfällt. »Zeitreisen?«, platzt er heraus. Sein Gesicht wird merklich dunkler, auch seine Hände sind zu Fäusten geballt. »Die ganze Zeit über haben wir versucht, dieses absurde Rätsel zu lösen, auf das es keine Antwort gibt, und die ganze Zeit war es etwas, das … das … unmöglich ist! Zeitreisen sind nicht möglich. Niemals.«

Alle Gesichter im Zimmer wenden sich ihm zu, erschrocken über diesen für ihn so untypischen Ausbruch. Wie er mit geballten Fäusten dasteht, das Gesicht zornig, die Augen blitzend, sieht er aus, als wollte er jemanden verprügeln.

Wenn Jules bereit wäre, jemanden zu verdreschen, dann wegen einer akademischen Diskussion über abstrakte Konzepte von irgendeinem Quantum-Astro-Dingsbums …

Ich kann nicht anders, ich breche in hilfloses Gelächter aus.

Diesmal starren alle mich an, einschließlich Jules, dessen Fäuste sich vor Überraschung entspannen. Ich hebe den Kopf und will erklären, was so lustig war – dass er sich gegen das Konzept von Zeitreisen wehrt, während er in einer Gefängniszelle in Prag sitzt, zusammen mit einem uralten zeitreisenden, weltraumfahrenden, abtrünnigen Alien-Menschen, dessen Volk uns unseren Planeten stehlen will. Ich würde Jules gern sagen, dass es mir gutgeht, doch ich kann nicht aufhören zu lachen, mein ganzer Körper zuckt und krümmt sich, vor meinem Augen tanzen schwarze Punkte, während meine Lunge um Sauerstoff ringt. Ich taste nach der Wand hinter mir und lasse mich zu Boden gleiten, von einem Lachkrampf geschüttelt.

Als ich merke, dass ich nicht aufhören kann, schließt mein Gehirn kurz. Es ist nicht mehr lustig, aber ich lache immer noch, als wären irgendwelche Synapsenverbindungen durcheinandergekommen und als wollte ich gerne schreien oder weinen oder explodieren, aber trotzdem kann ich immer nur weiterlachen.

Nach wenigen Sekunden sitzt Jules neben mir auf dem Fußboden und schlingt die Arme um mich, während ich keuche und mir Tränen über die Wangen laufen. Er zieht mich an sich, eine Hand stützt meinen Hinterkopf. Aus irgendeinem Grund erinnern mich seine Finger in meinem frisch geschnittenen

Haar daran, dass ich meinen Körper kontrollieren kann, und in seinem Arm hole ich tief und bebend Luft.

Als ich mich wieder umsehen kann, starren mich die anderen beiden Jungen an. Ich huste, ein Anflug von Scham steigt in mir auf, nun da das Panikgelächter, oder was immer das war, abgeebbt ist. Hustend versuche ich einzuatmen, und aus meiner verstopften Nase dringt ein schnarchendes Geräusch, und mir wird klar, dass ich überall Rotz haben muss.

Das Licht verändert sich, und als ich aufblicke, hat sich Dex vor mich hingekauert, auf den ausgestreckten Händen das zerdrückte Päckchen Taschentücher, als wollte er mir ein Opfer darbringen. Sein Gesicht ist ernst, und er sieht derart menschlich aus, obwohl er keine Ahnung hat, wie man jemandem ein Taschentuch gibt.

Wie ein Echo blubbert ein weiteres, winziges Lachen aus mir heraus und erinnert mich daran, dass die tektonischen Platten meiner geschundenen Psyche noch nicht zur Ruhe gekommen sind. Meine Finger zittern, als ich nach dem Päckchen greife. Schwach lächele ich Dex an. »Danke.«

Er erwidert mein Lächeln, und während ich ihn so ansehe, merke ich, wie ihm die Eigentümlichkeit, die Vertrautheit dieser menschlichen Verbindung bewusst wird. Die Unsterblichen haben uns vermutlich für ebenso gefühllos und fremdartig gehalten wie wir sie. Ein Schatten geht über sein Gesicht, und er kehrt zu seinem Stuhl zurück.

»Wir sind keine Zeitreisenden«, sagt er leise, während er sich setzt. Er sieht zu uns herüber, und als ich nicke – *mir geht es gut, sprich weiter* –, nimmt er einen weiteren dieser tiefen, kraftspendenden Atemzüge. »Aber yup, wir sind in der Zeit geshiftet. Acht Jahre nachdem wir zum Alpha-Centauri-System aufgebrochen sind, ging an dem Schiff etwas kaputt. Ein Konstruktionsfehler. Wir setzten einen Notruf zur Erde ab, aber nachdem wir wochenlang gewartet hatten, kam als Antwort nur, dass sie uns nicht helfen könnten. Wir wurden im Stich gelassen.«

»Sie hatten kein zweites Schiff«, sagt Neal leise. »Sie hätten euch nicht helfen können. Die Kolonisten wussten das.«

»Möglich.« Dex' Gesicht ist ernst – offenbar hat er keine Lust, darüber zu diskutieren, wer die Schuld am Scheitern der Mission trug. »Aber während wir noch dabei waren, das Schiff zu reparieren, tauchte eine unidentifizierte Anomalie auf, nahm das Schiff mit und zog es in ein unerforschtes Gebiet. Wir nennen sie den *Sturm* – das ist noch die einfachste Art, sie zu compren. Ihr könnt es euch so vorstellen, als wärt ihr in einem Boot auf dem Meer –«, er hält inne und sieht sich um. »Gibt es noch Boote auf der Erde? Compren ihr, was das ist?«

Ich blinzele, und mein Blick trifft kurz den von Neal, bevor ich wieder Dex ansehe. »Ähm, ja, wir wissen, was Boote sind.«

Dex' Lippen zucken in einem Anflug eines spröden Lächelns. »Das ist keine Lixo-Frage. Alles, was die Erde betrifft, ist für uns lange vergangen. Ich meine, wisst ihr denn aus dem Stegreif, ob die alten Ägypter Antibiotika kannten?«

»Ähm«, sage ich erneut, »ja, doch, so ziemlich jeder Mensch auf der Welt weiß, dass die alten Ägypter lebten lange bevor es Antibiotika gab. Das ist nicht gerade ein glänzendes Beispiel.«

Jules drückt mich fester an sich und flüstert mir ins Ohr: »Tatsächlich kannten die alten Ägypter Antibiotika. Sie verwendeten eine Art medizinisches Bier.« Seine Stimme ist voller Nachsicht. Das Glitzern in seinen Augen, als ich mich zu ihm umdrehe und ihn finster ansehe, nicht.

Dex' Gesichtsausdruck nach zu urteilen, hat er mit seinen scharfen Ohren Jules' Geflüster aufgefangen. Doch als er mich angrinst, empfinde ich zum ersten Mal so etwas wie Freude über sein Lächeln, anstatt mich darüber zu wundern, wie ähnlich ein Alien einem Menschen sein kann. »Also yup. Boote. Stellt euch ein Boot auf dem Meer vor, und dann kommt ein Sturm und macht euch Gefrett. Wenn man einem Unwetter ausgeliefert ist, weiß man nicht, wo man sich nach dem Ende des Sturms wiederfinden wird. Man kann kilometerweit vom Kurs abgekommen sein.«

»Oder Jahrhunderte«, murmelt Jules.

»Oder Jahrtausende.« Dex' Grinsen ist verschwunden. »Auch wenn wir zuerst nicht compren haben, dass wir sowohl zeitlich als auch räumlich geshiftet waren, denn nichts in unserer Umgebung war uns vertraut. Wenn ihr keinen Vergleich habt, könnte man euch an jedem Ort, in jeder Zeit im Universum absetzen, ohne dass ihr es merken würdet.«

»Ihr seid also fünfzigtausend Jahre zurückgeweht worden, in die Epoche des Tempels auf Gaia?«, frage ich.

»Nicht gleich beim ersten Mal, das kam viel später. Nach dem Sturm war die Centauri-Crew orientierungslos und hatte gerade noch genug Vorräte, um ihr ursprüngliches Ziel zu erreichen – also nur Lebensmittel für wenige Jahre. Das ist meine Lieblingsepoche«, fügt er schüchtern hinzu, als würde er ein heimliches Laster beichten, auch wenn der Stolz in seinem Gesicht ihn Lügen straft.

»Die Belastbarkeit unserer Vorfahren, ihr Einfallsreichtum, die vielen Verfahren, die sie in jenen frühen Jahrzehnten erfanden, um ihre Lebensmittel zu strecken, zu konservieren und sogar selbst anzubauen, ist atemberaubend. Es gibt eine ganze Filmtrilogie darüber.«

»Ihr habt Filme?« Neals Augenbrauen schnellen nach oben.

Dex blinzelt ihn an. »Machst du Witze? Natürlich haben wir Filme. Wenn wir riesige, interstellare Raumschiffe bauen, dann compren wir natürlich auch eine Videokamera. Unsere Filme sind wie eure … wie nennt man das? Virtuelle Realität? Sie sind so was wie interaktiv, yup? Man kann zusehen oder sich eine Rolle in der Geschichte aussuchen und im Film mitmachen, und die Figuren sind alle auf spontane Reaktionen programmiert, die ihren Persönlichkeiten entsprechen.«

Neal läuft rot an, doch er lacht trotzdem und wirkt nur ein klein wenig verlegen. »Die Filme über die Crew nach dem Sturm würde ich gern sehen.«

»Die sind beno.« Dex mustert Neal aus den Augenwinkeln, abschätzend, nachdenklich.

Jules räuspert sich. »Die Centauri-Crew fand also einen Weg, ihre Verpflegung zu strecken …?«

Dex blinzelt und sieht wieder uns an. »Yup. Und sie fanden heraus, dass der Sturm kein einzigartiges Phänomen war, dass es diese Anomalien überall gab. Dass sie die, von der sie getroffen worden waren, wahrscheinlich selbst erschaffen hatten beim

Versuch, ihr defektes Schiff zum Shiften zu bringen, und dazu alle möglichen Lixo-Ideen ausprobiert hatten. Daraufhin sind sie durch jeden Sturm geshiftet, den sie fanden, in der Hoffnung, mit Glück irgendwie wieder auf der Erde zu landen oder in Sternbildern, die sie kannten. Aber irgendwann begriffen die Astronavigatoren, wieso die Berechnungen alle nicht hinhauten – weil jeder Sturm, mit dem sie reisten, sie durch den Raum *und* die Zeit shiften ließ, yup? Schon die Wahrscheinlichkeit, ein Loch im Weltraum zu finden, das einen zufällig zur Erde befördert, ist so winzig, dass es fast an Dummheit grenzte, es so überhaupt zu versuchen. Aber wenn dann noch die Zeit als Variable hinzukommt … In der Nähe der Erde und dazu noch in einer Zeit zu landen, in der die Menschen schon erfahrene Raumfahrer waren, so dass man ihnen hätte helfen können?«

Neal saugt scharf Luft durch die Zähne. »Ja, da sind die Aussichten ziemlich düster, Kumpel.«

»Ernsthaft düster.«

Als Dex verstummt, spüre ich, wie mein Herz klopft – trotz allem, trotz aller Angst und allem Hass, den ich gegenüber dieser Spezies von Eroberern hege, wünsche ich mir, dass er weitererzählt. Denn auf einmal ist es gar nicht mehr die Geschichte der Unsterblichen – einer fernen, fremdartigen Spezies –, sondern es ist unsere Geschichte. Die Geschichte von Menschen wie wir, die überleben wollten. »Was habt ihr getan, als ihr gemerkt habt, dass ihr wahrscheinlich nie mehr nach Hause kommen würdet?« Meine Stimme ist kaum zu hören.

Dex sieht mich an. »Wir wurden zu den Unsterblichen«, erwidert er schlicht. »Wir gaben es auf, zur Erde zurückkehren zu wollen – denkt daran, das waren immer noch die ursprünglichen Kolonisten, und für die war es sowieso beno, die Erde nie wiederzusehen. Wir beschlossen, eine neue Heimat zu finden. Wir begannen, nach Sonnensystemen zu suchen anstatt nach Sturm-Eintrittsstellen, nach bewohnbaren Planeten anstatt nach astronomischen Bezugspunkten.«

»Wie lange dauerte es, bis ihr etwas fandet?« Jules ist genauso gefesselt wie ich – sein Arm um meine Schultern hat sich gelockert, so aufmerksam hört er Dex zu.

»Nun, zuerst konzentrierten wir uns auf Dinge wie Asteroiden und Monde und Planetoiden mit großen Mineralvorkommen, um Material für den Bau von weiteren, schnelleren Schiffen zu erschließen. Abgesehen von dem, was zum Überleben notwendig war, steckten wir sämtliche Ressourcen in die wissenschaftliche Forschung. Jedes Kind, das zur Welt kam, wurde dazu erzogen, Fragen zu stellen, zu forschen, die Dinge außerhalb der Grenzen des Möglichen zu compren. Unsere Vorfahren wussten, wir könnten es schaffen – aber nicht, ohne die Grenzen menschlicher Belastbarkeit und Kreativität zu überwinden.«

Leise Beunruhigung steigt in mir auf, und ich wiederhole Jules' Frage. »Wie lange seid ihr durch den Raum getrieben, bevor ihr einen Ort zum Leben fandet?«

Dex' Gesicht ist ganz ruhig, doch sein Gesicht ist unergründlich, und ich weiß jetzt schon, was er sagen wird. »Wir haben keinen gefunden.«

Neal hält den Atem an. »Was meinst du damit, ihr habt keinen gefunden hat?«

»Das Universum ist riesig«, antwortet Dex milde. »Planeten und Sterne und Sternennebel und all das, was man von der Erde aus sehen kann – das alles ist nur ein winziger Teil von dem, was dort draußen ist, und der Raum zwischen ihnen ist schier unendlich. Es gibt im All mit Sicherheit bewohnbare Planeten – Tausende, wahrscheinlich sogar Millionen. Doch die Größe allein schon einer Galaxie, ganz zu schweigen von der Größe des Universums … unser Verstand kann ernsthaft nicht compren, wie weit alles auseinander liegt. Selbst mit unzähligen Sturm-Eintrittsstellen ist die Chance, in der Nähe eines Sonnensystems mit bewohnbaren Planeten zu landen, verschwindend gering. Uns ist es nie gelungen.«

»Dann …« Jules spricht ganz langsam, seine Stimme ist leise. »In der ganzen Zeit, an all diesen Orten, wo ihr mit den Sturmanomalien gelandet seid, im ganzen Universum …?«

Dex nickt. »Während unserer dreihundertjährigen Suche haben wir nie einen Planeten gefunden, auf dem Leben existieren könnte.« Er senkt die Lider und blickt zu Boden. »Wir haben nur die Erde. Und zwar wir alle.«

Meine Kehle ist wie zugeschnürt, und ich bin froh, dass Jules neben mir sitzt, denn ohne ihn würde ich mich so winzig, so unbedeutend und so allein fühlen, dass ich mich in eine Ecke verkriechen würde, um zu weinen. Als könnte Jules meine Gedanken spüren, umfasst sein Arm mich wieder fester.

»Aber eins haben wir compren.« Dex blickt immer noch zu Boden, auch wenn es sicher nicht der verblasste, blaugraue Teppich mit seinen unzähligen, undefinierbaren Flecken ist, was ihn so fesselt. »Als wir noch versuchten, mit den Sturmanomalien zu reisen, haben wir compren, sie uns zunutze zu machen. Sie zu *erschaffen*.«

Neal beugt sich vor, er sprüht förmlich Funken vor Aufregung. »Die Portale.«

»Die Portale«, bestätigt Dex. »Zwar konnten wir einem Portal nicht einfach befehlen ›Zur Erde bitte!‹ oder so – es musste eine Verbindung zwischen zwei vorher bekannten Orten bestehen. Bei zwei künstlichen Portalen ist es so, dass sie miteinander durch den Äther verbunden sind – der Raum im Raum, der Raum innerhalb des Sturms. Doch dadurch konnten wir uns ausbreiten – wir konnten von einem Schiff zum anderen shiften, wobei die ganze Flotte zusammenblieb, selbst wenn wir Lichtjahre voneinander entfernt waren. Wir konnten uns spezialisieren. Minenschiffe, Plantagenschiffe, Schiffe, die als Schulen und als Universitäten konzipiert wurden, Krankenschiffe … wir erschufen eine Zivilisation. Wo auch immer, *wann* auch immer wir waren, wir konnten jedes Schiff zu jeder Zeit besuchen.«

»Hört sich so an, als hätte dein Volk mehr oder weniger den Dreh heraus, ohne einen Planeten zu leben.« Neal klingt einigermaßen beeindruckt. »Wieso wolltet ihr dann trotzdem noch zur Erde zurück?«

Dex sieht Neal von der Seite an. »Nicht alle von uns wollten das.«

Jules beugt sich vor. »Was soll das heißen?«

Dex seufzt. »Wenn es nach mir ginge – ich würde sehr gerne weiter auf dem Schiff leben, wo ich zur Welt gekommen bin, zwischen den Sternen, und nie zu den Planeten shiften, es sei denn, um zu forschen. Aber die meisten von uns … Die Menschen sind dafür nicht geschaffen. Die meisten wollen ein Zuhause, einen Ort, wo sie hingehören, und ihr müsst verstehen: Wir alle sind mit der Vorstellung aufgewachsen, das alles für immer verloren zu haben – es sei denn, wir könnten nach Hause zurückkehren. In unser *wirkliches* Zuhause.«

»Und Gaia?« Jules' Stimme verrät nur wenig. Er unterscheidet sich sehr von dem Jungen von früher. Inzwischen ist er vorsichtig. Und auf eine Weise entschlossen, die ihm früher abging, selbst als er durch das halbe Universum flog, um für die Befreiung seines Vaters einen fremden Planeten zu erforschen.

Dex hebt den Kopf und sieht Jules an, er zuckt mit keiner Wimper. »Etwas weniger als hundert Jahre vor meiner Geburt hatte eine Frau namens Verna Glasgow, ihres Zeichens Künstlerin, eine Idee. Das Einzige, das uns davon abhielt, durch die Portale nach Hause zu shiften, war das Fehlen eines Portals auf der Erde. Aber wenn man die Menschheit irgendwie dazu kriegen könnte, ein Portal auf die Erde zu bringen …«

Mir ist schwindlig, ich versuche, die einzelnen Teile zu fassen zu bekommen und zu einem Ganzen zusammenzusetzen, aber immer wenn ich eine Verbindung herstelle, scheinen sich drei andere wie in Rauch aufzulösen. »Dann … Aber wozu dann die ganzen Rätsel? Wieso habt ihr nicht einfach alles in der Botschaft erklärt?«

»Weil es noch ein anderes Problem gab, yup? Mittlerweile gab es Tausende von uns. In technologischer Hinsicht waren wir den Protos – den Erdenmenschen – Jahrhunderte voraus. Wenn wir einfach nach Hause geflogen wären, hätte es für uns dort keinen Platz gegeben. Nicht bei dem Volk, das uns damals, als das Schiff unserer Vorfahren kaputt gegangen war, im Stich gelassen hatte.«

»Aber sie *haben* euch nicht im Stich gelassen«, widerspricht Jules, wenn auch sanft. »Es war von Beginn an so vereinbart – dass alles auf eine Karte gesetzt wird. Auf das Centauri-Schiff. Wir hatten kein zweites Schiff, das wir euch hätten schicken können.«

»Bei uns erzählt man sich etwas anderes«, erwidert Dex. »Laut unserer Geschichtsschreibung setzten wir einen Notruf ab, und niemand kam. Und jetzt, nach all dieser Zeit sollten wir zu einem sterbenden Planeten zurückkehren und machtlos seinem Untergang entgegensehen. Wir konnten nicht einfach nur nach Hause shiften. Wir mussten unsere Welt zurückerobern als rechtmäßige Hüter eines Paradieses, das ihr noch nicht einmal zu schätzen wisst.«

Neal sagt leise: »Ihr musstet die Welt retten.«

Dex räuspert sich. Seine Hände verkrampfen sich in seinem Schoß. »Damals befand sich mein Volk in einer Zeit, die etwa fünfzigtausend Jahre vor eurer Gegenwart liegt. Dorthin war es durch die jüngsten Portale geshiftet. Die Tempel, die Funkbotschaft, das Portalschiff ... dafür brauchten wir Jahrzehnte. Inzwischen war Verna Glasgow Ende fünfzig. Und während sie erlebte, wie ihre Idee Gestalt annahm und sich veränderte und ausbreitete und zu etwas wurde, das sie selbst nicht mehr compren, begriff sie, dass sie sich geirrt hatte. Dass wir viele hundert Jahre allein im Weltraum überlebt hatten, dass wir nicht nur überlebt hatten, sondern geradezu aufgeblüht waren. Sie begriff, dass wir die Erde nicht brauchten, um zu überleben. Dass es nicht nötig war, unsere irdischen Gegenspieler zu vernichten.«

Neben mir ist Jules erstarrt, doch erst als er spricht, verstehe ich, warum. »Sie begriff, was sie erschaffen hatte, und änderte ihre Meinung. Sie versuchte, die Menschen zu warnen.«

»Und wurde als sentimentale Närrin bezeichnet, die einen Haufen Lixo daherredete und nur Gefrett machte. Letzten Endes war sie eine Künstlerin, keine Anführerin. Sie durfte bei den Wandbildern und der Einrichtung der Tempel mitwirken, doch als sie sich weigerte und einen öffentlichen Appell an alle Schiffe der Flotte richtete, wurde sie niedergebrüllt. Sie konnte ihre Vorbehalte nur noch an ihre Kinder weitergeben, sie lehren, dass in diesem Universum Platz für uns alle ist. Dass unser Vorhaben Betrug und Mord ist. Dass wir zwar die Welt retten, aber uns selbst verdammen würden.«

Künstler und Wissenschaftler, denke ich bei mir. *Beiden wird nicht so leicht geglaubt.*

Jules quetscht meine Hand. Ich befreie mich aus seinem Griff und verschränke stattdessen meine Finger mit seinen. Die Geste scheint ihn irgendwie wieder zu sich zu bringen, und er atmet hörbar aus, als Dex fortfährt.

»Ihre Kinder taten sich mit anderen zusammen, die Zweifel hatten. Die diese universell propagierte Wahrheit, nach der wir die überlegene, weiterentwickelte Menschheit waren, nicht so einfach hinnehmen wollten. Die nicht Millionen Menschenleben vernichten wollten, damit ein paar tausend überlebten. Und dazu einige, die schlicht das Leben zwischen den Sternen nicht für ein Leben auf der Erde aufgeben wollten.« Er blickt auf. »Sie bildeten einen Geheimbund, yup? Eine geheime Widerstandsbewegung. Die darauf wartete, dass die Unsterblichen wieder die Erde übernehmen würden, um dann alles von innen heraus zu stoppen. Für den Fall, dass die Warnungen, die Verna Glasgow im Tempel hinterlassen hatte, nicht ausreichen würden.«

Neben mir stößt Jules einen erstickten Laut aus, und als ich ihn ansehe, stehen ihm gleichermaßen Verständnis und Empörung ins Gesicht geschrieben. Tief bewegt sitzt er da, während Dex langsam aufsteht, sein Hemd aufknöpft und es auf einer Seite abstreift.

Um seine entblößte Schulter bis an die Spitzen des Schulterblatts windet sich, in transparenten Gold-, Violett- und tiefen Blautönen schimmernd, die spiralförmige Galaxis.

»Wir nennen uns die Nautilus.«

JULES

Ich klammere mich an Mia, als könnte nur sie mich davon abhalten, die Bodenhaftung zu verlieren. Als würde ihr Gewicht neben mir irgendwie verhindern, dass ich die Schwerkraft überwinde und ins Weltall geschleudert werde.

Und wieso sollte ich die Fesseln der Erde auch nicht überwinden? Alle anderen Regeln waren auch gebrochen worden. Wieso dann nicht diese?

»Das alles ist *so* raffiniert.« Meine Stimme klingt heiser, erstickt, der Druck, unter dem mein Verstand steht, spiegelt sich in meinem Körper. »Es ist derart raffiniert. Eure Sprache hat sich in diesen dreihundert Jahren gar nicht zu etwas Unverständlichem entwickelt. Das ist nicht passiert.«

»Nein«, sagt Dex. Seine dunklen Augen sind auf mein Gesicht gerichtet, während er beobachtet, wie ich zum Fazit gelange.

»Ihr habt euch die Schriftzeichen ausgedacht, um uns glauben zu lassen, dass ihr keine Menschen seid«, sage ich leise.

»Yup.«

»Und ihr habt einen Tempel gebaut, den ihr nie genutzt habt.«

»Yup.«

»Und ihr habt eine Funkbotschaft geschickt und euch als ausgestorbene außerirdische Spezies ausgegeben, nur um uns nach Gaia zu locken, in den Tempel und zu eurem Schiff?«

»Yup.«

Meine Stimme droht zu versagen. »Weil wir so schrecklich, so wenig vertrauenswürdig sind, dass euch all die Mühen, all diese herkulischen Anstrengungen aussichtsreicher erschienen, als einfach Kontakt mit uns aufzunehmen und uns zu bitten, euch beim Bau eines Portals zu helfen, damit ihr heimkommen könnt?«

Sein Flüstern ist kaum hörbar. »Yup. Ihr müsst compren – nachdem man uns jahrhundertelang von der Gier und der Verschwendungssucht und dem Egoismus der Menschen erzählt hatte, die uns im Stich gelassen und einen Planeten zugrunde gerichtet haben, der im Universum einzigartig ist, hätte keiner von uns geglaubt, dass diesmal unser Hilferuf auf offene Ohren stoßen würde.«

»Ihr habt auf unsere Gier gesetzt«, sagt Mia. »Ihr habt darauf gesetzt, dass wir, sobald wir von einem Schatz hörten, alles dafür auf uns nehmen würden.«

»Na ja«, sagt Neal, während Dex sein Hemd wieder zuknöpft und sich hinsetzt. »Zu ihrer Verteidigung sei gesagt: Sie hatten recht!«

Vielleicht will Neal von dem Gerede über Schuld ablenken, denn er lehnt sich nach vorn und sieht Dex an. »Erzähl mir mehr über die Portale«, sagt er. »In den letzten Wochen habe ich nämlich mit Onkel Elliott – mit Dr. Addison – daran gearbeitet. Wir haben bisher nur künstliche Portale gesehen, aber nach dem, was du über die natürlichen gesagt hast, scheinen sie anders zu funktionieren. Sie klingen unberechenbar.«

»Sie sind tatsächlich anders«, stimmt Dex ihm zu. »Genau deshalb brauchen wir euch. Die natürlichen Portale, wie das, in dem das erste Centauri-Schiff verloren ging, führen im Äther zu einer bestimmten Zeit und einem bestimmten Ort, und daran lässt sich nichts ändern. Ganz gleich, zu welcher Zeit man das Portal auf der einen Seite betritt, auf der anderen Seite wird man immer am gleichen Tag und zur gleichen Uhrzeit herauskommen.«

»Aber bei unserem Portal ist das nicht so«, sagt Mia neben mir. »Das Portal zwischen der Erde und Gaia führt zwar immer zum selben *Ort*, aber nicht immer zur selben *Zeit*. Sonst wäre jede Expedition, von jener ersten bis zu unserer, doch immer am selben Tag angekommen. Aber so war es nicht. Wir sind kurz nach dem Eintritt angekommen. Im gleichen Zeitabstand.«

»Stimmt«, sagt Dex. »Das ist der Unterschied zwischen einem natürlichen und einem konstruierten Portal. Und genau deswegen brauchen wir eure Hilfe. Als ihr unseren Funkspruch erhieltet, habt ihr ein Portal zwischen der Erde und Gaia gebaut. Ein künstliches. Wir wussten, dass das nach dem Start unserer Vorfahren geschehen musste, sonst wären sie nie gestartet, und wir alle würden heute nicht existieren, yup?«

»Das Großvaterparadoxon«, flüstere ich. *Das Paradoxon, das erklärt, wieso Zeitreisen nicht funktionieren können, selbst wenn sie nicht gegen die physikalischen Gesetze verstoßen würden.*

Mia lehnt sich an mich. »Das ist doch das, bei dem es darum geht, dass man versehentlich die eigene Geburt verhindern könnte, wenn man an einen Zeitpunkt zurückreist, an dem man noch gar nicht geboren worden ist?«, fragt sie.

»Ja, genau. Die Unsterblichen brauchten ein Portal zur Erde, das an einen Zeitpunkt führte, der *nach* dem Start der Centauri-Mission lag, um nicht aus Versehen den Start ihrer Vorfahren und damit ihre eigene Geburt zu verhindern.«

»Ja«, sagt Dex. »Wir hätten nicht einfach durch jenes allererste Sturmportal gehen können, um zur Erde zurückzukommen, selbst wenn wir es gefunden hätten. Dann wären wir nämlich genau zu dem Zeitpunkt eingetroffen, als unsere Vorfahren aufbrachen, und hätten ihren Start womöglich verhindert. Aber ein Funksignal in den Äther schicken, das konnten wir.«

»Oh, jetzt verstehe ich«, flüstert Neal. Es klingt wie ein Gebet. »Ein Funksignal geht durch jedes Portal, auf das es trifft, nicht wahr? Auch durch jenes erste Sturmportal. Dadurch wusstet ihr, dass euer Signal die Erde rechtzeitig erreichen würde, um uns das Portal bauen zu lassen, das ihr brauchtet. Und eure Vorfahren würden es knapp verpassen.«

»Yup.« Dex nickt. »Aber wir waren nicht ganz sicher, in welcher Zeit wir uns befanden – wir hofften, in der Vergangenheit zu sein, aber es hätte Tausende von Jahren dauern können, bis ihr auf Gaia erschienen wärt. Doch als ihr dann das Schiff durch das Portal zur Erde geschickt habt, habt ihr sämtliche internen Schiffsportale aktiviert, und wir wussten, dass es an der Zeit war, unsere Teams loszuschicken.«

Er klingt jetzt, als ginge es ihm schon wieder besser, er spricht hauptsächlich zu Neal – ich glaube, dass Neals fester Blick wirklich hilft, auch wenn er keine Atlanta ist. Neals Gegenwart scheint den meisten Leuten zu helfen.

»Okay«, sagt Mia, und ich höre ihr an, dass sie auf ein Fazit zusteuert, das ihr überhaupt nicht gefällt. »Ihr empfangt also das Signal und wisst, dass das Schiff die Erde erreicht hat, und fangt daraufhin an, eure Teams hindurchzuschicken. Und die landen dann auf der Erde, getarnt als Weltraumschrott, aber in Wahrheit …«

Dex nickt, als hätte sie zu Ende gesprochen, und senkt den Kopf. »In Wahrheit errichten sie Portale auf der Erde und bereiten die Ankunft der Eroberungsteams vor«, sagt er leise.

»Nachdem die meisten Erdlinge den Verstand verloren haben«, murmele ich und versuche, die aufsteigende Übelkeit zu ignorieren. »Denn der Test in Lyon hatte durchschlagenden Erfolg.«

Dex vergräbt das Gesicht in den Händen. »Das wird nicht mehr lange eine Rolle spielen«, sagt er dumpf zwischen seinen Fingern hindurch. »Ursprünglich sollten sie in ein paar Tagen aktiv werden, aber Atlanta wird ihre Pläne mit Sicherheit vorziehen. Es ist nur noch eine Sache von Stunden, nicht Tagen – und in Prag wird es dann genauso sein wie in Lyon, nur dass Millionen mehr Menschen erkranken werden.«

Ich bekomme keine Luft, und neben mir stößt Mia einen Laut aus, als hätte ihr jemand einen Schlag versetzt.

Stunden.

Wir haben sogar noch weniger Zeit, als wir dachten.

»Wird irgendjemand am Leben bleiben?«, flüstert Neal

Dex hebt den Kopf, sein Blick wirkt abwesend. »Na ja, wir schon, jedenfalls eine Weile. Hier gibt es kein fließendes Wasser. Aber wenn uns niemand rauslässt, bevor sich das Toxin ausbreitet …«

»Dann verdursten wir.« Mias Stimme ist dünn. Verängstigt. Ich kann es ihr nicht verdenken, nach allem, was wir durchgemacht haben – wir sind einem Dutzend Todesarten entkommen, die besser gewesen wären, als in einem Kellergeschoss zu verdursten, während die Welt in Flammen aufgeht.

»Kann sein, dass in den kleineren Orten die Menschen noch eine Weile überleben werden«, sagt Dex. »Oder irgendwo in höheren Lagen. In den Bergen vielleicht, stromaufwärts, wo das Wasser nicht infiziert ist. Die großen Städte werden alle sterben. Oder besser gesagt, Altvordere werden sie übernehmen, Unsterblichen-Hüter. Die Mitglieder der Portal-Teams sind alle in unserem Alter – wir wurden auf Planeten mit erdähnlicher Schwerkraft ausgebildet. Dort gab es keinen Sauerstoff und kein Leben – nicht gerade Orte, um sich wie zu Hause zu fühlen –, aber genug, um sicherzustellen, dass wir auf der Erde zurechtkämen, wenn es so weit wäre. Die Hüter werden es hier unten schwerer haben, aber sie werden sich opfern und das Gefrett auf sich nehmen, um die Städte zu verwalten.«

Mias Stimme ist ganz klein. »Aber was ist mit all den Menschen, die das Toxin trinken? Die sind doch dann wie Tiere, gefährliche Tiere, und es wird Millionen von ihnen geben, überall.«

Dex schluckt, er sieht fast so elend aus, wie ich mich fühle.

»Das Toxin macht die meisten Menschen unfruchtbar«, sagt er leise. »Yup, sie sind gefährlich. Aber wir müssen einfach nur abwarten.«

Bis die Menschheit ausstirbt.

Lange Zeit sind alle still, und es ist Neal, der das Schweigen bricht. Er blickt erneut auf sein Handy. »Wir haben noch ein Problem«, sagt er leise und ernst. »Die Forenmitglieder haben unsere Worte zwar gelesen, aber nur etwa in der Hälfte der betroffenen Städte sind Leute vor Ort, die sich auskennen und die den Bau eines Störsenders melden.«

»In der Hälfte?« Verstört hebt Mia den Kopf. »Dann werden sich immer noch Millionen Menschen – vielleicht sogar Milliarden, ich weiß es nicht – in diese … diese Dinger verwandeln, die wir in Lyon gesehen haben.«

Wir schweigen und verdauen diesen neuen Schlag. Die Hoffnung, dass ein paar wenige Orte es schaffen würden, wenn wir schon nicht überleben – das war etwas, woran wir uns festhalten konnten. Doch auch wenn die Unsterblichen nicht imstande sind, den ganzen Planeten in den nächsten paar Tagen zu übernehmen, wird es doch ein beträchtlicher Teil sein, wenn sie in nur einer einzigen Nacht Dutzende von Städten ausradieren können. Die Erde wird ganz sicher nie wieder die gleiche sein.

Mein Gehirn fühlt sich wie Watte an, und mit höchster Anstrengung zwinge ich mich zur Konzentration. Es muss doch irgendwie möglich sein, die Reichweite unserer Botschaft zu vergrößern, neue Verbündete zu finden – doch mir fällt nichts ein.

Dex steht langsam auf und mustert unsere erschöpften Gesichter. »Als wir ankamen, war das Erste, was uns auffiel«, beginnt er langsam, »die Macht eurer Medien.«

»Ich bezweifle, dass wir Helfer bei lokalen Nachrichtensendern finden«, murmele ich.

Dex zieht eine Augenbraue hoch. »Ich meinte die Bilder, die Videos, alles was eure Netzwerke überschwemmt – ernsthaft, wenn ein Video oft genug angeklickt wird, erreicht es irgendwann so etwas wie eine kritische Masse, und plötzlich sehen es alle.«

Mias Augen weiten sich. »Du meinst, wir brauchen ein Video, irgendwas, das alle anschauen und ihren Freunden empfehlen – etwas, das Aufsehen erregt und irgendwie beweist, was vor sich geht.«

Dex nickt. »Und ich kenne jemanden, dem die Welt zusehen würde – immerhin haben sie seinem Vater mehr als eine Million Mal zugesehen.«

Alle Blicke richten sich auf mich, und ich erstarre vor plötzlichem Entsetzen. »Nein«, flüstere ich so leise, dass ich mich selbst kaum hören kann.

»Die Addison-Rede«, murmelt Mia neben mir. »Teil zwei.«

AMELIA

Jules starrt mich an, und der leise Schmerz und Vorwurf in seinem Blick treffen mich wie ein Schlag. »Was würde es denn bringen, wenn ausgerechnet ich vor die Kamera trete?«, stößt er hervor. »Wenn überhaupt, dann würden die Leute es mir doch noch weniger abnehmen, nachdem sie schon meinem Vater nicht geglaubt haben.«

»Aber Dex geht es darum, dass man die Menschen zunächst mal dazu bekommen muss, sich das Video überhaupt anzusehen. Sie müssen einschalten. Der nächste Schritt, der, in dem sie uns *glauben* – der kommt später.«

»Mia«, sagt er nur, und der unausgesprochene Rest liegt in seinem Blick. Die Vernichtung seines Vaters nach seiner leidenschaftlichen Rede – die Häme, die Memes, die vielen Schmähungen –, das alles war für Jules schon beim ersten Mal kaum zu ertragen. Und jetzt soll er sich alldem erneut aussetzen, mit – so glaubt er – nur geringen Erfolgsaussichten.

»Ich weiß«, flüstere ich, wende mich ihm zu und blende alles andere aus. »Aber wir haben keine Wahl, Jules. Jede Minute kann uns hier jemand finden, und dann war's das mit unserer Chance, die Menschen zu warnen. Diesmal wird es anders laufen.« Die Entschiedenheit in meiner Stimme überrascht mich selbst, und mir wird klar, dass ich wirklich glaube, was ich sage. »Diesmal haben sie Lyon gesehen. Diesmal gibt es da draußen ein Heer von Unterstützern, das nur darauf wartet, die Nachricht zu verbreiten, und du wirst dabei in der IA stehen, vor den Arbeitsnotizen deines Vaters. Diesmal werden sie zuhören, so wie sie ihm damals hätten zuhören sollen. Niemand, der dich sieht, wird einen Zweifel haben, Jules. Niemals.«

An seinem Hals kann ich seinen Puls rasen sehen, während er versucht, sich zu beruhigen. Und dann schließt er die Augen und atmet seufzend aus. »Wir haben keine Wahl«, wiederholt er. Und ich weiß zwar nicht genau, ob es Resignation oder ein Sinneswandel ist, aber ich weiß, er wird es tun.

»Neal, kannst du uns irgendwo einen Livestream hosten?« Ich habe nur eine vage Vorstellung, wovon ich rede, doch Neal nickt, als würde ich seine Sprache sprechen. Ich drücke Jules' Hände, als ich fortfahre. »Und wir brauchen einen Countdown. Dex, wann werden die Portale aktiv?«

»Sie lassen sich manuell einschalten«, antwortet Dex, »aber die große Truppenentsendung ist erst in zweiundfünfzig Stunden und acht Minuten geplant.«

Neals Lippen zucken. »Präzision ist wohl nicht deine Stärke, was?«

Dex blinzelt eulenhaft. »Jetzt sind es noch sieben Minuten und achtundvierzig Sekunden.«

Neal lacht, doch seine Heiterkeit währt nicht lange. »Glaubst du, dass außer Atlanta noch jemand sein Portal vorzeitig einschaltet?«

»Ich weiß es nicht«, gibt Dex zu. »Wenn sie den Stream sehen, vielleicht. Aber geplant ist es nicht, und wir sind ein großes Netzwerk. Selbst nachdem wir angefangen hatten, auf unserem Schiff nach Jules und Mia zu suchen, brauchten wir zwei Tage, um das Startprozedere zu beschleunigen – wir ändern unser Vorgehen nicht so schnell. Auf der Erde operieren wir alle unabhängig voneinander, und es gibt kein System, um Planänderungen zu kommunizieren. Ehrlich gesagt hat niemand damit gerechnet, dass die Protos wirklich Widerstand leisten würden. Nichts für ungut.«

Neal lacht, und unvermittelt geht mir auf, dass sein Gewitzel, seine Unbeschwertheit mich gar nicht mehr so irritieren wie früher. Früher schien es mir, als würde er nicht begreifen können, was Jules und ich zu leisten hatten. Oder als wäre für ihn alles ein Spiel, bei dem ein paar Jugendliche sich als Spione ausgeben. Doch die herzliche Offenheit in seinem Gesicht ist echt, und inzwischen übersehe ich sie nicht mehr. Wenn er ernst ist, ähnelt sein Gesicht so sehr dem von Jules, und wenn er spricht, sieht Jules immer ein bisschen fröhlicher aus. Und wenn Jules fröhlicher ist, wird auch mir leichter ums Herz.

Ohne Neal wären wir wohl nicht so weit gekommen. Und zwar nicht nur wegen der Pässe, die er uns besorgt hat.

»Also gut.« Ich räuspere mich, um ihre Aufmerksamkeit wiederzuerlangen. »Wir müssen es jetzt machen, bevor uns jemand findet und uns das Handy abnimmt, und hoffen, dass es sich verbreitet.«

Endlich ergreift Jules wieder das Wort, immer noch hält er meine Hand, seine Stimme klingt beinahe ruhig. »Das Timing ist gut. Hier ist jetzt Mittag, in England also elf Uhr morgens«, sagt er. »Und sechs Uhr morgens an der amerikanischen Ostküste. Sehr viele Leute werden wach sein und den Stream sehen.«

Ich ziehe die Augenbrauen hoch, ein ganz klein wenig aus dem Konzept gebracht. »Das weißt du einfach so aus dem Stegreif?«

Auch Jules zieht die Brauen hoch, jetzt wirkt sein Gesicht wieder gelassen. »Ich hab's nachgeschlagen. Aus einem bestimmten Grund wollte ich in Erfahrung bringen, wie groß die Zeitdifferenz zwischen, sagen wir, Oxford und einer hinreichend anonymen Stadt an der amerikanischen Ostküste ist.«

Er fügt nicht hinzu *wenn das alles vorbei ist.* Doch seine Augen sagen es, wie auch der entschlossene Zug um seinen Mund. Ich habe nicht vergessen, was ich ihm versprochen habe – dass wir zusammenbleiben, ganz gleich, was geschieht –, und zum ersten Mal frage ich mich, ob es wirklich so ausgehen könnte.

Deshalb versuche ich auch nicht, das Lächeln zu verbergen, das seine Worte mir entlocken.

»Sämtliche Mitglieder in den #IchGlaubeAnAddison-Foren werden uns helfen, die Nachricht zu verbreiten«, sagt Neal, der bereits mit gesenktem Kopf auf seinem Handy herumtippt. »Und meine Follower auch.«

»Du hast Follower?«, frage ich.

»Haufenweise. Er postet Fotos vom Oxforder Wasserpoloteam«, sagt Jules trocken. »Wir tragen beim Sport ja keine Shirts.«

Ich blinzele langsam und gönne meinem Hirn eine kleine Pause. Es hat in letzter Zeit viel durchgemacht, und das Bild hat etwas.

Neal loggt sich ein und konfiguriert einen Stream, während er gleichzeitig Jules erklärt, was er über den Bau eines Störsenders sagen soll – nachdem er erst einmal alle überzeugt hat, dass er recht hat.

Jules nickt zweifelnd, während sein Hirn auf Hochtouren arbeitet, um sich alles einzuprägen. »Ich soll also überzeugend rüberbringen, dass wir die Aktivierung der Portale und die Rettung der Welt mit einer gebrauchten Mikrowelle und etwas Klebeband bewerkstelligen können?«, fragt er. »Wieso nicht auch noch ein Kaugummi und ein paar Schnürsenkel?«

»Nur zu«, erwidert Neal. »Solange du nicht so zweifelnd dreinschaust, wenn du es sagst.«

»Und«, sagt Dex, von seinem Platz aus, wo er Dr. Addisons Gleichungen studiert, »du musst dich beeilen, bevor jemand begreift, dass wir hier sind, und uns festnimmt. Jules, wenn du genügend Leute überzeugst, dann wird es funktionieren. Mein Volk wird das Virus durch die Portale zur Erde shiften und über die Städte verteilen. Wir haben nicht genug Leute, die für die irdische Schwerkraft ausgebildet sind, um die Invasion direkt durchzuführen, und unsere Shuttles sind schon alle auf der Erde, wobei sich die meisten davon inzwischen selbst zerstört haben.«

»Und wie groß ist die Wahrscheinlichkeit, dass die Unsterblichen aus kindischer Rachsucht einfach ein paar Bomben auf uns abwerfen?«

Dex zieht die Augenbrauen hoch. »Um den einzigen bewohnbaren Planeten zu zerstören, von dem wir wissen?« Er schüttelt den Kopf. »Ohne die Portale wird ihnen nichts anderes übrigbleiben, als sich zurückzuziehen oder über Frieden zu verhandeln.«

Frieden.

Noch vor einer Woche hätte ich verächtlich geschnaubt, auf die Grausamkeit unserer Invasoren hingewiesen und gesagt, dass die Sache nie und nimmer friedlich ausgehen kann. Doch Dex – und der Rest seiner unsichtbaren Nautilus-Agenten – hat mich daran erinnert, dass auch Feinde viele Facetten haben. Dass Feinde zu Verbündeten werden können.

Mit gesenktem Kopf beginnt Jules, leise sein Skript zu memorieren, während Neal die Kamera bereitmacht. Ich drehe mich um, um ein wenig auf und ab zu gehen, und bleibe wie angewurzelt stehen, als ich merke, dass mich jemand durch die Sichtscheibe in unserer Zellentür anschaut.

Sein perfektes schwarzes Haar sitzt immer noch perfekt, und er hat die perfekten Augenbrauen nur ganz leicht hochgezogen, aber dennoch wirkt Direktor De Lucas Gesicht ein wenig verstört.

»He, Leute«, sage ich, und mein alarmierter Tonfall lässt die anderen aufmerken, und gleich darauf ist das leise Summen der Tür zu hören, als De Luca sie öffnet.

»Nein«, sagt er und dreht den Kopf, um draußen mit jemandem zu sprechen, und ich erhasche einen Blick auf einen bewaffneten Soldaten. »Bleiben Sie draußen. Schließen Sie hinter mir ab.«

»Herr Direktor, ich …«

De Luca wehrt den Protest mit erhobener Hand ab. »Sie haben keine Sicherheitsfreigabe für dieses Gespräch«, sagt er und betritt den Raum.

Gleich darauf schließt sich die Tür hinter ihm mit einem Summen. Und dann sind wir zu fünft.

Das Schweigen dehnt sich, während wir den Mann in der Tür anstarren und versuchen, ihn einzuschätzen. Sein Blick geht über uns hinweg und bleibt an Dex hängen.

Er bricht das Schweigen und stellt leise eine einzige Frage. »Gibt es ein Heilmittel?«

Ich schaue zu Dex, noch während mir die Tragweite der Frage bewusst wird. Der Unsterbliche atmet angespannt ein und schüttelt den Kopf. »Für Lyon? Nein.«

De Luca wirkt enttäuscht, und diesmal sehe ich die Furcht in seinen Augen, als er Dex ansieht. »Sie und Ihr Volk«, sagt er und hält dann für zwei lange Sekunden inne, während er mit der Frage kämpft, die er gleich stellen wird. »Sind Sie Menschen?«

Mein Herz macht einen Satz, und ich schaue zu Jules hinüber. Sein Blick sucht bereits meinen, und in seinen Augen glimmt ein winziger Hoffnungsschimmer.

De Luca weiß Bescheid.

Dex selbst wirkt ziemlich ängstlich. Von ein paar Jugendlichen enttarnt zu werden ist ja schön und gut, doch der Gefangene des Mannes zu sein, der für die Sicherheit des ganzen Kontinents verantwortlich ist, ist eine andere Hausnummer.

»Ja, Sir«, antwortet er. »Wir sind die Nachkommen der Centauri-Siedler, die sich in Raum und Zeit verirrt haben.«

De Lucas Schultern sacken ein wenig nach unten, und er macht zwei Schritte rückwärts, bis er gegen die Zellenwand stößt.

»Dann glauben Sie uns jetzt also«, sagt Jules leise. Seine Stimme klingt zornig, und ich kann es ihm nicht verdenken. Hätte De Luca uns früher geglaubt, wären wir jetzt nicht in dieser Lage. Die Welt hätte sich auf die Invasion vorbereiten können. Vielleicht wäre es sogar möglich gewesen, Lyon zu verhindern. Doch als ich Jules wieder ansehe, hat er sich wieder gefasst.

Er ist wütend, aber er wird uns nicht diese letzte Chance auf einen Verbündeten vermasseln.

De Luca wirkt gequält, seine gewohnheitsmäßige Maske aus Überheblichkeit und Desinteresse hat Risse bekommen und ist von Furcht und Verwirrung durchsetzt. »Ich weiß zwar nicht, was ich glauben soll«, sagt er langsam. »Aber ich weiß, dass unsere Wissenschaftler die Seuche in Lyon mit einem künstlichen Toxin in Verbindung bringen, das ausgereifter als alles bisher Dagewesene ist. Ich weiß, dass der Bau des Shuttles, mit dem wir ein Astronautenteam zu dem Schiff hinaufschicken wollten, mit Hilfe von Technik sabotiert wurde, die unsere Ingenieure bisher nicht verstehen. Und ich weiß …« Er sieht Jules und mich an. »Ich weiß, dass *ihr* daran glaubt.«

Es ist keine Entschuldigung. Von einem Mann wie De Luca werden wir wohl kaum je eine Entschuldigung zu hören bekommen. Aber er hat seine Meinung geändert. Und das ist alles, was wir brauchen.

»Sie müssen uns rauslassen«, sage ich und bemühe mich dabei, gelassen zu klingen und meine innere Panik nicht zu zeigen.

De Lucas Augenbrauen zucken nach oben. »Bist du irre? Ich muss euch verhören. Euch alle. Wenn auch nur etwas von dem, was ihr behauptet, wahr ist – und«, räumt er widerstrebend ein, »einiges davon ist offenbar wahr –, dann hängt das Schicksal der Erde von eurem Wissen ab.«

Wieder droht mich die Hilflosigkeit zu überwältigten, doch ich balle die Fäuste und sammle alle meine Kräfte, um diesem Mann die Meinung zu geigen; diesem Mann, der uns bis auf weiteres einsperren kann.

»Wenn Sie uns vor ein paar Tagen verhört hätten, meinetwegen«, erwidere ich. »Aber jetzt ist keine Zeit dafür.«

Jules nickt und fügt hinzu: »Eine Agentin – das Mädchen, das in Katalonien mit uns im Gefängnis saß – ist gerade unterwegs zum Portal hier in Prag. Wir müssen sie aufhalten.«

Der Luca mustert uns nacheinander, offensichtlich sprachlos. Entweder hat ihn erschüttert, dass er von mir Gegenwind bekommen hat, oder er *fürchtet* sich mehr, als ich dachte, denn zum ersten Mal seit unserer Begegnung wirkt er unsicher.

»Ich soll also das Schicksal der Stadt und vielleicht der ganzen Welt in die Hände von ein paar Jugendlichen legen?«

»Glauben Sie mir«, sagt Jules trocken, »wir haben ein halbes Dutzend Mal versucht, die Verantwortung an die Erwachsenen abzugeben. Jetzt bleibt uns nichts anderes mehr übrig.«

»Ich trommle ein paar Leute zusammen, die euch begleiten«, sagt De Luca schließlich. »Gebt mir ein paar Stunden, um alles zu organisieren.«

»Wir haben aber keine Stunden mehr.« Dex richtet sich auf, er wirkt ein wenig ungeduldig. »Und Soldaten werden nur bewirken, dass Atlanta kämpft. Wenn nicht viele Leute zu Schaden kommen sollen, muss ich versuchen, mit ihr zu reden.«

De Luca verlagert sein Gewicht, die konkrete Situation widerspricht allen Regeln, die er kennt. »Ich kann euch nicht einfach gehen lassen. Ich kann nicht einfach abwarten, was dann passiert.«

»Sie müssen.« Jules' Stimme ist leise. Seit er sich zu einer Neuauflage der Addison-Rede bereit erklärt hat, hat er geschwiegen. Falls De Luca uns gehen lässt, können wir Atlanta vielleicht aufhalten und dann das Video streamen – der Rest der Welt hat noch ein paar Tage Zeit, aber Prag im besten Fall nur noch Stunden. Jules hat es noch nicht überstanden. Er muss immer noch genau den Platz einnehmen, an dem sein Vater stand.

Plötzlich kommt mir eine zündende Idee. »Wissen Sie, was Sie tun können?«, unterbreche ich De Luca, der gerade zu einer Erwiderung ansetzen will. »Geben Sie ein unterstützendes Statement ab. Sagen Sie der Welt, dass die IA ihre Meinung hinsichtlich der Warnungen von Dr. Addison geändert hat. Sagen Sie den Leuten, dass sie auf seine Unterstützer im Netz hören und tun sollen, was wir von ihnen verlangen, und – und vor allem sagen Sie ihnen, sie sollen verdammt nochmal zuhören, wenn sein Sohn live geht, nachdem wir Atlanta gestoppt haben.«

De Luca blickt zwischen mir und Jules hin und her, seine ganze Körpersprache verrät deutliches Unbehagen. Er presst die Lippen zusammen, und ganz kurz denke ich, dass ich es vermasselt habe – er wird uns doch einsperren, aus Scham und kleinlicher Rachsucht.

Doch dann hebt er die Hand und klopft gegen die Tür. Ein paar Sekunden später wird sie von dem Soldaten draußen geöffnet. De Luca tritt hindurch und hält sie dann mit einer Hand auf, während er uns mustert. »Das mache ich.«

Ich atme auf, ein Teil meiner Anspannung fällt von mir ab, und verstohlen sehe ich mich nach Jules um.

Er starrt mich verblüfft an, und während wir uns auf die Zellentür zubewegen, tritt er nah an mich heran und flüstert: »Danke.«

De Luca räuspert sich, eine Geste des Zögerns, an die er sichtlich nicht gewöhnt ist. »Ich schicke euch schnellstmöglich Verstärkung. Wo wird diese Atlanta sich eurer Meinung nach aufhalten?«

»In den alten Wasserstraßen unter der Stadt«, antwortet Dex überzeugt.

»Ich bin in der unglücklichen Lage, dass man mir genauso wenig glauben wird, wie ich euch geglaubt habe. Ich weiß nicht, wie schnell ich eine Einheit zusammenstellen kann. Aber falls ich euch nicht helfen kann, kenne ich vielleicht jemanden, der dazu imstande ist.«

***

Der unterirdische Teil von Prag ist … nicht, was ich erwartet hatte. Ich weiß nicht, was ich mir vorgestellt hatte – etwas wie die Kanalisation einer amerikanischen Großstadt oder winzige, schmutzige Tunnel –, doch es ist vielmehr eine komplette Stadt unterhalb von Prag.

Hineinzukommen war ganz einfach. Bis hierher zu gelangen schon schwieriger. Eigentlich sollte man meinen, es wäre weniger beängstigend, vor der Polizei wegzulaufen, als sich auf einem Alien-Raumschiff zu verstecken. Doch jede Sekunde unseres Ausflugs durch die Stadt war die reinste Folter.

Nachdem wir uns wieder auf der Straße befanden, war ich bei jedem Hupen, bei jedem Rufen, jedem Auto, das unerwartet um die Ecke bog, oder Fußgängern, die zufällig auf uns zukamen, sicher, dass wir gleich angegriffen würden – entweder von Unsterblichen oder von IA-Einheiten, die noch nichts davon wussten, dass De Luca seine Meinung über uns geändert hatte.

Ein schrilles Kreischen ertönte, als wir an einem Straßenverkäufer vorbeikamen, und meiner Kehle entfuhr ein winziges Quieken – doch das Geräusch stammte von einem Kind, das gerade eine Eiswaffel bekommen hatte. Das Adrenalin, das durch meine Adern schoss, ließ mich nicht mehr zwischen Entzücken und Entsetzen unterscheiden.

Am Ziel angekommen, stellte sich jedoch heraus, dass überall in der Stadt Besichtigungstouren für das unterirdische Prag angeboten wurden, und sich einer davon anzuschließen – und sich bei der ersten Gelegenheit abzusetzen – war ein Kinderspiel.

Als wir jetzt aus einem gemauerten Tunnel in ein großes Kellergeviert mit Gewölbedecke und aufwendigem Mauerwerk treten, kann ich nicht anders, als unvermittelt stehen zu bleiben und mit offenem Mund zu starren.

»Wunderschön«, flüstert Jules. Seine Augen strahlen. »Sieht aus wie … dreizehntes Jahrhundert?«

»Hmmm, würde ich auch sagen, sieh dir das Mauerwerk an. Eindeutig aus dem dreizehnten.« Ich rede, als wüsste ich, worüber zum Teufel er spricht, und bringe ihn damit ausnahmsweise zum Lachen – nach einem kurzen Moment, in dem er vergessen hatte, dass er der einzige Archäologe unter uns ist.

»Was ist das hier für ein Ort?«, fragt Neal. Unsere Stimmen hallen wider, gedämpft, da die Decke recht niedrig ist.

Jules antwortet bereitwillig, während er mit seiner Taschenlampe – die uns die Stadtführerin freundlicherweise zur Verfügung gestellt hat – in alle Ecken leuchtet. »Die Stadt lag damals tiefer als heute. Die Straßen wurden zum Schutz vor Überschwemmungen höher gelegt, weshalb man neue Häuser über den alten baute. Teilweise besteht die unterirdische Stadt aus Kellergeschossen und Lagerräumen, aber ein großer Teil davon ist wie das hier – verlassen.«

»Eine Stadt unter einer Stadt«, flüstere ich fasziniert.

»Wir sollten weitershiften.« Dex klingt unbehaglich. »Hier führt ein Schacht zur Zisterne – wir müssen nach unten klettern.«

Die Tunnel und Korridore laufen kreuz und quer, einige davon sind so klein, dass wir auf allen vieren krabbeln müssen, andere wiederum sehen aus wie schmale Häusergassen, einschließlich grob behauenen Türen zu beiden Seiten.

Einer der winzigen Gänge – eher ein großes Rohr, wie mir klarwird – führt in einem weitläufigeren Bereich, und als ich den Kopf aus dem Tunnel stecke, spüre ich, wie anders die Luft hier ist. Dies ist die Stelle, an der Atlanta in die alten Wasserstraßen vorgedrungen ist, und obwohl die Details im Licht der Taschenlampe schwer zu erkennen sind, sieht es fast so aus, als hätte sie sich einen Weg durch das Gestein geschmolzen. Angesichts ihrer jahrelangen Forschungen ist die Vorstellung wohl nicht allzu weit hergeholt, dass die Unsterblichen dazu technisch imstande sind.

Dex, der vorangeht, hält mir die Hand hin und hilft mir aus dem Rohr; hinter mir folgen Jules und Neal. Direkt vor uns befindet sich eine kreisrunde Öffnung im Boden. Der Deckel wurde bereits abgehoben und beiseitegerollt.

Atlanta.

»Gibt es irgendeine Möglichkeit, dass sie von unserem Kommen weiß?«, frage ich flüsternd.

»Wir können euch nicht orten«, antwortet Dex. »Also nein. Sie wird auch nicht davon ausgehen, dass wir aus der Zelle entkommen sind.«

»Und das Portal? Könnte sie es woandershin verlegen, nur für den Fall?«

»Nein«, sagt er und streckt die Hand aus. »Der Tracker, den ich euch im Hotel gelassen habe, habt ihr den noch?«

Neal zieht das Gerät aus seiner Tasche und hält es Dex hin.

»Hier«, sagt Dex, tippt auf das Display und zoomt heran. »Schaut, der gleiche Ort.«

»Wir dachten, damit trackt man die Unsterblichen-Teams«, sage ich, beuge mich vor und betrachte das Display, Schulter an Schulter mit Jules.

»Fast«, sagt Dex. »Erinnert ihr euch noch an die Kabel, die ich aus dem Shuttle geholt habe, kurz bevor wir es in die Luft jagten?«

Ich nicke. Vor meinem inneren Auge sehe ich Dex mit einer Art Seilrolle, die er sich um die Brust gelegt hatte, als wir durch Frankreich fuhren.

»Die braucht man für den Bau der Portale«, sagt er. »Die sind es nämlich, was getrackt wird. Sie haben eine unverwechselbare Energiesignatur, selbst im deaktivierten Zustand.«

Wir versammeln uns um den offenen Schacht und blicken hinunter. Am Rand hängt bereits ein Seil. Zwanzig oder dreißig Meter weiter unten erstreckt sich eine tiefschwarze Fläche. Da und dort hört man Wasser tropfen und in der Ferne widerhallen.

»Die alten Wasserstraßen.« Jules klingt atemlos, und ich weiß, wenn er sich jetzt selbst eine kleine Auszeit erlauben könnte, wäre er im Akademikerhimmel.

Mit einem Mal fühlt es sich beinah so an, als wären wir wieder auf Gaia und würden den ersten großen Raum im Spiralentempel untersuchen. Auch wenn jener Moment absolut einzigartig war, hier mit Jules zu stehen, dessen Augen voller Wissensdurst sind, umgeben von uraltem Gestein und vor uns eine fast unmögliche Aufgabe … es kommt mir irgendwie vertraut vor.

Gott, wann ist das hier *normal und vertraut für mich geworden?*

Ich stecke den Kopf durch das Loch, um zu sehen, was sich

dort unten befindet, wobei ich mich um Vorsicht bemühe. Atlanta wird aller Wahrscheinlichkeit nach schon unten sein, damit beschäftigt, ihr Portal in Gang zu bekommen. Wenn sie mich sieht anstatt Dex, wird sie, ohne zu zögern, schießen, da bin ich mir sicher.

Blinzelnd warte ich und gebe meinen Augen Zeit, sich an die Dunkelheit zu gewöhnen, aber da unten ist kein Funken Licht. Ich knipse die Taschenlampe an, verdecke den Strahl mit meinen Fingern und stecke erneut den Kopf durch das Loch, um einen weiteren Blick zu riskieren. Ganz langsam – während ich die Lampe möglichst weit von mir weghalte, nur vorsichtshalber, falls Atlanta auf die Lichtquelle schießt – nehme ich die Finger weg.

Das Wasser sieht nicht tief aus – der Wasserspiegel reicht nicht mal bis zu den meisten der Rohre, die vom Reservoir wegführen. Doch an dem einen Rohr ist der Mörtel brüchig, und nur eine winzige Schicht Geröll verhindert, dass das Wasser hindurchschießt.

»Da fließt das Wasser rein, und dann geht's rauf in das Wasserversorgungssystem«, murmelt Dex, nachdem er und die anderen sich bäuchlings neben mich rund um den Schacht gelegt haben. »Und das bedeutet …«

Langsam leuchtet er mit seiner eigenen Taschenlampe den Fußweg entlang zur rückwärtigen Wand. Dann, wie eine albtraumhafte Kreatur, die aus dem Schatten heraustritt, ist es plötzlich da: das Portal, das in der Dunkelheit kauert. Im Moment noch inaktiv, aber dennoch fremdartig. In dieser feuchten, uralten Kathedrale aus Stein wirkt es tödlich.

»Wieso ist sie nicht hier?«, flüstert Jules, und Dex schweigt eine Weile.

»Ich …« Er räuspert sich leise und unternimmt einen neuen Anlauf. »Ich weiß es nicht. Ich war mir sicher, dass sie das Portal starten und die Mission zu Ende bringen würde, für den Fall, dass wir ihr jemanden hinterherschicken. Ich habe keine Ahnung, wieso sie es gebaut hat und dann gegangen ist. Aber vielleicht war es zu viel für sie.«

Ich höre seine innere Anspannung, und ich weiß, dass auch die anderen sie hören. Wie auch immer seine Überzeugungen aussehen mögen, es geht hier um den Menschen, den er am meisten liebt auf der Welt. Und dem er sehr weh getan hat.

Die Frage ist: Ist sie dadurch gefährlicher für uns oder nicht?

»Okay«, flüstere ich, »dass sie nicht hier ist, bedeutet nicht, dass sie nicht kommen wird. Wir sollten von hier aus streamen. Eine bessere Kulisse als das Portal können wir uns nicht wünschen. Mich würde das Ding überzeugen, so viel steht fest.«

»Du hast recht«, murmelt Jules. »Gehen wir.«

Ich sehe die anderen an, die so verzagt aussehen, wie ich mich fühle. Und dann beginnen wir wortlos mit dem langen Abstieg zum Wasserreservoir und zum Portal der Unsterblichen.

JULES

Trotz der kühlen Luft hier unten schwitzen meine Hände, während Dex die Kamera aufstellt – eigentlich nur eines unserer neuen Wegwerfhandys, das auf einem Felsblock steht. Mia neben ihm gibt mir mit einem Handzeichen zu verstehen, ein Stück zur Seite zu treten, damit ich gut im Bild bin.

Neal verschickt die Nachricht in sämtliche sozialen Netzwerke und bittet die Forenmitglieder, sie zu verbreiten – *Jules Addison konfrontiert die Kritiker seines Vaters mit der Wahrheit über das Raumschiff im Orbit, live zur vollen Stunde. Das wollt ihr nicht verpassen! Bitte teilen!*

Als Neal fertig ist, stellt er sein Handy neben das Kamerahandy, aber mit dem Display zu mir, so dass ich den Feed sehen und dafür sorgen kann, dass ich im Bild bleibe.

Ich will, dass auch das Portal mit drauf ist. Es befindet sich an der Felswand hinter mir, direkt über der Wasseroberfläche. Ich kann die langen, seilartigen Leitungen sehen, die Dex vor der Sprengung aus dem Landeshuttle geborgen hat und die direkt im Fels verankert sind. In dem geschwungenen Kabel leuchtet im Lichtschein unserer Taschenlampen das kristalline

Gestein, das wir überall im Tempel auf Gaia gesehen haben. Es ist, als würde die Unsterblichen-Technologie aus der Struktur heraussickern und selbst Teil des Flussbetts werden.

Die anderen reden leise, aber ihre Worte sind vor allem Hintergrundrauschen.

Ich habe Angst. Am liebsten würde ich mich an einem dunklen, sicheren Ort verkriechen, bis das alles vorbei ist. Es scheint unmöglich, jetzt standhaft zu bleiben und die Wahrheit zu verkünden, wo ich doch weiß, wie viele Leute dort draußen nur darauf warten, mir jedes Wort im Mund zu verdrehen. Mir das anzutun, was sie meinem Vater angetan haben.

Und wenn sie das schaffen – wenn ich versage –, werden ganze Städte untergehen.

»Jules, wir sind so weit«, sagt Neal ruhig. »Und … Alter, wir haben jede Menge Zuschauer. Vielleicht ist De Luca ja wirklich zur Vernunft gekommen und hat die Leute aufgerufen, sich das anzusehen.«

Sie wollen alle eine fulminante Bruchlandung miterleben, beharrt mein vor Angst paralysiertes Hirn. *Sie wollen neues Material, das sie mit Auto-Tune bearbeiten können. Um Häme verbreiten zu können. Es wird genau wie letztes Mal sein. Du wirst dich lächerlich machen, und sie werden nicht hören, was du ihnen sagen willst, und –*

»He, Oxford.« Mias ruhige Stimme durchbricht meine beginnende Panik.

Und als ich sie ansehe, lächelt sie. Ein kleines, verhaltenes Lächeln, nur für mich, als wüssten wir etwas, was dem Rest der Welt verborgen ist.

Und ich weiß, egal, was passiert, es wird nicht wie beim letzten Mal sein. Weil sie versprochen hat, dass wir zusammenbleiben werden.

»Ich bin bereit«, sage ich leise.

Neal beugt sich vor, um den Stream zu starten, und gibt mir mit einem knappen Nicken zu verstehen, dass ich anfangen soll.

Ich atme tief ein und blicke in die Kamera.

»Mein Name ist Jules Addison«, sage ich. »Und ich habe nicht viel Zeit, aber ich will euch eine Geschichte erzählen. Sie beginnt vor sechzig Jahren. Das Klima der Erde begann zu kollabieren. Die Wüsten dehnten sich aus, das Wetter wurde immer unberechenbarer und chaotischer. Die Zukunft sah trostlos aus, aber die Menschheit schaffte es, ihre Zwistigkeiten zu beenden, und mit der Gründung der Internationalen Allianz vereinten wir uns und erreichten gemeinsam mehr als je zuvor. Wir gründeten die Centauri-Mission. Wir träumten von einer neuen Welt, von einer neuen Zukunft.

Aber wir wissen alle, wie dieser Teil der Geschichte endet – zumindest glauben wir, es zu wissen. Das Raumschiff gab den Geist auf. Die Mission rief um Hilfe, doch wir hatten kein zweites Schiff, um sie zu retten. Und so verschwanden sie, verstummten für immer, und wir verloren mehr als ein Kolonieschiff. Wir verloren mehr als die unzähligen Menschen darin. Wir verloren die Hoffnung. Wir verloren unsere Zukunft. Doch obwohl die Geschichte hier für uns zu Ende ging, scheint es, als hätte es noch viele weitere Kapitel gegeben.«

Während ich in die Kamera blicke, erzähle ich, wie die

Centauri-Siedler um ihr Überleben kämpften und auf der Suche nach einem erdähnlichen Planeten durch Raum und Zeit irrten. Ich erzähle, wie sie damit scheiterten, egal, wie weit sie auch reisten, egal, wie intensiv sie auch suchten.

»Als ich zum ersten Mal davon hörte«, sage ich und ignoriere dabei bewusst den Zuschauer-Zähler auf dem mir zugewandten Display, obwohl mir klar ist, dass die Zahlen durch die Decke gehen, »habe ich mich klein gefühlt. Unendlich klein. Gemessen an der Größe unserer Galaxie, ist unser Planet nur ein unbedeutender Fleck. Aber dass wir winzig klein und allein sind und dennoch überleben – das macht uns nicht unbedeutend. Es macht uns *großartig*.

Doch das war nicht die Geschichte, die sich die Centauri erzählten. Während für sie Jahrhunderte vergingen – Jahrhunderte, die sie in einer fernen Zukunft, in einer fernen Vergangenheit verbrachten –, erinnerten sie sich nur daran, dass sie um Hilfe gerufen hatten und wir nicht gekommen waren. Sie erinnerten sich, dass wir einen kostbaren Planeten besaßen und anscheinend beschlossen hatten, ihn zu zerstören. Während sie mit ihrer Funkbotschaft nach uns suchten, kam ihnen nie in den Sinn, dass wir ihnen Hilfe anbieten könnten – nicht ein so verschwenderisches, herzloses Volk wie wir. Deshalb nannten sie sich die Unsterblichen, und sie legten einen Köder aus, indem sie uns von unseren eigenen Schandtaten erzählten.

»›*Unsere Geschichte ist eine Geschichte von Gier und Zerstörung*‹«, sagten sie. Das sind die Worte der Nachricht der Unsterblichen, die mein Vater übersetzt hat. ›*Von einem Volk, das dem Schatz, den es hütete, nicht gewachsen war. Unser Ende kam nicht von den Sternen, sondern von innen … Wir waren dessen, was man uns geschenkt hatte, niemals würdig.‹«*

Ich lasse die Worte kurz verhallen, lasse sie sacken, bevor ich weiterspreche. »Jetzt sind sie zurückgekommen, und sie sind unsere Feinde. Und ein Teil von mir ist sich nicht einmal sicher, ob wir das Recht haben, uns zu wehren. Sie wollen uns unseren Planeten wegnehmen – angefangen haben sie in Lyon, mit dem Ausbruch der Epidemie, wie ihr alle auf dem geleakten Video gesehen habt.«

»Diese Portale« – hier deute ich über meine Schulter, und einer meiner Begleiter richtet eine Taschenlampe auf den schimmernden Bogen – »sind wie das Portal, mit dem wir nach Gaia gelangt sind. Bald werden sie sich in jeder größeren Stadt auf dem Planeten für Unsterblichen-Teams öffnen, damit diese das Gift freisetzen, das die Katastrophe in Lyon verursacht hat. Das ist ihr Plan, weil sie nie glaubten, dass es sich lohnen würde, uns um Hilfe zu bitten. Sie glaubten nicht, dass wir antworten würden.

Wir müssen sie stoppen, aber wir dürfen sie nicht mit Raketen stoppen – tatsächlich können wir das gar nicht. Wir brauchen eure Hilfe, wo immer auf der Welt ihr auch sein mögt. Während ich hier spreche, stellen wir euch Links zur Verfügung. Ihr müsst diese Transmitter bauen, um die Signale zu blockieren, die sie brauchen, um die Portale zu betreiben. Ihr müsst sofort anfangen und auf dieser Frequenz senden, sobald ihr könnt.«

Hier wollte ich meine Rede eigentlich beenden, mit einem Appell an die Zuschauer, uns zu helfen, den Feind abzuwehren.

Aber ich bin noch nicht fertig. Nicht mit dem Reden, dem Verstehen, dem Kämpfen. Das weiß ich jetzt.

»Wir müssen sie aufhalten«, fahre ich fort. »Und dann müssen wir uns beweisen. Wir dürfen nicht zurückschlagen, niemals. Gewalt mit Gewalt zu begegnen ist keine Lösung. Wir müssen beweisen, dass wir besser sind, als sie glauben – dass wir *doch* verdienen, was uns gegeben wurde. Mit den folgenden Worten endete ihre Nachricht an uns, und sie sollten ein Köder sein. Aber ich sage, sie sind eine Herausforderung, die wir annehmen sollten.

»›*Also trefft eure Wahl. Wählt die Sterne oder das Nichts, wählt Hoffnung oder Verzweiflung, wählt das Licht oder das unsterbliche Dunkel des Alls. Trefft eure Wahl – und geht weiter, wenn ihr es wagt.*‹«

In meinen Adern pocht es, während ich bei den letzten Worten in die Kamera blicke, aber ich bin seltsam ruhig. »Wollen wir denen, die nicht an uns glauben, die Hand reichen? Wollen wir gemeinsam weitergehen?«

Während meine Worte verhallen, wende ich den Blick endlich vom Bildschirm ab und sehe die anderen, die dahinter stehen. Neal verfolgt das Video, sein Gesicht ist voller Hoffnung. In Dex' Augen glitzern Tränen. Mia wartet, dass ich sie ansehe.

Und dann wird ihr Gesicht plötzlich erhellt, als hinter mir ein grelles Licht aufleuchtet. Innerlich wird mir eiskalt, als ich mich langsam umdrehe.

Das Portal lädt sich auf, und über seinen Bogen zucken kleine Blitze. Dann beginnt das Gestein zu schimmern, wird flüssig und ölig, Regenbogenfarben fließen über die Oberfläche.

Atlanta tritt hindurch und hebt die Hand.

Sie hält eine Pistole.

Wir sehen uns an, und für einen schier unendlichen Moment rührt sich keiner von uns.

Und dann trifft mich etwas an der Schulter – ein seltsames Gefühl, wie ein Tritt.

Und dann kommt der Schmerz, schießt an meinem Arm herunter, breitet sich über meine Brust aus.

Und dann blicke ich nach unten und sehe das Blut, das mein T-Shirt tränkt.

AMELIA

Der Schuss verhallt in der Höhle mit einem dumpfen Knall, der mir bis ins Mark geht. Und lässt mich taub, erstarrt, wie versteinert zurück.

Langsam wendet Jules sich mir zu, während er weiter nach unten schaut, auf das Blut, das sich auf seinem T-Shirt ausbreitet wie eine sich entfaltende Rose. Hinter ihm kräuselt sich das Portal, und verschwommene, undeutliche Schemen treten hindurch und stellen sich zu dem verschwommenen, undeutlichen Schemen, der auf Jules geschossen hat. Irgendwo schreit jemand, und einer der verschwommenen Schemen schreit zurück. Wasser tropft von der Decke wie eine tickende Uhr, wobei jeder Tropfen langsamer als der vorherige fällt.

Als Jules hochsieht, treffen sich unsere Blicke. Seine Augenbrauen sind zusammengezogen, der Mund steht leicht offen, sein Gesicht spiegelt Ungläubigkeit, Verwunderung – und *Bedauern* wider. Er versucht zu sprechen, und obwohl ich die Schreie rings um mich herum nicht hören kann, höre ich das Gurgeln aus seiner Kehle.

Er schwankt, dann bricht er zusammen.

Ich merke erst, dass ich in Bewegung bin, als mich ein Paar Arme umschlingt und zurückzerrt. Jemand redet auf mich ein, gibt mir Anweisungen, ein dumpfes, lästiges Brummen in meinen Ohren. Ich versuche, mich zu befreien, kralle meine Hände in Arme, trete nach hinten gegen Beine und hole schließlich mit dem Ellbogen aus, bis ich ein Knirschen höre und der Griff sich lockert – gerade ausreichend.

Ich kann mich befreien und renne los. Hinter mir flucht jemand, und ich höre Schritte, die mir folgen, aber ich renne schneller als je zuvor in meinem Leben und werfe mich in demselben Moment zu Boden, als ein weiterer Schuss den Lärm durchschneidet. Etwas zischt an mir vorbei, und Steinsplitter hageln auf mich herab. Auf allen vieren krabbele ich zu Jules.

Das Blut ist jetzt überall – aus der Rose ist ein Garten geworden, ein Meer aus Rot. Ich reiße mir die Jacke herunter, drücke sie gegen seine Brust und presse, so fest ich kann, um die Wunde zu stillen. Jules stöhnt und hustet, und mein Herz macht einen Satz.

Er lebt noch.

Bruchstücke des Geschehens um mich herum dringen zu mir durch. Ganz in der Nähe höre ich Dex rufen und flehen. Eine andere Stimme, unmenschlich, kalt, wie die eines Monsters. Das Getrampel von Stiefeln, ein gedämpfter Überraschungsschrei von Neal. Noch mehr Stimmen, menschliche Stimmen. Das Klicken von Pistolen, die entsichert werden.

»Sieh mich an!«, flehe ich Jules an und beuge mich hinunter.

Jules blinzelt mit weit aufgerissenen Augen und richtet den Blick auf mein Gesicht. Seine schmerzverzerrten Züge entspannen sich etwas, und mit einer Hand, an der sein eigenes Blut klebt, packt er meinen Arm. »Hat es geklappt?«, flüstert er.

Ein Laut entfährt mir, eine Mischung aus Lachen und Stöhnen. »Ja«, sage ich und ziehe ihn hoch, auf meinen Schoß. »Ja, es hat geklappt. Millionen von Menschen haben es gesehen. Du hast es geschafft. Du hast uns gerettet.«

Hinter uns knallen Schüsse, dann noch weitere, durch ihr Echo lässt sich unmöglich sagen, woher sie kommen. Jules erstarrt, seine Augen weiten sich vor Angst. »Was –«

»Da ist nichts«, sage ich und streichle seine Wange, um seine Aufmerksamkeit auf mich zu lenken. »Es ist nicht wichtig.«

Doch er blickt immer noch an mir vorbei, und wieder ist da dieser verblüffte Ausdruck auf seinem Gesicht. »Ist das *Mink?*«, murmelt er.

Ich will den Blick nicht von ihm abwenden, hebe aber kurz den Kopf. Es *ist* Mink, zusammen mit ein paar anderen in der schwarzen Uniform der Spezialkräfte, die bereits um sich schießen, während sich noch weitere ihrer Kameraden durch die kreisrunde Öffnung in der Decke abseilen. Die Unsterblichen erwidern das Feuer, und Steinsplitter fliegen in alle Richtungen, und Dex schreit, und Neal drückt sich gegen den Fels, eine Hand auf dem Gesicht, aus seiner Nase fließt Blut.

»De Luca muss sie um Hilfe gebeten haben«, murmelt Jules undeutlich. »Sie haben sich also doch noch verbündet.«

»Jules – sieh mich an!« Ich streiche ihm übers Gesicht, und er sieht mich wieder an. »Bleib bei mir, okay?

Seine Lider flattern – wie auch mein Herz –, dann blinzelt

er mich langsam und erschöpft an. »Sind wir auf Gaia?«, nuschelt er und runzelt verwirrt die Stirn.

Ich unterdrücke ein Schluchzen und ziehe ihn an mich. Einerseits um die verletzte Stelle über Herzhöhe hochzulagern, aber auch um ihn nahe an meinem eigenen Herzen zu haben. »Nein, wir sind zu Hause.« Ich lege meine Stirn gegen seine. »Wir sind jetzt zu Hause.«

»Mein Vater wird dich lieben.« Jules' Stimme ist dünn und schwach.

Ich lege den Kopf in den Nacken, um mich herum tropft das Wasser – von der Decke, von meinem Gesicht, es rinnt aus Jules' Augenwinkeln.

»Ich kann es kaum erwarten, ihn kennenzulernen«, bringe ich heraus und bemühe mich dabei, glücklich und zuversichtlich zu klingen. Und nicht so, als würde ich Jules gerade sterben sehen.

Wieder schließt er die Augen, und ich tätschle seine Wange, bis seine Lider sich wieder öffnen und sein Blick mich unter Mühen fixiert. »Morgen werden wir die allerersten Menschen sein, die diesen Tempel betreten …«

Ich versuche, ihn anzulächeln. »Du hast mich hochgehoben und durch die Luft gewirbelt. Ich hatte keine Ahnung, dass ich so empfinden könnte, bis ich dich getroffen habe.« Wieder streichle ich seine Wange und wische ihm seine und meine Tränen aus dem Gesicht. »Dass ich dieses Staunen fühlen könnte. Diese Hoffnung.«

Noch mehr Schüsse, noch mehr Geschrei, noch mehr Steinsplittern und Wasserplatschen. Der Kampf tobt überall um uns herum. Auf mich zielt jedoch niemand. Mit nur einer Kugel hat Atlanta uns beide vernichtet.

Ich verändere meine Handhaltung, mir schmerzt der Arm davon, den Stoff gegen seine Wunde zu pressen. Ich streiche mit den Fingern über seine Wange, bis sich seine Züge entspannen.

»Ich liebe dich«, sage ich zu ihm.

Seine aufgeplatzten Lippen kräuseln sich, und ein schwaches Leuchten erfüllt seine Augen.

»Ich weiß.«

Mir entfährt ein Schluchzen, halb Lachen, halb Wimmern, und ich schüttele ihn ein bisschen. »Tu nicht so cool. Du liebst mich doch auch.«

Das Leuchten erlischt, das Lächeln verschwindet, und er sieht mich mit seinen braunen Augen an, in denen plötzlich eine große Klarheit liegt; in seinem noch eben schmerzverschleierten Blick ist nur noch Gewissheit. »Das weiß ich auch.«

Es wird immer schwieriger, ihn zu halten, sein Körper erschlafft, und sein Kopf ruht schwer auf meinem Arm.

Er seufzt. »Mia«, flüstert er. Und dann wird sein Blick glasig, und sein Kopf kippt zurück.

Ich kann ihn nicht loslassen, umschlinge ihn fest mit den Armen, während das Gewicht seines schlaffen Körpers mich zu ihm nach unten zieht. Ich werde einfach hier bei ihm sitzen bleiben, bis es vorbei ist.

Bis alles vorbei ist.

Diese Worte hallen in meinem Kopf wider, immer und immer wieder. Bis alles vorbei ist … Wir werden zusammen sein.

Wir kriegen das hin. Wir finden einen Weg, uns weiter zu lieben. Wir werden Gelegenheit haben, uns so kennenzulernen, wie wir sind, wenn wir nicht um unser Leben kämpfen. Wir fangen noch mal von vorne an. Wir werden zusammen sein.

Bis alles vorbei ist.

Die Hände klebrig von Jules' Blut, hebe ich unter dem lauten Protest all meiner Muskeln den Kopf.

Die beiden Gruppen stehen sich gegenüber, die Unsterblichen sind hinter dem Portal in Deckung gegangen, und Minks Leute haben sich beim Tunneleingang verschanzt. Neal ist nirgendwo zu sehen – hoffentlich hat er sich irgendwo versteckt, wo er nicht verletzt werden kann –, und Dex redet immer noch und versucht, zu Atlanta durchzudringen.

Zu Atlanta, die nur wenige Meter von mir entfernt noch immer beim Portal steht, die Waffe auf die Gegner gerichtet.

Sanft bette ich Jules auf den Steinboden, rücke sein T-Shirt zurecht und trockne die letzten Tränen, die noch an seinem Gesicht haften. Er sieht aus, als würde er schlafen. Er sieht friedlich aus.

Dann stehe ich auf und gehe auf das Mädchen zu, das Jules ermordet hat.

Ich bin in ihrem toten Winkel, seitlich von den Unsterblichen. Die anderen werden mich sehen, und Atlanta wird mich vermutlich sogar hören, aber erst wenn es schon zu spät ist. Sie hat mich bereits abgeschrieben – schließlich hat sie mich vernichtet.

Und ich mag zwar am Ende sein. Aber ich kann sie immer noch mitnehmen.

Im letzten Moment fange ich an zu rennen, so dass ich, als ich bei ihr bin, mit ihr zusammenstoße und sie umwerfe. Sie ächzt vor Überraschung und Schmerz und übertönt dabei fast das Klappern der Pistole, die über den Fels schlittert. Sie streckt die Hand aus, aber ich habe einen Stein, den ich ihr ins Gesicht donnere, um gleich danach selbst nach der Pistole zu hechten.

Als ich wieder aufstehe, hat Atlanta sich auf die Knie hochgerappelt. Aus einer frischen Wunde an ihrer Wange quillt Blut – doch sie erstarrt, als ich eine Vierteldrehung mache und die Pistole auf sie richte.

Diesmal bin ich so weit von ihr entfernt, dass sie nicht tun kann, was sie im IA-Hauptquartier getan hat. Diesmal vergewissere ich mich, dass die Waffe entsichert ist. Diesmal zittert meine Hand nicht.

»Siehst du, wie schnell sich das Blatt wenden kann?«, sage ich leise.

Atlantas Kameraden haben aufgehört zu schießen, und ich höre, wie Mink ihren eigenen Leuten befiehlt, das Feuer einzustellen.

Atlantas Augen sind gerötet, ihr Gesicht ist verquollen, aber ich habe kein Mitgefühl für sie. Sie hätte bei ihrem Partner bleiben können. Sie hätte ihm vertrauen können. Sie hat sich hierfür entschieden – warum sollte ich das Schicksal ändern, das zu dieser Entscheidung geführt hat?

»Er wollte Frieden«, krächze ich, während ich mit der Pistole, deren Griff von ihrer Hand noch warm ist, auf sie ziele. »Wir hätten euch mit *offenen Armen* aufgenommen, wenn ihr nur gefragt hättet. Aber ich weiß jetzt, warum ihr uns so hasst.«

»Weil ihr diesen Planeten wie *Lixo* behandelt habt«, spuckt Atlanta aus. »Weil ihr nicht dafür gemacht seid, hier zu leben. Weil ihr Untermenschen seid.«

»Nein.« Ich gestikuliere mit der Pistole, und sie kneift die Lippen zusammen. »Ihr hasst uns, weil wir euer Spiegelbild sind. In uns erkennt ihr eure schlimmsten Eigenschaften. Jede Angst, jedes nicht eingehaltene Versprechen. Deshalb versucht ihr, uns zu Monstern zu machen, zu Vieh, das geschlachtet oder eingepfercht werden soll. Aber ihr seid wie wir. Ihr seid wie wir, nur auf einem anderen Pfad. Ihr existiert nur, weil wir uns einmal zusammengetan haben und zu den Sternen aufgebrochen sind. Dass es euch gibt – das ist ein Wunder, Atlanta. Was ihr erreicht habt. Dass ihr überlebt habt. Eure Existenz beweist, was die Menschheit erreichen kann. Sie beweist, dass es nichts gibt, was wir *nicht* erreichen können.«

In Atlantas Augen glitzern Tränen, und ganz kurz blickt sie an mir vorbei. Dorthin, wo Dex steht und wie versteinert zuhört.

»Ihr hättet in Frieden kommen können, und euer Überleben, eure Technologie, eure Impulse – eure Geschichte – all das hätte die ganze Welt verändert. Ihr hättet der Beweis sein können, dass wir *mehr* sind als … als das hier.« Ich bin heiser vor lauter Weinen und innerlich zerbrochen. Ich kann nicht mehr.

»Weißt du, was lustig ist?«, flüstere ich. »Wenn ich es wäre, die du erschossen hättest – wenn jetzt Jules hier stünde und die Waffe hielte –, dann wärst du überhaupt nicht in Gefahr. Er hätte niemals, unter keinen Umständen, abgedrückt.«

Atlanta sagt nichts. Sie sieht mich nur an. Mein Finger krümmt sich um den Abzug. Wie von fern, als wäre es eine Erinnerung an ein anderes Leben, erinnere ich mich an die Gänge des Unsterblichen-Portalschiffs, wo ich über eine Wache gebeugt stehe und Javier mich davon abhält, sie zu erschießen. Ich hatte gesagt, ich würde es tun, obwohl ich im Nachhinein sicher bin, dass ich es nicht getan hätte.

Heute, das weiß ich, gibt es dieses Mädchen nicht mehr.

Innerlich wie leer sage ich: »Aber ich bin nicht Jules.«

Ich hole tief Luft.

»Mia?«

Die Stimme ist leise, verängstigt. Und sie hört sich so vertraut an, erinnert mich so unerwartet an zu Hause, dass ich erstarre und mein Herz, das doch eigentlich aufgehört hatte zu schlagen, wieder anfängt zu pochen, während ich mich umdrehe.

Zwei Umrisse stehen bei den Seilen, die in der Öffnung über uns hängen. Einer davon ist ein großer Mann mit vorgebeugten Schultern – eine Haltung, die mir seltsam bekannt vorkommt – und einem verhärmten Gesicht. Die andere Gestalt ist ein bleichgesichtiges Mädchen, das die Augen vor Schreck weit aufgerissen hat.

Ein Spiegel meiner selbst. Der alten Mia. Derjenigen, die nicht mit Jules' Blut befleckt ist, die nicht vorhat, Atlanta wegzupusten.

»Evie.« Der Name entfährt mir wie ein Stöhnen, und als wäre dies das Startsignal gewesen, beginnt der Rest meines Körpers zu zittern.

»Ich hab euch doch gesagt, ihr sollt im Versteck bleiben«, keift Mink, die halb hinter einer umgestürzten Säule kauert und immer noch auf die Unsterblichen-Soldaten zielt.

»Wir wollten aber lieber gehen«, sagt der Mann neben Evie. Seine Stimme, der britische Akzent, die Art, wie er seinen Kopf beim Sprechen zur Seite neigt – selbst wenn er nicht einer der derzeit bekanntesten Menschen der Welt wäre, ich würde ihn überall wiedererkennen. Dann blickt er zu dem reglosen Körper seines Sohns hinter mir.

Und plötzlich füllt sich meine innere Leere mit so viel Trauer, Angst und Schmerz, dass ich nicht an mich halten kann. Ich schluchze und taumele zurück. Wie durch einen Nebel registriere ich, wie Minks Soldaten die Unsterblichen überwältigen, die die Waffen herunternahmen, als ich mir Atlantas Pistole geschnappt hatte.

Ich sehe, wie Dex seine Deckung verlässt, auf Atlanta zurennt und seine Arme um sie wirft. Sehe Neal, der sich inmitten des ganzen Chaos unbemerkt entlang der Höhlenwand seinem Cousin genähert hat.

Und ich sehe Evie, die direkt auf mich zukommt, mich auffängt, als meine Beine unter mir wegsacken, und mit mir auf den Steinboden sinkt. Sie umarmt mich, während ich heule, und flüstert mir Dinge zu, wie unsere Mutter es immer getan tat, als ich klein und sie noch ein Baby war, obwohl sie sich gar nicht mehr an unsere Mutter erinnern kann.

Ich frage nicht einmal, wie sie hergekommen ist. Ich ahne, dass es mit Mink zu tun hat. Dass Mink sehr wohl zuhörte, als wir ihr zu erklären versuchten, dass Addison seine Arbeit zu den Portalen fertigstellen müsse. Dass sie zu ihm gegangen ist, ihn aus seiner Zelle befreit und auch Evie mitgenommen hat, damit die IA sie nicht als Druckmittel gegen mich verwenden konnte. Und wahrscheinlich hat sie hinter den Kulissen noch ein Dutzend anderer Dinge getan, von denen wir nie etwas erfahren werden.

Ich würde mich gern auf Evie konzentrieren und nicht auf Jules, der tot auf dem Boden liegt. Ich würde mich gern auf das Gesicht konzentrieren, von dem ich dachte, ich würde es nie wiedersehen, als ich auf Gaia war und auf dem Schiff der Unsterblichen war.

Als *wir* dort waren …

Ich schnappe nach Luft, als eine neue Welle des Schmerzes mich überrollt.

»Hilf mir auf«, flüstere ich Evie zu. Ausnahmsweise widerspricht sie mir nicht und stützt mich stattdessen, als meine zitternden Beine beinahe unter mir nachgeben.

Weit entferntes Sirenengeheul, das Hallen undeutlicher Rufe und Schritte sind zu hören – die Verstärkung muss bereits im Anmarsch sein. Mir fällt auf, dass das Handy immer noch am Felsen lehnt. Es nimmt nach wie vor alles auf – und streamt immer noch. Der Zuschauerzähler ist bei neunundneunzig Millionen stehen geblieben. Größere Zahlen kann die App nicht darstellen.

Die Zeit, die sich verlangsamt hatte, als ich Jules in meinen Armen und die Pistole in der Hand hielt, läuft schlagartig wieder schneller. Mink spricht mit den Unsterblichen, und Dex schaltet das Portal ab, während Atlanta schluchzend zusieht.

Und Jules … liegt auf dem Boden, um ihn herum Sanitäter, die seinen erschlafften Körper auf eine Trage heben.

Ich stolpere vorwärts, und mein Herz krampft sich auf einmal so heftig zusammen, dass es weh tut. Ich kann nicht zulassen, dass sie ihn mitnehmen.

Ein Uniformierter hält mich auf, als ich die Trage erreiche. »Stehen bleiben, Miss«, sagt er mit starkem Akzent.

Dr. Addison dreht sich zu mir um, seine Augen sind gerötet. »Lassen Sie sie durch«, sagt er, sanft und bestimmt zugleich.

Der Uniformierte runzelt die Stirn, doch er lässt meinen Arm los. Als ich bei Jules' Vater bin, sieht er mein verwirrtes Gesicht. Ich stottere, murmele: »Jules konnte nicht mit Ihnen reden, seit … woher wissen Sie, wer ich bin?«

Dr. Addison schüttelt den Kopf. »Ich habe gesehen, was du für ihn getan hast. Wie du ihn angesehen hast.« Er hält inne und fügt hinzu: »Und ich habe die Fahndungsplakate gesehen.«

Seine Augen sind denen seines Sohnes so ähnlich.

»Ich bin Mia«, sage ich. »Und ich liebe Ihren Sohn.«

Habe geliebt kann ich nicht sagen. Das kann ich einfach nicht.

Eine Hand ergreift meine, und ich verschränke meine Finger mit denen von Evie.

»Wir müssen los«, sagt einer der Sanitäter. »Sir, Sie können mitkommen. Alle anderen müssen hierbleiben.«

Dr. Addison spricht, bevor ich Gelegenheit dazu habe. »Die beiden kommen mit«, sagt er, und seine tiefe, ruhige Stimme ist voller Schmerz. »Sie gehören zur Familie.«

AMELIA

Es regnet, als das Auto vor Dr. Addisons Cottage hält, Regentropfen rinnen über die Scheibe und tauchen die Welt da draußen in Grau. Der Fahrer will mich mit einem schützenden Schirm zur Tür begleiten, aber ich lehne dankend ab. Das Wasser belebt mich und ist mir doch seltsam fremd, so wie der akkurat gestutzte Rasen, die gesunden, hoch aufragenden Eichen am Straßenrand oder der Mietwagen, der mich abgeholt und hierhergebracht hat.

Evie ist im Hotel geblieben. Sie hat mir angeboten mitzukommen, meine Hand zu halten, falls ich Beistand brauche, oder einfach nur da zu sein, aber ich wollte allein fahren.

Er hat immer gesagt, dass ich gut hierherpassen würde. Dass sein Dad mich lieben würde. Dass es keine Rolle spielen würde, dass ich eine Diebin und eine Lügnerin und eine Kriminelle bin. Doch jetzt, da ich allein den Weg zur Eingangstür entlanggehe, bin ich mir nicht so sicher. Vielleicht habe ich ja auch nur zu *ihm* gepasst.

Ich schlucke mühsam, bleibe an der Tür stehen und wünsche mir auf einmal, ich hätte den Schirm doch angenommen. Das

Haar klebt mir an der Stirn, und meine sorgfältigen Schminkversuche laufen mir zweifellos gerade über das Gesicht. Dennoch hebe ich die Hand und klopfe.

Die Tür geht auf.

Vor mir steht Dr. Addison, und ganz kurz bin ich so überwältigt von der Ähnlichkeit zwischen ihm und seinem Sohn, dass mein Herz sich schmerzhaft zusammenzieht und mir die Worte fehlen.

»Mia«, sagt er leise. Sein Blick ist freundlich. Falls er merkt, wie mir zumute ist, lässt er es sich nicht anmerken – er tritt einfach auf die regennasse Matte und schließt mich in die Arme.

Ich bin Mia. Die ersten Worte, die ich zu diesem Mann gesagt habe, in der dunklen, blutbefleckten Höhle unter Prag, waren alles, was er zu hören brauchte. *Und ich liebe Ihren Sohn.*

Er hat sich darum gekümmert, dass Evie und ich mit ihm nach Oxford kamen. Er hat uns ein Hotelzimmer besorgt, einen Fahrer für uns engagiert, darauf geachtet, dass wir alles hatten, was wir brauchten, angefangen von sauberer Kleidung bis zum Rund-um-die-Uhr-Zimmerservice.

Doch so traumhaft ich mir solcherlei Luxus früher auch immer vorgestellt habe, ohne Jules fühlt sich das alles nur … leer an.

Dr. Addison bittet mich herein, zeigt mir, wo ich meine nassen Schuhe ausziehen kann, und bringt mir einen warmen Pullover als er sieht, dass ich in meinen feuchten Kleidern ein bisschen zittere. Der Geruch des Kapuzenpullis ist vertraut, wenn auch ein wenig schwach. Es ist einer von Jules' Pullovern, jede Wette.

Die Kehle wird mir eng, als ich ihn an mich drücke.

Wir unterhalten uns ein bisschen – er fragt nach dem Hotel und nach meiner Schwester und erzählt, dass die IA nicht nur Evies Knebelvertrag mit dem Club aufgelöst hat, sondern bei einer Razzia dort noch ein halbes Dutzend anderer minderjähriger Mädchen befreien konnte.

Es ist ein altes Haus im Cottage-Stil, und obwohl es nicht groß ist, macht es einen bemerkenswert herrschaftlichen Eindruck. Überall an den Wänden hängen Porträts, einige davon vom Alter verblasste Gemälde, andere sind Fotografien neueren Datums. Die Treppe ist alt und gewunden, mit einem antiken, geschnitzten Holzgeländer, dessen Handlauf dicker als meine Taille ist.

Als Dr. Addison sieht, wie ich es betrachte, schenkt er mir ein winziges Lächeln. »Mit sieben hat er sich das Schlüsselbein gebrochen, als er dieses Geländer hinuntergerutscht ist«, sagt er. Bei der Erinnerung bilden sich um seine Augen kleine Fältchen.

Als ich Jules kennenlernte, hätte ich ihm nie zugetraut, ein Geländer hinunterzurutschen. Jetzt kann ich es mir lebhaft vorstellen.

Sein Vater beobachtet mich, wie ich es versonnen anstarre, und legt den Kopf schief. »Ich rede und rede, aber dafür bist du eigentlich gar nicht gekommen. Ich hoffe, du wirst noch oft herkommen, Mia – du wirst hier immer willkommen sein, ohne Wenn und Aber. Aber fürs Erste – möchtest du ihn sehen?«

Wortlos nicke ich, und mein Herz setzt kurz aus. Noch einmal durchlebe ich den Augenblick, wie wir aus den unterirdischen Tunneln zu den Straßen von Prag hinaufsteigen und eine der Sanitäterinnen plötzlich mit großen Augen den Kopf hebt.

Immer noch höre ich ihre Stimme: »Ich habe hier einen Puls!«

Dr. Addison führt mich durchs Haus und erklärt dabei, dass Jules' Zimmer früher oben war, es angesichts der Umstände aber praktischer war, ihn unten im Salon einzuquartieren. Was auch immer ein Salon sein soll.

Wir betreten einen Raum mit bodentiefen Fenstern, die, von Vorhängen eingerahmt, eine ganze Wand einnehmen. In einer Ecke steht ein Klavier, an der Wand gegenüber ein Bett. Ich sehe es und kann den Blick nicht mehr davon lösen. Undeutlich höre ich, wie Dr. Addison sagt: »Ich lasse euch zwei jetzt mal allein.« Dann schließt sich leise die Tür hinter ihm.

Meine Füße tragen mich zum Bett hinüber, während mein Herz heftig klopft. Seine Augen sind geschlossen, sein Gesicht still und unbewegt. Ich strecke die Hand aus, meine Fingerspitzen streifen die Bettdecke, und für einen langen Augenblick verlässt mich der Mut.

»Wenn du mir beim Schlafen zusehen willst«, höre ich eine vertraute Stimme, »müssen wir zwei wohl mal ein ernstes Wörtchen über gute Manieren reden.«

Ohne es zu wollen, lache ich, alle Angst und Anspannung fällt von mir ab. »Ich musste deinem Dad versprechen, dich so wenig wie möglich zu stören«, protestiere ich. »So als könntest du einen Rückfall erleiden, wenn du mich siehst.«

Jules schlägt die Augen auf und sieht mich an, seine Mundwinkel sind zu einem angedeuteten Lächeln verzogen. »Er ist ein bisschen überbesorgt.« Vorsichtig setzt er die Hände auf die Matratze und stemmt sich ein Stück hoch, gestützt von seinen Kissen. Als ich protestieren will, wirft er mir einen scharfen Blick zu. »Nicht du auch noch.«

Ich mustere ihn verstohlen von der Seite. »Er und ich, wir mussten zusammen mit ansehen, wie du in dieser Höhle fast verblutet bist.« Es soll nüchtern und sachlich klingen, aber meine Stimme zittert und verrät mich. »Du hast kein Recht, dich über unsere Überbesorgtheit zu beschweren.«

Jules hebt die Hand, macht eine beredte, hilflose Geste und richtet sich noch weiter auf. Der Verband bedeckt einen Teil seiner Brust und seiner Schulter, doch davon abgesehen ist sein Oberkörper nackt. Er bemerkt das kleine Grinsen auf meinen Lippen, bevor ich es tue, und als mein Blick sein Gesicht wiederfindet, hat er beide Augenbrauen hochgezogen.

»Schön anständig bleiben!«, ermahnt er mich scherzhaft.

»Mhm«, mache ich versonnen und grinse.

»Komm her!«, fordert er mich auf, mit einem Gesichtsausdruck wie jemand, der sein Glück herausfordern will.

Ich blicke zur Tür, die immer noch geschlossen ist.

Jules stößt einen Seufzer aus. »Die Katze ist aus dem Sack, Mia«, sagt er nachdrücklich. »Ich glaube, mein Dad weiß über uns Bescheid.«

»Trotzdem«, erwidere ich abwehrend, »als ich gekommen bin, habe ich strikte Anweisungen erhalten, dich ja nicht aufzuregen. Und ich bin mir ziemlich sicher, dass damit jede Art von Aufregung gemeint war.«

Jules zieht eine Schmollschnute und begnügt sich damit, meine Hand zu nehmen. Ich überlasse sie ihm und ignoriere den leisen Anflug von Bedauern darüber, dass er nicht weiter versucht, mich zu küssen.

»Deswegen will mein Dad mir also nicht erzählen, was passiert ist.«

Ich ziehe eine Augenbraue hoch. »Ach wirklich? Man sollte meinen, dass er dich gut genug kennt, um zu wissen, dass etwas *nicht* zu wissen dich viel mehr in den Wahnsinn treibt, als die Wahrheit es je könnte.«

»Unterschätz nie, was Verleugnung bei einem Addison ausrichten kann«, entgegnet Jules leichthin.

Ich drücke seine Hand. »Ich werde dir heimlich ein paar Nachrichtenartikel zustecken, wenn du mir versprichst, ihm nicht zu erzählen, dass du sie von mir hast.«

Jules lacht. »Abgemacht. Wie geht es Evie?«

»Die schwebt im siebten Himmel.« Ich grinse ihn an. »In unserem Hotel kann man Filme streamen und Chicken Wings bestellen – wahrscheinlich geht sie dort nie wieder weg. De Luca hat ein paar Strippen gezogen und den Club dichtmachen lassen. Sie ist frei.«

Bisher habe ich das noch nie laut ausgesprochen. Jetzt schnürt sich meine Kehle zusammen, und meine Augen brennen. Jules beobachtet mein Gesicht und lehnt den Kopf lächelnd gegen das Betthaupt.

»Du hast dein Versprechen gehalten«, sagt er leise.

Ich räuspere mich und konzentriere mich dabei mehr auf den Stoff seines Bettbezugs als auf sein Gesicht. »Was gibt es sonst noch … Dass dein Dad im Integrationskomitee ist, das Unterkünfte für die Unsterblichen sucht, die auf die Erde wollen, weißt du ja. Es sind aber gar nicht so viele, wie man glauben würde. Dex ist offenbar nicht der Einzige, der tief in sich drin gespürt hat, dass sein Zuhause ein Raumschiff ist.«

»Neal habe ich noch gar nicht gesehen. Von dem, was Dad so erzählt, scheint es, als wären Dex und er …«

Ich grinse schon wieder. »Allerdings. Die Addisons können anscheinend unwiderstehlich charmant sein, wenn sie wollen.« Ich zwinkere ihm zu, nur um ihn lächeln zu sehen. »Offen gestanden glaube ich, sie sind sich so schnell näher gekommen, weil Dex seine Partnerin vermisst. Neal wird für ihn niemals das sein, was Atlanta gewesen ist, und das will er auch gar nicht. Aber in Neals Gesellschaft fühlt Dex sich wohl ein bisschen weniger einsam.«

»Dann gibt es also immer noch keine Spur von ihr?« Jules' Stimme ist ganz leise.

»Null. Natürlich wissen die IA-Leute, wo sie ist, sie wissen von allen Unsterblichen-Soldaten, wo sie sich aufhalten. Also von denjenigen, die sich gestellt haben. Aber ihr Wiedereingliederungsort wird geheim gehalten, wie bei allen von ihnen. Dex hat nichts von ihr gehört.«

Jules betrachtet meine Hand, die in seiner liegt, träge streichelt sein Daumen über meinen Finger. »Weißt du, ich mache ihr keinen Vorwurf«, sagt er und seufzt. »Sie hat getan, wofür sie ausgebildet wurde. Sie war eine Soldatin.«

»Ja«, sage ich. Denn auch ich mache ihr keinen Vorwurf. Und ich werde den Rest meines Lebens dankbar dafür sein, dass Evies Stimme mich daran erinnert hat, wer ich bin, und mich davon abhielt, den gleichen Weg wie Atlanta einzuschlagen.

»Armer Dex«, murmelt Jules.

»Nun, er und Neal sind zumindest beschäftigt. Selbst mit der Hilfe der Unsterblichen wird es eine Weile dauern, bis sie alle Feinheiten der Unsterblichen-Technologie durchdrungen haben, und erst recht, bis sie sie rekonstruiert und überall dort zur Anwendung gebracht haben, wo sie benötigt wird. Aber in ein paar Jahren wird die Welt völlig anders aussehen. Saubere Energie, sauberes Wasser, überall auf dem Erdball … es ist unvorstellbar.«

Jules stößt einen langen Seufzer aus. »Mehercule. Es scheint kaum wahr zu sein, oder?«

»Na ja, es ist nicht alles eitel Sonnenschein«, betone ich. »Es gibt immer noch ein halbes Dutzend Unsterblichen-Agenten, über deren Verbleib nichts bekannt ist und die mit den Friedensvereinbarungen alles andere als einverstanden sein werden. Und genauso viele Länder, die die Unsterblichen nicht einwandern lassen – aus Angst. Weltweit gab es Anti-Unsterblichen-Proteste, auch in London, und viele Leute sind der Meinung, wir hätten das Schiff in der Umlaufbahn in die Luft jagen sollen.«

Jules macht eine wegwerfende Handbewegung. »Die Menschen sind dumm«, sagt er nur. »Daran wird sich so schnell nichts ändern. Aber ich glaube, wenn sich die ersten Verbesserungen einstellen, dank der Technik, die die Unsterblichen mit uns teilen, werden die Leute sich wieder besinnen.«

»Hoffentlich.«

Jules mustert mich kurz, den Kopf schief gelegt, als würde er mich studieren. »Gefällt es dir hier?«

»In Oxford?« Ich blinzele, während ich über meine Antwort nachdenke. »Es ist … völlig anders. Feucht, zum Beispiel.«

»Ich meine hier, in diesem Haus.«

Wieder blinzele ich und schaue ihn an. »Ehrlich gesagt habe ich nicht so sehr drauf geachtet. Ich habe die ganze Zeit nur daran gedacht, wie es sein würde, dich gleich zu sehen. Aber es ist ein schönes Haus. Groß. Hübsches Treppengeländer, sieht aus, als könnte man da ganz schön Fahrt draufkriegen.«

Ich sage es leichthin, aber Jules lacht dennoch. »Dad ist so eine Klatschtante.« Sein Lachen weicht einem durchdringenden Blick. »Aber gefällt es dir hier?«

»Ja, es gefällt mir.«

»Ich hatte mir gedacht, wenn Dad mich erst mal wieder Treppen steigen lässt, könnte das hier dein Zimmer werden.«

»Mein …« Mir bleibt die Stimme weg, und ich finde keine Worte, also verstumme ich und starre ihn an. »Mein …?«

»Dein Zimmer«, wiederholt Jules bestimmt. »Dad findet die Idee großartig. Wir können es uns nicht leisten, euch ewig im Hotel wohnen zu lassen, aber wir haben hier mehr als genug Platz. Evie könnte auch hierbleiben, allerdings glaubt Dad, dass er sie an dieser Londoner Schule unterbringen könnte, von der wir mal gesprochen haben, und das ist ein Internat. Im Moment hat er ziemlich viel Einfluss.«

Mir schwirrt der Kopf, leicht schwankend richte ich mich auf, lasse Jules' Hand los, damit ich mich bewegen kann –

meine Beine kribbeln, als würden lauter Ameisen darüberlaufen. »Ich soll bei euch wohnen?«

»Na ja, wenn du das möchtest. Ich weiß, es fühlt sich irgendwie schräg an. Aber es wäre ja nicht wie … Also, es ist nicht so, als würden wir zusammenziehen.« Jules holt vorsichtig Luft und sieht mir zu, während ich auf und ab gehe. »Aber wenn du bleiben willst … Hier ist ein Platz für dich.«

Ich drehe mich zu ihm um, und er hält meinen Blick lange fest, bevor ich wegsehen kann. »Das hast du immer wieder gesagt.«

»Und ich habe es ernst gemeint.«

Ich gehe weiter auf und ab, mit knetenden Händen und zappelig wie ein Kind, aber das ist mir egal. »Jules … findest du nicht, wir sollten warten? Noch mal darüber nachdenken? Du musst doch erst mal gesund werden. Du bist ja noch nicht mal in dein normales Leben zurückgekehrt. Oxford und das Studium und … und dein Dad und alles. Woher weißt du, dass du mich noch hier willst, wenn dein richtiges Leben wieder anfängt?«

Eine ganze Weile erwidert Jules nichts, bis ich endlich stehen bleibe und ihn ansehe. Er blickt mich an, die Brauen hochgezogen. »Dafür, dass du einer der klügsten Menschen bist, die ich kenne«, sagt er sanft, »kannst du unglaublich dumm sein.«

Das entlockt mir ein leises Lachen. Ich weiß nicht, welches Wort mich mehr überrascht: *klug* oder *dumm*. Ich schüttele den Kopf, denn zum Sprechen ist mir die Kehle zu eng.

»Mia«, sagt er leise. »Wir sind gemeinsam auf die andere Seite des Universums und wieder zurück gereist. Ich habe dir doch gesagt, dass nicht mal ein Ozean uns trennen kann. Ein paar Vorlesungen und das bisschen Arbeiten mit meinem Dad werden das genauso wenig schaffen. Es sei denn, du hast es dir anders überlegt« – und jetzt klingt seine Stimme sehr vorsichtig und ruhig – »und willst lieber wieder nach Hause.«

Sein Blick findet meinen, quer durch das ganze Zimmer, und hält ihn fest. Eine Frage liegt darin, eine Unsicherheit, die seine entschlossenen Worte Lügen straft. Kurz kommt mir der Gedanke, dass er sich vielleicht doch nicht so sicher ist, dass er doch Zweifel hat, ob ich in seine Welt passe.

Und dann blinzelt er, seine Lippen zittern, und mir wird klar: *Er ist nicht sicher, ob ich bleiben* will. *Ob ich* ihn *will.*

Unvermittelt setze ich mich in Bewegung, meine Unruhe ist verflogen, meine Anspannung wie weggewischt. Ich lasse mich auf den Bettrand sinken und berühre seine Wange. »Ich will bei dir bleiben«, stoße ich hervor, wobei ich mir der Tränen in meinen Augen vage bewusst bin. »Du Blödmann.«

Jules lacht kurz auf, und im nächsten Moment neigt er sich mir entgegen, während seine Hand sich um meinen Nacken schmiegt. Bevor ich im Hinblick auf seine Verletzungen protestieren kann, küsst er mich, und für einen Augenblick vergesse ich, dass er jemals angeschossen worden ist.

Irgendwann hebe ich widerwillig den Kopf und gewinne mühsam meine Fassung zurück.

»Riechst du das?«, frage ich blinzelnd. Mein Magen meldet sich und erinnert mich daran, dass ich heute Morgen vor dem Herkommen zu nervös war, um etwas zu essen.

Auch Jules sieht hoch und schnuppert. »Das ist Dad. Er

kocht«, sagt er. »Zitronenhühnchen mit Steinpilzen, wenn ich mich nicht irre.« Ich mache mich so weit von ihm los, dass ich ihn anstarren kann, und er grinst. »Was glaubst du denn, wo ich kochen gelernt habe?«

DEX

SECHS MONATE SPÄTER

Die Verabschiedung findet in einem großen, weißen Raum mit niedriger Decke statt. Er ist dem Quarantänebereich nachempfunden, in dem sich die Astronauten früher vor ihren Flügen aufhalten mussten – eine Hommage an die Raumfahrt von damals. Die Umgebung wirkt steril und keimfrei, aber steril ist hier gar nichts. Gespräche und Gelächter erfüllen den Raum.

Die Anordnung der Dutzenden von Tischen lässt vermuten, dass hier gleich ein formelles Bankett mit abscheulichem Essen stattfindet. Ich habe in den letzten sechs Monaten an unzähligen offiziellen Veranstaltungen, Verhandlungsrunden und Sitzungen teilgenommen und dabei eine Menge über die Bewirtung von Großgruppen gelernt. Und obwohl Atlanta und ich früher immer darüber gewitzelt haben, dass uns echtes irdisches Essen vermutlich für alle Zeit verderben würde, ziehe ich unser Essen – *Schwammfutter*, wie Neal es nennt – jederzeit einem wässrigen Möchtegern-Hühnchen vor. Was ganz gut ist, da die Zukunft reichlich Schwämme für mich bereithalten wird.

Und obwohl sich meine Lippen bei diesem Gedanken belustigt verziehen, weiß ich, dass ich mich mit meinen Überlegungen zum Thema Essen nur davon ablenken will, wer hier gerade mit mir zusammen am Tisch sitzt … und wer nicht.

Jules und Mia sitzen mir gegenüber, er hat den Arm um ihre Schultern gelegt, ihre Hand liegt unter dem Tisch auf seinem Knie. Sie berühren sich fast immer, wenn sie zusammen sind. Und wenn nicht, dann weiß jeder von ihnen immer genau, wo der andere ist. Neal und ich stecken noch in der Anfangsphase der … wie hat er es neulich genannt? *Demonstration unserer ganz persönlichen Form des interkulturellen Austausches.*

Aber ich hoffe ernsthaft, dass wir irgendwann etwas wie Jules und Mia sein können.

Wir werden reichlich Zeit haben, um es herauszufinden.

Jules und Neal haben die Köpfe zusammengesteckt, und obwohl Neals breitschultrige Gestalt in seiner blau-weißen Uniform steckt und Jules Zivil trägt, sehen sie wie Brüder aus.

»Ich meine ja nur«, beharrt Jules, »an deiner Stelle würde ich das Gepäck noch mal durchsehen. Die Packliste für die Crew wurde erst heute Morgen geändert. Bist du sicher, dass du alles Nötige dabeihast?«

Neal schnaubt. »Yup, in Sachen Gepäck höre ich lieber nicht auf dich, lieber Cousin. Nach allem, was Mia erzählt, hattest du auf Gaia genug Zeug für sechs Leute dabei.«

»Man hatte mir gesagt, dort würden …«

»… Fahrzeuge zur Verfügung stehen«, beenden Neal und Mia seinen Satz lachend.

Hinter ihnen sehe ich Dr. Addison mit seinem Bruder und seiner Schwägerin – Neals Eltern –, die uns während dieser letzten gemeinsamen Minuten allein lassen.

Mink steht bei De Luca, wachsam beobachten beide das Geschehen im Raum – und sind dabei einander ähnlicher, als sie es selbst wahrhaben wollen.

Mink behält ihre Umgebung immer im Blick, ganz gleich, wo sie ist. Sie ist immer auf der Hut, immer abwägend. Manchmal glaube ich, wenn wir irgendwann wieder zur Erde shiften, wird sie den Planeten regieren. In der ersten entscheidenden Stunde der ersten entscheidenden Begegnung war sie es, die den Anführern der Unsterblichen gegenübertrat und ihnen begreiflich machte, dass sie gar keine andere Wahl hatten, als ein Heilmittel für die Bevölkerung von Lyon zu entwickeln. Dass es dabei längst um mehr ging als um eine diplomatische Trumpfkarte, es ging um die Zukunft ihrer Spezies.

Ich bin mir ziemlich sicher, dass Mink alles schaffen kann, und mit Sicherheit ist sie mit uns allen noch nicht fertig. Diese Geschichte ist noch nicht zu Ende.

Aber erst einmal geht Evie zur Schule, genau wie Mia, soweit das eben möglich ist, wenn man die eine Hälfte des bekanntesten Paars der Welt ist. Letzte Woche hat sie ihren Highschoolabschluss gemacht, nachdem sie eine Zeitlang Privatunterricht bekommen hatte. Und Mink verfolgt jeden Schritt ihrer Entwicklung mit großem Interesse. Ich wette, Mia steht eine Zukunft beim Geheimdienst bevor.

Gerade lacht sie, als Neal aufzählt, was der junge Jules bei Familienurlauben alles so mitzuschleppen pflegte, während sein Cousin ihn immer wieder unterbricht. Und mein Herz ist voll von ihrem Gelächter.

Und doch klafft darin eine Lücke. Der leere Sitzplatz neben mir fühlt sich an wie ein amputierter Arm – wie ein fehlender Herzschlag. Ich weiß zwar nicht, wieso, aber ein Teil von mir dachte, sie würde noch einmal kommen. Um sich zu verabschieden. Damit ich sie ein letztes Mal umarmen kann.

In zehn Minuten werden wir uns alle trennen, wenn die Startzeremonie beginnt. Neal und ich werden auf dem Podium stehen, mit den restlichen Vertretern der Crew, und die anderen werden im Publikum sitzen und den Reden lauschen, die all unsere Hoffnungen für die Zukunft in Worte fassen.

Unser Schiff, die *Unity*, bricht zu einer zehnjährigen Mission auf. In den nächsten zehn Jahren werden wir nur selten zur Erde shiften, und bis die Mission vorbei ist, werden fast hundert weitere Schiffe zu uns stoßen.

Die *Unity* ist nur der erste Schritt einer langen Reise, an der die ganze Menschheit – wo auch immer sie die letzten paar Jahrhunderte verbracht hat – teilnehmen wird. Wir werden wieder in Richtung Centauri fliegen, und noch viel weiter. Niemand weiß, was wir dort draußen finden werden. Dass wir bisher noch keinen erdähnlichen Planeten gefunden haben, muss schließlich nicht heißen, dass das nicht irgendwann passieren wird. So wie der Junge, der mir gegenübersitzt, uns erst vor einem halben Jahr ins Gedächtnis rief: Das Weltall ist zwar groß, aber wir sind großartig. Und gemeinsam sind wir stärker.

Unsere Crew ist eine Mischung aus den begabtesten und brillantesten Menschen (»und uns«, wie Neal immer sagt) unterschiedlichster Herkunft – ob das nun Erdlinge oder Unsterbliche sind. Zumindest anfangs werden die Teilnehmer unserer Flotte jung sein, ausgebildet für die Schwerkraft, die von unseren irdischen Pendants gebraucht wird. Ich glaube, diese Jugendlichkeit wird ein Vorteil sein. Unser Geist hat sich noch nicht verschlossen. Jedenfalls bei den meisten.

Andere aus meinem Volk werden hier auf der Erde bleiben, um unsere Technologie weiterzugeben oder um zu lernen, zu reisen oder um hier zu leben, manche unter den anderen Menschen, andere abseits von ihnen.

Atlanta gehört zu denen, die hierbleiben werden. Ich compren ja, dass es so besser ist, denn sie will es so. Aber in diesen letzten sechs Monaten war ich zerrissen zwischen einer Zukunft, die nach mir ruft, und einer Vergangenheit, die in meinem Herzen ein solches Kuddelmuddel bildet, dass ich mich wohl nie davon lösen werde.

Es fühlt sich an wie ein brodelndes Durcheinander aus Stimmen in meinem Kopf, die verlangen, dass ich nach ihr suchen soll, dass ich bei meinen Freunden bleiben soll, dass ich noch einmal Kontakt zu ihr aufnehmen soll, dass ich sie vergessen und Neal küssen soll.

Nie hätte ich gedacht, dass ich jemals so von ihr wegshiften würde. Aber ich dachte ja auch nie, dass ich sie verraten würde. Alle Soldaten, die an jenem Tag den Befehlen folgten, sind begnadigt worden, aber das ist nur der offizielle Teil. Sich selbst und einander zu verzeihen ist viel schwieriger. Ich habe immer noch keine Ahnung, ob sie mir je vergeben wird. Niemals hätte ich gedacht, dass das mal nötig sein würde.

Niemals hätte ich gedacht, dass ich einmal ein Schiff besteigen und sie zurücklassen würde.

Aber sie ist jetzt endlich auf der Erde, so wie sie es sich immer gewünscht hat. Sie kann den Wind spüren, jeden Tag. Sie kann schwimmen lernen. Sie kann über eine Wiese rennen und im Schatten eines Baumes schlafen. Ich vermisse sie zwar schrecklich, aber ich hoffe, dass dieser Ort all das sein wird, was sie sich erträumt hat.

Als würde er spüren, welche Gefühle in mir rumoren, greift Neal unter dem Tisch nach meiner Hand und drückt sie kurz, während er gleichzeitig seinem Cousin etwas entgegnet.

Ein leiser Gong ertönt, und die Gespräche um uns herum verstummen. Das ist das Signal, Abschied zu nehmen. Und mit einem Mal, unter dem Druck, die letzten Worte zu etwas Besonderem zu machen, haben alle die Sprache verloren.

»Hört zu«, sage ich, ohne einen Schimmer, wie der Satz enden soll. »Dieses letzte halbe Jahr …«

Aber weiter komme ich nicht. Mia unterbricht mich. »Dex«, stößt sie hervor und sieht über meine Schulter an mir vorbei.

Jules neben ihr erstarrt. Ich habe keine Ahnung, worum es sich handeln könnte, drehe mich um und …

Alle meine Gedanken kommen zum Stillstand. Das ständige Rauschen, das Geschwätz in meinem Kopf, kommt zum ersten Mal seit einem halben Jahr abrupt zur Ruhe.

Denn dort in der Tür steht Atlanta, in der blau-weißen Uniform der *Unity*-Mission. Die gleiche Uniform, die ich auch trage.

Ich schnappe nach Luft wie ein Zehnjähriger auf seiner ersten begleiteten Mission und bin wie versteinert, bis Neal mir fest die Hand zwischen die Schulterblätter legt und mich anschiebt. Ich erhebe ich mich langsam, auf wackeligen Beinen, und stolpere halb auf sie zu.

Ihre Lippen verziehen sich zu ihrem typischen, schmerzhaft vertrauten Grinsen, und sie zieht eine Augenbraue hoch, als wollte sie sagen: *Echt jetzt, du hast vergessen, wie man geht?* Und dadurch erinnere ich mich wieder, wie man *rennt*, ich weiche Menschen aus und laufe um Tische herum, shifte in Lichtgeschwindigkeit, um mich in ihre ausgebreiteten Arme zu werfen.

»Was machst du denn hier?« Es ist eine dumme Frage – sie trägt schließlich die Uniform. Aber ich glaube es nicht, ich kann es nicht glauben, bevor sie es sagt.

»Ich gehe nach Hause«, sagt sie leise, die Arme immer noch um mich geschlungen. Ihr Kopf ruht auf meiner Schulter, unsere Wangen berühren sich.

»Aber du bist doch zu Hause«, murmele ich. »Wir haben unser ganzes Leben damit verbracht hierherzukommen, zurück zur Erde.«

»Nein«, sagt sie, löst sich schließlich von mir und lässt die Arme sinken, um meine Hände zu ergreifen. »Ich habe endlich begriffen, was du schon die ganze Zeit gewusst hast.« Sie blickt über meine Schulter, und als ich mich umsehe, steht dort Neal – er muss gerannt sein, um mich einzuholen, und er lächelt sie freundlich an. Jules und Mia sind schon fast bei uns.

»Ich verstehe nicht …«, sage ich.

»*Du* bist mein Zuhause«, sagt sie leise. »Ich dachte, es wäre hier, dieser Planet, der Ort, von dem wir herstammen, aber das war ein Irrtum. *Du* bist mein Zuhause, Dex, du bist es immer gewesen.« Sie schweigt kurz, schaut zu Neal hinüber und zieht die Nase kraus. »Aber ich versprech, wenn du glaubst, dass ich mir mit euch ein Zimmer teile, kannst du dich auf jede Menge Gefrett gefasst machen.«

Darauf fällt mir nichts ein, aber Neal lacht nur. »Wir haben uns schon eingerichtet«, antwortet er. »Keine Angst.«

»Du stehst also auf der Besatzungsliste?« Das ist Jules, und er wirkt nicht allzu überrascht. Und Mia, jetzt da ich sie direkt ansehe, auch nicht.

»Yup, die Freigabe kam vor knapp zehn Minuten«, erwidert Atlanta. »War also noch reichlich Zeit. Es hat geholfen, dass mein Partner Teil der Besatzung ist.«

Wieder ertönt der Gong, und Neal wendet sich ab, um Jules zu umarmen, während ich mich zu Mia hinunterbeuge und sie an meine Brust ziehe. Inzwischen sind auch Neals Eltern bei uns, und dann liegen wir uns alle in den Armen, ein wildes Durcheinander, um noch einmal für einen kurzen Augenblick einander festzuhalten.

»Bei der ersten Gelegenheit schicken wir ein Video«, verspreche ich, als wir uns voneinander lösen.

»Passt gut auf die Erde auf«, fügt Neal hinzu und streicht seine Uniform glatt. »Auch wenn ich mein Leben lang von dieser Reise geträumt habe, heißt das nicht, dass ich nicht eines Tages wiederkommen möchte.«

Und dann ist es Zeit zu gehen.

Draußen scheint die Sonne so hell, dass ich hinter den breiten Türen, die hinaus zum Podium führen, nichts von dem erkennen kann, was dort draußen auf uns wartet.

Aber das ist okay. Mit Neal und Atlanta an meiner Seite bin ich bereit.

Gemeinsam gehen wir ins Licht.

Danksagung

Wir machen das jetzt schon etliche Jahre, aber immer noch zwicken wir uns täglich bei dem Gedanken, dass wir unser Geld damit verdienen, gemeinsam Geschichten zu erzählen. Wir haben nicht vor, jemals damit aufzuhören, und wir sind den Menschen, die uns bei diesem Buch geholfen haben, unendlich dankbar.

An die Leser, Buchhändler und Bibliothekare, die uns helfen, unsere Geschichten bekanntzumachen: Wir danken euch aus tiefstem Herzen. Ohne eure Unterstützung wäre nichts von alldem möglich gewesen. Mundpropaganda wirkt – wann immer ihr eines unserer Bücher empfehlt, erweist ihr uns damit einen unschätzbaren Dienst. Danke!

An das wunderbare Team bei Adams Literary – Josh und Tracey Adams und Cathy Kendrick, wie auch an unseren phantastischen Filmagenten Stephen Moore und die vielen internationalen Agenten, die dazu beitrugen, dass die Bücher auch in Übersee eine Heimat fanden: Tausend Dank. Wir sind euch für jeden einzelnen Tag dankbar.

Der phantastischen Belegschaft bei Hyperion – Laura

Schreiber, Mary Mudd, Emily Meehan und Cassie McGinty, allen Mitarbeitern im Vertrieb, im Marketing, der Werbeabteilung, der Produktion, der Redaktionsleitung und allen anderen dazwischen: Danke, dass ihr euch so wunderbar um diese Bücher gekümmert habt!

In Australien geht ein riesiges Dankeschön für ihre großartige Unterstützung an Anna McFarlane, Jess Seaborn, Radhiah Chowdhury und das gesamte wunderbare Team von Allen & Unwin.

An das Team der Listening Library, insbesondere den wunderbaren Nick Martorelli, Fred Sanders und unsere großartigen Sprecher Alex McKenna und Steve West – vielen Dank, dass ihr Jules und Mia zum Leben erweckt!

Den Experten, die uns bei der Recherche geholfen haben, schulden wir gewaltigen Dank – wie immer ist alles, was stimmt, ihnen geschuldet, und alle Fehler gehen auf unsere Kappe. Vielen Dank an Ellen Kushner für die Informationen zu französischen Automaten, Josh Hale für die Beratung in genetischen Fragen, Marguerite Syvertson für ihre Beratung in Weltraum-Dingen, Howard Jones für die Verteidigung der Erde mit nichts als einer Mikrowelle, Jana und Vanessa dafür, dass sie unser Deutsch Korrektur lasen, Léane unser Französisch und Albert Ubeda unser Katalanisch. Vielen Dank an Soraya Een Hajji für die lateinischen Flüche und an Dr. Kate Irving dafür, dass sie eine weitere Methode erdachte, Menschen um die Ecke zu bringen. Wir sind sehr froh, dass ihr hippokratischer Eid sich nicht auf fiktive Menschen erstreckt.

Wir sind so dankbar für die vielen, wunderbaren Freunde, die uns zur Seite stehen, wenn wir fiktionale Verwüstungen anrichten – unsere Liebe gilt Marie Lu, Stephanie Perkins, Jay Kristoff, Leigh Bardugo, Kiersten White, Michelle Dennis, CS Pacat, Eliza Tiernan, PM Freestone, Alex Bracken, Sooz Dennard, Sarah Marsh, Kylie Irvin, Erin Bowman, Nic Crowhurst, Kacey Smith, Soraya Een Hajji, Liz Barr, Ryan Graudin, Kate Armstrong, der Roti-Boti-Gang, dem House of Progress und den Asheville-Leuten.

Und dann sind da natürlich noch unsere Familien – auf euch können wir immer zählen, und wir sind euch dankbarer, als wir es in Worte fassen könnten. An die Spooners, die Kaufmans, die Cousinses, die McElroys, die Miskes und an Mr. Wolf – danke, und wir lieben euch. An Brendan, den weltbesten Ehemann, geht ein Dankeschön und ein *Ich liebe dich* von Amie.

Euch allen vielen Dank dafür, dass ihr uns durch bisher zwei Buchreihen begleitet habt – wir machen uns jetzt wieder an die Arbeit und freuen uns schon darauf, unsere nächste Welt mit euch zu teilen!